AF211444

Das Buch

Ein Neuanfang mit Hindernissen wird zum wahrgewordenen Toskana-Traum. Nach einigen beruflichen und privaten Rückschlägen erhält Emilia die Chance, ein kleines Boutique-Hotel in der Toskana neu aufzubauen. Sie träumt von Pinien, Zypressen und Weinbergen und startet voller Vorfreude in ihren neuen Lebensabschnitt. Doch vor Ort muss sie feststellen, dass das Hotelmanagement in Deutschland den Zustand des Hotels in Italien völlig falsch dargestellt hat. Sie steht vor einer schier unlösbaren Aufgabe, die nicht nur durch ihren grummeligen Nachbarn Gianni erschwert wird, der das Hotelprojekt um jeden Preis verhindern will, sondern auch durch den charmanten Musiker Aurelio, der Emilia bis in ihre Träume verfolgt ...

Die Autorin

Hanna Holmgren liebt das Leben – an bunten und an grauen Tagen. „Es liegt schließlich an uns selbst, welche Tage wir an uns heranlassen", ist ihr Motto. Schon als Kind begann Hanna, ihre Erinnerungen an wunderbare Orte und Momente in einem Reisetagebuch festzuhalten und formte bleibende Geschichten daraus. Im Laufe der Zeit entwickelten sie sich zu vollwertigen Romanen und wurden schließlich zu ihrer größten Leidenschaft. Heute bedeutet das Schreiben für sie pure Entspannung. Es bringt ihr Sonnenstrahlen, Sandkörner und Meeresrauschen in ihr heimisches Arbeitszimmer und lindert das ständige Fernweh bis zur nächsten Reise, die ihr noch immer als wichtigste Inspirationsquelle dienen. Seit Hanna Holmgren ihr früheres Berufsleben hinter sich gelassen hat, widmet sie sich voll und ganz dem Schreiben von romantischen Wohlfühl-Romanen.

Nachdem sie ihre LeserInnen mit ihrem Debütroman „Sehnsucht nach Rose Cottage" ins romantische Schottland und mit „Immer der Liebe entgegen" auf die wunderschöne Ostseeinsel Rügen entführte, geht es diesmal mit „Pinienduft im Hotel Toscana Mare" ins malerische Italien.

Pinienduft im Hotel Toscana Mare

Verliebt in Italien

Ein Roman von Hanna Holmgren

Mehr zur Autorin finden Sie auf
www.hannaholmgren.de,
www.instagram.com/hannaholmgren.autorin,
www.facebook.com/hannaholmgren.autorin und
www.feuerwerkeverlag.de/holmgren

Abonnieren Sie auch unseren Verlags- und Autoren-Newsletter und
erfahren Sie so als Erster von unseren **Neuerscheinungen,**
Autorennews und exklusiven **Buch-Gewinnspielen**:
www.feuerwerkeverlag.de/newsletter

Originalausgabe September 2022
© FeuerWerke Verlag, alle Rechte vorbehalten
Maracuja GmbH, Laerheider Weg 13, 47669 Wachtendonk
Herstellung: BoD – Books on Demand, Norderstedt
Printed in Europe
Umschlaggestaltung: Grit Bomhauer, grit-bomhauer.com
unter Verwendung von © Adobe Stock – lovelyday12 | Burghard | Ma-
nok | e55evu | manfredkoch | © Depositphotos – iciakp | Toomler |
xjbxjhxm | rsedlacek | PantherMediaSeller

Lektorat: Ulrike Rücker, Leipzig

ISBN: 978-3-949221-38-5

Kapitelübersicht

I.

»Non ci si libera
di una cosa evitandola,
ma soltanto attraversandola.«

(Cesare Pavese, 1908-1950,
italienischer Schriftsteller)

(»Man befreit sich nicht einer Sache,
indem man sie vermeidet,
sondern indem man durch sie geht.«)

Auf zu neuen Ufern

ALS sie den Weg entlangfuhr, der zum alten Hotel führte, versuchte sie, die Umgebung mit anderen Augen wahrzunehmen als bei der ersten Anfahrt vor vier Wochen. Immerhin – das hier war ihr Projekt, ihr neues Zuhause, und diesen Weg, den sie jetzt fuhr, würde sie noch viele, viele Male fahren. Ihre Laune hatte sich merklich gebessert, und zum ersten Mal, seit sie hier war, spürte sie sowohl die Motivation als auch die Kraft, dieses Abenteuer irgendwie zu meistern. Ein Abenteuer, auf das sie selbst bestanden hatte. Ein Abenteuer, das mit einem furchtbaren Verrat begonnen hatte ...

Sie schob die trüben Gedanken beiseite. Heute war kein Tag, um schlechten Erinnerungen nachzuhängen. Sie hatte mit sich selbst eine Vereinbarung getroffen, oder etwa nicht?

Vor der letzten Biegung blieb sie stehen und stieg aus. Sie stand etwas oberhalb des alten Hotels an einem Hügel und betrachtete das Grundstück zum ersten Mal aus dieser Perspektive. In der Mitte stand das große Herrenhaus, das an allen Seiten von üppig wuchernden Pflanzen umgeben war. Links und rechts führten Schotterstraßen vom Haus weg und hin zu einer Ansammlung kleiner Holzhütten. Sie lagen da, als wären sie planlos und willkürlich in die Landschaft gewürfelt worden, und doch hatte gerade dies einen gewissen Charme.

Sie lächelte, als sie das Panorama in sich einsog. So weit das Auge reichte, sah man Weinberge, Pinienhaine, Zypressenalleen und Grünflächen, die mit gelben und violetten Farbtupfern gesprenkelt waren. Als hätte die Natur gerade dieses Fleckchen Erde gewählt, um ein Gemälde in Spätsommerfarben zu zaubern. Es war die perfekte Postkartenidylle. Mit jedem Hügel offenbarte sich ein Ausblick, der noch atemberaubender war als jener zuvor.

Obwohl sie wütend war, obwohl sie Angst hatte und obwohl sie immer noch nicht richtig wusste, worauf sie sich da eigentlich eingelassen *hatte, konnte sie nicht anders, als diese bezaubernde toskanische Landschaft zu bestaunen.*

Sie atmete tief ein, schloss die Augen und sog all die Düfte, die hier durch die Luft schwirrten, in sich ein. Zypresse, Rosmarin, Lavendel, heiße Erde, getrocknetes Gras – und Sonne. Obwohl es bereits Spätsommer war, brannte die Sonne warm und einladend auf die hügelige Landschaft, die endlosen Weinberge und die Pinienhaine, die sich am Horizont abzeichneten. Von all den wunderbaren Düften, mit denen sie das Mediterrane verband, war ihr der süße, harzige, intensive Geruch der Pinie der liebste – er ließ sie an Sommerurlaube, Picknickkörbe und an die glücklichen Zeiten denken, als ihr Leben noch unbeschwert war.

Vor dem Verrat. Vor dem Abenteuer. Vor dem Bruch, der sie gezwungen hatte, endlich erwachsen zu werden. Sie wusste nicht, was noch kommen würde. Doch sie ahnte, dass das, was sie bisher erlebt hatte, wohl erst der Anfang war. Dass dieser Ort, dieses alte Hotel noch viel mehr für sie bereithielten. Ob Positives oder Negatives, würde sich zeigen.

Sie seufzte und dachte an das Motto, das sie sich am Tag ihrer Ankunft auf ein pinkfarbenes Post-it geschrieben hatte.

»A nuovi orizzonti«, flüsterte sie. Auf zu neuen Ufern.

1. Kapitel

Florenz, vier Wochen zuvor ...

EMILIA lehnte an der Balustrade des kleinen Balkons und wandte den Blick nach unten. Die *Piazza*, an der ihr Hotel lag, füllte sich langsam mit Leben. Es war kurz vor sechs Uhr abends – *Aperitivo Time,* wie der Concierge ihres Hotels ihr augenzwinkernd mitgeteilt hatte. Es könne etwas laut werden, doch man hatte ihr das beste Zimmer mit der schönsten Aussicht gegeben. Und ohnedies käme niemand nach Florenz, um Ruhe zu finden. Emilia lächelte, als sie die bunte Szenerie unter sich beobachtete. Die Bars füllten sich langsam, an den zahlreichen Tischchen, die um die *Piazza* herumstanden, fanden sich nach und nach Gäste ein, die ihre Weine, Aperols und Camparis bestellten und dazu Häppchen serviert bekamen. In der Mitte des Platzes stand ein kleiner Brunnen, um den herum lachende Kinder tollten und sich mit Wasser bespritzten. Gegenüber, im Schatten eines Dachsimses, saßen zwei ältere Männer an einem Schachbrett.

Es war unmöglich, bei diesem Anblick *nicht* zu lächeln. Einem Anblick, der glücklich machte, weil er so viel Lebensfreude ausstrahlte.

Es war richtig gewesen hierherzukommen. Endlich fühlte Emilia sich wieder halbwegs stabil. Und das wortwörtlich, denn vor wenigen Wochen war ihr der Boden unter den Füßen weggezogen worden – ohne Vorwarnung, mit voller Wucht und von zwei Männern, von denen sie dachte, sie könne ihnen vertrauen.

Aber so war es bei Emilia schon immer gewesen. Sie hatte ihr Schicksal voller Eifer und – ja, das konnte sie mittlerweile zugeben: Naivität – in die Hände vermeintlich starker Männer gelegt und war ein ums andere Mal enttäuscht worden.

Emilia versuchte, die unerfreulichen Erinnerungen beiseitezuschieben, doch es gelang ihr nicht. *Noch* nicht. In den letzten

11

Wochen war einfach viel zu viel passiert, und sie würde Zeit brauchen, um das Geschehene zu verarbeiten.

Doch diese Zeit war ihr offenbar nicht vergönnt. Nicht nur das Abenteuer, in das sie sich Hals über Kopf gestürzt hatte, hielt sie davon ab, ihre Gefühle zu verarbeiten, sondern auch das ständige Klingeln ihres Handys.

»Lass mich endlich in Ruhe«, flüsterte Emilia, griff zu ihrem Telefon und drückte den Anruf weg.

Wann kapierte er es endlich? Sie wollte nichts mehr mit ihm zu tun haben. Sie wollte sich nicht aussprechen, wollte seine Erklärungen und Ausreden nicht hören.

Meine Damen und Herren – Björn Henckel!

Sie schüttelte den Kopf und ließ sich auf das weiche Bett fallen. Ihr Handy meldete den Eingang einer SMS. Emilia wusste, sie war von ihm, schloss die Augen, und die Bilder, die sie laufend von sich schob, drängten sich sofort wieder in ihr Bewusstsein.

Das Essen mit Björn und ihrem Vater. Seine Hand, die die ihre hielt. Wie glücklich sie war, endlich einen Mann präsentieren zu können, den ihr Vater akzeptieren würde.

Meine Damen und Herren – Björn Henckel!

Emilia schüttelte den Kopf, doch die Erinnerungen prasselten nur so auf sie ein. Die Präsentation. Ihr Vorgesetzter, Micha, der auf der Bühne stand, und Emilia, die im Publikum saß, die Finger ineinander verschränkt, nervös, sich nach einer beruhigenden Berührung ihres Freundes sehnend. Doch der war außer Reichweite. Außer Reichweite, weil er in der ersten Reihe gesessen hatte, außer Reichweite, weil niemand von den Kollegen von ihrer Beziehung wissen sollte. »Noch nicht. Aber bald.« Das hatte Emilia drei Monate lang gehört.

Meine Damen und Herren – Björn Henckel!

Das Handy klingelte wieder. Emilia riss die Augen auf und nahm den Anruf entgegen.

»Lass mich in Ruhe«, fauchte sie.

»Ich will doch nur mit dir reden, Emilia. Bitte!«

Emilia hasste Björn dafür, jetzt so flehend zu klingen. Sie hasste ihn für alles. Dafür, dass er sie dazu gebracht hatte, sich in ihn zu verlieben, dafür, dass er gegen seine eigenen Schwächen nicht ankam, gegen seinen Geltungsdrang, seine anbiedernde Art, wenn er reichen oder mächtigen Menschen gegenübersaß, die etwas zu sagen hatten.

Wie ihrem Vater.

»Aber ich will nicht mit dir reden. Und der einzige Grund, warum ich deine Nummer noch nicht blockiert habe, ist, weil wir nach wie vor für dieselbe Hotelgruppe arbeiten und Kollegen sind. Und weil ich, *entgegen* eurer Meinung, *sehr wohl* in der Lage bin, professionell zu sein.«

Sie spuckte die Worte geradezu ins Telefon. Tränen brannten in ihren Augen. Sie hatte gewusst, dass es ein Fehler war, sich mit einem Kollegen einzulassen. Doch er war ihr so perfekt erschienen. So anders. Sie hatten so viel gemeinsam. Den familiären Background, die übermächtigen Väter, den Drang, sich beweisen zu wollen, die Einstellung, dass die Karriere Vorrang hatte.

Zumindest hatte Emilia sich das immer eingeredet. Dass sie auch so war, dass sie auch hart sein konnte, knallhart, eine toughe Businessfrau. Dass sie es eines Tages schaffen würde, ihren Vater, einen der größten Finanzinvestoren der deutschen Hotelbranche, stolz zu machen. Deshalb war sie doch in die Hotellerie gegangen, oder?

Björns Worte drangen nur halb zu ihr durch. Sie hielt sich das Handy vors Gesicht, starrte es wütend an, überlegte, Björn erneut wegzudrücken. Vielleicht sollte sie doch seine Nummer blockieren. Sie schüttelte den Kopf. Das würde nichts bringen. Dann würde Björn sich eben eine andere Leitung suchen. Und Emilia konnte nicht jede Firmennummer blockieren.

Sie atmete tief durch, dann führte sie das Handy wieder ans Ohr. »Björn?«

Sein Wortschwall brach sofort ab. »Ja?«, frage er leise.

»Bitte. Wenn ich dir je etwas bedeutet habe, dann bitte … ruf nicht mehr an, okay?«

»Das kann ich nicht«, sagte er. »Du weißt, was wir hatten …«

»Ich weiß, dass ich *dachte*, dass wir etwas hatten. Und ich weiß, dass du mich belogen hast.«

»Ich habe dich nicht belogen! Jeder hat sich für die Stelle als Resident Manager beworben. Jeder in unserer Position, Emilia! Ich kann doch nichts dafür, dass sie dachten, ich sei besser geeignet.«

»Natürlich!«, rief sie und sprang auf. »Natürlich kannst du etwas dafür! Ich habe dir alles erzählt, ich habe dir erzählt, wie viel Überwindung es mich gekostet hat, wie viel Angst ich davor hatte, dass mein Vater Einfluss nimmt. Ich habe dir mein Herz ausgeschüttet, ich habe dir vertraut! Micha war auf meiner Seite, er hat mir bestätigt, dass er *mich* benennen wird, dass es *mein* Name sein wird, den er bei der Präsentation nennt. Und dann schleimst du dich bei meinem Vater ein und ...«

Meine Damen und Herren – Björn Henckel!

Heiße Tränen brannten in Emilias Augen. Die Wahrheit war, dass sie sich selbst am meisten für alles hasste. Dass sie es zugelassen hatte, dass sich Björn mit seinem charmanten Lächeln, seinen geheimnisvollen grauen Augen, seinen sanften Berührungen in ihr Leben geschlichen hatte.

Sie hatte ihn ihrem Vater vorgestellt, und der hatte die Chance gesehen, das Leben seiner Tochter endlich in die *richtige Richtung* zu lenken. Heirat mit einem erfolgreichen, gut verdienenden Mann, Aufgabe der eigenen beruflichen Ambitionen, Kinder bekommen, Mutter sein. Ihr Vater hatte ihr nie mehr zugetraut, hatte in ihr immer nur das kleine, naive Püppchen gesehen, das Mädchen mit der goldblonden Mähne und den großen blauen Augen, das in der Hotelwelt nur existieren konnte, weil Daddy seine Hand über sie hielt.

Sie alle dachten das.

Emilia schluckte den Kloß hinunter, der sich in ihrem Hals gebildet hatte, während Björn weiter auf sie einredete. Sie hörte ihm kaum zu. Viel zu übermächtig waren die Selbstzweifel, zu denen sie gerade eben wieder die Tür aufgestoßen hatte. Sie konnte den Gedanken kaum ertragen, dass sie sich mit ihren achtundzwanzig Jahren immer noch nicht emotional von ihrem Vater gelöst hatte. Sie sollte das alles doch längst hinter sich haben, oder?

»Björn«, unterbrach sie seine sich wiederholenden Entschuldigungen. »Lassen wir es einfach, okay?«

»Du kannst nicht einfach weglaufen, Emilia. Das … du hast mir nicht mal Bescheid gesagt.«

»Weil es zwischen uns nichts mehr zu bereden gibt. Hör auf, mich anzurufen.«

Sie legte auf, bevor er etwas entgegnen konnte, und schaltete ihr Handy auf lautlos.

Du kannst nicht einfach weglaufen.

Sie lief nicht weg. Sie hatte nur den Gedanken nicht mehr ertragen können, in diesem Hotel zu arbeiten. Mit Björn als Vorgesetztem! Mit ihrem Vater als Hauptinvestor! Also hatte sie Micha bekniet. Sie wusste, ihr Hotelmanager war auf ihrer Seite. Er war *immer* auf ihrer Seite gewesen. Doch selbst ihm waren die Hände gebunden, wenn der wichtigste Investor der Hotelkette ein Wörtchen mitsprechen wollte.

Also hatte sie um eine Versetzung gebeten.

Und jetzt war sie hier. Hier in Florenz. Ohne zu wissen, was auf sie zukam, ohne zu wissen, welches Projekt auf sie warten würde. Micha hatte nur die Worte Boutique-Hotel und Toskana gesagt, und Emilia hatte sich daran geklammert wie eine Ertrinkende. Sie hatte ihn bekniet, und er hatte dafür gesorgt, dass sie versetzt wurde. Weil sie es ihnen zeigen wollte, ein für alle Mal. Sie wollte es *allen* zeigen!

Sie fuhr sich mit den Händen übers Gesicht, eine Geste, die sowohl die Tränen als auch die bösen Erinnerungen wegwischen wollte. »Männer!«, stieß sie aufgebracht aus, wohlwissend, dass sie wie das wandelnde Klischee einer frustrierten Frau klang.

Sie trat an den kleinen Balkon mit Blick auf die Santa Maria del Fiore, die prunkvolle Kathedrale von Florenz. Sie hatte sich sofort in den Anblick verliebt, als sie gestern angekommen, vom Flughafen abgeholt und hierhergebracht worden war. Wenn dieses Hotel ein Vorgeschmack auf ihr neues Projekt war, konnte Emilia sich glücklich schätzen, diesen Schritt gewagt zu haben. Immerhin war sie in Florenz! Eine der schillerndsten Kunst- und Kulturmetropolen der Welt.

Sie drehte sich zum Schreibtisch um, der neben dem großen Bett an der Wand stand, und betrachtete den Ordner, der die wichtigsten Informationen zu dem Hotelprojekt enthielt, das sie übernehmen sollte.

15

»Es ist noch nichts Offizielles«, hatte Micha ihr erklärt, als sie ihn um eine sofortige Versetzung ins Ausland gebeten hatte. »Es ist alles erst in Planung und war noch nicht mal ausgeschrieben. Aber es ist das Einzige, das ich dir auf die Schnelle anbieten kann. Es geht nicht um einen Umbau, sondern darum, ein Boutique-Hotel von null auf zu entwickeln.«

Emilia hatte sofort eingewilligt. Dieser völlig überstürzte, Hals über Kopf durchgeführte Abbruch ihres bisherigen Lebens war genau das, was ihr in dem Moment richtig erschienen war. Ein Neuanfang.

Aber jetzt, da das Abenteuer tatsächlich bevorstand, da sie ganz allein in einer ihr völlig fremden Stadt saß, kamen die altbekannten Selbstzweifel zurück. War es ein Fehler gewesen? Hatte sie zu überstürzt gehandelt? Ein vernünftiger Mensch hätte anders reagiert, einen kühlen Kopf bewahrt, Optionen abgewägt, eine analytische Entscheidung getroffen. Ihr Vater hätte das getan. Jeder rational denkende Mensch hätte das getan.

Und schon meldete sich die Stimme ihres Vaters wieder, der ihr erklärte, dass die Hotellerie eine Männerdomäne sei, dass sie, Emilia, nie ein Hotel führen würde, dass sie lieber einen anderen Weg einschlagen, ein anderes, ein bequemeres Leben führen sollte. Vielleicht hatte er es ehrlich gemeint. Vielleicht hatte er es sogar *gut* gemeint. Aber alles, was Emilia hörte, was sie *immer* hören würde, war: Du bist nicht gut genug.

Nein, dachte sie nun und schob die Worte ihres Vaters beiseite. Wer nicht wagt, der nicht gewinnt. Sie hatte eine Chance gesehen und sie beim Schopf gepackt, so unsicher sich das auch anfühlte. Sie hatte zugesagt, dieses Projekt sofort zu übernehmen, weil sonst vielleicht wieder jemand anderer gekommen wäre, jemand mit mehr Erfahrung, jemand, der als besser und härter wahrgenommen wurde als sie.

Jemand wie Björn ...

Wütend verschränkte sie die Arme vor der Brust. Sie wollte ihn nie wiedersehen. Sie wollte ihn auch nie wieder hören! Würde er ihr jemals wieder unter die Augen treten, sie würde ... sie würde ...

Sie seufzte. Nicht einmal in Gedanken war sie zu einer schlagfertigen Reaktion fähig. *Wirklich supertough*, dachte sie und verdrehte die Augen.

»Hör auf damit«, flüsterte sie. Es musste endlich Schluss sein mit diesen verdammten Selbstzweifeln. Sie war hier auf sich allein gestellt. Hier gab es kein Team, keinen Hotelmanager, an dessen Tür sie klopfen konnte, wenn sie ein Problem hatte. Hier gab es nur sie. Emilia Beerling. Nur sie.

Sie ging zum Schreibtisch, zog ihren Notizblock aus der Laptoptasche, nahm einen Kugelschreiber und überlegte kurz. Dann nahm sie ein pinkfarbenes Post-it und notierte etwas, das sie daran erinnern sollte, warum sie hier war.

A nuovi orizzonti.

Emilia lächelte zufrieden. Sie hatte ein Motto und die Chance, sich zu beweisen. Das war gut. Das war es, was sie gewollt hatte. Und jetzt, dachte sie, hatte sie sich erst mal einen Campari Spritz verdient.

2. Kapitel

DAS Telefon riss Emilia aus einem tiefen Schlaf. Verwirrt blickte sie sich um und griff nach dem Hörer.

»Ja? Hallo?«, fragte sie verschlafen und fuhr sich mit der freien Hand über die Augen.

»Emilia Beerling? Hier spricht Francesca von der Rezeption. Für heute sechs Uhr wurde ein Weckruf vereinbart.«

»Ein ... Weckruf? Wie spät ist es?«

»Sechs Uhr, Frau Beerling.«

Emilia griff nach ihrem Handy und schaltete das Display ein. Tatsächlich – sechs Uhr. Sie zog die Augenbrauen zusammen und versuchte, ihre verschlafenen Sinne zu mobilisieren. »Aber ... ich habe keinen Weckruf vereinbart.«

»Für heute wurde ein Weckruf notiert, Frau Beerling. Ebenfalls notiert wurde, dass in einer Stunde ein Fahrer kommt, um sie abzuholen. Wenn Sie vor Ihrem Check-out noch einen Espresso trinken wollen, können sie das beim Early-Bird-Frühstück machen.«

Emilia öffnete den Mund, um etwas zu entgegnen, doch da hatte die Rezeptionistin bereits aufgelegt. Natürlich wusste Emilia, dass sie heute zu ihrem Hotelprojekt gebracht werden würde, doch dass man sie um diese gottlose Uhrzeit aus dem Bett klingeln würde, hatte sie nicht geahnt. Sie fuhr sich mit den Händen übers Gesicht, blinzelte ein paarmal und fragte sich, wie sie es binnen einer Stunde schaffen sollte, ihre Sachen zu packen, zu duschen, sich herzurichten und auch noch einen rettenden Morgenkaffee zu trinken.

Sie zuckte mit den Schultern und schwang die Füße aus dem Bett. Dann musste ihr Fahrer eben ein paar Minuten warten. Es war immerhin *ihr* Hotel, zu dem er sie bringen würde. Ab jetzt hatte sie das Sagen. Daran würde sie sich erst noch gewöhnen müssen.

Sie stand auf und ging zu dem kleinen Balkon. Sie zog die schweren Vorhänge auf, blickte nach draußen und lächelte.

Sie war in Florenz! Sie war in ihrem geliebten Italien!

Sie hatte schon immer ein Faible für das herrliche Mittelmeerklima und die *Dolce-Vita*-Kultur der Italiener gehabt. Sofort bei ihrer Ankunft hatte Emilia sich wie zu Hause gefühlt, hatte diese besondere Verbindung mit dem Land gespürt. Zwar hatte sie keine italienischen Wurzeln, doch ihre Kindergartenfreundin Lucia war Halbitalienerin gewesen. Weil Emilia nie ein nennenswertes Familienleben gekannt hatte, hatte Lucias Großfamilie sie bald mehr oder weniger adoptiert. Emilia hatte jahrelang fast jeden Tag bei ihrer Freundin zu Hause verbracht und hatte sich in die laute, liebevolle, lebhafte Atmosphäre verliebt. In der Schule hatte sie als Zweitsprache Italienisch gewählt und war auch jedes Jahr mit Lucia und ihrer Familie nach Italien in den Urlaub gefahren. Dort hatte sie die glücklichsten Stunden ihres Lebens verbracht. Dann, ein Jahr vor dem Abitur, war Lucias Vater ans andere Ende Deutschlands versetzt worden und mitsamt seiner Großfamilie weggezogen. Lucia hatte immer versprochen, eines Tages zurückzukehren. Doch sie hatte sich verliebt, bald darauf geheiratet und war geblieben. Emilia hatte nicht nur ihre engste Freundin, sondern auch ihre warmherzige Familie verloren und war bis heute nicht recht über diesen Verlust hinweggekommen.

Sie hätte nie zulassen dürfen, ihre Liebe zu Italien zu verdrängen, stellte sie jetzt fest. Seit Lucia aus ihrem Leben verschwunden war, hatte Emilia keinen Fuß mehr in dieses Land gesetzt. Doch tief in ihr drin, das spürte sie jetzt, hatten das Land, seine Sprache und sein Flair sie nie losgelassen. In ihrer Freizeit hatte sie immer italienische Romane gelesen, italienische Musik gehört und italienische Filme angesehen. Ihre Sprachkenntnisse kamen ihr auch in ihrem Job zugute; sie war immer für die italienischen Hotelgäste zuständig gewesen.

Mit der Sprache würde sie hier also keine Probleme haben. Sie würde überhaupt keine Probleme haben, entschied sie, als sie nach draußen blickte.

Um diese Uhrzeit war die *Piazza* unter ihrem Balkon nahezu leer. Nichts erinnerte an das bunte Treiben vom gestrigen Abend, selbst die Tische, Stühle und Schirme waren alle fein säuberlich weggeräumt worden. Ganz so, als würde auch die *Piazza*, der Inbegriff des gesellschaftlichen Lebens in ganz Italien, auf seine wohlverdiente Nachtruhe bestehen, und das nur, um am nächsten Tag in alter Frische zu einem erneuten bunten Treiben zu erwachen.

Emilia seufzte. Alles würde gut werden. Heute war es so weit. Heute würde sie ihr neues Projekt kennenlernen.

Es war bereits nach sieben Uhr, als sie, mit ihren zwei Koffern und ihrer großen Handtasche bepackt, aus dem Lift stieg und die Lobby durchquerte. Sie checkte aus, ließ ihr Gepäck bei der Rezeption stehen und ging in den kleinen Frühstücksraum, der mit wunderschönen Barock-Elementen designt worden war und in dem Emilia sich sofort wohlgefühlt hatte. Sie bestellte einen doppelten Espresso, setzte sich an einen kleinen Tisch direkt neben dem Fenster und blickte nach draußen.

Emilia genoss den Geschmack des starken Kaffees und musste sich innerlich eingestehen, dass man wohl nirgendwo auf der Welt einen besseren bekam als in Italien. Erfrischt und gestärkt konnte sie nun in den neuen Tag starten. *In den neuen Lebensabschnitt*, verbesserte sie sich selbst. Sie fühlte sich gut gerüstet für alles, was nun kommen würde. Sie stand auf, warf einen letzten Blick in den Spiegel, der gegenüber dem Eingang hing, fuhr sich mit den Fingern durchs Haar, setzte sich eine große Sonnenbrille auf die Nase und strich sich ihren weißen Leinenanzug zurecht. Dann holte sie ihr Gepäck und trat vor die Tür.

Sie blickte nach links und rechts, sah aber keinen Fahrer, der auf sie wartete. Ein Blick auf ihre Armbanduhr verriet ihr, dass es bereits nach halb acht war. Sie blickte über ihre Schulter und sah den Concierge mit einem breiten Lächeln auf sie zukommen.

»Ihr Fahrer wird jeden Moment da sein. Er war bereits um sieben Uhr hier, aber nach einigem Warten hat er beschlossen, noch schnell eine Besorgung zu machen.«

»Ah«, sagte Emilia erstaunt. So etwas war sie aus Deutschland nicht gewohnt. Aber gut, hier tickten die Menschen nun mal anders.

Sie war bereits im Begriff, wieder in die kühle Lobby zu gehen, als sie ein Motorengeräusch hörte. Sie drehte sich um und sah eine schwarze Limousine auf das Hotel zukommen.

»Ach, perfektes Timing«, sagte sie und nickte dem Concierge zum Abschied zu, doch dieser erwiderte mit einem entschuldigenden Lächeln:»Oh, nein, das ist nicht Ihr Fahrer.« Dann hielt er die Eingangstür für ein elegant gekleidetes älteres Ehepaar auf und nickte ihnen höflich zu.

Emilia beobachtete, wie der Fahrer ausstieg, die Türen für seine Gäste öffnete, ein paar höfliche Worte murmelte, die Koffer einlud und dann losfuhr. Emilia zog einen Schmollmund und blickte der Limousine nach. Sie verschränkte die Arme vor der Brust und starrte auf den leeren Platz. Das fing ja gut an!

»Er wird sicher gleich hier sein«, wiederholte der Concierge, bevor er selbst in die kühle Lobby zurückkehrte.

Emilia zwang sich zu einem Lächeln, obwohl sie sich mit einem Mal völlig deplatziert fühlte. Wie bestellt und nicht abgeholt kam sie sich vor und hatte alle Mühe, die erneut aufkommenden Zweifel an dem ganzen Vorhaben zu unterdrücken. Sie musste endlich lernen, sich nicht immer so schnell verunsichern zu lassen!

Als sie dann abermals ein Motorengeräusch wahrnahm, spähte sie gespannt nach links. Endlich! Sie trat ein paar Schritte nach vorn und blickte in Richtung der engen Gasse, aus der der Wagen kam. Doch was da auf sie zukam, war alles andere als eine Limousine. Ein krächzendes, schnaufendes, halb vom Rost zerfressenes rotes Etwas näherte sich mühsam. Dieses Ungetüm konnte auf gar keinen Fall für sie bestimmt sein. Emilia schüttelte den Kopf und ging nach drinnen.»Hören Sie«, sagte sie zum Concierge, der hinter der Rezeption stand.»Wann kommt denn nun mein Fahrer? Verstehen Sie mich nicht falsch, ich habe keinen Zeitdruck. Aber wenn es noch länger dauert, würde ich noch einen Kaffee trinken gehen.«

Der Concierge räusperte sich und nickte auf einen Punkt hinter Emilias Schulter. Sie drehte sich langsam um und erstarrte. Im Eingangsbereich, direkt hinter der mit Goldrahmen verzierten Drehtür, stand ein kleiner Italiener im mittleren Alter, der eine Latzhose und kniehohe Arbeiterstiefel trug. Als er sie sah, nickte er ihr zu, deutete mit einem Handzeichen, sie solle ihm folgen, und trat wieder nach draußen.

Emilia blinzelte unsicher. Sie brachte es nicht über sich, den Concierge noch einmal anzusehen, und ging mit langsamen Schritten nach draußen.

»Wo ... wo ist der Wagen?«, fragte Emilia.

Der Fahrer lehnte an der roten Rostschlüssel und zündete sich eine Zigarette an. »Na hier.«

»Das ... ich meine, mit dem Ding fahren wir doch wohl nicht, oder?«

Emilia hielt die Hand ausgestreckt und deutete mit dem Zeigefinger auf das kleine Auto. Ihre Augen waren weit aufgerissen, und ihr Mund stand offen. Sie brauchte eine Sekunde, um sich zu fangen, doch da war der Schaden schon angerichtet. Der Fahrer trat einen Schritt auf sie zu, drehte sich zum Wagen um, blickte abwechselnd zu ihr, dann wieder zu seinem Gefährt und ließ schließlich die Zigarette fallen. Erst, als er den Blick hob, erkannte Emilia, dass ihre Worte ihn gekränkt hatten.

Sie räusperte sich und beeilte sich zu sagen: »Äh, ich meine ... ich meine, wegen der Größe. Ich habe zwei Koffer, und ...«

Der Fahrer drehte sich um, öffnete den Kofferraum und stieg in den Wagen, ohne Anstalten zu machen, ihr beim Einladen zu helfen.

»Mist«, flüsterte sie. Mit hängenden Schultern ging zu ihrem Gepäck.

Der Concierge trat neben sie. »Ihr Fahrer heißt übrigens Pepe. Darf ich Ihnen mit Ihrem Gepäck helfen?«

Emilia warf dem Concierge einen resignierten Blick zu. »Nein, vielen Dank. Ich mach das schon.«

Dann hievte sie die Koffer in den Wagen, betete, dass er dem Gewicht standhalten würde, und machte sich auf in ihr neues Abenteuer.

3. Kapitel

»*Ci siamo quasi*«, brummte Pepe. Wir sind gleich da.

»Okay«, sagte Emilia kleinlaut und begann, ihr Fenster vorsichtig nach unten zu kurbeln.

Fast erwartete sie, dass die Kurbel sich lösen und abgebrochen in ihrer Hand landen würde. Sie versuchte, nur vorsichtige Bewegungen und noch weniger Geräusche zu machen, denn jedes Mal, wenn sie ein Lebenszeichen von sich gab, erntete sie einen eisigen Blick von Pepe durch den Rückspiegel. Sie wollte sich lieber nicht vorstellen, wie er reagierte, wenn sie der roten Rostschüssel auch nur einen Kratzer zufügte.

Seufzend lehnte Emilia sich weit aus dem Fenster und verdrängte den Gedanken an ihr schockiertes und Pepes verletztes Gesicht, als er ihr den kleinen, halb verrosteten, durch und durch unzuverlässig wirkenden roten Fiat Punto als ihre Mitfahrgelegenheit präsentiert hatte. Stattdessen fokussierte sie sich auf die Spitze des Hügels, den das kleine Auto langsam, aber stetig erklomm. Zugegeben, das hätte sie diesem Ungetüm nicht zugetraut. Doch mittlerweile fuhren sie seit über einer Stunde, und der Wagen lief nach wie vor. Er ächzte und krächzte und veranstaltete jedes Mal, wenn Pepe einen anderen Gang einlegte, ein Protestgeheul – aber er fuhr.

Zum wiederholten Male fragte Emilia sich, wann sie endlich da sein würden. Auf Pepes *Ci siamo quasi* gab sie nichts mehr, das hatte er schon vor einer halben Stunde zu ihr gesagt. Also versuchte sie, sich zu entspannen und die bezaubernde toskanische Landschaft zu genießen. Sie atmete tief ein, hielt den Kopf aus dem Fenster und ließ sich die warme Luft ins Gesicht wehen. Sie inhalierte all die mediterranen Düfte, lehnte sich dann wieder zurück und seufzte glücklich. Daraufhin kassierte sie einen weiteren eisigen Blick von Pepe.

Sie ignorierte ihn. Aufregung, Neugierde und Vorfreude mischten sich zu einem aufputschenden emotionalen Cocktail, und jegliche

Unsicherheit war mit einem Schlag verflogen. Diese Region hatte etwas Magisches an sich.

»*È magico*«, ließ sie nun auch Pepe an ihrer Wahrnehmung teilhaben, in der leisen Hoffnung, den ersten Eindruck, den er von ihr hatte, zu revidieren.

Ihre Reaktion von vorhin war ihr unangenehm. Er musste sie für total versnobt halten, dabei hatte sie sich einfach nur … nun ja, erschreckt. Die Vorstellung, mitten in der Pampa eine Panne zu haben, war mehr, als sie in dieser Situation ertragen konnte. Doch der Fiat hatte bis jetzt gut durchgehalten, und Pepe war ein ausgezeichneter Fahrer, zumindest hatte er es geschafft, fast jedem Schlagloch auszuweichen. *Fast jedem*, dachte Emilia und streckte ihren verspannten Rücken.

»Wie lange sind wir gefahren?«, fragte sie Pepe auf Italienisch.

»Keine Ahnung. Is' das wichtig?«

»Nein … ich meine … Es ist nur so, dass ich dachte, das Hotel wäre in der Nähe von Florenz.«

»Is' es auch. Also, im Vergleich zu … sagen wir mal, Rom. Oder Neapel.« Pepe stieß ein kehliges Lachen aus, sein Mundwinkel zuckte.

Emilia hob die Augenbrauen. Hatte Pepe gerade so etwas wie einen Scherz gemacht? Er wirkte so rau, dass selbst ein angedeutetes Lächeln überraschend war.

»Tja … Also Gäste brauchen dann wohl Mietwagen, um in die nächste Stadt zu kommen, oder?«

»Die nächste Stadt ist Lucca. Halbe Stunde mit dem Auto.«

»Ah. Lucca. Auch sehr schön.«

Genau genommen hatte Emilia noch nie was von der Stadt gehört, aber das musste sie Pepe ja nicht auf die Nase binden.

Sie erreichten die Spitze des Hügels, und Emilia blickte wieder aus dem Fenster. Weit und breit war kein Hotel zu sehen. Stattdessen ging es jetzt wieder bergab.

Wie lange würde diese Fahrt denn *noch* dauern?

Emilia richtete den Blick nach vorn, und da sah sie es plötzlich.

Das Meer!

»O mein Gott!«, stieß sie laut aus, und Pepe zuckte vor ihr zusammen.

»*Cos'é?*«, fragte er und schaffte es, zugleich besorgt und wütend zu klingen.

»Das Meer! Das Meer!«, rief Emilia und zeigte mit ausgestrecktem Arm nach vorn, sodass ihre Hand fast Pepes rechte Wange berührte.

»Jaja, schon gut, ich weiß, dass da das Meer ist. Nehmen Sie die Hand weg, ich fahre!«

»Entschuldigung. Ich ... ich wusste nicht, dass wir am *Meer* sind«, sagte Emilia geradezu andächtig.

»Sind wir auch nich'.«

»Na ja, aber wir fahren doch gleich direkt vorbei! Sie haben gesagt, wir sind bald da.«

»*Sì*. Bald.«

Emilia dämmerte langsam, dass das deutsche »bald« mit dem italienischen »*presto*« nicht viel gemeinsam hatte, sagte jedoch nichts, sondern lehnte sich wieder zurück und blickte glücklich aus dem Fenster. Sie fuhren nur kurz durch den Ort, durch dessen schmale Gassen regelmäßig der Anblick des türkisblauen Meeres blitzte, dann bog Pepe wieder nach rechts ab und fuhr erneut bergauf.

»Wie heißt der Ort?«, fragte Emilia.

»Lido di Camaiore.«

Ah. Davon hatte Emilia schon mal gehört. »Und wie weit ist das Hotel vom Strand entfernt?«

»Nich' weit.«

Emilia spitzte die Lippen und versuchte einzuordnen, wie sie das in ihr deutsches Verständnis von Entfernungen übersetzen konnte. Wahrscheinlich überhaupt nicht. Sie seufzte erneut und ergab sich der Situation.

So belebt der kleine Strandort auch gewirkt hatte, so abrupt änderte sich das Bild, als sie auf eine kleine Landstraße bogen. Erneut fuhren sie durch eine klischeehafte toskanische Landschaft. Es ging wieder bergauf, und Emilia drehte sich um, um zu prüfen, ob das Meer noch zu sehen war. Ja, war es. Die Entfernungen waren vielleicht gar nicht so groß, sie wirkten nur so, weil der kleine Fiat nicht mehr als vierzig Sachen zustande brachte.

Sie erklommen einen weiteren Hügel, dann bog Pepe in einen nicht asphaltierten, von Toskana-Zypressen umsäumten Schotterweg ein. Sie wurden langsamer, und Emilia lehnte sich aufgeregt nach vorn. »Wow, *è bellissimo*, Pepe«, sagte sie in dem optimistischen Versuch, Pepe gnädig zu stimmen. *Es ist wunderschön hier.*

Pepe warf ihr einen kurzen Blick durch den Rückspiegel zu, nickte einmal und gab ein zustimmendes Grunzen von sich. Emilia verbuchte das als kleinen Erfolg und hängte ihren Kopf wieder aus dem Fenster. Vor ihr sah sie nichts als den schmalen Kiesweg und zahlreiche hohe Zypressen, die eine Allee bis zum Horizont bildeten. Sie fuhren leicht bergauf, und Emilia nahm an, dass sie ihr Ziel nach dem kleinen Hügel erreichen würden. Ihr Herz begann vor Aufregung zu pochen, und sie lächelte.

»Siamo qui?«, fragte sie. Sind wir da?

»Sì.«

Langsam fuhren sie durch ein offen stehendes, leicht verrostetes Tor und an ein paar verfallen wirkenden Häuschen vorbei. Auf den ersten Blick wirkte das Grundstück sehr groß, fast wie ein kleines Dörfchen oder ein sehr großes *Agriturismo*. Pepe fuhr den schmalen, kurvigen Weg entlang und blieb dann stehen. »So«, sagte er nur, stieg aus und ging weg, ohne Emilia die Tür zu öffnen oder ihr mit dem Gepäck zu helfen.

»Okay, das habe ich wohl verdient ...«, murmelte Emilia und stieg aus.

Sie streckte sich, dann drehte sie sich einmal im Kreis, blinzelte ein paarmal und versuchte, die neuen Eindrücke in sich aufzunehmen.

Wow.

Sie stand vor einem großen, zweistöckigen Steinhaus, an dessen Vorder- und Rückseite einige hohe Pinienbäume standen. Hinter dem Haus ging es steil bergauf in grüne toskanische Hügel. Rechts vor dem Haus senkte die Landschaft sich mehr oder weniger gerade und steil hinab Richtung Meer, während links sanfte Hügel zu sehen waren. Emilia schluckte. Es war ... alt. Ja. Das war das erste Wort, das ihr einfiel. Es war auch das *einzige* Wort, das ihr einfiel. Alt. Sehr, sehr, sehr alt.

Und ... unbewohnt?

Emilia spitzte die Ohren. Nichts. Da waren keine Autos zu hören, keine Stimmen, nichts, was an Zivilisation erinnerte. Nur das Zwitschern der Vögel und das Zirpen der Grillen.

Das konnte idyllisch sein. Das konnte charmant sein und ... Emilias Gedanken gerieten ins Stocken. Ebenso wie ihr Atem. Das Haus, vor dem sie stand, wirkte ebenso verfallen wie die kleinen Häuschen, an denen sie eben vorbeigefahren waren. Emilia machte einen zögerlichen Schritt auf das Haus zu, der Kies knirschte unter ihren Schuhsohlen, und sie zuckte zusammen. Sie fühlte sich wie ein Eindringling in einer verwunschenen Welt.

»Wo bleiben Sie denn?«, hörte sie Pepe rufen.

»Ja, ich komme schon!«

Das konnte doch wohl nicht das Objekt sein, das sie in ein Boutique-Hotel verwandeln sollte! Auf gar keinen Fall! Das Haus hier konnte man ja noch nicht einmal ohne Helm betreten. Nicht, wenn man heil und ohne Schädelbruch wieder herauskommen wollte.

Vielleicht war das hier nur ein Vorort. Ja, genau. Das konnte doch sein. Emilia nickte und ging mit schnellen Schritten zur Vorderseite des Steinhauses. Sie blickte sich nach Pepe um und fand ihn auf einer Art Veranda stehend, hinter der eine offen stehende Doppeltür ins Haupthaus führte.

»Kurze Einführung«, sagte er knapp. »Da oben, den Berg rauf, ist Camaiore. Das ist der nächste Ort. Zehn Minuten mit dem Auto. Da unten, wo wir gerade waren, ist Lido die Camaiore. Der nächste größere Ort. Viele Touristen im Sommer. Teuer und laut.«

Emilia hob die Augenbrauen und versuchte, sich vorzustellen, wie der kleine Italiener eine Großstadt wie Berlin definieren würde, wenn er den schnuckeligen Strandort da unten schon *laut* fand.

»... auch zehn Minuten mit dem Auto«, sprach Pepe weiter, wandte sich ab und ging davon.

Emilia hatte die letzten Wegbeschreibungen nicht mitbekommen und eilte los, um Pepe zu folgen, bevor er hinter der nächsten Biegung verschwand und sie ihn endgültig aus den Augen verlor.

»Das da unten, die Häuser, gehören alle zum Grundstück. Genauso wie die anderen Häuser da drüben, wo wir hergekommen sind. Das war früher mal ein Anwesen einer großen Winzerfamilie. In den kleineren Gebäuden haben die Mitarbeiter gewohnt, dort hinten war ein Lager und so weiter. Sie wissen schon.« Er drehte sich um und deutete auf die Hügel hinter dem Haus. »Da, Richtung Südwesten, ist Lucca, die nächste große Stadt. Halbe Stunde mit dem Auto. Andere Richtung, nördlich die Straße rauf, ist Massa, auch eine größere Stadt. Knappe halbe Stunde. Alles klar?«

Er drehte sich so abrupt zu Emilia um, dass sie zusammenzuckte. Über seinen dunklen Augen zogen sich buschige Brauen, die seine Nasenwurzel zu begraben drohten.

»Äh, nein. Gar nichts ist klar. Wo sind wir hier überhaupt?«

»Hab ich Ihnen doch gerade erklärt.« Er seufzte, drehte sich um und deutete wieder Richtung Hügel. »Da oben, auf dem Berg ...«

»Ja, schon gut, das habe ich verstanden«, unterbrach Emilia ihn. »Aber *wo* sind wir hier?«

»Gemeinde Camaiore.«

»Und ... und ...«, stotterte Emilia, machte eine ausladende Geste, wusste aber nicht, auf was genau sie zeigen sollte, senkte den Arm wieder und starrte über die Schulter zu dem großen Steinhaus.

»Das ... das ist es?«

»Das ist was?«, fragte Pepe.

»Das Hotel?«

Er zuckte mit den Schultern. »Müssen Sie Ihre Firmenbosse fragen. Ich bin nur der Hausmeister.«

»*Sie* sind der Hausmeister?«

»*Sì.* Ich komme einmal die Woche her und sehe nach dem Rechten. Wasser geht. Strom geht auch. Na ja, meistens. Wenn nicht, rufen Sie mich an.«

Emilia schüttelte den Kopf und drehte sich um. Einen Moment lang starrte sie das Steinhaus an, dann ging ihr Blick hinauf zu den grünen Hügeln. Sie drehte sich weiter. Überall war Grün, Grün und noch mehr Grün. Wo war sie hier gelandet? Was sollte sie in dieser unglaublichen *Einöde*?

Sie atmete tief durch und ließ alles auf sich wirken. Dann begann sie, mehr Details wahrzunehmen. Das hier war mal eine schöne Gartenanlage gewesen, da war sie sicher. Da und dort zeichneten sich noch ehemalige Blumenbeete ab. Doch die Natur hatte nach und nach von dem Grundstück Besitz ergriffen, sodass Gestrüpp und Unkraut die Umgebung des ehemaligen Herrenhauses in eine optische Ruine verwandelt hatten.

»Gibt es ... gibt es keinen Gärtner?«, fragte sie leise, weil ihr nichts Besseres einfiel.

»Irgendwo gibt es sicher einen. Früher hatten die Corsini bestimmt mehrere.«

Emilia drehte sich zu Pepe um. »Wer?«

Pepe winkte ab. »Eine reiche, alteingesessene toskanische Familie, der mehrere Villen und Weingüter in der Toskana gehören. Das hier ham sie aber schon vor dreißig Jahren verkauft, also sind die Gärtner wohl schon über alle Berge.« Er setzte sein kehliges, halb angedeutetes Lachen nach.

»Witzig ...«, murmelte Emilia.

»*Sì*. Ich bemühe mich. Sonst noch Fragen, *Signorina*?«

Emilia starrte Pepe an und wusste nicht, wo sie beginnen sollte. Sie wusste nicht, was und wie viel sie ihn fragen konnte, weil sie nicht sicher war, was und wie viel er wusste. Über sie. Über das Projekt. Über die Hotelkette. Über einfach *alles*.

Sie atmete tief durch, drehte sich noch einmal zu dem Haus um, und all ihr Mut verpuffte. Sie ging auf einen großen Stein zu, der aus einem dichten Gestrüpp ragte, und ließ sich darauf fallen. Dann stützte sie die Ellbogen auf den Knien ab und legte ihr Kinn auf ihre Handflächen. Sie hörte, dass Pepe auf sie zukam, reagierte aber nicht darauf.

»Was ist denn mit Ihnen, *Signorina*?«

»Das ist alles ein bisschen viel, Pepe, wissen Sie?«, flüsterte sie, ohne aufzublicken.

»Was?«

»Na ... alles!«

Sie richtete sich auf und deutete auf das Haus. »Sehen Sie sich das doch mal an!«

»Ist ein schönes Haus.«

»Das *war* vielleicht mal ein schönes Haus. Vor hundert Jahren.«

Pepe zuckte mit den Schultern.

»Was soll ich denn jetzt tun?«

»Was fragen Sie mich das? Sie kommen doch im Auftrag dieser Hotelkette, oder? Hab mich schon gefragt, wann mal wer auftauchen würde, immerhin haben die das Grundstück schon vor knapp zwanzig Jahren gekauft.«

»Wie bitte?« Emilia sprang auf.

Sie stand nun ganz nah vor Pepe, der den Kopf etwas in den Nacken legen musste, um ihr in die Augen sehen zu können. Sein Blick war prüfend. »Sie ham nicht viel Ahnung, kann das sein?«

Emilia verdrehte die Augen und verschränkte die Arme vor der Brust. Sie wollte etwas Schlagfertiges entgegnen, doch wie üblich in solchen Situationen fiel ihr absolut nichts ein, und sie stand einfach nur wie zur Salzsäule erstarrt vor dem kleinen, rauen Italiener, dessen Augen neugierig funkelten.

Zwanzig Jahre? Das Grundstück war bereits vor *zwanzig Jahren* gekauft worden? Wieso war so lange nichts daraus gemacht worden? Emilia schluckte. Was hatte es damit auf sich?

»Was is' denn mit Ihnen?«, fragte Pepe erneut. In seiner Stimme lag kein Funken Mitleid, eher so etwas wie Belustigung.

»Nichts.«

Pepe wandte den Blick ab und kratzte sich am Hinterkopf. »Gibt's jetzt noch Fragen an mich, oder nicht?«

»Ja, natürlich habe ich Fragen!«, fuhr sie ihn an. Sie riss erschrocken die Augen auf. »Entschuldigen Sie bitte, es tut mir so leid. Es ist nur ...«

Wieder ließ sie sich auf den Stein fallen. Einen Moment lang herrschte Stille. Dann trat Pepe an sie heran und hockte sich neben sie ins Gras. »Sie wirken traurig, *Signorina.*«

Mit einem Mal klang er richtig einfühlsam. Emilia hob den Kopf und blickte ihm in die Augen. »Ich glaube, das hier ist eine Nummer zu groß für mich, Pepe. Ich weiß nicht, was ich machen soll. Ich weiß nicht, wo ich überhaupt anfangen soll.«

»Was ham Ihre Bosse denn gesagt?«

»Dass ich ein Boutique-Hotel daraus machen soll.«

»Ein was?«

»Ein Boutique-Hotel.«

»Was soll das sein?« In Pepes Gesicht stand die pure Verständnislosigkeit.

»Ein kleines, charmantes, authentisches, persönliches Hotel mit etwas Schick und Eleganz. Eine Wohlfühloase für ein bestimmtes Klientel.«

»Sie gehören doch zu dieser internationalen Hotelkette, *non è vero?*«

»Ja.«

»Wie soll das Ganze dann authentisch und persönlich sein?«

Emilia warf Pepe einen langen Blick zu. »Falls Sie versuchen, mich aufzuheitern, gelingt Ihnen das nicht sehr gut.«

Pepe stand auf und seine Knie knacken. »Nein, versuch' ich nich'. Ich mach' nur meinen Job.«

Emilia stand ebenfalls auf. »Und was ist Ihr Job?«

»Hausmeister. Sagte ich doch.«

»Ja, das habe ich schon verstanden.«

»Wieso fragen Sie dann?«

Emilia atmete tief durch. Dann stellte sie sich direkt vor Pepe und blickte ihm fest in die Augen. »Pepe!«

»*Sì?*«

»Ich bin total neu hier, und wie Sie sicher mitbekommen haben, bin ich mehr als überfordert. Können Sie vielleicht – nur ein *kleines bisschen* – die Samthandschuhe anziehen? Ja? Für mich. Nur heute. Okay? Bitte.«

Pepe seufzte. »*Signorina*, Sie kennen mich noch nich' besonders gut, deshalb sag' ich das gern in aller Deutlichkeit: Ich trage gerade meine Samthandschuhe.«

»Super.«

»Okay. Also, her mit Ihren Fragen.«

»Ich … ich muss mich erst mal umsehen.« Emilia ging langsam los. Pepe folgte ihr. »Dafür brauchen Sie mich?«

Emilia blieb abrupt stehen, und Pepe lief in sie hinein. »Ja, Pepe!«, sagte sie ungehalten, ohne sich zu ihm umzudrehen. »Dafür brauche ich

Sie! Ich brauche jemanden, der mit mir Händchen hält, weil ich sonst nämlich ziemlich sicher gleich in Tränen ausbreche. Okay?«

Pepe murmelte etwas Unverständliches und folgte ihr, als sie sich wieder in Bewegung setzte.

»Was haben Sie gesagt?«, fragte Emilia.

»Ich kann nich' mit Ihnen Händchen halten. Ich bin verheiratet.«

»Das habe ich doch nur im übertragenen … Ach, lassen wir das.«

Eine Weile marschierte Emilia ziel- und planlos übers Grundstück. Sie blickte einmal nach links, dann wieder nach rechts, fuhr mit der Hand die Steine des alten Gemäuers entlang, blieb wieder stehen. Sie hatte nicht die leiseste Ahnung, was sie da gerade machte, wo sie anfangen sollte. Also ging sie einfach nur stur weiter.

»Wie lange gehen wir denn noch so rum?«, fragte Pepe irgendwann.

»Bis mir etwas einfällt.«

»Was denn?«

»Weiß ich nicht.«

»Es ist nur so … Meine Frau hat Mittagessen gemacht. Immer um diese Zeit. Sie macht sich vielleicht Sorgen, wenn ich nich' da bin.«

»Dann rufen Sie sie an und sagen Bescheid, dass Sie heute hier gebraucht werden.«

»Ich hab kein Handy.«

Emilia blieb stehen, drehte sich zu Pepe um und starrte ihn ungläubig an. »Sie haben kein Handy?«

»Nein.«

»Wieso nicht?«

Pepe zuckte mit den Schultern. »Hab mein ganzes Leben keins gebraucht, brauch' jetzt auch keins.«

»Wie soll ich Sie dann bitte erreichen, wenn ich etwas brauche?«

»Da drin ist ein Telefon, muss aber noch angeschlossen werden«, sagte er und deutete auf das Steinhaus. »Und in meinem Haus steht auch ein Telefon. Meine Frau ist immer da. Und wenn sie mal nicht da ist, fragen Sie bei Maria im Kiosk nach. Oder in der Osteria La Pieve in Camaiore bei Letizia. Oder bei …« Pepe unterbrach sich, als er Emilias Blick auffing. »Was is'?«

»Sie veräppeln mich doch, oder?«

»Nein, wieso?«

»Wir leben im einundzwanzigsten Jahrhundert.«

»Ich weiß nich', was Sie damit sagen wollen, aber gut …«
Emilia atmete tief durch und versuchte, das eben Gehörte zu verdauen.

»Sie hat gebacken, wissen Sie? Heute«, sagte Pepe betont beiläufig.

»Wer?«

»Meine Frau. *Cantucci*. Ganz frisch.«

»Und die gibt es zum Mittagessen?«

»Nein, als Nachspeise. Heute gibt es *Pappa al Pomodoro*.«

»Was ist das? Tomatensuppe?«

»So ähnlich. Sehr viel dicker als das, was Sie als Suppe kennen. Mit Brot und Olivenöl … Ich liebe sie mit ganz viel Knoblauch. Den kaufen wir immer ganz frisch auf dem Markt und …«

»Okay, okay«, sagte Emilia sanft und hob abwehrend die Hände. »Wissen Sie was? Ich will nicht, dass Ihre Frau umsonst gekocht hat oder sich sorgt. Gehen Sie essen. Aber kommen Sie dann wieder, okay?«

Pepes Gesicht erhellte sich wie auf Knopfdruck. »Ah, *perfetto*.«

Er war schon auf und davon. »Hey, warten Sie! Ich muss noch mein Gepäck aus dem Auto holen und … könnten Sie mir vielleicht noch zeigen, wo ich wohne?«

»Ich hole Ihr Gepäck, *Signorina*. Ihr Zimmer ist da drin. Haben wir für Sie hergerichtet. Wird Ihnen gefallen.«

Emilia hob die Augenbrauen und drehte sich langsam zu dem Steinhaus um. *Da drin kann man schlafen?*

Zehn Minuten später stand sie neben ihrem Gepäck auf der Veranda, in ihrer Hand einen Schlüsselbund, der fast so viel wog wie ihr Handgepäck, und starrte auf die Flügeltür, die den Eintritt in Emilias neuen Lebensabschnitt markierte. Pepe hatte ihr das Gepäck in Windeseile vor die Füße geknallt und war mit dem Fiat in einer Geschwindigkeit abgerauscht, die Emilia dem kleinen Gefährt niemals zugetraut hätte.

Nun stand sie da, mutterseelenallein im Nirgendwo, und fühlte sich wie Neo in Matrix, der gefragt wurde, ob er die blaue oder die rote Pille haben wolle. So hatte sie sich das alles nicht vorgestellt. Sie wusste zwar nicht, was sie sich vorgestellt hatte, aber sie wusste sehr genau, dass es nicht *das hier* war. Hatte Micha nicht gewusst, in welchem Zustand das Gebäude war, oder besser das ganze Grundstück? Wie automatisch ging Emilias Hand zu ihrem Handy. Sie musste ihn anrufen. Sie musste *irgendjemanden* anrufen und fragen, was nun von ihr erwartet wurde. Natürlich gab es Meilensteine, die im Businessplan standen, doch die waren jetzt schon mehr als illusorisch.

Emilia starrte auf ihr Display, den Daumen unschlüssig über Michas Namen schwebend.

Nein.

Entschlossen steckte sie das Handy weg.

Sie war gerade erst angekommen. Alles war neu. Alles war total einschüchternd und erschreckend. Sie sah den Wald vor lauter Bäumen nicht. Und zwar im wahrsten Sinne des Wortes, denn das Grundstück war so zugewuchert, dass sie absolut *nichts* sah. Irgendwo war das Meer. Das wusste sie. Sie waren nicht weit gefahren, und hier waren überall Hügel. Vielleicht konnte man es von irgendwo oben sehen. Vielleicht gab es sogar die Möglichkeit eines Infinity-Pools mit Meerblick, das wäre großartig! Emilias Stimmung hellte sich augenblicklich auf.

Sie würde das schon irgendwie schaffen. Sie musste nur erst einmal richtig ankommen. Einmal drüber schlafen. Durchatmen. Das hier war *ihr* Projekt. Vielleicht war es eine Nummer zu groß, vielleicht auch nicht. Aber heute war nicht der Tag, an dem sich das entscheiden würde.

4. Kapitel

EMILIA saß auf ihrem Bett und starrte ins Leere. Sie hatte keine Ahnung, wie lange sie schon so dasaß, doch sie konnte sich weder dazu bewegen aufzustehen noch sich schlafen zu legen. Es musste bald auf Mitternacht zugehen, was die Sache nicht besser machte. Denn das Gefühl, mitten im Nirgendwo und völlig allein zu sein, wurde in der dunklen Nacht von Minute zu Minute schlimmer.

Pepe war nach seinem Mittagessen tatsächlich noch einmal gekommen und war mit ihr das Grundstück abgeschritten. Sie wusste, wo die Strom- und Wasseranschlüsse waren, und Pepe hatte ihr versichert, dass das Haus nicht einsturzgefährdet war, was vor einigen Monaten zuletzt überprüft worden war. Das war aber nur ein schwacher Trost angesichts des Zustands des gesamten Grundstücks. Im Grunde war das massive Steinhaus eine leere Hülse. Innen gab es nichts, das auf einen Hauch von Zivilisation hindeutete, bis auf Emilias Zimmer, das kleine daran angrenzende Bad und eine gut ausgestattete, aber alte Küche, die am anderen Ende des Erdgeschosses lag.

Emilia blickte sich um. Sie musste zugeben, dass Pepe ihr Zimmer wunderschön hergerichtet hatte. Nun ja, genau genommen hatte seine Frau sich darum gekümmert, wie Pepe ihr bestätigt hatte. Doch die blütenweißen Bettlaken und die Spitzendeckchen auf der Kommode hatten Emilia auch so verraten, dass da die Hand einer Frau im Spiel gewesen war. Das Zimmer war mit Holzmöbeln im toskanischen Stil eingerichtet, blitzsauber geputzt und alles in allem sehr heimelig. Das Bettgestell war aus Metall, und über der Kopfseite hing ein weißer Baldachin. Gegenüber dem Bett standen zwei wunderschön gefertigte Holzstühle, dahinter führte eine Terrassentür direkt hinaus auf die Veranda. An der rechten Wand gab es einen alten Kamin, links stand eine große Holzkommode. Darauf hatte Pepes Frau nicht nur ihre Spitzendecken verteilt, sondern auch eine Keramikvase mit frischen Blumen. Emilia lächelte und stellte sich eine kleine, runde, pausbäckige

Italienerin vor, was sie irgendwie tröstete. Sie würde Pepe bitten, sie ihr vorzustellen.

Emilias Zimmer befand sich im unteren Stock ganz links, die Küche am anderen Ende. Zwischen ihr und dem Kühlschrank lag ein dunkler Gang, der zu mehreren Zimmern führte, durch eine noch dunklere Eingangshalle und zwei große Räume voller verwaister Bücherregale, die früher einmal Bibliotheken gewesen sein mussten. Obwohl Emilias Magen knurrte, konnte sie sich nicht dazu aufraffen, durch das große, gruselige Haus zu spazieren. Lieber hungerte sie, wenngleich Pepe ihr eine Schüssel mit der Tomatensuppe seiner Frau mitgebracht hatte.

Emilia stiegen Tränen in die Augen, und sie wischte sie mit einer energischen Handbewegung fort. »Heulsuse«, flüsterte sie.

Sie blickte zu ihrem Kissen, doch an Schlaf war nicht zu denken. Sie musste mit jemandem sprechen. Jetzt. Entschlossen griff sie zu ihrem Handy, ignorierte die späte Uhrzeit und wählte Michas Nummer. Micha war viele Jahre ihr Vorgesetzter gewesen, hatte das Hotel in ihrer Heimatstadt in Deutschland immer gut geleitet und Emilia gefördert, wo er nur konnte. Ob er das getan hatte, weil er Emilia mochte oder weil ihr Vater einer der wichtigsten Geldgeber der Hotelkette war, hätte sie nicht mit Bestimmtheit sagen können. Wahrscheinlich war es ein bisschen von beidem. Dennoch – er war immer so etwas wie ein Vertrauter gewesen, und Emilia musste einfach wissen, was das alles hier sollte. Sie atmete tief durch, während es klingelte. Dann ging Micha ran.

»Es ist spät«, sagte er anstelle einer Begrüßung.

»Du schläfst doch ohnehin nie«, gab Emilia zurück.

»Ich hatte deinen Anruf eigentlich früher erwartet.«

»Na ja, es ... war ein langer Tag.«

»Hast du dich gut eingelebt?« Micha klang freundlich und ein bisschen besorgt.

»Micha? Was soll ich hier?«, fragte Emilia direkt.

»Ich verstehe die Frage nicht ... Du hast mich bekniet, dich so schnell wie möglich zu versetzen. Außerhalb der Grenzen dieses verfluchten Landes, waren – glaube ich – deine exakten Worte.«

»Weißt du über den Zustand dieses ... dieses *Hotels* Bescheid?«, fragte Emilia.

»Was meinst du?«

»Es ist alt.«

»Natürlich ist es alt. In der Toskana ist alles alt.«

»Das meine ich nicht, Micha! Es ist … eine Bruchbude!«

Micha seufzte. »Ich habe mich mit den Details nicht beschäftigt.«

Das konnte stimmen oder auch nicht. Emilia wusste nicht, welche Hebel Micha in Bewegung hatte setzen müssen, um Emilia eine schnelle Versetzung, noch dazu ohne Bewerbungsverfahren, zu ermöglichen. Er war seit vielen Jahren Mitarbeiter der Hotelkette, er hatte Verbindungen, er konnte Dinge bewegen.

Bis zu einem gewissen Grad.

»Micha?«, fragte Emilia.

»Ja?«

»Hat mein Vater sich hier eingeschaltet?«

»Ich … habe versucht, das alles außerhalb seines Radars abzuwickeln. Darum hattest du mich gebeten.«

»Und?«

»Was – und?«

»*Ist* es außerhalb seines Radars geblieben? Oder weiß er, wo ich bin?«

Wieder antwortete Micha mit einem lang gezogenen Seufzen. »Ich befürchte, *nichts* passiert außerhalb des Radars deines Vaters, Emilia.«

Natürlich nicht. Weil er ein Kontrollfreak ist.

Er hatte jahrelang versucht, Emilias Mutter zu kontrollieren, bis sie den Mut gefunden hatte, sich von ihm scheiden zu lassen. Der Rosenkrieg, der damals stattfand, hatte Emilia mentale und emotionale Narben zugefügt, die bis heute nicht verheilt waren. Und als ihre Mutter sich endlich befreit und neu geheiratet hatte, war der Fokus der Kontrollsucht ihres Vaters auf Emilia übergegangen.

Emilia schüttelte den Kopf, um sich von den beklemmenden Gedanken zu befreien. »Ich verstehe das alles nicht, Micha. Das Grundstück ist alt, das Haus verfallen. Angeblich wurde es bereits vor zwanzig Jahren gekauft.«

»Ja. Wurde es. Es war billig zu haben, sehr billig. Der Wert muss sich seitdem verzehnfacht haben.«

»Und? Wieso ist nichts passiert?«

»Juristische Komplikationen«, erklärte Micha knapp.

»Juristische Komplikationen? Und die sind jetzt … nicht mehr wichtig?«

»Ich … bin nicht sicher. Hör zu, das ist nicht mein Kompetenzbereich, okay? Ich bin für Italien nicht zuständig. Du wolltest weg, du hast mich bekniet, du hast gedroht, also habe ich alle Hebel in Bewegung gesetzt.«

»Du hast alle Hebel in Bewegung gesetzt, um mich in die Pampa zu schicken? Was soll ich hier?«

Micha schwieg, und das verriet Emilia mehr, als Worte es vermocht hätten. Ein Gedanke drängte sich auf, der zu kränkend war, als dass sie ihn wirklich zulassen wollte. Doch sie musste es wissen.

»Micha, ich will wissen, was ich hier soll. Wo hast du dieses Projekt ausgegraben?«

»Ich habe es mit der Zentrale geklärt.«

»Mit der Zentrale und … dem Vorstand?«

»Ja.«

»Mein Vater hat dich kontaktiert, oder?«, fragte sie. Bittere Galle stieg in ihr hoch.

Micha schwieg.

»Micha? Wenn er dich kontaktiert hat, will ich wissen, warum.«

»Er … er fand es auch eine gute Idee, dass du versetzt wirst.«

Das klang nicht nach ihrem Vater. Ganz und gar nicht. Emilias Vater würde anderen nie sagen, dass sie eine *gute Idee* hatten. Und schon gar nicht würde er Emilia freiwillig aus seinem Kontrollbereich fliehen lassen.

»Was waren seine *exakten* Worte, Micha?«

Sie hörte, dass Micha tief einatmete. »Er sagte, es wäre wohl das Beste für alle, wenn du ein paar Wochen woanders bist, bis du dich beruhigt hast. Du wirst dann schon wieder … angekrochen kommen.«

Nicht, dass Emilia eine solche Reaktion nicht hätte erwarten können, doch diese Worte zu hören, schmerzte mehr, als ihr lieb war. Sie schluckte schwer, Tränen stiegen ihr in die Augen. Und wieder nahm das allumfassende Gefühl von ihr Besitz. Das Gefühl, nicht gut genug zu sein, nicht ernst genommen zu werden, klein gehalten zu werden. Mit einer energischen Bewegung wischte sie sich die heißen Tränen ab, die ihre Wangen hinunterliefen.

»Er denkt also, ich sitze hier bloß meine Zeit ab, bis ich … bis ich mich *beruhigt* habe?«

»Ich befürchte, ja. Ich befürchte, er will, dass du erkennst, dass das Projekt eine Nummer zu groß für dich ist. Dass du …«

… *aufgibst,* vollendete sie den Satz in Gedanken, weil Micha es offenbar nicht über sich brachte, sie mit dieser Wahrheit vollends zu konfrontieren.

»Oh«, sagte sie.

»Und genau deshalb wirst du das nicht zulassen, Emilia. Okay?«

Sie nickte und biss sich auf die Unterlippe.

»Du wirst ihnen etwas präsentieren. Du wirst dein brillantes Köpfchen einsetzen, und dir wird etwas einfallen. Verstanden?«

»Verstanden«, gab sie tonlos zurück.

Sie kannte Michas Motivationsreden, darin war er gut, darin war er sogar meisterhaft. Nur halfen sie dieses Mal nicht. Das hier war einfach zu viel.

»Du siehst dir die Unterlagen genau an, die ich dir gegeben habe, du studierst alles, du entwickelst Pläne, und die legst du der Zentrale vor. Und es müssen *gute* Pläne sein, Emilia, verdammt gute Pläne, die die Dollarzeichen in ihren Augen aufblitzen lassen. So bekommst du sie.«

»Ich weiß«, flüsterte Emilia und wischte sich abermals über die Augen.

Sie verstand, was Micha ihr sagte. Wenn sie aus einem bisher brach liegenden Grundstück ein vielversprechendes Projekt entwickeln konnte, würde die Zentrale dahinterstehen, und ihr Vater würde mitziehen müssen. Er war schließlich Finanzinvestor.

Das klang in der Theorie plausibel, das klang wie eine Chance. Eine Chance für Emilia, endlich zu beweisen, was in ihr steckte. Doch in der Praxis …

Emilia schüttelte den Kopf. »Danke, Micha. Gute Nacht«, sagte sie und legte auf, bevor er antworten konnte.

Die Wahrheit brach über ihr zusammen wie eine eisige Welle. Sie hätte es wissen müssen. Alles war zu reibungslos und zu schnell gegangen. Und sie? Sie hatte ja noch nicht mal richtig nachgefragt. Sie hatte einfach zugesagt und war Hals über Kopf verschwunden. Hauptsache weg. Weg von Björn, weg von ihrem Vater.

Nur, dass er die ganze Zeit über seine Hand im Spiel gehabt hatte. *Wie immer.*

Emilia schniefte, dann griff sie wütend zu einem Taschentuch, wischte sich das Gesicht ab, putzte sich die Nase und zwang sich, sich zusammenzureißen. Er wollte sie scheitern sehen? Schön. Er wollte, dass sie *angekrochen* kam? Super. Sie würde ihm *nichts* von beidem gönnen. Sie würde kämpfen, auch wenn sie noch keine Ahnung hatte, wie sie das anstellen sollte.

Sie sah sich um, schärfte ihren Blick, konzentrierte sich auf dieses Zimmer, diesen Ort. Sie versuchte, Mut, Stärke oder sonst eine brauchbare Emotion aus sich herauszuholen, doch das schien ihr nicht so recht zu gelingen.

Ihr Blick fiel auf die Verandatür, die fest verschlossen war. Sie brauchte frische Luft. Im Zimmer wurde es allmählich stickig. Sie seufzte und stand langsam auf. Sie hatte das Gefühl, allein diese Bewegung würde sämtliche Kraft verschlingen, die noch in ihr steckte. Sie ging zu dem kleinen Fenster rechts neben dem Kamin und kippte es. Sofort drang die angenehme Nachtluft ins Zimmer, begleitet vom Zirpen irgendwelcher Tiere. Emilia machte einen tiefen Atemzug und versuchte, sich zu beruhigen. Seit ihrer Ankunft hatte sie keinen einzigen klaren Gedanken fassen können, und das würde auch nicht besser werden, wenn sie nicht endlich schlief. Sie drehte sich zum Bett, das unglaublich einladend wirkte. Unschlüssig blieb sie am Fenster stehen. Sie hatte sich noch nie so fehl am Platz gefühlt wie in diesem Augenblick.

Ein Geräusch ließ sie zusammenfahren, und die aufkeimende Angst verdrängte alle anderen Emotionen mit einem Schlag. Emilias Blick ging zum Fenster. Ja, tatsächlich. Die Geräusche der Nacht vermischten sich mit etwas anderem. War das … Musik?

Emilia ging nah zum Fenster und spähte nach draußen, doch was auch immer sie da wahrgenommen hatte, war zu leise, und sie konnte nicht zuordnen, aus welcher Richtung es kam. Ihr Blick ging zur Terrassentür.

Diese unglaubliche Dunkelheit, die sie aus ihrem Großstadtleben nicht kannte, machte ihr Angst, doch die Neugierde war größer.

Sie durchquerte das Zimmer, und bei jedem Schritt knarrte der Holzboden. Emilia öffnete die Tür einen Spalt und steckte den Kopf nach draußen. Jetzt hörte sie es deutlicher. Es war tatsächlich Musik. Leise Gitarrenklänge wurden mit dem sanften Wind auf ihre Veranda geweht. Emilia lauschte in die Nacht hinein und drehte den Kopf in die Richtung, aus der die süße Melodie kam.

Sie lächelte. Ein Zeichen von Zivilisation, endlich. Und dann auch noch so ein schönes. Immer, wenn der sanfte Wind nachließ und das Rauschen der Blätter um sie herum verstummte, hörte sie die Musik deutlicher. Irgendwann konnte sie die Töne zu einer Melodie zusammensetzen und erkannte sogar das Lied.

Santa Lucia von Perry Como. Eines der Lieblingslieder der Mutter ihrer ehemals besten Freundin. Die Melodie legte sich wie ein sanfter Schleier über ihre aufgerührte Seele. Emilia schloss die Augen und lehnte sich gegen den Türrahmen.

Danke, Unbekannter, dachte sie und ließ zu, dass die schöne Melodie ihre Sorgen davontrug.

5. Kapitel

ALS Emilia am nächsten Morgen die Augen aufschlug, wurde das Zimmer vom rötlichen Schimmer der Morgensonne durchflutet. Sie hatte keinen Wecker gestellt, und das war auch nicht notwendig gewesen, denn ihre innere Uhr hatte sie geweckt. Sie richtete sich auf, fuhr sich mit den Händen über die Augen und blickte sich um. So früh am Morgen wirkte ihr kleines Reich schon viel einladender als gestern Nacht. Emilia sprang aus dem Bett und öffnete die Doppeltür, die zur Veranda hinausführte. Die Szenerie war dieselbe wie gestern, doch Emilia nahm sie anders wahr. Statt der von Unkraut zugewucherten Blumenbeete sah sie meterhohe Lavendelbüsche, statt der verdorrten Wiese unter den hohen Pinien sah sie saftig grünes Gras, und statt den haltlos in alle Richtungen auswachsenden Sträuchern sah sie exakt zugeschnittene Blumenbeete, um die herum Bienen summten.

»Das kann das Paradies auf Erden werden«, flüsterte sie und lächelte.

Sie konnte es schaffen, das spürte sie. Doch es würde viel Arbeit bedeuten, und sie wusste im Moment noch nicht, wo genau sie beginnen sollte. Doch auch das würde sie herausfinden.

»Ein Schritt nach dem anderen«, sagte sie und ging zurück ins Haus. Sie kramte ihren rosafarbenen Morgenmantel aus ihrem Koffer. Gestern war sie nicht dazu gekommen auszupacken, würde aber den heutigen Tag nutzen, um sich häuslich einzurichten. Und dann würde sie auf Pepe warten und ihn fragen, wie sie hier zu einem Auto kommen konnte. Sie wusste, dass ihr eine Art Firmenwagen zustand, und den würde sie heute besorgen. Sie wollte weder von Pepe noch von seinem krächzenden Fiat abhängig sein.

Emilia holte ein Paar Hausschuhe aus ihrem Koffer, zog sie über und ging den gefliesten Gang entlang durch das Haus in Richtung Küche. Kurz blieb sie stehen, um mit der Schuhsohle über den Boden zu wischen. Unter der dicken Staubschicht verbargen sich edle Fliesen in rustikaler Cotto-Optik. Wieder versuchte sie zu visualisieren, was aus all dem hier werden konnte, statt sich darauf zu konzentrieren, wie es jetzt gerade aussah. Die Fliesen waren gut erhalten und passten perfekt zu den Steinmauern. Es würde nicht schwierig werden, die richtigen Möbel zu finden, Emilia war nahezu sicher, dass Pepe und all seine Nachbarn im angrenzenden Dorf authentisch hausten und ihr daher gute Tipps geben konnten, wo sie die passende Einrichtung fand.

Aber so weit war sie noch nicht. Zuerst musste sie die Pläne studieren, Ideen ausarbeiten und brauchbares Personal finden. Ein Innenarchitekt musste her. Und ein Landschaftsplaner. Beides hoffte sie, in Lucca zu finden, doch bevor sie dorthin fuhr, hatte sie vor, sich die nähere Umgebung anzusehen. In dieser ländlichen Gegend war es notwendig, dass sie sich vorstellte, sonst würden weder sie noch das Hotelprojekt eine Chance haben, von der Gemeinschaft an- und aufgenommen zu werden. Sie konnte nur hoffen, dass das Hotelmanagement beim Kauf dieses Grundstücks und den ominösen *juristischen Komplikationen* nicht zu viel verbrannte Erde hinterlassen hatte. Emilia ahnte, wie die einheimische Bevölkerung für gewöhnlich auf anzugtragende Geschäftsleute reagierte. Sie würde ein paar Freunde brauchen, Leute, die ein gutes Wort für sie einlegten, Leute, die wussten, wie sie an Personal kam. Und zwar schnell. Dazu gehörten Pepe und seine Frau. Sie würde beide zum Essen einladen, um sich besser mit ihnen bekannt zu machen und in Erfahrung zu bringen, wer hier in der Gegend das Sagen hatte.

Emilia ging in die Küche und blickte sich um. Ebenso wie in ihrem Schlafzimmer war auch hier geputzt worden. Allerdings war sie in einem schlechten Zustand und die Geräte, die hier standen, hatten wohl schon mindestens den Zweiten Weltkrieg miterlebt. »Wenn nicht gar den Ersten …«, murmelte Emilia und ging zu der einzigen Maschine, die halbwegs neu wirkte: einem Kaffeevollautomaten.

Sie ließ sich einen doppelten Espresso ein, nahm die Tasse in beide Hände und trat durch die Flügeltür nach draußen. Hier, hinter dem Haus, war es extrem schattig, und das Gelände führte steil nach oben in Richtung der Hügel, hinter denen sich laut Pepe die Stadt Lucca befand.

Emilia trank ihren Kaffee und ging die Mauer entlang, bis sie zur Vorderseite des Hauses kam. Hier sah sie eine breite Wiesenfläche, die, so hoffte Emilia, perfekt für einen Pool geeignet sein könnte. Das

Projekt stand unter dem Motto »Boutique-Hotel mit Charme« – so stand es jedenfalls auf dem Businessplan, der bei den Projektunterlagen steckte –, und da war ein Pool absolutes Muss. *Das könnte tatsächlich etwas werden.* Ein großes Anwesen in typisch toskanischer Bauart, umgeben von einem üppigen Garten mit Pool. Und am besten ein Infinity-Pool. Vielleicht beheizt, um das Hotel das ganze Jahr über attraktiv zu halten? Außerdem Zimmer mit Ausblick. Erstklassige italienische Küche ... Ihr Blick fiel auf den Hügel am linken Ende des Grundstücks vor dem Haus. Eine Panoramaterrasse, auf der die Gäste jeden Abend ihre ganz persönliche *Aperitivo Time* verbringen konnten.

Emilia nickte und lächelte. Noch waren das nur Ideen, einzelne Puzzlestücke, die sie irgendwie zu einem großen Ganzen zusammenfügen musste.

»... und Meerblick«, flüsterte sie und sah Richtung Westen, dorthin, wo das Gelände steil abfiel. Der Blick auf das, was sich dort versteckte, blieb Emilia aufgrund der hohen Sträucher verborgen. Das alles musste weg. Irgendwo dort lag das Meer, und Emilia hoffte, es für sich selbst und ihre späteren Gäste sichtbar machen zu können. Camaiore lag an der Westküste des italienischen Stiefels. »Sonnenuntergänge«, murmelte Emilia und ging zurück auf die Veranda, um einen umfassenden Blick auf die Fläche vor dem Haus zu haben. Sie wollte es nicht nur sichtbar, sie wollte es auch *erreichbar* machen. Das musste doch möglich sein! Es musste doch machbar sein, einen direkten Zugang von diesem Grundstück hinunter zum Meer zu legen. So weit war es nicht. Vielleicht waren Treppen möglich. Oder ein schlangenförmiger Radweg.

Meerblick war in so ziemlich jeder Destination *der* Verkaufsschlager. Damit könnte sie die Hotelzentrale sicher überzeugen. Das wäre die perfekte Lösung. Aber wäre das machbar? Emilia lächelte und trank ihren Kaffee aus. Sie würde all das in Erfahrung bringen.

Sie ging zurück ins Haus, duschte, machte sich fertig und rief dann Pepe an, um ihn zu bitten, sie in den Ort zu fahren.

»Sie brauchen ein Auto, *Signorina*«, sagte Pepe anstelle einer Begrüßung, als er Emilia eine halbe Stunde später abholte.

»Ihnen auch einen wunderschönen guten Morgen, Pepe«, gab Emilia zurück.

»Es ist zehn Uhr. Das ist kein Morgen, das ist fast Mittag.« Emilia seufzte. »In Ordnung. Sie haben recht, ich brauche ein Auto. Wo bekomme ich hier eines?«

»Bei Luigi in Camaiore.«

»Dann fahren wir dorthin. Aber …« Emilia unterbrach sich und starrte auf die ramponierte Lehne des Beifahrersitzes vor sich. Wie sollte sie taktvoll darauf hinweisen, dass sie ein Auto in einem halbwegs guten Zustand brauchte?

»Hat gute Autos, mein Freund Luigi. Aber wenn Sie lieber so eine Luxuskarre wollen, kann ich Sie auch nach …«

»Nein, nein!«, beeilte sich Emilia zu sagen. »Ein Gebrauchtwagen ist in Ordnung. Danke.«

Pepe brummte und fuhr dann mit Emilia zu seinem Freund Luigi. Dort wurde kurzer Prozess gemacht. Pepe und Luigi diskutierten fachmännisch, während Emilia sich umsah und feststellte, was sie ohnedies schon immer gewusst hatte: Sie hatte keine Ahnung von Autos. Sie wusste nicht, worauf sie achten sollte, was für Qualität sprach und was wie viel wert war. In ihrem früheren Leben hatte sie kein eigenes Auto gebraucht und in der Großstadt auch nicht vermisst. Doch hier war sie ohne einen fahrbaren Untersatz aufgeschmissen. Ein leichter Anflug von Panik stieg in ihr auf, befeuert durch das alles umfassende Unsicherheitsgefühl, das an ihr nagte. Sie ging vorsichtig auf Pepe zu, der eine hitzige Diskussion mit Luigi über den Preis eines Autos führte, das vielleicht oder vielleicht auch nicht für Emilia bestimmt war.

»Pepe«, flüsterte sie.

»*Sì?*« Pepe unterbrach die Diskussion abrupt und starrte Emilia aus seinen dunklen Augen an.

»Ich bin nicht sicher, worauf ich achten muss beim Autokauf«, gab sie zähneknirschend zu.

»*Sì*. Ich kümmere mich doch gerade drum.«

Emilia blickte ihn dankbar an.»Das ist so nett von Ihnen, danke. Es sollte verlässlich sein. Ich möchte keine Panne haben. Und ...«

Pepe hob die Hand.»*Sì, sì. Lo so*. Ich weiß das alles. Ein Frauenauto. Bin dabei. Gehen Sie da rüber. Halt, warten Sie noch.«

Emilia blickte Pepe gebannt an, der beide Hände in seine Hosentaschen steckte, kurz darin herumkramte und dann einen zerknitterten Zettel hervorzog.»Da. Schreiben Sie Ihren Preis auf.«

»Meinen Preis?«

»*Sì*.«

»Was für einen Preis?« Emilia riss die Augen auf und fühlte sich noch unbrauchbarer als kurz zuvor.

»Für das Auto!«, sagte Pepe ungeduldig und machte eine dazu passende Handbewegung.

»Ich weiß doch noch nicht mal, von welchem Auto Sie reden!«

»Sie sollen aufschreiben, was sie ausgeben wollen.« Pepe warf Luigi einen Seitenblick zu, packte Emilia am Arm und zog sie ein paar Schritte weiter.»Sonst kann ich nicht verhandeln«, fügte er flüsternd hinzu.

Emilia zuckte mit den Schultern und notierte den Betrag, den sie in ihrem Vertrag als Budget für einen Firmenwagen nachgelesen hatte. Dann steckte sie Pepe den Zettel wieder zu und fühlte sich dabei wie eine Mafiabraut, die einen illegalen Deal aushandelte.

Pepe warf einen Blick auf den Zettel, steckte ihn weg und ging zurück zu Luigi. Die beiden diskutierten sofort weiter, als hätte Emilias Unterbrechung ihr voriges Gespräch per Knopfdruck pausiert. Zum wiederholten Male fühlte Emilia sich fehl am Platz, doch diesmal hatte sie jemanden an ihrer Seite, der ihr half, ohne dass sie überhaupt darum gebeten hatte. Dankbar beobachtete sie Pepe. Offenbar war er der Inbegriff eines Mannes mit rauer Schale und weichem Kern. Bisher war der weiche Kern nur ab und zu hervor geblitzt, doch Emilia ahnte, dass da noch viel mehr zu holen war.

Eine Stunde später saß sie in ihrem neuen mobilen Untersatz. Es handelte sich um einen sechs Jahre alten Alfa Romeo MiTo in Rot, der – das musste Emilia zugeben – perfekt zu ihr passte. Pepe hatte ihr den Wagen mit den charmanten Worten »Da, Ihr Frauenauto« präsentiert, hatte die Zahlung mit Emilias Firmenkreditkarte abgewickelt, Emilia darauf hingewiesen, dass Kreditkarten hier nicht gern gesehen waren, und war dann davongebraust. Emilia blickte glücklich durch die Windschutzscheibe.

Ein Punkt von der To-do-Liste abgehakt, dachte sie erleichtert. *Bleiben nur noch sieben Millionen.*

Sie seufzte, startete den Motor und folgte den weißen Wegweisern mit der Aufschrift *Centro*. Sie wusste noch nicht genau, was als Nächstes anstand, doch sie wusste, dass sie erst mal an Informationen kommen musste. Und die fand sie wohl am ehesten in einem Lokal an der *Piazza* im Zentrum.

Sie stellte den Wagen in einer Seitengasse ab, stieg aus und blickte sich um.

Die Sonne brannte heiß herunter, und Emilia beeilte sich, die schmale Gasse entlang Richtung Hauptplatz zu gehen, um irgendwo ein schattiges Plätzchen zu finden. Sie war dankbar, als sie um die Ecke bog und an einem kleinen Platz einige Schirme ausmachte, die ihr verrieten, dass hier irgendwo ein guter Cappuccino auf sie wartete. *Und etwas zu essen*, fügte sie gedanklich hinzu, als sich ihr Magen laut knurrend bemerkbar machte.

Emilia blieb stehen und blickte sich um. Direkt vor ihr sah sie eine Handvoll kleiner Tische, über die eine rote Markise gespannt war. Über der dunklen Holztür stand in verschnörkelter Schrift *Osteria la Pieve*. Emilia hob die Augenbrauen, denn der Name kam ihr bekannt vor. Hatte nicht … natürlich! Pepe hatte ihr dieses Lokal empfohlen.

Emilia ging zum Restaurant und ließ sich an einem der vier Tische nieder, die vor dem Haus standen. Sie war der einzige Gast. Unter der Woche um die Mittagszeit schien hier generell sehr wenig los zu sein, doch das war ihr nur recht. Vielleicht würde sie mit dem Eigentümer der Osteria ins Gespräch kommen. Was hatte Pepe noch gesagt, wem das hier gehörte?

»Buongiorno, Signorina. Was darf ich Ihnen bringen?«, hörte sie eine sanfte Frauenstimme neben sich und blickte auf.

Vor ihr stand eine hübsche Frau mittleren Alters, deren lange, schwarze Haare ihr über den Rücken fielen. Ihre Augen waren groß, dunkel und blickten überaus wachsam durch die Gegend.

»Hallo!«, sagte Emilia. »Ich heiße Emilia. Pepe hat mir dieses Lokal hier empfohlen.«

»Das ist nett«, sagte die Frau und lächelte. »Ich heiße Letizia Caminello. Pepes Ehefrau ist eine gute Freundin meiner Mutter. Sind Sie auf Urlaub hier, Emilia?«

»Nein. Ich arbeite hier. Mein Arbeitgeber hat das Grundstück hier am Ortsrand gekauft. Wir werden ein kleines Hotel daraus machen.«

»Ach – das Corsini-Anwesen? Wir haben uns schon gefragt, wann mal wer auftauchen würde. Immerhin haben die das Grundstück schon vor einer Ewigkeit gekauft«, wiederholte Letizia, was Emilia bereits von Pepe wusste.

»Ja, tja … Hier bin ich also«, sagte sie und lächelte tapfer.

»Nur Sie?« Letizias Blick durchbohrte Emilia förmlich.

»Äh, ich befürchte … ja.« Emilia blickte sich um, als würde sie in der Umgebung eine befriedigendere Antwort für Letizia finden.

»Na dann … *in bocca al lupo*. Viel Glück«, sagte sie und klang mehr als skeptisch, während sie Emilia gleichzeitig ein strahlendes Lächeln schenkte. »Was kann ich Ihnen Gutes tun? Haben Sie Hunger?«

»Ja. Sehr.«

»Ich habe heute *Pollo alla Cacciatora* gemacht. Wollen Sie das probieren? Ganz frisch mit Tomaten vom Markt und ein paar aromatischen Steinpilzen.«

»Das klingt wunderbar.«

»Ein Glas *vino rosso della casa* dazu?«

Emilia blickte auf ihre Armbanduhr. Es war erst früher Nachmittag, und außerdem war sie mit dem Auto unterwegs. Sie warf Letizia einen unsicheren Blick zu. Die beugte sich zu ihr und zwinkerte. »Keine Sorge, *Signorina*. Sie sind in Italien. Da ist es völlig in Ordnung, zu Mittag ein Gläschen zu trinken. Genießen Sie, kommen Sie erst mal an. Wie lange sind Sie denn schon hier?«

»Seit gestern erst und … ich gebe zu, alles ist sehr überwältigend.«

Letizia nickte und warf Emilia einen mitfühlenden Blick zu. »*Sì*, das kann ich mir gut vorstellen. Und Sie sind wirklich ganz allein hier? Ohne Ihren Boss? Ohne Ihren Mann?«

»Nun ja, der Boss hier bin ich. Und mit einem Mann kann ich nicht dienen«, gab Emilia zurück. Darauf erntete sie, wenn es denn möglich war, einen noch mitfühlenderen Blick.

Ohne ein weiteres Wort zu verlieren, ging Letizia nach drinnen und kam eine Minute später mit zwei gut gefüllten Sektgläsern wieder zurück. »Ich habe Andrea, meinem Mann, gesagt, er soll das Essen machen. Er kann sehr gut kochen. Nicht so gut wie ich, aber er ist dennoch sehr brauchbar in der Küche. Und etwas aufwärmen kann er allemal.« Letizia schenkte Emilia ein verschmitztes Lächeln. »Kommen Sie, nehmen Sie mit mir ein Schluck aufs Haus. Herzlich willkommen.«

»Prosecco?«, fragte Emilia und griff nach dem Glas.

»*No!*«, kam die überaus entrüstete Antwort von Letizia. »Wir sind hier nicht in Venetien, *Signorina*.«

Letizia prostete ihr zu. Emilia merkte, wie ihre Wangen glühten. Sie war Hotelfachfrau! Solche Dinge wusste sie, und ebenso gut wusste sie, wie pingelig Italiener mit den Köstlichkeiten ihrer eigenen Regionen waren. Schon wieder war sie jemandem auf den Schlips getreten. Ihr Einstieg verlief ja wirklich großartig! Schnell trank sie einen Schluck.

»Keine Sorge, Emilia«, sagte Letizia, griff über den Tisch und tätschelte Emilias Unterarm. Als hätte sie ihre Gedanken gelesen, ergänzte sie: »Das alles lernen Sie schon noch. Das hier ist ein *Spumante Rosato*. Den stellen Freunde von uns selber her. Schmeckt er Ihnen?«

»Er ist großartig. Vielen Dank!« Emilia trank einen weiteren Schluck und blinzelte die Tränen weg, die sich in ihren Augenwinkeln sammelte. Dass diese fremde Frau so nett zu ihr war, überwältigte sie geradezu. Überhaupt schien sie alles im Moment zu überwältigen.

Letizia leerte ihr Glas, stand auf und sagte: »So. Dann wollen wir mal sehen, was ich Ihnen noch Gutes tun kann. Und dann erzählen Sie mir von Ihrem Hotel, *sì*?«

Es war bereits früher Abend, als Emilia zurück zu ihrem Wagen ging. Letizia hatte sich den ganzen Nachmittag Zeit genommen, um mit Emilia zu sprechen, und Emilia ihrerseits hatte versprochen, regelmäßig vorbeizukommen. Letizia war nicht nur unglaublich nett, sie hatte Emilia auch eine ganze Reihe an Leuten genannt, die sie für ihr Projekt anwerben konnte. Auf einmal hatte Emilia das Gefühl, hundert Schritte weitergekommen zu sein, und das alles mit nur einem einzigen Gespräch. Sie presste den Zettel, auf dem sie alles, inklusive Letizias Telefonnummer, notiert hatte, an ihre Brust und lächelte selig vor sich hin. Die letzten sechsunddreißig Stunden waren eine einzige Achterbahn der Gefühle gewesen. Kein Wunder, dass Emilia ständig gefühlsduselig wurde. Das würde sich legen, da war sie sich sicher. Irgendwann. Vielleicht.

Lächelnd stieg sie in ihr Auto und fuhr zurück zum alten Hotel. Als sie ihren Wagen auf der Schotterfläche links hinter dem Haus abstellte, war es bereits dunkel, das Konzert der Grillen hatte begonnen und die Hitze der Spätsommersonne war einer angenehm lauen Brise gewichen.

Emilia stieg aus, lehnte sich gegen ihren Wagen und legte den Kopf in den Nacken. Gleich würde der Himmel zu funkeln beginnen. In der Großstadt sah man den Sternenhimmel kaum, doch hier, auf dem Land, wo es nachts kaum noch eine Lichtquelle gab, würde der Nachthimmel zu einem funkelnden Spektakel werden. Emilia sog die Luft ein und genoss den intensiven Duft mediterraner Pflanzen, den sie so sehr liebte.

Ihre Sorgen schienen in diesem Augenblick wie weggeblasen. Letizia hatte ihr Hoffnung geschenkt. Vielleicht war es ihr gutes Essen, vielleicht der Optimismus, den diese Frau ausstrahlte, in jedem Fall hatte sie es irgendwie geschafft, in Emilia ein kleines Feuer zu entfachen.

Emilia lauschte dem angenehmen Zirpen der Grillen und lächelte, als dieses kleine Naturkonzert plötzlich durch die Klänge einer Gitarre ergänzt wurde. Heute war es fast windstill, und sie hörte die Melodie lauter und deutlicher als am gestrigen Abend.

Emilia stieß sich von ihrem Wagen ab und ging ein paar Schritte Richtung Kiesweg, der über das dunkle Grundstück führte und dann bei der kleinen Häuseransammlung endete, die Pepe ihr bei ihrer Ankunft gezeigt hatte.

Die Melodie kam von dort. Aber hatte Pepe nicht gesagt, alles hier sei unbewohnt? Oder hatte sie, Emilia, das einfach angenommen, weil alles so verfallen wirkte?

Sie zögerte. Sie wollte wissen, wer ihr unbekannter Nachbar war, wusste aber nicht, ob sie irgendein Protokoll einzuhalten hatte. Sie war viel zu kurz hier, um zu verstehen, was die Einwohner von ihr erwarteten. War es unhöflich, einfach so bei jemandem vorbeizukommen? Oder war es unhöflicher, es *nicht* zu tun?

Sie zuckte mit den Schultern und ging entschlossen los. Immerhin – das hier war das Grundstück ihrer Hotelkette, oder etwa nicht? Wenn hier jemand wohnte, musste sie wissen, um wen es sich handelte.

Emilia ging den dunklen Kiesweg entlang, der nur vom sanften Silberlicht des Mondes beleuchtet wurde. Mit jedem Schritt kam sie der Musik näher. Nach einigen Minuten stand sie vor der Ansammlung von Holzhütten, die sie bei ihrer Ankunft von Weitem gesehen hatte. Die meisten waren komplett verriegelt. Nirgendwo brannte Licht, und Emilia fragte sich, ob der unbekannte Gitarrenspieler wohl im Dunklen saß. Sie blickte hinauf zum Himmel. Vielleicht reichte ihm auch das Licht des Mondes.

Sie folgte der Biegung des Weges und entdeckte endlich ein Haus, vor dem Licht brannte. Es war klein, sein Grundriss hatte vielleicht eine Größe von zwanzig Quadratmetern. Ein Mann saß davor auf einem Schaukelstuhl. In der kleinen Hütte brannte kein Licht, doch um die zwei Holzpfosten, die das Verandadach trugen, waren bunte Lichterketten gebunden, die fröhlich funkelten.

Emilia blieb versteckt hinter einer Hütte stehen, spähte ums Eck und betrachtete den jungen Mann. Seine Finger glitten wie automatisch über die Saiten der Gitarre, während sein Blick gedankenverloren zum Himmel gerichtet war. Er hatte schwarzes schulterlanges Haar, das feucht im Mondlicht schimmerte, ganz so, als sei er gerade erst aus der Dusche gestiegen. Er trug helle Shorts, sein Oberkörper war nackt. Alles an diesem Szenario wirkte wie ein Bild, und hätten sich die Finger des Mannes nicht bewegt, hätte Emilia glauben können, sie betrachtete ein Kunstwerk. Sie wagte es kaum zu atmen, so gebannt war sie von dem Anblick, der sich ihr bot. Minutenlang stand sie da, unfähig zu atmen, unfähig, sich zu bewegen.

Plötzlich wandte der junge Mann den Blick in ihre Richtung. Seine Finger hielten inne, seine Augen fixierten die Hütte, hinter der Emilia sich versteckt hatte.

»Ich weiß, dass du da bist«, sagte er mit ruhiger, sanfter Stimme.

Emilia zuckte zusammen. Einen Moment lang überlegte sie, einfach wegzulaufen, besann sich dann aber eines Besseren und trat hinter der Hütte hervor.

»Hi«, sagte der Fremde.

»Hi«, gab Emilia leise zurück und ging ein paar Schritte auf ihn zu.

Der Mann machte keine Anstalten aufzustehen, doch er stellte seine Gitarre neben sich ab, strich sich mit den Händen ein paar Haarsträhnen aus der Stirn und betrachtete Emilia eingehend aus dunklen mandelförmigen Augen. Emilia wollte etwas sagen, doch die Worte blieben ihr im Hals stecken. Ihr Blick verfing sich in diesen geheimnisvollen fast schwarzen Augen, die von dichten Wimpern umrandet waren. Auch seine Worte drangen nur halb zu Emilia durch.

Sie starrte fasziniert auf den jungen Mann, der ein regelrechtes Klischee an italienischer Verlockung war – auf eine rohe, fast melancholisch anmutende Art. An einigen seiner Finger steckten Silberringe, um seine Handgelenke waren zahlreiche Lederbänder geschlungen, und beide Oberarme zierten große Tätowierungen, deren Muster Emilia in der Dunkelheit nicht ausmachen konnte.

»Hallo?«, hörte sie ihn fragen.

Sie blinzelte. »Was?«

Nun stand er doch auf, legte seinen Kopf schief und zog einen Mundwinkel leicht nach oben, während er auf sie zuschlenderte. Emilia konnte nicht anders, als ihren Blick über seinen Körper streifen zu lassen. Von dem schönen Gesicht über den trainierten Oberkörper bis zu den muskulösen Beinen und den bloßen Füßen. Es kam ihr vor, als würde sie träumen.

»Ich habe gefragt, was ich für dich tun kann«, fragte er, als er dicht vor ihr stehen blieb.

Emilia blinzelte ein paarmal, dann räusperte sie sich und sagte: »Ähm, nichts. Ich meine ... ich ... ich wollte mich nur vorstellen. Hi.«

Der Mann blickte sie nachdenklich an, dann machte er eine auffordernde Geste.

»Emilia«, brachte sie endlich hervor. »Ich heiße Emilia. Beerling. Emilia Beerling.«

»Aurelio. Hi. Also, was treibt dich wirklich so spät noch her, Emilia Beerling?«

»Ich habe dich spielen gehört ... gerade eben. Und gestern. Ich bin neu hier ... quasi. Oder eigentlich ... nicht *quasi*, ich bin wirklich neu hier. Neu im Ort. Hier.« Sie deutete mit dem Daumen über ihre Schulter und fühlte sich wie ein Vollidiot.

Aurelio blickte in die Richtung, in die sie zeigte. »Du bist hierhergezogen?«

»Nein! Meine ... ich meine, ich arbeite für die Intercore Hotelgroup. Ihr gehört dieses Grundstück.«

»Ah«, sagte Aurelio, nickte knapp, drehte sich um und ging zurück zu seinem Schaukelstuhl. Emilia folgte ihm. »Ich habe mich schon gefragt, wann mal jemand hier auftauchen würde«, sagte er und setzte sich wieder.

Emilia presste die Lippen aufeinander und nickte gequält. »Ja. Den Satz habe ich schon ein paarmal gehört. Tja – hier bin ich.«

Aurelio sah sie nachdenklich an, dann blickte er an ihr vorbei, als erwartete er, dass gleich eine ganze Mannschaft an Hotelpersonal auftauchen würde.

»Ich bin allein«, erklärte Emilia.

Aurelio hob die Augenbrauen, sagte jedoch nichts.

»Du ... äh ... du wohnst hier?«, fragte Emilia schließlich.

»Vorübergehend. Ich habe das abgeklärt.«

»Mit wem?« Die Frage war wie automatisch über Emilias Lippen gekommen, doch an Aurelios wachsamen Blick glaubte sie, Misstrauen zu entdecken.

Er zuckte mit den Schultern und schwieg weiter.

»Okay, dann ... will ich dich nicht länger stören.« Sie drehte sich halb um.

»Du störst nicht«, sagte Aurelio.

Sie blickte ihn wieder an. Da war kein Lächeln auf seinen Lippen, kein Ausdruck in seinem Gesicht, der ihr auch nur ansatzweise verriet, was der Mann dachte. Nur der wachsame Blick aus diesen tiefgründigen Augen, der Emilia das Gefühl gab, nackt vor einem Menschen zu stehen, der bis in ihr Innerstes blicken konnte.

Was war bloß los mit ihr? Sie hatte den Männern abgeschworen! Allen. Sie hasste sie. Alle.

Sie riss sich von Aurelios Anblick los, verschränkte die Arme vor der Brust und sagte: »Dann sind wir wohl Nachbarn.«

»Sieht so aus.«

»Tja ... dann ... Man sieht sich.«

»Man sieht sich, Emilia.«

Abrupt drehte Emilia sich um, stapfte davon und spürte bei jedem Schritt Aurelios Blick in ihrem Rücken. Ihre Knie zitterten, ihr Herz pochte, und ihr war heiß. Sie hatte keine Ahnung, wer dieser geheimnisvolle junge Mann war. Aber sie wusste bereits jetzt, dass er sich mitsamt seiner Gitarrenmelodien heute Nacht in ihre Träume schleichen würde.

Als Emilia am nächsten Morgen erwachte, fragte sie sich, ob ihre nächtliche Begegnung ein Traum gewesen war. Sie strich sich die zerzausten Haare aus dem Gesicht und blickte zu ihrem Fenster, das in Richtung der Holzhütte ging, in der Aurelio angeblich wohnte.

Sie stieg aus dem Bett und tapste verschlafen in ihr kleines Badezimmer. Irgendwie erschien ihr alles unwirklich – das alte Hotel, die Gegend, die Leute, die sie bisher kennengelernt hatte. Nichts davon hatte auch nur ansatzweise etwas mit dem Leben zu tun, das sie bisher geführt hatte.

War es das wirklich wert?

Vielleicht war es gar nicht so wichtig, sich zu beweisen, dachte sie, als sie unter der Dusche stand und das Wasser abwechselnd brandheiß und eiskalt auf sie herabprasselte. Vielleicht war das alles ein Fehler gewesen.

Sie trocknete sich ab und stellte sich vor den Spiegel.

Du wirst dann schon wieder ... angekrochen kommen.

Wütend wischte sie mit der Hand über das angelaufene Glas und betrachtete sich.

Nein. Diesen Gefallen würde sie ihrem Vater nicht tun. Er hatte sie hierher gehen lassen, um sie scheitern zu sehen, um ihr irgendeine Lektion zu erteilen, aber das würde sie nicht zulassen.

»Auf keinen Fall«, flüsterte sie.

Sie ging zurück ins Schlafzimmer, zog sich an und nahm ihr Handy zur Hand. Sie hatte eine Nachricht erhalten. Von Björn.

Schon wieder.

Unentschlossen schwebte ihr Daumen über der Nachricht. Wollte sie wirklich lesen, was darin stand? Sie schüttelte den Kopf und löschte die Nachricht. Sie wollte *nicht* wissen, was Björn ihr zu sagen hatte. Sie wollte endlich anpacken, endlich etwas erreichen, etwas Besonderes, etwas, das ihr selbst und der ganzen Welt zeigen würde, was sie draufhatte.

Sie griff sich die Grundstücks- und Gebäudepläne, nahm eine Digitalkamera mit und ihren Notizblock. Das hier war *ihr* Projekt. Sie hatte eine Chance, und die würde sie nutzen. Sie würde das verdammt noch mal schönste Boutique-Hotel der ganzen Gegend hochziehen und es allen, absolut allen zeigen.

Energisch durchschritt sie das Zimmer, riss die Verandatür auf und erstarrte.

Direkt vor ihrer Tür stand ein alter Mann, den sie in ihrem Übereifer fast über den Haufen gerannt hätte. Sein linker Arm stützte sich auf einen Gehstock, auf seiner Nase klemmte eine große Brille.

»Wer … wer sind Sie?«, fragte Emilia und schnappte nach Luft.

Der Alte schob seine Brille nach oben, funkelte sie böse an und sagte: »Die Frage ist doch eher, *Signorina*, wer zum Teufel *Sie* sind. Und was haben Sie auf meinem Grundstück verloren?!«

II.

»Chi lascia la via vecchia per la nuova,
sa quell che lascia,
e non sa quell che trova.«

(Giuseppe Giacosa, 1847–1906,
italienischer Dichter)

(»Wer den alten Weg um des neuen verlässt,

weiß, was er verlässt,

weiß aber nicht,

was er finden wird.«)

6. Kapitel

EMILIA starrte den kleinen, leicht nach vorn gebeugt vor ihr stehenden alten Mann einen Moment lang an. Vielleicht war er verwirrt? Vielleicht gehörte er zu jemandem? Sie blickte sich suchend um, als würde gleich ein weiterer Fremder aus dem nächstbesten Gebüsch springen, um ihr zu versichern, dass alles nur ein Missverständnis wäre.

»Also?«, fragte der Alte und klopfte zur Untermalung seiner Ungeduld mit dem Gehstock zweimal auf den Verandaboden.

»Also … was?«, fragte Emilia und trat näher.

»Was haben Sie auf meinem Grundstück zu suchen?«

»Das hier ist nicht *Ihr* Grundstück«, gab Emilia zurück und machte eine ausladende Geste. »Das wurde alles von meiner Hotelkette gekauft.«

»Sie sehen nicht aus, als könnten Sie eine Hotelkette besitzen, *Signorina*.«

Emilia seufzte. »Ich meinte doch … Hören Sie, wollen Sie nicht vielleicht erst einmal reinkommen?«

Ohne eine Antwort abzuwarten, drehte Emilia sich um, durchquerte ihr Schlafzimmer und hörte die trippelnden Schritte des Alten hinter sich sowie das regelmäßige Klopfen seines Gehstocks, als er ihr folgte.

Ein hoher Pfiff ließ sie zusammenzucken. Sie wandte sich dem Alten zu und sah, dass er mit gespitzten Lippen vor ihr stand, beide Hände fest um den Knauf seines Gehstocks gelegt hatte, und sich umsah. »Hat Pepes Frau schön gemacht. Sehr schön.« Er nickte anerkennend.

»Sie kennen Pepes Frau?«

Die Augen des Alten schnellten zu Emilia zurück. Durch die dicken Brillengläser waren die dunklen Pupillen stark vergrößert und flößten Emilia einen irrationalen Schrecken ein. Der Alte trug eine missmutige Mimik auf seinem faltigen Gesicht zur Schau, als er sagte: »Natürlich kenne ich Sara. Ich wohne hier!«

Die letzten Worte spuckte er ihr förmlich entgegen, wieder begleitet von einem wütenden Stampfen seines Gehstocks.

»Könnten Sie das bitte lassen?«, fragte Emilia und deutete mit einer vagen Geste auf den Stock. Als Antwort klopfte der Alte mehrfach hintereinander auf den Holzboden. Emilia verdrehte die Augen.

»Der Boden ist zehnmal älter als Sie, *Signorina*. Der hält das schon aus.«

»Schön. Könnten Sie mir jetzt mal verraten, was Sie hier wollen?«

»Habe ich Ihnen doch schon gesagt. Sie sollen mein Grundstück nicht mehr betreten.«

»Das hier ist nicht *Ihr* Grundstück!«

»Das da drüben aber schon!« Er wandte sich um und deutete mit dem Gehstock in eine Richtung irgendwo rechts neben dem alten Hotel. »Und da sind Sie rumgetrampelt. Auf meinem Grundstück! *Basta!*«

Emilia starrte den alten Mann nachdenklich an. Dann ging sie mit energischen Schritten zu ihrem Bett, warf die Grundstückspläne darauf und bereitete sie aus. Dann holte sie den Kaufvertrag aus dem Projektordner und legte ihn daneben, ebenso den Grundbuchauszug. »Hier. Sehen Sie?« Sie fuhr mit den Fingern die Grenzen des Hotelbetriebes ab. »Wo auch immer Sie glauben zu wohnen, es ist bestimmt nicht hier.«

Der Alte stellte sich neben sie, doch anstatt die Pläne anzusehen, starrte er Emilia an.

»Was?«, fragte sie leise und wich etwas zurück.

»Sie haben nicht viel Ahnung, oder?«, fragte er und wiederholte damit exakt die Worte, die sie bereits von Pepe gehört hatte.

»Ja, da scheinen sich hier wohl alle einig zu sein.«

»Was ist das für ein Grundbuchauszug? Ein detaillierter oder ein zusammengefasster? Einer mit historischen Daten?«

»Das … das weiß ich nicht. Ich hatte angenommen …«

Der Alte hob die Hand und unterbrach sie. »Zuhören, *Signorina.*« Er hob den Gehstock und deutete auf eine kleine Fläche am rechten Rand des Grundstückplans. »Das hier ist mein Grundstück. Ich habe lebenslanges Wohnrecht. Wenn Sie mir nicht glauben, holen Sie sich den *gesamten* Grundbuchauszug. *Ha capito?*«

Emilia beugte sich zum Plan hinunter und starrte entsetzt auf den Punkt, auf den der Alte deutete. Sie glaubte ihm nicht. *Noch nicht.* Andererseits hatte sie bis gestern Abend auch nichts von ihrem *anderen* Nachbarn gewusst.

Wenn es stimmte, was der Alte sagte, konnte sie ihre neu geschmiedeten Pläne sofort wieder vergessen. Denn dort, wo er hindeutete, war so ziemlich der einzige mögliche Zugang Richtung Meer, der einzige Ort, wo man mit entsprechenden baulichen Maßnahmen einen Weg anlegen konnte. Sie hatte das alles mit Letizia besprochen. Nun wollte sie das prüfen lassen, wollte einen Landschaftsarchitekten engagieren, der die konkreten Möglichkeiten mit ihr durchging. Aber auch so wusste sie, dass das abfallende Gelände vor dem Hotel an allen übrigen Stellen wohl zu steil oder zu brüchig sein würde.

»Aber da sollte ein Weg für die E-Bikes hin«, flüsterte Emilia und fuhr mit dem Zeigefinger über den Punkt auf dem Grundstücksplan. Sie hörte selbst, dass sie klang wie ein kleines Kind, doch das konnte sie gerade nicht ändern.

»Die was?«

»Die E-Bikes.« Emilia richtete sich auf und blickte den alten Mann an. »Es ist nämlich so, Herr ... Wie heißen Sie überhaupt, wenn ich fragen darf?«

»Giampaolo Rattibaldi.«

»Freut mich sehr, Giampaolo. Mein Name ist ...«

»Hören Sie zu, *Signorina*«, unterbrach der Alte sie erneut. »Wir werden keine Freunde, *sì?* Bleiben Sie einfach von meinem Grundstück weg.«

»Sie müssen nicht so unhöflich sein«, antwortete Emilia und zog einen Schmollmund.

»Ich bin nicht unhöflich. Ich sage nur, was Sache ist. Ich will meine Ruhe. Und wenn Sie hier bald mit ihren Baggern und Arbeitern antanzen, habe ich die nicht mehr. Und das wird ein Problem. *Capisci?*«

»Ja, das verstehe ich. Ich bin aber nicht sicher, was ich dagegen tun kann. Ein bisschen Kompromissbereitschaft von Ihrer Seite wäre da schon recht hilfreich. *Wenn* es denn stimmt, was Sie sagen.«

Der Alte zog seine buschigen weißen Augenbrauen zusammen und funkelte Emilia über seine dicken Brillengläser hinweg an. »Sie behaupten, ich lüge?«

»Ich sage, das alles könnte ein Missverständnis sein. Wissen Sie was, vielleicht wäre dieses Gespräch etwas leichter, wenn wir einen Kaffee trinken. Was sagen Sie?«

»Einfach so?«

Emilia war bereits Richtung Tür gegangen, dann drehte sie sich wieder um. »Was soll das heißen, ›einfach so‹?«

»Espresso trinkt man nur nach dem Essen.«

»Aha. Ist das eine universell gültige Regel, oder darf man die auch mal brechen?«

»Machen Sie, was Sie wollen«, sagte der Alte und zuckte mit seinen knochigen Schultern.

»Schön.«

Emilia ging los, ohne darauf zu warten, ob der Alte ihr folgte oder nicht. Sie hatte diese Achterbahn der Gefühle langsam satt. Jedes Mal, wenn sie auch nur einen Funken Hoffnung im Hinblick auf dieses Projekt verspürte, kam etwas oder jemand und machte ihn zunichte. Jedes einzelne Mal!

Sie war in der Küche am anderen Ende des Hauses angekommen und schaltete die Kaffeemaschine ein. Leise hörte sie das regelmäßige Klopfen des Gehstocks, was ihr verriet, dass der Alte ihr folgte.

Langsam, bedächtig, hartnäckig.

Den werde ich nie wieder los, dachte Emilia und spürte, wie sich ein Kloß in ihrem Hals formte. Sie hatte viel mit Letizia über dieses Projekt gesprochen. Sie war die Einzige, die ihr bisher wirklich hilfreich entgegengetreten war, die ihr Mut zugesprochen hatte, die sich ihre Ideen angehört und ihr Kontakte vermittelt hatte.

Wahrscheinlich hatte sie einfach nur Mitleid.

Doch Letizia kannte die Gegend gut, sie kannte jeden Winkel, jeden Stein, jeden Weg. Emilia hatte sie auf die Idee mit dem Weg runter zum Meer angesprochen. Zu Fuß war es zu weit, hatte Letizia gesagt, aber ein E-Bike-Verleih wäre perfekt. Man müsste nur einen vernünftigen Weg anlegen. Letizias Mann Andrea fuhr Mountainbike und kannte die

Strecken hier in den Hügeln. Mit dem Rad wären es vom Hotel aus keine zehn Minuten. Aber natürlich musste *genau* dort, wo sie den Weg geplant hatte, *Signor* Griesgram ein angebliches Wohnrecht besitzen.

»Na, das werden wir noch sehen«, flüsterte Emilia, zog energisch die Kühlschranktür auf und nahm sich ein in Plastik verpacktes Sandwich heraus.

»Was ist das?«, fragte der Alte.

Emilia zuckte vor Schreck zusammen und ließ fast das Sandwich fallen. Der unüberhörbare Ekel in seiner Stimme ließ sie sich eilig umblicken, denn sie nahm an, dass er eine Maus oder Ratte oder so etwas gesehen hatte. Doch da war nichts dergleichen. Sie biss in ihr Sandwich und drehte sich zum Alten um. »Was meinen Sie jetzt schon wieder?«, fragte sie und schluckte den Bissen halb zerkaut herunter.

»Was zum Teufel *essen* Sie da?«

Emilia hielt sich verdutzt das Sandwich vor die Nase, dann warf sie dem Alten einen irritierten Blick zu. »Ein Sandwich!«

»Das ist doch kein Sandwich. Das ist Müll.« Missbilligend schüttelte er den Kopf.

»Was reden Sie da? Italiener essen so etwas doch auch, oder etwa nicht? Sie nennen es eben nur Panini.«

»Ein Panino, *Signorina*, ist ein mit Liebe hergestelltes kleines Brötchen aus Weizenmehl oder Grieß, das mit ausgewählten Zutaten belegt wird. *Prosciutto Crudo DOP.* Oder *Pomodori e Mozzarella, sì?* Und dann schiebt man es unter den Grill und isst es sofort, solange es noch heiß ist. *Das* da …«, er spuckte die beiden Worte nahezu in Emilias Richtung, hob den Gehstock und deutete auf sie, »ist *kein* Panino.«

Emilia nahm einen weiteren Bissen und kaute, während sie den Alten unbeeindruckt anblickte. »Entschuldigen Sie vielmals, ich wollte Ihr kulinarisches Erbe nicht beleidigen.«

Er schüttelte den Kopf. »Das wurde vermutlich noch nicht mal von Menschenhand gemacht. Wahrscheinlich von irgendeiner Maschine. Bäh!«

»Okay, okay! Da, sehen Sie? Ich lege es weg. Sie haben gewonnen.«

»Mir doch egal. Machen Sie, was Sie wollen. Aber wenn Sie nur annähernd so alt werden wollen wie ich, sollten Sie so einen Müll nicht essen. Kochen Sie mit frischen Zutaten.«

»Super Tipp, vielen Dank.« Emilia drehte sich einmal im Kreis. »Da! Sehen Sie das? Ich habe noch nicht mal eine funktionierende Küche.« *Und selbst, wenn ich eine hätte, könnte ich damit nichts anfangen*, setzte sie gedanklich hinzu. Laut sagte sie aber: »Und um etwas zu kochen, müsste ich erst mal vierzig verdammte Minuten fahren, bevor ich so etwas wie eine Stadt erreiche, um irgendetwas einkaufen zu können!«

»Die Küche ist alt, aber in Ordnung, und der nächste Ort ist nur zehn Minuten entfernt, *Signorina*. Das schaffe ich mit Gehstock und ohne Auto zu Fuß.«

»Sie erzählen mir jetzt aber keine rührende Geschichte, in der Sie als kleines Kind jeden Tag bei Schneetreiben zu Fuß zwei Stunden in die Schule gehen mussten, oder? Weil, ehrlich gesagt …«

»Sie sind ganz schön zynisch für Ihr Alter«, unterbrach er sie.

»Ich bin nicht zynisch! Aber sehen Sie sich doch mal um! Was soll ich denn hier?«

Wieder drehte sie sich im Kreis. Ihre Stimme überschlug sich fast, als die geballte Hoffnungslosigkeit mit einem Mal an die Oberfläche zu brodeln drohte.

»Woher soll ich das wissen? Ich will nur meine Ruhe.«

Emilia seufzte, lehnte sich gegen die Arbeitsfläche und massierte sich die Schläfen mit den Zeigefingern. »Ja. Das haben Sie bereits erwähnt. Mehrfach.«

»In Camaiore gibt es einen sehr guten Feinkostladen. Gleich neben Letizias Osteria. Da können Sie frische Zutaten kaufen«, erklärte der Alte schulmeisterlich, als würde er Emilias drohenden Gefühlsausbruch gar nicht bemerken.

»Der hatte zu.«

»Dann müssen Sie sich nach den Öffnungszeiten richten.«

»Er war *während* der *angeblichen* Öffnungszeiten zu!«, fuhr Emilia ihn an.

»Dann müssen Sie eben kurz warten. *Con la pazienza si vince tutto.* Mit Geduld schafft man alles. *Sì?*«

Emilia ließ die Arme sinken und die Schultern hängen und warf dem Alten einen langen Blick zu. »Ich bin zu erschöpft für Plattitüden.«

»Und ich bin zu alt für Baulärm. Also nehmen Sie Rücksicht, sonst werden Sie's bereuen! *Buona giornata a lei, Signorina.*«

Emilia starrte dem Alten nach, der mit einer überraschenden Behändigkeit aus der Küche trippelte.

Und hoffentlich auch aus meinem Leben, dachte Emilia, griff sich das Sandwich und biss herzhaft hinein.

7. Kapitel

BIS zum Abend hin hatte Emilia das unerfreuliche Treffen mit ihrem neuen Nachbarn fast schon wieder verdaut. Sie hatte zu viel zu tun, musste zu viel planen, zu viele Telefonate führen. Der Projektbericht, den sie der Hotelzentrale vorlegen wollte, musste perfekt sein, fehlerfrei, vielversprechend. Er musste Ideen und Zahlen enthalten, die es der Zentrale unmöglich machten, ihn *nicht* abzusegnen.

Deshalb hatte Emilia den ganzen Tag damit verbracht, ihre Ideen zu konkretisieren und mit Maßnahmen, Meilensteinen und Budgetvorschlägen zu versehen. Was sie nun von ihrem Laptop anstarrte, war allerdings kein Bericht, sondern das absolute Chaos. »Mist«, murmelte sie und fuhr sich mit den Händen übers Gesicht.

Sie war müde und erschöpft. Und wieder mal verschlang sie das Gefühl, mit der Gesamtsituation vollkommen überfordert zu sein. Sie blickte zur Verandatür hinaus, die sie mittlerweile offen stehen ließ, weil die Dunkelheit ihr weniger Angst einjagte, seit sie wusste, dass sie nicht völlig allein in dieser Gegend war. Ihre Gedanken gingen sofort zu Aurelio. Sie stand auf, ging nach draußen und lauschte in die Nacht hinaus.

Und tatsächlich, da waren sie wieder, seine wunderschönen Gitarrenklänge. Heute spielte er keine bekannten italienischen Klassiker, sondern eine, wie Emilia annahm, selbst komponierte Melodie, die sich wie ein beruhigender Schleier um sie legte.

»Genug für heute«, murmelte sie, ging ins Badezimmer und zog sich aus. Sie wollte nur noch duschen und ins Bett. Sie drehte das Wasser auf, doch nichts passierte. »Was ist *jetzt* schon wieder?«, fragte sie, drehte den Wasserhahn zu, dann wieder auf. Aber wieder passierte nichts. »Ich fasse es einfach nicht!«

Sie wollte doch einfach nur eine heiße Dusche. War das zu viel verlangt? Doch alles, was sie bisher aus den alten Wasserrohren hatte herauspressen können, war eine unerwünschte Wechseldusche gewesen. Sie hatte mit Pepe vereinbart, dass er jeden Tag hierherkommen musste. Außer Sonntag, wie Pepe ihr entrüstet entgegengeschleudert hatte. Also kam Pepe jeden Tag außer Sonntag und kümmerte sich um hundert kleine Dinge, angefangen von einer funktionierenden Außenbeleuchtung bis hin zu den Rohren und den Stromleitungen. Doch die Rohre waren alt und zickig, und ganz offensichtlich waren sie heute Abend nicht bei guter Laune, sodass Emilia keine Dusche vergönnt war.

»Das gibt's doch einfach nicht«, rief sie aus, nahm sich ein großes Badetuch, wickelte es sich um den Körper und stapfte nach draußen. Vielleicht hatte Pepe unabsichtlich den Haupthahn abgedreht, oder beim Zulauf klemmte mal wieder etwas. Emilia hatte Pepe bei vielen seiner Handgriffe zugesehen, weil sie etwas lernen und nicht bei jeder Kleinigkeit auf fremde Hilfe angewiesen sein wollte.

Sie ging zur Rückseite des Hauses, wo sich in einem alten Abstellraum die Wasserabsperrhähne befanden. Sie starrte die Rohre und Räder an und versuchte, sich in Erinnerung zu rufen, was Pepe wo und wie gemacht hatte. Sie wusste, dass eines der Räder klemmte, außerdem musste man vorher irgendeinen Schalter umlegen … oder so ähnlich.

Emilia griff zu dem roten Schalter, den einzigen, den sie zu erkennen glaubte, und versuchte, ihn zu lösen. Nichts passierte.

»Mist, Mist, Mist!«, rief sie und blickte sich um.

In der Ecke stand eine von Pepes Werkzeugkisten. Emilia holte einen Hammer hervor und begann, vorsichtig auf den vorderen Bereich des Hebels zu schlagen. Obwohl sie nur sehr zögerlich vorging, verursachte das Hämmern in dieser verlassenen Gegend einen Heidenlärm. Emilia war das egal. Sie wollte doch einfach nur duschen!

Sie seufzte, richtete sich auf, zog das Handtuch fester um ihren Körper und begann von Neuem, auf den Schalter einzuschlagen.

»Was wird das, wenn es fertig ist?«, hörte sie eine Stimme hinter sich und fuhr herum.

Vor ihr stand Aurelio. Er sah sie irritiert an, dann glitt sein Blick völlig ungeniert über ihren Körper. »Nettes Outfit.«

Emilia blickte an sich herunter und verschränkte automatisch die Arme vor der Brust, obwohl das große Badetuch nichts preisgab außer ein wenig nackter Haut auf ihrem Dekolleté und ihre Unterschenkel.

»Gott, hast du mich erschreckt!«, sagte sie. »Was *machst* du hier?«

»Wie es aussieht, helfe ich einer Jungfrau in Nöten. Darf ich?«

Er trat an sie heran und streckte den Arm aus. Der kleine Abstellraum war eng und heiß, und Aurelios Nähe machte Emilia mit einem Mal so nervös, dass sie einen Schritt zurücktrat.

»Aua!«, sagte sie, als sich eines der Rohre in ihren Rücken bohrte.

»Gib mir den Hammer, bevor du noch jemandem wehtust. Bitte.«

Ohne auf eine Reaktion zu warten, nahm Aurelio ihr den Hammer aus der Hand und tat ihn beiseite. Dann legte er Emilia die Hände an die Hüften und schob sie mit einer sanften, aber bestimmten Bewegung aus dem Weg.

»Den braucht man, um …«, erklärte Emilia, deren Blick starr auf den Hammer gerichtet war.

Aurelio hatte sich bereits zum Sicherheitsschalter gebeugt. »Wieso schlägst du auf den armen Schalter ein?«, unterbrach er sie, richtete sich wieder auf und drehte sich zu ihr um. »Aggressionsbewältigungsprobleme?«

Emilia schüttelte entrüstet den Kopf. »Nein! Der klemmt. Ich wollte duschen und …«

»Der klemmt nicht, der ist bereits entsichert. Und der Hammer veranstaltet nur einen riesigen Lärm.«

»Aber etwas stimmt nicht. Das Wasser geht nicht.«

Aurelios Blick ging zu den Absperrhähnen. Er kontrollierte die Räder und sagte: »Die sind alle offen. Es kann natürlich sein, dass … Weißt du was? Es hat vermutlich keinen Sinn, dir die technischen Eigenheiten dieser Bauanlage zu erklären. Du wirst einige der Rohre neu verlegen müssen, die haben sowieso nicht mehr den notwendigen bautechnischen Standard, um die Genehmigung zu erhalten.«

Emilia starrte Aurelio an. »Bist du Installateur? Das wäre super, weil ich nämlich …«

Aurelio hob die Hand. »Nein, bin ich nicht.«

»Aber du kennst dich mit so etwas aus?«

»Mit … so etwas? Hotelprojekten, meinst du? Ja, gewissermaßen.«

»Echt?« Emilia konnte ihr Glück kaum fassen. Da war jemand, der ihr vielleicht helfen konnte, der sich hier auskannte. Sie starrte ihn begeistert an. »Das ist ja super. Vielleicht könnten wir mal …«

»Nein«, unterbrach Aurelio sie. »Können wir nicht. Ich arbeite nicht mehr in diesem Bereich.«

Emilia spitzte die Lippen und bedachte Aurelio mit einem abschätzigen Blick. Ihr war heiß. Und sie war müde. Und erschöpft. Eine Dusche war ihr auch nicht vergönnt. Sie hatte die Schnauze voll! Von diesem Haus, dieser Gegend und Mister Geheimnisvoll, der zuerst einen auf Retter in Not machte und ihr dann einen Korb gab, bevor sie überhaupt eine Frage gestellt hatte.

»Wie es aussieht, arbeitest du gar nicht. Da wäre ein bisschen nachbarschaftliche Hilfe ja vielleicht eine nette Abwechslung«, gab sie patzig zurück.

Zu ihrem großen Entsetzen trat Aurelio einen Schritt näher an sie heran, sodass ihre Körper sich in dem engen Raum fast berührten. Anstatt wütend oder genervt zu reagieren, zog er einen Mundwinkel nach oben und blickte Emilia amüsiert an.

»Du wirkst ein bisschen angespannt. Sicher, dass du das Leben führst, das du führen möchtest?«

Was soll das jetzt wieder? »Ich brauche keine Lektion in Work-Life-Balance, vielen Dank«, gab sie zurück. »Außerdem kennst du mich überhaupt nicht.«

»Ich habe eine ganz gute Menschenkenntnis«, antwortete Aurelio und klang dabei überaus belustigt.

Erneut glitt Aurelios Blick über ihren Körper. Sie konnte ihm ansehen, dass er überlegte, wie sie wohl unter dem dicken Handtuch aussah.

»Könntest du das bitte lassen?«, sagte Emilia.

»Könnte ich bitte *was* lassen?«, fragte Aurelio.

»Diese Blicke. Falls das so was wie ein Flirt werden soll, kann ich dir gleich sagen, dass ich nicht interessiert bin.«

Was ganz und gar gelogen war. Dieser Mann machte sie nervös. Er hatte Gesichtszüge, die wie in Stein gemeißelt waren, sinnliche Lippen, hohe Wangenknochen, einen karamellfarbenen Teint und diese Ausstrahlung, die nicht greifbar und dafür umso anziehender war.

Aurelios Augenbrauen schossen in die Höhe.»Ein … Flirt?«, fragte er. Er starrte sie an, als hätte sie ihm soeben erklärt, dass ein Hausgeist in den alten Gemäuern des Hotels Einzug gehalten hatte. Was sie auch kaum verwundern würde, setzte sie gedanklich nach, wenn man den Zustand des alten Hauses bedachte …

Emilia wandte den Blick ab. Hatte Aurelio etwa gar nicht vor, mit ihr zu flirten? Wieso war er dann hier? Wieso stand er so dicht bei ihr, sah sie so an, blieb, obwohl es hier nichts zu tun gab? War sie schon wieder ins Fettnäpfchen getreten? Oder gehörte das alles zu seiner Ich-bin-ja-ach-so-geheimnisvoll-Masche?

»Ich meine …«, stammelte sie, wusste aber nicht, wie sie den Satz beenden sollte.»Ach, nichts«, setzte sie nach und betrachtete die Absperrhähne mit übertriebener Konzentration.

Aurelio stellte sich in ihr Blickfeld und zwang sie so, ihn anzusehen. Seine Augen funkelten belustigt.»Wie war das noch mal?«, fragte er nach.

»Nichts. Vergiss es«, wiederholte Emilia.

Aurelio betrachtete sie eingehend.»Wie gesagt … du wirkst ziemlich angespannt. Um nicht zu sagen: zickig.«

»Ich bin überhaupt nicht zickig!«, gab Emilia entrüstet zurück.»Und *wie gesagt:* Du kennst mich überhaupt nicht.«

Aurelio beäugte Emilia aus zusammengekniffenen Augen, als müsste er abwägen, ob er die nächsten Worte laut aussprechen sollte. Er entschied sich dafür.»Emilia, das hier ist eine *sehr* kleine Gemeinde. Jeder weiß, wer du bist, jeder weiß, was du hier willst. Und im Übrigen weiß auch jeder, dass du Pepes kleinen Fiat verspottet hast, sodass jetzt jeder denkt, du bist eine versnobte Großstadtziege aus dem Ausland.«

»Was?« Emilia klappte der Mund auf. Sie wollte etwas entgegnen, etwas besonders Schlagfertiges.»Ich …«, begann sie, schloss dann aber unverrichteter Dinge wieder den Mund.

»Er hängt sehr an dem Wagen«, erklärte Aurelio ruhig und wirkte belustigt angesichts Emilias Unfähigkeit, ganze Sätze zu formulieren.»Er hat ihn selber zusammengebaut. Mehrfach.«

»Ich habe ihn nicht verspottet, ich …«, versuchte Emilia eine Verteidigung, doch die Worte blieben ihr im Hals stecken. Was hatte dieser Mann nur an sich? Nicht, dass sie sonst eine besonders schlagfertige Person gewesen wäre, aber zumindest war sie in der Regel dazu imstande, halbwegs in ganzen Sätzen zu sprechen. »Ich habe ihn *nicht* verspottet«, wiederholte sie vehement.

»Da habe ich etwas anderes gehört.«

Emilia schüttelte den Kopf. *Versnobte Großstadtziege aus dem Ausland?* Wie konnte er ihr das einfach so ins Gesicht sagen? Was fiel diesem Typen ein?

»Pepe erzählt, du hättest ein Gesicht gemacht wie sieben Tage Regenwetter, als er dich aus deinem Luxushotel abgeholt hat.«

Emilia begann, energisch den Kopf zu schütteln. So war sie doch überhaupt nicht! Sie wollte sich weiter verteidigen, wollte Aurelio erklären, dass alle ein ganz falsches Bild von ihr hatten, dass alles ganz und gar nicht nach Plan lief und dass sie, verdammt noch mal, *Hilfe* benötigte. Ja, sie wollte es geradezu hinausbrüllen. Doch sie tat nichts dergleichen. Sie atmete nur tief durch. Dass Aurelio sie amüsiert beobachtete, wie sie sich augenscheinlich zu sammeln versuchte, ignorierte sie geflissentlich.

»So bin ich überhaupt nicht«, war alles, was sie erschöpft hervorbrachte. »Ich versuche doch, die Leute hier im Ort kennenzulernen. Und es hilft mir überhaupt nicht, wenn du mir sagst, dass sich offenbar schon *jeder Einzelne* ein Bild von mir gemacht hat. Ein falsches, im Übrigen. Ich … bemühe mich, wirklich. Aber es ist schwer für mich.« Die Worte brachen aus Emilia hervor, ohne dass sie es hätte verhindern können. Vielleicht wollte sie es auch gar nicht verhindern. Vielleicht brauchte sie einfach nur irgendjemanden zum Reden. Egal wen.

Aurelio bedachte sie mit einem langen Blick. »Es ist schwer für dich?«, fragte er.

»Ja«, antwortete Emilia und nickte.

»Na gut, dann helfe ich dir. Also, was willst du denn wissen?«

»Bist du hier aufgewachsen?«

Aurelio lächelte kurz. »Ich meinte, was du über die Leute wissen willst.«

»Du gehörst auch zu *den Leuten*. Und jetzt frage ich *dich*. Also?«

Aurelio zögerte. »Nein«, sagte er dann. »Ich bin nicht hier aufgewachsen.«

»Wohnst du schon lange hier?«, fragte Emilia weiter.

Schweigen. Das konnte Aurelio richtig gut, stellte Emilia fest. Bedeutsam schweigen, mit Blicken kommunizieren – Blicke, die bis ins Mark gingen. Blicke, die bei ihr einschlugen wie eine Bombe.

»Was?«, fragte sie und merkte, dass sie schon wieder zickig klang. »Sind die Fragen zu persönlich? Kratzen sie an deiner geheimnisvollen Aura?«

Aurelio schnaubte belustigt. »Du bist unterhaltsam, Emilia.«

»Und du sehr schweigsam.«

»Nur, wenn man mir belanglose Fragen stellt.«

»Meine Frage war belanglos?«

»*Sì.*«

»Warum?«

»Weil du eigentlich etwas ganz anderes wissen willst. Oder?«

Mit einem Mal war Aurelios Blick nicht mehr amüsiert, sondern wissend. Auf was spielte er denn jetzt wieder an? Emilia atmete tief durch. Dieses Gespräch hatte eine eigenartige Wendung genommen.

»Was will ich denn wissen?«, fragte Emilia und merkte selbst, wie schnippisch sie klang.

»Hm … lass mich überlegen«, sagte Aurelio. »Man munkelt, dass du nicht viel Ahnung hast. Und Giampaolo hat versucht, Pepe nach den Plänen deiner Hotelkette auszufragen, und erwähnte beiläufig, dass du sehr überrascht schienst, dass er hier wohnt. Daraus schließe ich, dass du aus mir herausquetschen möchtest, was ich wiederum über Giampaolo weiß. Richtig?«

Emilia blinzelte ein paarmal. Das war doch wohl die Höhe! Wo war sie hier gelandet? Im Sprintverein für Stille-Post-Spieler? Energisch schüttelte sie den Kopf.

»Das stimmt überhaupt nicht! Ich wollte dich *nur* kennenlernen.«

»Wirklich? Wieso?«

Sie zuckte mit den Schultern.»Wir sind Nachbarn, oder?«

»Ah.«

»Ich meine … du wohnst auf meinem Grundstück. Auf dem Grundstück des Hotels.«

»Tu ich.«

Emilia fiel etwas ein, und sie sah ihn erschrocken an.»Bitte sag mir nicht, dass du hier auch ein Wohnrecht hast!«

Aurelio schüttelte den Kopf.»Nein. Ich habe meinen Einzug hier mit Giampaolo und Pepe besprochen, und sie hatten nichts dagegen. Aber wenn du willst, dass ich gehe, dann gehe ich.«

Sie schüttelte den Kopf.»Du spielst wirklich sehr schön Gitarre«, sagte sie unvermittelt.»Ich habe die Musik gleich an meinem ersten Abend hier gehört. Es hat mich beruhigt zu wissen, dass jemand hier ist.«

»Danke.«

»Spielst du schon lange Gitarre? Bist du Musiker? Du sagtest, dass du nicht mehr …«

»Du stellst viele Fragen, *cara* Emilia«, unterbrach Aurelio sie.

Das tat sie tatsächlich, stellte sie fest, obwohl sie sich doch geschworen hatte, keinen Mann mehr an sich heranzulassen. *Wirklich, sehr konsequent*, schalt sie sich gedanklich und wollte dieses eigenartige Gespräch in dieser dunklen, heißen Kammer endlich abbrechen. Doch dann blickte sie Aurelio in die Augen und war nicht in der Lage, sich zu rühren. Sie sahen sich einfach nur an, wenige Zentimeter voneinander entfernt stehend, ohne sich zu berühren. Emilia wusste nicht, wie lange sie so verharrten. Sie wusste nur, dass sie sich in diesen Augen verlieren würde, wenn sie nicht aufpasste.

Und sie *musste* aufpassen. Sie hatte keine Zeit für so etwas.

Sie konnte nicht.

Sie *wollte* nicht.

Gerade wollte sie sich abwenden, da hob Aurelio seinen Arm, legte ihr den Finger unters Kinn und rückte näher an sie heran. Emilias Herz schlug ihr bis zum Hals.

»Glaub mir«, sagte er leise, während er ihr tief in die Augen blickte. »Du willst nichts von mir.«

»Was?«, fragte sie heiser. Dann räusperte sie sich schnell. »Ich meine … natürlich nicht. Ich … ich kenne dich doch gar nicht.«

»Ich lebe gern frei, ich bin gern allein, ich verbringe viel Zeit in der Natur, ich denke viel nach und ich mache keine Pläne«, erklärte Aurelio, ohne den Blick von ihr abzuwenden oder den Finger von ihrem Kinn zu nehmen. »Ich hasse Verpflichtungen, Termine, Erwartungshaltungen und Konventionen. Ich bin nie pünktlich, halte keine Versprechen und gehe keine Bindungen ein. Und nein, ich kenne dich nicht, aber mein Instinkt sagt mir, dass du in jedem einzelnen Punkt das exakte Gegenteil bist. Glaub mir«, schloss er seinen Monolog, »du willst nichts von mir.«

Emilia schüttelte benommen den Kopf. »Nein«, sagte sie leise. »Will ich auch nicht.«

»Gut.«

»Gut.«

Und dann, ganz plötzlich, beugte er sich zu ihr und hauchte ihr einen Kuss auf die Lippen, so sanft und so kurz, dass es mehr das folgende Prickeln auf ihren Lippen denn die tatsächliche Berührung war, die sie nach Luft schnappen ließ. Sie öffnete die Augen, wollte etwas sagen, doch da war Aurelio bereits verschwunden.

8. Kapitel

VIELE Tage und gefühlte dreihundert Telefonate später beobachtete Emilia breit lächelnd und mit vor Stolz pochendem Herzen, wie fünf Männer und eine Frau das Grundstück unsicher machten. Die Frau hieß Anna Ferrara, war eine begnadete Architektin und die Schwägerin von Letizia, Emilias neuer Freundin aus dem Ort. Letizia hatte ihr Anna wärmstens empfohlen, und nachdem Emilia ihr telefonisch ein Honorar angeboten hatte, das selbst für deutsche Verhältnisse großzügig, für diese ländliche Gegend hier aber ein Vermögen darstellte, hatte Anna sich bereit erklärt, sich das Projekt anzusehen. Emilia hatte angenommen, Anna würde erst mal allein kommen, doch sie war gleich mit einer ganzen Mannschaft an Helfern aufgetaucht. Emilia hatte ihr erklärt, dass sie erst in der Planung war und das Projekt vom Management abgesegnet werden musste, bevor mit den Arbeiten begonnen werden konnte. Das hatte Anna verstanden und Emilia versichert, sie werde den besten Entwurf vorlegen, den Emilia sich nur wünschen konnte.

Nun war Anna zur Zweitbegehung hier und hatte auch gleich ein paar Handwerker mitgebracht, die das große Steinhaus auf Herz und Nieren prüfen sollten. Zudem hatte Anna ihr auch gleich mehrere gute Landschaftsarchitekten genannt. Emilia hatte sich bereits für einen entschieden, war gestern mit ihm die Pläne durchgegangen und hatte ihm gezeigt, was sie sich wie vorstellte. Auf dem Grundstück gab es viel zu tun, Bäume und Sträucher mussten beschnitten, Blumenbeete neu angelegt, Büsche zurechtgestutzt, ganze Teile gerodet werden.

Am kleinen Hügel links vor dem Haus wollte Emilia eine Panoramaterrasse anlegen lassen, denn von dort aus hatte man einen guten Blick zur Küste, sobald die Bäume und Sträucher ausreichend gestutzt waren. Da Camaiore an der italienischen Westküste lag, würden die künftigen Gäste von hier aus atemberaubende Sonnenuntergänge betrachten können. Der Hügel war nicht sehr steil, dennoch entschied

Emilia sich gegen einen Schotterweg und für eine Treppe, die hinauf zur neuen Panoramaterrasse führen sollte.

Für die andere Seite, rechts vor dem Haus, wo eine großzügige Wiese in eine steil abfallende Böschung mündete, die sich hinab Richtung Meer senkte, hatte Emilia ebenfalls bereits ihre Ideen mit dem Landschaftsplaner besprochen. Die Böschung würde gerodet werden und große Terrakotta-Tongefäße, in die abwechselnd Lavendelbüsche und Rosen gesetzt werden sollten, würden einen Weg säumen. Mitten in der Wiese sollte dann der Panoramapool entstehen. Ohne die hohen Sträucher, die im Moment noch die Sicht versperrten, würde man dann auch von hier zum Meer blicken können.

Blieb noch der mögliche Meerzugang. Der Landschaftsarchitekt war mehr als begeistert von Emilias Idee gewesen, einen breiten, in Schlangenlinien verlaufenden Weg anzulegen, der vom Hotelgrundstück hinunter zur Küste führte. Möglich war es. Theoretisch. Praktisch aber gab es noch das Hindernis in Form ihres alten Nachbarn, von dem Emilia aber nichts erzählt hatte. Darum würde sie sich noch kümmern müssen.

Aber eins nach dem anderen.

Was noch fehlte, war ein geeigneter Innenarchitekt. Auch da hatte Letizia Emilia ein paar Namen genannt. Anna hatte ihr ebenfalls schon einige gute Kollegen empfohlen. Emilia hatte nun die Qual der Wahl. Ganz im Gegensatz zu ihren Befürchtungen, dass niemand mit der *versnobten Großstadtziege aus dem Ausland* arbeiten wollen würde, schienen die Kandidaten geradezu Schlange zu stehen. Egal, was die Leute aus der Gemeinde von ihr hielten – der Spruch »Geld stinkt nicht« galt offenbar auch in Italien, und jeder war glücklich über ein Unternehmen, das Kapital und Arbeitsplätze brachte.

Wahrscheinlich hatte Aurelio gelogen. Seit ihrer nächtlichen Begegnung vor einigen Tagen hatte sie ihn nicht mehr gesehen, wenngleich sie ihn Abend für Abend von weit entfernt Gitarre spielen hörte. Sie war wütend gewesen, dass dieser Mann sie einfach küsste und dann verschwand, als ob nie etwas gewesen war. Sie hatte gewartet, hatte angenommen, er würde auftauchen, sie vielleicht mal zu einem Espresso oder einem Glas Wein einladen.

Aber nichts da. Er hatte sie geküsst, und dann war er nie wieder aufgetaucht.

Was auch besser so war, sagte Emilia sich ein ums andere Mal. Sie hatte keine Zeit für so etwas. Und keine Nerven. Sie hatte weitaus wichtigere Probleme. Demnächst würde sie den Projektbericht an das Management schicken, und sie hatte keine Ahnung, ob das, was sie da entworfen hatte, reichen würde.

Sofort gingen ihre Gedanken zum alten Mann von nebenan und zu seiner indirekten Drohung.

... nehmen Sie Rücksicht, sonst werden Sie's bereuen!

Doch der Alte war nicht noch einmal aufgetaucht. Emilia war allerdings nicht sicher, ob das ein gutes oder ein schlechtes Zeichen war. Aber das war im Moment auch völlig egal, denn sowohl Anna als auch der Landschaftsarchitekt hatten Emilia zu ihren guten Ideen gratuliert und sie geradezu eifrig in der Detailplanung unterstützt. Emilia hatte endlich das Gefühl, etwas richtig zu machen, und das gänzlich aus eigener Kraft.

Dennoch war sie nervös, ja, der Gedanke an den Bericht ans Management bereitete ihr geradezu Magenschmerzen. Denn mit einem Bericht war es nicht getan. Es stimmte, dass ein riesiger Schritt geschafft war, wenn das Projekt von der Zentrale abgesegnet wurde. Doch auch danach musste Emilia weiterkämpfen. Kurze Statusberichte mussten wöchentlich, Detailberichte monatlich von ihr abgefasst werden. Sie dachte an ihren Projektbericht, der auf ihrem Laptop gespeichert war und den sie stunden- und tagelang mit klopfendem Herzen geschrieben hatte, halb erstickend an ihren Selbstzweifeln. War das, was sie plante, zu viel? Zu wenig? War es die richtige Richtung? Würde es die Leute in der Zentrale überzeugen?

Bisher hatte sie in den Bericht knallharte Fakten hineingeschrieben, einige Skizzen beigefügt und einen aktualisierten Budgetplan entworfen, von dem sie hoffte, dass er realistisch war. Nun fehlten noch die Erstentwürfe der Architekten plus deren Budgetpläne.

Und die Sache mit dem Meerzugang ...

Sie hatte die Idee in einem Telefonat mit Micha angesprochen, und er war begeistert gewesen. Er hatte ihr geraten, das Thema *unbedingt* zu erwähnen, weil die Chancen damit um ein Vielfaches stiegen. Den alten Mann hatte Emilia dabei nicht erwähnt, weil sie nicht wusste, wie involviert Micha war, und weil sie noch keine Ahnung hatte, wie sie dieses Problem, wenn es denn eines werden sollte, angehen sollte.

Besser nicht zu viel verraten, war ihre Devise. Sie würde sich darum kümmern. Irgendwie. Irgendwann.

Sie hatte gezögert und den Abschnitt mit dem Meerzugang vollständig in den Bericht übernommen. Sie hatte sich geschworen, ihr Bestes zu geben, nicht zu scheitern, für den Erfolg dieses Projekts zu kämpfen. Und dazu gehörte auch, Nägel mit Köpfen zu machen und dem Management Pläne vorzulegen, zu denen niemand Nein sagen konnte.

Sie war eine Macherin. Das sollten alle mitbekommen! Alle sollten wissen, dass sie die Richtige für dieses Projekt war.

»Klopf, klopf«, sagte jemand hinter ihr, und Emilia fuhr herum.

Letizia stand auf der Veranda und lächelte sie fröhlich an.

»Letizia! Hallo! Ich habe gar nicht mit dir gerechnet«, sagte Emilia und ging auf sie zu.

»Ich habe heute Morgen mit Anna telefoniert, und ich musste mir das alles einfach live ansehen. Ich hoffe, du hast nichts dagegen?«

»Natürlich nicht! Ich freue mich über deinen Besuch.«

»Es ist ja so aufregend«, sagte Letizia und stellte einen großen Korb ab, der, wie Emilia annahm, über und über mit Essen gefüllt war. Bereits bei der Vorstellung daran lief ihr das Wasser im Mund zusammen. Sie hatte sich seit Tagen nur von Sandwiches ernährt – wenn sie denn überhaupt mal zum Essen kam.

Letizia lachte, als sie Emilias Blick Richtung Korb folgte, und sagte: »Du musst am Verhungern sein, *cara*. Du isst bestimmt nicht genug.«

»Ach, das geht schon«, sagte Emilia und winkte ab. Ihr knurrender Magen strafte diese gleichgültige Geste Lügen.

Letizia grinste und nahm den Korb. »Jetzt essen wir erst mal, und dann zeigst du mir alles. *Sì*?«

Emilia blickte sich um. Auf dem Grundstück herrschte heilloses Durcheinander, weil Anna mitsamt ihrer Mannschaft an allen Ecken und Enden gleichzeitig herumwerkelte, Maß nahm, Flächen absteckte und sonstige Arbeiten verrichtete, um die letzten Details in ihren Entwürfen zu perfektionieren. Emilias Blick fiel auf den Hügel vor dem Haus. Letizia stellte sich neben sie.

»Sieht hübsch aus, das Plätzchen.«

»Das wird eine Panoramaterrasse. Na ja, im Moment ist es nur ein begraster Hügel mit vielen ungestutzten Sträuchern drum herum ...«

»Ich bin sicher, es wird zauberhaft, *cara*. Hast du deinen Bericht schon abgeschickt?«

Letizia sah Emilia prüfend an. Sie wusste von ihrer zögerlichen Haltung, sie wusste, dass sie sich davor drückte, den Projektbericht abzuschicken. Alles stand und fiel mit der Antwort, die sie von der Zentrale erhalten würde.

Emilia schüttelte den Kopf. »Ich warte noch auf Annas Entwürfe ...«

»Aber wenn du die hast, schickst du ihn ab, *sì*? Mach dir keine Sorgen. Das wird großartig!« Sie blickte zur geplanten Panoramaterrasse. »Wollen wir da oben essen? Hast du Klappstühle?«

»Ja. Ich hole sie. Geh schon mal vor.«

Letizia ging voraus, und Emilia folgte ihr wenige Minuten später, zwei Klappstühle unter die Arme geklemmt. Sie setzten sich und beobachteten das Geschehen von oben, während Letizia ein kleines Picknick herrichtete.

»*Allora*, wir haben Trauben, *Finocchiona, Salsicce, Raviggiolo* ...«

Emilia lachte. »Was auch immer das alles sein mag.« Sie warf Letizia ein entschuldigendes Lächeln zu.

»Du wirst das alles im Nullkommanichts kennenlernen. Das hier ist unsere *Finocchiona*, eine leckere Fenchelsalami. Passt sehr gut zu den Trauben. Und *Salsicce* kennst du, *no*? Eine leckere Wurst. Sehr würzig. *Raviggiolo*, das ist ein sehr leckerer Weichkäse.«

»Klingt himmlisch.«

»Ich bin noch nicht fertig, das sind nur die Snacks. Ich habe *Panzanella* gemacht, hier. Das ist Brotsalat. Sehr beliebt bei uns. Ganz einfach, mit Tomaten, Gurke, Zwiebel und viel Olivenöl und Knoblauch.«

»Du verwöhnst mich viel zu sehr, Letizia. Wenn du wieder weg bist, muss ich mich von Sandwiches ernähren. Und ich werde sicher ein paar Tränen vergießen, während ich an dein wunderbares Essen denke.«

»Sandwiches? Das ist doch kein Essen!«

Emilia verdrehte die Augen. »Ja. Das hat mein Nachbar auch schon gesagt.«

»Giampaolo? Habt ihr euch schon kennengelernt, ja?«

»Das kann man so sagen«, stöhnte Emilia und ließ keinen Zweifel daran, wie unangenehm diese Begegnung war.

»*Ah! Non è così grave, cara.* Alles halb so wild. Giampaolo ist sehr nett.«

»Okay …«, murmelte Emilia, griff nach der Schüssel mit dem Brotsalat und hielt sie sich unter die Nase. »Hm, riecht das lecker.«

»*Grazie.*« Letizia reichte ihr eine Gabel, Emilia nahm sie und machte sich über den Salat her.

»Er wirkt etwas ruppig«, erklärte Letizia, die sich ein paar Trauben in den Mund steckte. »Aber er ist ein netter Mann. Na ja, er hat eben viel erlebt ...«

»Ach ja? Was denn?«, fragte Emilia mit vollem Mund.

»*Queso e quello*«, sagte Letizia und machte eine vage Handbewegung.

Queso e quello, dachte Emilia und schüttelte den Kopf. Dies und das. Vage Antworten waren hier wohl an der Tagesordnung.

Bevor Emilia nachfragen konnte, wechselte Letizia das Thema und blickte sie aus neugierig funkelnden Augen an. »Und was ist mit deinem anderen Nachbarn?«

»Wen meinst du?«, fragte Emilia betont desinteressiert.

»Na, unseren hübschen Aurelio. Den musst du doch auch schon gesehen haben. Er wohnt irgendwo da drüben.« Sie deutete vage in die Richtung, in der die kleinen Häuschen standen.

Emilia zuckte mit den Schultern, nahm einen weiteren Bissen von Letizias köstlichem Salat und wandte den Blick ab.

»Ooooh, ich sehe, du hast ihn schon kennengelernt«, hakte Letizia nach und beugte sich nah zu ihr.

Emilia war sich schlagartig ihrer verräterisch glühenden Wangen bewusst und schüttelte schnell den Kopf. »Wir sind uns nur flüchtig begegnet.«

»Er könnte dich hier rumführen. Wenn du magst, frage ich ihn.«

»Nein!«, stieß Emilia etwas zu laut aus.

Letizia sah sie nachdenklich an. »Aber du bist so ein hübsches Mädchen.«

Emilia zog die Augenbrauen zusammen. »Was soll das denn heißen?«

»Du hast gesagt, du bist ganz allein hier. Ich finde ...«

»Letizia!«, unterbrach Emilia sie. »Ob du es glaubst oder nicht, ich bin zufrieden. Ich komme gut allein klar. Du musst hier keine Verkuppelungsaktion starten.«

»Das wollte ich doch gar nicht. Aber ein hübsches Ding wie du sollte sich etwas vergnügen, *no?* Und wer weiß, vielleicht ...«

Emilia hob die Hand und brachte Letizia zum Schweigen. »Glaub mir, ich habe mich genug vergnügt. Und ich bin genug dabei verletzt worden. Und ich habe genug dabei gelernt. Ich will einfach nur ...« Emilia dachte kurz nach. Sie schüttelte in einer hilflosen Geste den Kopf und sprach leise weiter: »Ich will mich einfach mal nur auf mich konzentrieren, verstehst du?«

Letizia spitzte die Lippen und betrachtete Emilia eingehend. »Hm«, machte sie dann.

Bevor Emilia fragen konnte, was das nun wieder zu bedeuten hatte, sprang sie plötzlich auf, winkte Anna zu, die am Fuße des Hügels vorbeikam, und lief hinunter zu ihrer Schwägerin.

Emilia beobachtete, wie Anna und Letizia sich herzlich umarmten, als hätten sie sich monatelang nicht gesehen, obwohl Emilia von Anna wusste, dass sie und ihr Ehemann erst vor wenigen Tagen bei Letizia zu Abend gegessen hatten. Die Herzlichkeit der beiden Frauen berührte Emilia, und mit einem Mal überkam sie eine Woge der Einsamkeit.

Ich bin hier völlig allein, dachte sie und schluckte schwer.

Doch das würde schon werden. Sie war doch noch gar nicht lange hier. Es dauerte, sich an einem neuen Ort einzuleben. Noch dazu an *so* einem Ort, in einer so kleinen, eingeschworenen Gemeinde. Sie würde hier immer die Fremde bleiben, die, die nicht dazugehörte.

Emilia wandte den Blick ab und seufzte. Sie dachte über ihre eigenen Worte nach.

Ich will mich einfach mal nur auf mich konzentrieren.

Wann hatte sie das jemals getan? Wann war sie jemals wirklich komplett auf sich allein gestellt gewesen? Vielleicht war es das, was in ihrem Leben bisher gefehlt hatte, was sie in ihrer Entwicklung zurückgehalten hatte. Vielleicht …

Ich lebe gern frei … ich bin gern allein … mein Instinkt sagt mir, dass du in jedem einzelnen Punkt das exakte Gegenteil bist …

Emilia schluckte schwer. Hatte Aurelio recht? War sie das exakte Gegenteil? War sie überhaupt in der Lage, allein zu sein? Sie schüttelte energisch den Kopf. Natürlich war sie das. Was wusste der schon über sie? »Nichts«, gab sie sich flüsternd selbst zur Antwort und steckte wütend die Gabel in den Salat.

»*Cara!*«, rief Letizia und schreckte Emilia aus ihren Gedanken auf. Sie drehte sich zu ihr um. »Wenn du mit Essen fertig bist, komm runter und bring den *vino* mit. Da ist eine Flasche im Korb.«

Emilia nickte und lächelte dankbar. *Na ja*, dachte sie, *ganz so allein bin ich wohl auch wieder nicht.*

9. Kapitel

MIT bis zum Hals klopfendem Herzen starrte Emilia auf die E-Mail vor sich. Sie hatte ihren Bericht vor drei Tagen abgeschickt. Sie hatte ihn geprüft und überarbeitet, nochmals gelesen, noch ein paar Details hinzugefügt, andere gelöscht. Dann hatte sie sich endlich getraut und auf Senden geklickt.

Und dann war das große Warten losgegangen. Sie hatte kaum essen oder schlafen können, in ihrem Bauch hatte es ständig rumort. Wie lange, hatte sie sich ständig gefragt, würde die Zentrale für eine Antwort brauchen?

Bis heute. Bis *jetzt*. Denn gerade eben war die Antwort gekommen. Das Management hatte sich zu ihren Plänen geäußert.

Positiv!

Sie hatten sich tatsächlich positiv geäußert! Ihr Bericht war mit einigen Anmerkungen zurückgeschickt worden, die größtenteils Fragen hinsichtlich des Budgets betrafen. Am besten hatten ihnen die Panoramaterrasse und der Meerzugang gefallen. Allein dieser würde die Zimmerpreise in die Höhe treiben und damit auch die künftigen Einnahmen der Hotelkette. Das Management hatte eine entsprechende Planrechnung beigefügt und mit der Notiz »Perfekt, unbedingt umsetzen!« versehen.

»Das ist der Plan«, sagte Emilia und grinste.

Ihr Handy klingelte. Es war Micha. Sie ging ran und sagte aufgeregt: »Hast du die E-Mail gelesen?«

»Habe ich«, gab er zurück und lachte. »Du hast es geschafft, Emilia! Du hast es tatsächlich geschafft! Nicht, dass ich je daran gezweifelt hätte ...«

»Geschafft habe ich noch gar nichts«, gab Emilia sich betont bescheiden. Sie hatten die erste Phase abgesegnet. Das war ein Meilenstein. Ein *wichtiger* Meilenstein, zugegeben. Jetzt konnte es losgehen, sie konnte die Arbeiter einstellen und ihre Pläne umsetzen ...

Doch, Micha hatte recht. Sie hatte es geschafft. Sie hatte den Startschuss abgegeben.

»Ich freue mich so«, sagte sie.

»Dieser Meerzugang! Geniale Idee. Der hat sie umgehauen. Der war dein bestes Argument.«

»Ja, richtig«, gab Emilia zurück.

»Ich glaube, ihnen war nicht klar, dass das überhaupt möglich ist. Das Grundstück liegt so weit oben.«

»Ja, das tut es. Das Gelände fällt auch sehr steil ab. Aber an einer Stelle kann man einen Weg bauen. Ich habe das bereits mit einem Landschaftsarchitekten besprochen, und er sagt, dass es möglich ist.«

»Genial. Perfekt. Ich gratuliere dir.«

Emilia schluckte. Auf die Details war sie – wohlweislich – in ihrem Bericht nicht eingegangen. Und sie hatte auch nicht vor, Micha auf die Nase zu binden, dass es da noch ein paar ... nun ja ... Ungereimtheiten gab.

»Das wird sicher super umgesetzt werden«, sagte sie. *Irgendwann, wenn ich die Sache mit dem Alten geklärt habe*, setzte sie gedanklich nach.

»Sehr gut. Wirklich gute Arbeit, Emilia. Vielleicht war das alles das Beste, was dir passieren konnte. Vielleicht hat Björn dir einen Gefallen getan ... Sorry.«

Björns Namen zu hören, versetzte Emilia einen Stich. Obwohl sie bis über beide Ohren in ihrem neuen Projekt steckte, hatte sie die Sache nach wie vor nicht überwunden. Dass man sie nicht für gut genug gehalten hatte, dass ihr eigener Vater sie ausgebootet, ihr Freund sie hintergangen hatte, kratzte stark an ihrem Stolz und stach genau in die emotionale Schlangengrube der Selbstzweifel, in der sie schon ihr Leben lang steckte. Das alles war ... nun ...

... *the story of my life*, dachte Emilia und fragte sich, wie oft es Männern noch gelingen würde, ihr das Gefühl zu geben, sie wäre ein Nichts.

»Emilia?«, drang Michas Stimme zu ihr durch.

»Ja?«

»Ich sagte, es tut mir leid. Das mit Björn hätte ich mir sparen sollen.«

»Vergiss es, alles gut. Hör zu, ich muss jetzt los, ich habe einen Termin bei der Behörde. Bis dann.«

Sie legte auf.

Björn konnte ihr nun wirklich egal sein. Das Hotelmanagement hatte ihren Projektbericht abgesegnet und für gut befunden. Das war alles, was zählte.

Sie blickte auf die Uhr. In einer Stunde hatte sie einen Termin bei der Behörde. Sie musste die Sache mit dem Wohnrecht klären. Sie musste genau wissen, welche Möglichkeiten sie hatte. Nicht, dass sie den Alten, Giampaolo, ausbooten wollte. Das war ganz und gar nicht ihre Art. Aber sie musste wissen, wem welche Grundstücke gehörten, die im Umkreis des Hotels lagen, und welche Möglichkeiten es gab, diesen verdammten Weg anzulegen.

Den aktuellen Grundbuchauszug für das Hotel hatte sie bereits beantragt und ernüchtert festgestellt, dass Giampaolo natürlich die Wahrheit gesagt hatte. Das war ein Problem. Aber eines, das Emilia lösen würde. Irgendwie.

Viel interessanter war jedoch die mit dem Grundstück verbundene Geschichte. Bis zum Jahr 1994 war es ewig im Besitz der Corsini-Familie gewesen. Die hatte es an einen gewissen Francesco Rattibaldi verkauft. Das musste ein Verwandter von Giampaolo sein. Das Grundstück war dann allerdings nur zehn Jahre, bis 2004, in Francescos Besitz geblieben und dann – überraschend günstig – an Emilias Hotelkette verkauft worden. Francesco hatte keinerlei Rechte am Grundstück behalten, Giampaolo aber schon.

Was war da wohl vorgefallen?, fragte Emilia sich. War das Grundstück einfach eine gute Investition für die Familie Rattibaldi gewesen? Oder steckte mehr dahinter?

Der Alte hat viel erlebt, hatte Letizia gesagt. Aber was? Und hatte es etwas mit diesem Grundstück zu tun?

Emilia hatte das Gefühl, mehr über die Geschichte herausfinden zu müssen. Wenn sie großes Pech hatte, war sie auf die Gunst des Alten angewiesen, und der hatte ja wohl mehr als deutlich gemacht, dass er nicht vorhatte, ihr irgendeinen Gefallen zu tun. Also musste sie sich eine andere Strategie ausdenken. Doch dafür brauchte sie erst mal Informationen.

Sie zog ihr schwarzes Kostüm aus dem Schrank. Bei ihrem Behördentermin wollte sie professionell aussehen, kompetent. Sie wollte wie jemand erscheinen, der etwas zu sagen hatte. Sie zog sich um, band ihr blondes Haar zu einem strengen Dutt, trug leichtes Make-up auf und verstaute alle relevanten Unterlagen in einer Aktentasche. Dann warf sie einen letzten Blick in den Spiegel. »Also dann ... zeigen wir es ihnen«, flüsterte sie und ging nach draußen.

Als sie bei ihrem Wagen ankam, saß Aurelio auf einem großen Stein daneben und stimmte seine Gitarre.

»Hallo«, sagte sie überrascht und blickte schnell an sich herunter. In seiner Gegenwart kam sie sich in ihrem Business-Aufzug plötzlich lächerlich vor.

»Hallo«, sagte er, legte seine Gitarre beiseite und stand auf. Sein Blick schweifte langsam über ihren Körper. »Was trägst du da?«

»Ich habe einen Geschäftstermin«, sagte Emilia und versuchte, besonders souverän zu klingen.

»Einen Geschäftstermin? Wo?«

»Im Gemeindeamt.«

»Trifft sich gut, ich wollte dich nämlich fragen, ob du mich in den Ort bringen kannst. Mein Fahrrad wird gerade repariert.«

»Von mir aus.« Sie zuckte mit den Schultern und sperrte das Auto auf.

Bevor sie sich hineinsetzte, zog sie ihren Blazer aus, um ihn bei der Fahrt nicht zu zerknittern. Außerdem hatte es im Auto gefühlte vierzig Grad. Sie atmete erleichtert auf, als der sanfte Wind durch die ärmellose Seidenbluse an ihre Haut drang.

Aurelio saß bereits auf dem Beifahrersitz, als sie ebenfalls ins Auto einstieg. Plötzlich war Emilia sich Aurelios körperlicher Nähe nur allzu bewusst. Als er sich angurtete, berührte sein Oberarm den ihren, und sie spürte, wie warm und weich seine gebräunte Haut war.

Lass das, ermahnte sie sich gedanklich, fuhr los und richtete den Blick stur nach vorn.

»Das musst du hier eigentlich nicht ...«, sagte er unvermittelt.

»Was?«

»Zusperren.«

»Wovon sprichst du bitte?«

»Du musst das Auto nicht zusperren, niemand tut das hier.«

»Aha. Und wenn du es offen vorgefunden hättest, hättest du es dir vermutlich einfach geschnappt und wärst damit in den Ort gefahren, und ich wäre rausgekommen und hätte einen Herzinfarkt bekommen.«

»Es war *nur* ein gut gemeinter Hinweis, *cara* Emilia. Die Leute denken sowieso schon, dass du …«

»Weißt du was?«, unterbrach sie ihn gereizt. »Ich will davon nichts hören, okay? Erzähl mir einfach nicht, was *die Leute* von mir denken. Ich will hier einfach nur einen guten Job machen.«

»Du wirkst angespannt.«

»Ja. Danke. Diese Information hast du mir bereits gegeben.« *Zusammen mit einem Kuss, über den wir offenbar nicht sprechen werden.* »Und ich wirke ganz sicher nicht angespannt.«

Emilia spürte seinen Blick auf sich und konzentrierte sich noch vehementer auf die Straße.

»Du kannst doch gar nicht beurteilen, wie du auf mich wirkst«, widersprach Aurelio.

»Will ich auch gar nicht«, sagte Emilia gereizt. Obwohl sie ihn nicht ansah, konnte sie förmlich spüren, wie ihre Reaktion ihn amüsierte.

»Also gut«, wechselte Aurelio das Thema und klang nun wesentlich ernster, »erzähl mir von deinem Termin.«

»Wieso?«

»Weil du vielleicht Hilfe brauchst.«

»Brauch ich nicht, vielen Dank.«

»Bist du sicher?«

Nein, dachte sie, sagte aber: »Ja!«

»Und doch wirkst du angespannt. Wenn ich das merke, merken die das auch. Und die werden ohnehin nicht sehr beeindruckt von einer jungen blonden, deutschen Frau sein, die einen auf Business macht.«

Emilia sog scharf die Luft ein und warf Aurelio einen schnellen Seitenblick zu. »Ich *mache* nicht auf Business. Ich weiß sehr genau, was ich tu.«

»Dann musst du auch so auftreten.«

86

»Tu ich doch.«

»Dir steht deine Unsicherheit ins Gesicht geschrieben. Wenn ich das merke, dann ...«

»Ja, ja«, unterbrach Emilia ihn, »dann merken *die* das auch.«

»Genau. Worum geht es?«

Emilia überlegte, wie viel sie Aurelio erzählen sollte. Nach wie vor wusste sie nicht viel über ihn. Sie wusste nicht, wer er war, was er tat und was er überhaupt hier wollte. Da war es wohl nicht besonders klug, projektinterne Details mit ihm zu besprechen.

Also schwieg sie.

»Es geht um Giampaolo, ja?«

Emilia verdrehte die Augen und hielt beharrlich den Mund.

»Mal überlegen ... Du arbeitest für eine große Hotelkette, die außer Geld nur Geld im Kopf hat. Über Jahrzehnte hat sich niemand um dieses Grundstück geschert, was bedeutet, dass sie bisher keine gute Idee hatten, wie sie hier ausreichend Geld rauspressen können. Dann bist du plötzlich aufgetaucht. Also hattest du eine solche Idee, die du ihnen nun präsentiert hast, und plötzlich leuchten die Dollarzeichen in den Augen des Managements ...« Aurelio pausierte und blickte aus dem Fenster, als führe er dieses Gespräch mit sich selbst weiter.

Emilias Wangen glühten. Was er sagte, stimmte, nur, dass sie keine Idee präsentiert hatte. Jedenfalls nicht vorab. Sie hatte um eine Versetzung gebeten, und ihr Vater hatte sie hierher ... geschubst. Gelenkt. Wie auch immer man es formulieren wollte, er hatte ihr das Projekt zugeschustert, in der Hoffnung, sie würde schnell an ihre Grenzen stoßen. Und ihre ach so tolle *Idee*, nun ... Die würde erst zünden, wenn sie eine weitere, im Idealfall *explosive* Idee hätte, wie sie mit ihrem alten Nachbarn umgehen sollte.

»Ging es bei deiner Idee um den Meerzugang?«, fragte Aurelio unumwunden und blickte sie nun wieder von der Seite an.

Emilia zuckte zusammen. Als könnte er ihre Gedanken lesen ... »... verflucht noch mal ...«, murmelte sie und schüttelte den Kopf.

»Was ist?«

»Nichts. Ich frage jetzt noch einmal: Du kennst dich mit Hotelprojekten aus?« Er sah nicht so aus. Er wirkte auch nicht so. Aber die Art und Weise, wie er hier Schlussfolgerungen zog, sagte ihr, dass er nicht nur *irgendwas* mit Hotelprojekten zu tun gehabt hatte.

»Ja. Früher mal.«

»Also hast du Ahnung von solchen Dingen, oder? Was hast du beruflich gemacht?«

Er machte eine wegwerfende Handbewegung. »Ich frage mich ja nur, wieso du die behördlichen Dinge nicht geklärt hast, *bevor* du das Projekt übernommen hast«, sprach er dann weiter, als hätte er ihre Frage gar nicht gehört.

Emilia seufzte und schwieg.

»Oder ...«, fuhr Aurelio fort, »... hast du dieses Projekt gar nicht aktiv übernommen, sondern wurdest hierher versetzt, und jetzt steckst du in der Scheiße?«

Emilia merkte, wie ihre Wangen knallrot anliefen. Doch sie konnte absolut nichts dagegen tun. Sie presste die Lippen aufeinander und fuhr stur weiter, bis das kleine Ortsschild von Camaiore auftauchte.

»Ich habe recht, nicht wahr? Das würde auch erklären, warum du wirkst, als wärst du total überfordert.«

»Könntest du jetzt bitte aufhören, ja?«, stieß Emilia aus, bog ein letztes Mal ab und parkte vor dem Gemeindeamt.

Aurelio wandte sich zu ihr und schnallte sich ab. »Dafür machst du deine Sache doch ganz gut.«

Emilia schluckte schwer und fühlte, wie Tränen aufstiegen. Sie atmete tief ein und unterdrückte die aufkommende Panik. Plötzlich spürte sie Aurelios warme Hand auf ihrem Unterarm und zuckte zusammen.

»Du machst das wirklich gut, okay?«, sagte er mit dieser ihm eigenen ruhigen Ernsthaftigkeit in der Stimme. »Du musst aufhören, dich so leicht verunsichern zu lassen.«

»Danke für den Tipp«, murmelte Emilia und verkniff sich die Bemerkung, dass es wohl pure Ironie war, dass gerade der Mann, der sie im Moment am meisten verunsicherte, einen solchen Ratschlag von sich gab.

Aurelio drückte sanft ihren Arm, und sie hob den Kopf, um ihn anzusehen. Sofort verlor sie sich wieder in seinen Augen, die so ernst und tiefgründig in die Welt blicken konnten. Sie dachte an den Kuss, den er auf ihre Lippen gehaucht hatte, und fragte sich, ob er ebenfalls daran dachte und wieso er das überhaupt getan hatte.

»Überleg doch mal, was du da oben schon alles erreicht hast«, sagte er und riss sie aus ihren Gedanken. »Die Handwerker haben mit der Arbeit begonnen. Das sagt mir, dass auch dein Management denkt, dass du deine Sache gut machst. Sonst wärst du doch gar nicht mehr hier. Also – was ist das Problem? Der Meerzugang?«

Emilia nickte. *Du hast es genau getroffen. Mal wieder.*

»Du hast die Idee aufgeworfen, und die wollen sie jetzt natürlich unbedingt umsetzen, weil das eine massive Wertsteigerung bedeutet.« Das war keine Frage, sondern eine Feststellung.

»Sieht so aus«, sagte Emilia.

»Okay, pass auf. Du bist hier vielleicht in einem kleinen Provinznest, das deiner Ansicht nach unter deiner Würde ist …«

»Das stimmt nicht!«, unterbrach Emilia ihn entrüstet, doch er ignorierte sie und sprach einfach weiter.

»… aber das bedeutet nicht, dass hier lauter Hinterwäldler arbeiten. Im Gemeindeamt sitzen knallharte Politiker, die tagtäglich mit ebenso knallharten wie äußerst korrupten Geschäftsmännern zu tun haben. Willkommen in Italien. Du gehst da mit einem konkreten Plan rein, mit Fakten. Du fragst nicht, du sagst, was du willst. Du sagst, was du brauchst. Du redest nicht viel drum herum. Du machst sehr, sehr deutlich, wer deine Bosse sind, wie viel Kapital deine Bosse und in weiterer Konsequenz du zur Verfügung haben. Das ist alles, worum es geht. Dann werden sie mit dir sprechen und, falls möglich, konstruktive Lösungen mit dir durchgehen. Okay?«

Emilia nickte langsam und starrte Aurelio fassungslos an.

»Es würde auch helfen, mit ein paar betriebswirtschaftlichen Begriffen um dich zu werfen.«

»Betriebswirtschaftliche Begriffe?«, fragte Emilia.

»Ja. Ich bin immer ganz gut mit dem Eisbergmodell der Prozessprobleme gefahren.«

Emilia musste lächeln. »Bist du das, ja? In deinem geheimnisvollen früheren Beruf, über den ich nichts erfahren darf?«

Aurelio winkte ab. »Das war mein altes Leben. Lassen wir das. Zurück zum Eisbergmodell. Es ist bildhaft, es ist einfach, es klingt verdammt gut, und du kannst mit vielen hübschen Wörtern sehr vage Beschreibungen machen.«

»Und wie genau funktioniert dieses Modell?«

»Gib mir mal was zu schreiben.«

Emilia zog einen Block aus ihrer Aktentasche und reichte ihn Aurelio mitsamt einem Kugelschreiber. Mit geübten, schnellen Bewegungen fertigte Aurelio einen Eisberg an, zeichnete eine Wellenlinie in die Mitte davon und schrieb über die Welle die Worte ›greifbare Möglichkeiten‹ und unter die Welle ›leicht zu übersehende verlorene Möglichkeiten‹.

»Das Eisbergmodell gibt es ja in vielen Bereichen«, erklärte er und schrieb ein paar Schlagworte um den Eisberg herum. »Es geht nur darum, was für das menschliche Auge wahrnehmbar ist und was nicht. Du argumentierst vor allem mit den drohenden verlorenen Möglichkeiten. Hier.« Er tippte mit dem Stift unter die Wellenlinie. »Was könnte die Gemeinde Camaiore verlieren, wenn sie dich nicht unterstützt? *Sì*?«

Emilia nickte und beobachtete fasziniert Aurelios Hand, zu der der Kugelschreiber eine natürliche Verlängerung zu bilden schien. Der Stift flog geradezu über das Papier, und neben Wörtern fertigte er auch da und dort eine kleine Skizze von Münzen, Dollar- und Fragezeichen an, die irgendwie kreativ und kunstvoll auf Emilia wirkten.

»Du bist wohl tatsächlich Künstler, oder?«, fragte sie.

Er hob den Kopf, strich sich eine seiner schwarzen Haarsträhnen aus der Stirn und sagte: »Wir reden aber jetzt über dich, oder etwa nicht?«

Emilia nickte und blickte auf die Uhr. »Ich muss jetzt rein.«

»Komm zehn Minuten zu spät.«

»Das kann ich doch nicht machen! Das ist total unhöflich!«

»In Deutschland vielleicht. In Italien ist es unhöflich, wenn du auf die Minute pünktlich auftauchst. Da wirkst du nur übereifrig.«

Emilia zog eine Augenbraue nach oben. »Und das ist … schlecht?«

Aurelio nickte. »Ja.«

Emilia schüttelte den Kopf. »Ich muss noch so viel lernen.«

»Das gehört zum Leben.«

»Sehr weise.«

»Ich habe so meine Momente.«

Emilia lachte und betrachtete Aurelio von der Seite. Sie konnte ihn einfach nicht richtig einschätzen, er war so undurchschaubar. Wollte er das sein? Oder wirkte er nur auf sie so?

»Da«, er reichte ihr die Skizze, »und bevor du reingehst, mach deine Haare auf.«

»Was?«, fragte Emilia irritiert und steckte die Skizze in die Aktentasche.

»Die Haare. Mach sie auf. Das«, er zeigte auf ihre Frisur, »sieht viel zu gewollt aus.«

»Gibt es vielleicht auch irgendwas, woran du nichts auszusetzen hast?«

»Du hast sehr schöne Augen.« Er lächelte.

»Danke. Das hilft mir in dem Fall aber nicht.«

»Natürlich tut es das. Italienische Männer mögen schöne Frauen. Da fällt mir noch etwas ein. Zieh deine Stirn in Falten. Schau ein bisschen böse drein. Sonst wirkst du wie die Mensch gewordene Version von Bambi.«

»Nur keine Zurückhaltung …«, murmelte Emilia und wandte den Blick ab. Er hatte so was von ins Schwarze getroffen. Ein Mann, der sie noch nicht mal kannte, durchschaute sie bis ins Mark, während er für sie ein einziges wandelndes Rätsel war.

»Du machst das schon.«

»Klar. Sofern ich meine Haare, meine Stirn und überhaupt alles an meinem Auftreten ändere.«

»Alles musst du nicht ändern. Das Outfit ist gut. Na ja, nicht ganz meine Kragenweite, aber …«

»Ach ja?«, fragte Emilia und griff auf die Rückbank, um ihren Blazer zu holen. »Was ist denn deine Kragenweite?«

»Ich fand das Handtuch super.«

Emilia lachte auf, dann hob sie den Kopf und blickte Aurelio an. Noch vor einer Sekunde hatte ihr eine schlagfertige Antwort auf der Zunge gelegen, doch die war ihr sofort wieder entfallen. Sein Blick ruhte sanft auf ihr, und Aurelio strahlte eine Ruhe aus, die Emilia in dieser Intensität kaum je bei einem anderen Menschen wahrgenommen hatte. Wie viele konnten das? Einen Augenblick der Stille ertragen, ohne nervös zu werden? Einem anderen direkt in die Augen sehen, ohne den Blick abzuwenden? Emilia hatte nie zu diesen Menschen gehört.

Bis jetzt zumindest.

»Tja ... danke«, sagte sie leise und unterbrach den Moment. Es war zu verwirrend, es war zu viel, dieses Gefühl, das sein Blick in ihr auslöste, und sie hatte einfach nicht die Kraft, sich in ein weiteres Liebesabenteuer mit einem Mann zu stürzen, der ihr vermutlich in jeder Hinsicht überlegen war.

»Viel Glück«, sagte Aurelio.

Emilia riss den Blick von ihm los und stieg aus. Aurelio tat es ihr gleich. Sie wandte sich zu ihm um. »Wo gehst du jetzt hin?«, fragte sie.

»Ich mache ein paar Besorgungen, dann komme ich hierher zurück und warte auf dich.«

»Oh. Danke.« Emilia lächelte schüchtern.

»Nichts zu danken. Du bist ja meine Fahrerin, schon vergessen?« Er zwinkerte, wandte sich ab und ging über den großen Platz davon.

Im Vorraum des Büros des zuständigen Gemeinderats saß Emilia vor einer kalten Tasse Espresso. Sie war zehn Minuten zu spät gekommen, der Gemeinderat legte noch weitere zehn Minuten drauf. Emilia begann zu verstehen, dass es sich hier um eine abgewandelte Variante des Spiels »Wer hat den Längeren?« handelte – und der Gemeinderat hatte die Absicht, ihr zu zeigen, dass *er* das war.

»Auch gut«, murmelte Emilia und zog einen kleinen Spiegel aus der Aktentasche.

Sie betrachtete ihre Frisur und fragte sich, ob sie Aurelios Rat berücksichtigen sollte. Einerseits hatte sie schon allein aus Prinzip keine Lust darauf zu tun, was er ihr gesagt hatte. Andererseits hatte er auf sie gewirkt, als wüsste er, wovon er sprach. Verstohlen blickte sie sich um, und als sie sicher war, dass niemand hier war, löste sie schnell die Haarspangen und öffnete den Dutt. Sie fuhr sich mit den Fingern durchs Haar und drapierte es um ihre Schultern. Sie blickte sich erneut um und begann, mit den Fingern ungeduldig auf der Aktentasche herumzutrommeln. Als eine Tür aufging, hörte sie sofort auf damit und zog die Stirn in Falten, um ihrem Gesicht einen strengen Ausdruck zu verleihen. Sie kam sich total dämlich vor, aber einen Versuch war es wert.

Ein kleiner runder Italiener mit nach hinten gegeltem Haar kam auf sie zu. Er lächelte breit und streckte ihr die Hand entgegen.

»*Signorina* Beerling«, sagte er und schüttelte kräftig ihre Hand, nachdem sie aufgestanden war. »Es freut mich sehr, dass wir uns kennenlernen. Kommen Sie, kommen Sie. Darf ich Ihnen einen Espresso anbieten?«

Emilia öffnete den Mund, um zu antworten, doch da brüllte der Gemeinderat bereits ins Nebenzimmer: »Giulia, *due espressi per noi!*«

Emilia zuckte bei dem Gebrüll regelrecht zusammen, doch als der Gemeinderat sich ihr zuwandte, beeilte sie sich, ihre Stirn schnell wieder in Falten zu legen.

»Setzen Sie sich«, sagte er und deutete auf den Stuhl, der vor seinem überdimensionalen Schreibtisch stand. Er setzte sich ihr gegenüber. »Und, *Signorina*, wie gefällt es Ihnen hier bei uns?«

Emilia setzte bereits zu einer höflichen Antwort an, erinnerte sich dann aber an Aurelios Worte. »Sehr gut. Aber kommen wir gleich zur Sache.« Sie sprach schnell und abgehackt, ganz die gestresste Businessfrau. Mit einer energischen Bewegung öffnete sie die Aktentasche und zog den großen Grundstücksplan hervor. Sie knallte ihn auf den Schreibtisch und legte Aurelios Skizze daneben. »Ich erkläre Ihnen jetzt, worum es uns, der Intercore Hotelgroup, geht.«

Das »uns« betonte sie. Einen Moment lang blickte sie ihr Gegenüber direkt an, um die Wirkung ihrer Worte zu prüfen. Doch der Gemeinderat verzog keine Miene, also blickte sie schnell wieder auf den Grundstücksplan, um sich von seinem stechenden Blick nicht verunsichern zu lassen.

In kurzen Worten erklärte sie ihr Vorhaben, wie viel Budget im Projekt steckte, wie viel Personal benötigt werden würde und dass für die Umsätze, die sie nannte, ein Meerzugang absolut notwendig war. Andernfalls würden keine ihrer zahlungskräftigen Gäste hierherkommen, und die Gemeinde würde eine Menge Geld verlieren.

»Sie können sich unsere Fortschritte auf dem Grundstück jederzeit ansehen, es geht herausragend gut voran. Das Personal, das wir hier finden konnten, ist besser, als wir uns das je erträumt hatten«, schwärmte sie und blickte sich demonstrativ in dem großflächigen Büro um, in dem sie saß.

Der Gemeinderat öffnete den Mund, um etwas zu entgegnen, doch Emilia lehnte sich schnell nach vorn und sprach weiter. »Der Punkt ist, und das wissen Sie natürlich, dass ich für bauliche Veränderungen außerhalb unseres Grundstücks die Zustimmung der jeweiligen Besitzer benötige. Die Grundbuchauszüge sind hier wenig aussagekräftig.«

Ob das tatsächlich stimmte, wusste Emilia nicht, aber sie stellte diese Behauptung einfach mal in den Raum, um zu signalisieren, worum es ihr ging.

»Hm, *capisco*«, sagte der Gemeinderat und beugte sich, so weit es sein runder Bauch zuließ, nach vorn. »Vergessen Sie die Grundbuchauszüge, die können Sie jederzeit online beantragen. Aber ich kann Ihnen auch so sagen, bei wem Sie zu Kreuze kriechen müssen.« Auf die letzten Worte folgte ein grollendes Lachen, das in einen Hustenanfall überging. Emilia blickte den Mann besorgt an, der winkte ab. »Raucherhusten. Meine Frau schimpft seit Jahren mit mir. *Ma, cosa sai fare, eh?* Ich liebe es. Also, sehen wir mal.« Der Gemeinderat fuhr mit seinen Wurstfingern die Grenzlinie entlang. »Hier und hier, das gehört noch zu Ihrem Grundstück. Darunter, hier und hier, das gehört noch immer den Corsini, weil dort, Richtung Westen, beginnen ihre Weinberge.«

»Dort wollen wir nichts verändern, da ist das Gelände nicht geeignet«, erklärte Emilia. »Es geht um diese Stelle hier.«

Emilia deutete mit dem Finger unter Giampaolos Haus und zog eine Schlangenlinie hinunter Richtung Küste. »Hier wäre das Gelände geeignet. Wir müssen oben ansetzen und dann eine Terrassierung anlegen, ähnlich wie beim Steillagenweinbau. Dann können wir eine befahrbare Straße nach unten bauen. Wir würden E-Bikes anbieten. Oder auch Mountainbikes, falls jemand sich die Arbeit antun will.« Emilia verzog die Lippen zu einem leichten Lächeln und wechselte dann sofort wieder zu ihrem strengen Blick.

»Gute Idee. Sehr gute Idee.«

»Das dachten wir auch. Wir benötigen also die Genehmigung von den jeweiligen Grundstücksbesitzern.«

»Die Gemeinde ist der Grundstücksbesitzer. Damit benötigen Sie also *meine* Genehmigung.«

Emilia nickte und blickte den Gemeinderat streng an. »Gut. Wann erhalten wir die?«

»Nicht so schnell«, lachte er. »Da könnte ja jeder kommen. Das sind schon gravierende Veränderungen, die Sie da vornehmen wollen.«

»Veränderungen an brachliegendem Land, das Ihnen jetzt kein Geld bringt. Wenn wir damit fertig sind, bringt es Geld.«

Der Gemeinderat blickte auf den Plan. Er fuhr mit seinem Zeigefinger die Grenzlinie entlang. »Bis dahin gehört das Grundstück der Hotelgruppe, ab da uns. Aber Sie wissen schon, dass in diesem Bereich hier ein Wohnrecht besteht?« Er deutete auf Giampaolos Haus.

»Natürlich. Wir sind dabei, das zu klären.«

»Wenn ein Wohnrecht besteht, können Sie nicht einfach in diesem Bereich umgraben. Das wissen Sie, ja?«

»Natürlich wissen wir das«, gab Emilia selbstbewusst zurück.

»Gut. Mit Rattibaldis Einwilligung habe ich nichts am Hut. Und zum Rest: Wir einigen uns auf eine Wegenutzungsgebühr«, erklärte er unumwunden.

»Tun wir das?«, fragte Emilia zurück.

Der Gemeinderat zuckte mit den Schultern. »Liegt bei Ihnen.« Er verschränkte die Hände über seinem Bauch und legte den Kopf schief. »Oder müssen Sie da erst Ihre Bosse fragen?«

Emilia spürte, wie diese Rückfrage sie zu verunsichern drohte. Sie zog die Augenbrauen zusammen und warf dem Gemeinderat einen stechenden Blick zu. »Nein, muss ich nicht. Ich bin mit allen Befugnissen ausgestattet. Legen Sie mir bis nächste Woche konkrete Zahlen vor.«

Emilia stand auf, um zu signalisieren, dass das Gespräch für sie beendet war. Sie steckte den Plan und die Skizze zurück in die Aktentasche und streckte die Hand aus. »Vielen Dank, dass Sie sich für mich Zeit genommen haben. Meine Einladung steht. Sie können jederzeit vorbeikommen und sich die Fortschritte ansehen.«

Der Gemeinderat erhob sich ächzend, grinste Emilia breit an und schüttelte ihre Hand. »Einladungen von schönen Frauen nehme ich immer gern an, *Signorina* Beerling. Wir sehen uns nächste Woche.«

»Ich freue mich. Einen schönen Tag noch.«

»*E buona giornata a lei, Signorina*!«

Mit langen Schritten verließ Emilia das Gebäude. Erst draußen erlaubte sie sich, langsamer zu werden und die Gesichtszüge zu entspannen. Sie atmete tief ein und blies langsam die Luft aus.

Hatte sie gerade einen kleinen Sieg davongetragen? Sie hatte keine Ahnung. Es hatte sich danach angehört. Oder etwa nicht?

Sie ging zu ihrem Auto, und ihr Herz tat einen Sprung, als sie Aurelio sah, der daneben auf einem Betonpfeiler saß und sich die Sonne ins Gesicht scheinen ließ. Als er ihre Schritte hörte, stand er auf.

»Und? Wie sieht es aus?«

»Ich bin nicht sicher …«, sagte sie und lehnte sich gegen eine warme Hauswand. Irgendwie fühlte sie sich erschöpft.

»Was hat er denn gesagt?«, fragte Aurelio und stellte sich neben sie.

»Er will eine Wegenutzungsgebühr. *Falls* wir den Weg bauen können.«

»Das ist doch gut.«

»Ja?«, fragte Emilia und blickte Aurelio unsicher an.

»Ja. Unbedingt. Das ist quasi die mündliche Genehmigung.«

Emilia lächelte. »Hört sich gut an.«

»Bleibt noch Giampaolo, oder?«, fragte Aurelio und hob eine Augenbraue.

»Bleibt noch Giampaolo«, bestätigte Emilia und blickte Richtung Weinberge.

Gegen Abend saß Emilia auf ihrem Bett und starrte auf die E-Mail, die sie gerade von der Hotelzentrale erhalten hatte. »Sehr geehrte Frau Beerling, wir benötigen ein Status-Update zum Meerzugang samt Budgetplan. Freundliche Grüße, Torben Rossen. Intercore Hotelgroup.«

Emilia klappte den Laptop zu, als würde die E-Mail sich mit dieser einen Bewegung ins Nichts auflösen und blickte sich um. Was sollte sie nur antworten? *Wann* sollte sie antworten? Emilia hatte die letzten Stunden über recherchiert, um besser über die Kapitalplanung im Bilde zu sein. Sie war schockiert zu erfahren, wie massiv ein Wohnrecht den Wert eines Grundstücks beeinträchtigte. Und nicht nur eines Grundstücks, sondern auch eines solchen Hotelprojekts. Dann hatte sie die Grundstückspreise zurückverfolgt und kombiniert, dass ihre Hotelgruppe dieses Grundstück zu einem lächerlichen Preis erhalten hatte. Deshalb hatten sie es gekauft und einfach abgewartet. Vielleicht hatten sie darauf spekuliert, dass Giampaolo aufgeben oder wegziehen würde. *Oder bald sterben*, fügte sie angewidert in Gedanken dazu. Doch seit 2004 hatte sich die Sachlage nicht verändert, und jetzt war es wohl an ihr, den Kampf mit Giampaolo auszufechten.

Sie stand entschlossen auf, durchquerte das große Steinhaus, ging in die Küche und stellte zwei kleine Porzellantassen auf ein Silbertablett. Sie brühte starken Espresso, schenkte ihn ein und ging mit dem Tablett hinaus zu Giampaolos kleinem Haus. Es befand sich etwa fünf Gehminuten rechts vom Hotel. Um es zu erreichen, musste Emilia einem Schotterweg folgen, der leicht bergab ging. Vor seiner Grundstücksgrenze zögerte sie. Er hatte sie gewarnt, seinen Bereich nicht mehr zu betreten, und sie hatte vorgehabt, seinen Wunsch zu respektieren. »Aber ich komme in Frieden«, murmelte sie und übertrat die unsichtbare Grenze.

Wieder blieb sie stehen. Sie schaute sich um. Die Dämmerung hatte bereits eingesetzt, aber es war noch hell genug, um alles zu erkennen. Giampaolos kleines Haus stand direkt vor einem Hügel. Dort gab es eine Veranda mit Holzbalustrade, von der aus man nahezu das ganze Tal samt Küste überblicken konnte. Obwohl das kleine Haus wohl ebenso alt war wie das Hotel, war es in weitaus besserem Zustand. Es war weiß gestrichen, und neben der Eingangstür befand sich eine haushohe Ziegelsäule, die verriet, dass sich im Inneren an dieser Stelle ein Kamin befand. Das Haus war einstöckig, zur Veranda hin gab es große, fast bodenhohe Fenster. Ums Haus herum führte eine Steintreppe in einen erhöhten Garten, der sich hinter dem Haus befand und aufgrund der treppenartigen Bauweise auf derselben Höhe war wie das Ziegeldach des Hauses. Emilia ging ein paar Schritte und besah sich die Veranda. Von dort aus führte eine Steintreppe nach unten ins abfallende Gelände.

Sie sah, dass Giampaolo dort einen wunderschönen treppenförmigen Gemüsegarten angelegt hatte, der gute zwanzig Meter nach unten reichte.

»Wow«, sagte sie und fragte sich, ob dieser alte Mann das alles tatsächlich allein bewirtschaftete.

Nein, das war doch gar nicht möglich. Er ging an einem Stock. Aber vielleicht half Pepe ihm. Emilia konnte den Blick nicht von dem wunderschön angelegten Garten abwenden. Im abklingenden Tageslicht versuchte sie auszumachen, was Giampaolo hier alles angebaut hatte. Sie erkannte Tomatensträucher, Auberginen, Artischocken. Weiter unten Lavendel und Rosenbüsche. Alles war perfekt gepflegt, und Emilia wurde schmerzlich bewusst, dass es genau dieser Bereich war, den sie würde zerstören müssen, sofern Giampaolo je seine Einwilligung gab.

»Mist«, flüsterte sie und drehte sich zur Eingangstür um.

Sie atmete tief ein und aus, dann klopfte sie mit der rechten Hand an die Holztür, während sie auf der linken das Tablett balancierte.

Die Tür wurde so schnell geöffnet, dass Emilia zusammenzuckte und sich fragte, ob Giampaolo sie von drinnen beobachtet und hinter der Tür auf sie gewartet hatte.

»Was?«, blaffte er.

»Ich komme in friedlicher Absicht«, sagte Emilia und lächelte.

»Was wollen Sie?«

»Giampaolo … ich darf Sie doch Giampaolo nennen?«

»Das ist mein Name.«

»Das deute ich als ein Ja.«

»Deuten Sie, was Sie wollen.«

Emilia lächelte tapfer weiter. »Giampaolo, wir müssen reden.«

»Sterben müssen wir, sonst nichts.«

»Sehr philosophisch.«

»Danke. Sonst noch was?«

Emilia betrachtete das faltige, kantige Gesicht und die überraschend wachsamen Augen hinter den dicken Brillengläsern. Dann ging ihr

Blick nach unten, und sie stellte fest, dass Giampaolo nicht auf seinen Stock gestützt vor ihr stand. Vielleicht brauchte er den nur draußen?

»Ich habe Ihnen Espresso gebracht und würde mich gern mit Ihnen über ein paar projektbezogene Dinge unterhalten.«

Giampaolo grunzte. Dann spürte Emilia einen Luftzug, als ihr die Tür vor der Nase zugeknallt wurde.

10. Kapitel

EMILIA blickte auf den randvoll mit Köstlichkeiten gefüllten Picknickkorb, in dem neben Wurst, Käse, Obst, Gemüse, Wein und Blumen auch ein Kuvert steckte. Mit lieben Grüßen von der Gemeindeverwaltung, die eine horrende Wegenutzungsgebühr als Gegenleistung für ihre Zustimmung zum Bau eines Meerzugangs vorschlug. Emilia nahm an, dass es an ihr war, ein Gegenangebot zu unterbreiten. Doch diese basarähnlichen Verhandlungsstrategien lagen ihr überhaupt nicht.

Sie war nicht sicher, wie sie vorgehen sollte. Und sie fragte sich, ob es überhaupt ihre Aufgabe war, solche finanziellen Details auszuhandeln. Oder sollte sie diese Aufgabe doch lieber dem Management überlassen?

Emilia zog die Flasche Wein aus dem Korb und stellte fest, dass sie von einem der lokalen Winzer war, dessen Produkte auch in Letizias Trattoria serviert wurden. Sie blickte auf die Uhr und fragte sich, ob es zu früh war, sich ein Glas einzuschenken. »An Tagen wie heute kann es gar nicht früh genug dafür sein«, entschied sie und ging in die Küche, um die Flasche zu öffnen, zögerte dann aber kurz und betrachtete sie nur nachdenklich. Aurelios Gesicht tauchte vor ihrem inneren Auge auf, und für den Bruchteil einer Sekunde erlaubte sie sich den Gedanken, ihn zu besuchen. Immerhin hatte er ihr geholfen und ihr wertvolle Tipps gegeben. Sie stellte die Flasche auf der Theke ab und fuhr sich mit den Fingern über die Lippen, während sie zurückdachte an den Moment, als sein Mund den ihren berührt hatte.

Nein. Das war keine gute Idee. Ganz und gar nicht.

So allmählich, sagte sie sich, sollte sie wirklich mal aus ihren Fehlern gelernt haben. Allein Björn sollte eigentlich Erfahrung genug gewesen sein. Und außerdem hatte sie gerade mehr als genug um die Ohren. Es war undenkbar, sich jetzt in ein Liebesabenteuer mit einem Mann zu stürzen, der für sie undurchschaubar war. Zumal sie gar nicht wusste, ob er Interesse an ihr hatte. Und sie hatte keine Ahnung, wer er war, was er dachte oder was er wollte.

Genau genommen, hatte sie das schon …

Hatte er ihr nicht zu verstehen gegeben, *wer* er war, *was* er wollte? Hatte er ihr nicht unmissverständlich gesagt, dass er kein Mann für sie war?

Hatte er.

Und dann hatte er sie geküsst.

Emilia seufzte und schüttelte den Kopf. Sie musste sich Aurelio aus dem Kopf schlagen. Und sie musste sich klarmachen, dass sie keine Ahnung hatte, wer er *tatsächlich* war. Sie wusste viel zu wenig von ihm, kannte ihn nicht, doch sie war sich sicher, dass weitaus mehr hinter dieser fröhlichen Fassade steckte, als sie zu Beginn angenommen hatte. Der Moment im Auto fiel ihr ein, ein Moment der Stille, in dem es nur ihn und sie gegeben hatte.

Diese Augen. Dieser Blick.

Geheimnisvoll und tiefgründig. Aber was verbargen sie?

Emilia starrte die Weinflasche an und malte sich eine Szene wie aus einem Film aus. Sie sah sich mit Aurelio auf der geplanten Panoramaterrasse sitzen, eine offene Flasche Wein in der Mitte, der geöffnete Picknickkorb, die Leckereien, der Duft der Toskana und über ihnen der blaue Himmel …

Heftig schüttelte sie den Kopf, griff energisch zur Weinflasche und öffnete sie. Mit der offenen Flasche in der einen und einem Weinglas in der anderen Hand stapfte sie zurück in ihr Zimmer. Sie hatte keine Zeit für solche Dinge. Sie hatte überhaupt keine Zeit. Und so ganz nebenbei fehlte ihr auch die Kraft. Das Projekt hier beanspruchte ihre komplette Aufmerksamkeit, und sie durfte sich auf keinen Fall ablenken lassen.

Es gab Wichtigeres zu tun. Sie musste eine Lösung finden. Die Zentrale würde ihr bald im Nacken sitzen, wenn sie nicht schnell auf die E-Mail antwortete. Sie wusste genau, worauf ihre Chefs warteten. Sie wollten die schriftliche Zustimmung Giampaolo Rattibaldis darüber, dass er einen Teil seines vom Wohnrecht umfassten Gebiets an das Hotel abtreten würde, sowie die schriftliche Einwilligung der Gemeinde für die restliche Fläche, die für den Bau des Weges notwendig war.

Beides konnte Emilia nicht vorlegen, noch nicht, allerdings konnte sie auch nicht sicher sagen, ob sie Giampaolo überhaupt würde überzeugen können.

Abermals schüttelte sie den Kopf, während sie sich ein Glas Wein einschenkte. Sie dachte an die unerfreuliche Begegnung mit Giampaolo zurück. Und an diesen wunderschönen Garten. Welchen Grund sollte dieser alte Mann, der hier seit fast dreißig Jahren lebte, haben, dieses herrliche, liebevoll angelegte Fleckchen Erde zerstören zu lassen? Geld? Wohl kaum. Emilia war sich mehr als sicher, dass dieser Mann nicht käuflich war.

»Aber einen Versuch wäre es vielleicht wert …«, murmelte sie.

Klar, sie konnte ihm Geld anbieten. Das hatte sie noch nicht versucht. Doch ihr Gefühl sagte ihr, dass dieser Schritt einer in die völlig falsche Richtung wäre. Vermutlich wäre Giampaolo zu Tode beleidigt. Oder würde noch weniger von ihr halten, als er es ohnedies schon tat.

Immerhin, einiges ging auch gut voran. Emilia ermahnte sich, sich nicht ständig auf das zu fokussieren, was gerade *nicht* klappte. Sie würde schon noch eine Lösung für das Giampaolo-Problem finden.

Und was die Gemeinde anging, konnte sie ja auch schon einen kleinen Erfolg verbuchen, auch wenn Emilia noch keine rechte Vorstellung davon hatte, wie sie in Sachen Wegenutzungsgebühr in Verhandlung treten sollte.

Den Korb hatte der Gemeinderat heute persönlich vorbeigebracht. Er war samt einer ganzen Entourage anderer Gemeindemitglieder, deren Namen und Positionen sich Emilia nur mit Mühe hatte merken können, zur Besichtigung der Fortschritte gekommen. Emilia war aufgeregt gewesen, als der Gemeinderat plötzlich ohne Vorankündigung auf dem Grundstück gestanden hatte. Sie hatte keine Business-Uniform getragen und auch vergessen, ihre strenge Miene aufzusetzen. Gott sei Dank war ihr Anna zur Hilfe geeilt und hatte einen Großteil der Präsentation übernommen. Das hatte sie so beneidenswert professionell bewerkstelligt, dass Emilia sich sofort wieder fehl am Platz vorgekommen war.

Emilia blickte Richtung Veranda. Sie hatte ihre Terrassentür und das Fenster weit geöffnet, und die warme Nachtluft strömte durch ihr

Schlafzimmer. Neben ihrem Laptop lag ein halb angebissenes Sandwich, doch irgendwie war ihr der Appetit vergangen. Sie lauschte in die Nacht hinaus.

Wo war Aurelios Gitarrenspiel, wenn sie es mal wirklich brauchte? Es schien ihr so unwirklich, dass dieser charmante, undurchschaubare Mann ihr Nachbar war. Doch irgendwie war es auch, als gehöre er hierher. Als wäre er Teil des Inventars. Sie hatte sich so sehr an sein abendliches Konzert gewöhnt, dass es nun wie ein Fehler im Drehbuch wirkte, da es nicht ertönte.

»Wo bist du?«, fragte sie leise und blickte aus dem Fenster, das in die Richtung zeigte, in der Aurelio lebte.

Die umliegenden Häuser, sowohl rechter als auch linker Hand des alten Hotels, waren noch nicht Teil des Projekts. Emilia hatte die Idee gehabt, nach und nach daraus Bungalows zu machen. Dafür hatte sie aber noch keine Zustimmung und auch kein Budget erhalten. Das Management hielt die Idee für gut, wollte aber abwarten, wie sich das eigentliche Projekt entwickelte. Erst, wenn der Rubel zu rollen begann, hatten sie vor, mehr Geld zu investieren. Das war verständlich und Emilia nur recht. Sie hatte auch so schon mehr als genug zu tun.

Sie sollte sich schlafen legen. Sie sollte sich ausruhen, um all die Herausforderungen zu meistern, die der morgige Tag mit sich bringen würde. Und der Tag darauf. Und jener danach. Die Herausforderungen würden nie aufhören, sobald sie für ein Problem eine Lösung fand, tauchte das nächste auf.

Es war zu viel. Zumindest für eine Person. Sie hatte sich übernommen, und egal, ob sie Erfolge verbuchen konnte oder nicht, die Stimme ihres Vaters hörte nicht auf, sie daran zu erinnern, dass sie irgendwann aufgeben würde. Vielleicht nicht heute oder morgen. Aber irgendwann. Dass sie wieder *angekrochen* kommen würde.

Emilia schluckte schwer und starrte aus dem Fenster. Mit einem Mal war all ihre Vernunft wie weggeblasen. Sie wollte hier nicht allein rumsitzen, erfolglos bemüht um etwas Schlaf, und ihren Zweifeln nachhängen. Sie wollte *überhaupt* nicht allein sein. Jedenfalls jetzt nicht. Nicht in diesem Augenblick.

Sie stand energisch auf und verließ kurz entschlossen das Haus, um zu Aurelio zu gehen. »Das ist keine gute Idee«, ermahnte sie sich selbst, winkte dann aber ab und ging dennoch.

Sie war erst einige Meter weit gekommen, da hörte sie auf der anderen Seite des Hauses etwas, das so gar nicht zu all den anderen nächtlichen Geräuschen passte, die sie mittlerweile gut kannte und die ihr kaum noch Unbehagen bereiteten.

Emilia ging die Veranda entlang und hielt sich dicht bei der Hausmauer. Alle paar Schritte blieb sie stehen und lauschte. Mittlerweile hatte Pepe eine Außenbeleuchtung installiert, die den gesamten Bereich ums Haus herum sowie die Wege zur Panoramaterrasse und zu ihrem Parkplatz ausreichend erhellte. Doch das Geräusch kam von einer Stelle, die außerhalb dieses Bereichs lag.

»Was ist das jetzt schon wieder?«, flüsterte Emilia und ging zurück ins Haus und in ihr Schlafzimmer. Aus ihrer kleinen Kommode holte sie eine Taschenlampe und kehrte mit klopfendem Herzen nach draußen zurück. Das hier war jetzt ihr Reich. Sie war nicht mehr dieselbe Emilia, die hier angereist war. Sie hatte sich durch einen Dschungel an Hindernissen gekämpft, und sie würde auch vor dem nächsten nicht zurückschrecken.

Was auch immer das sein mochte.

Langsam stieg sie von der Veranda hinunter auf den Weg, der vom Hotel zu der Häuserreihe führte, in der auch Giampaolo lebte. Dieser Teil des Grundstücks war noch unbeleuchtet, weil Emilia nicht riskieren wollte, den Alten noch mehr zu verärgern. Sie folgte dem dunklen Weg mithilfe der Taschenlampe und blieb alle paar Schritte stehen, um zu lauschen. Doch, da war etwas hinter einem der Holzschuppen links vom Weg. Eine Art Klappern.

Emilia erstarrte, blieb stehen und schaltete die Taschenlampe aus. Jemand war da hinten, das hörte sie. Sie hörte Schritte, dann wieder das Klappern, dann einen leisen Fluch.

»Wer ist da?«, rief sie laut, um sich eine Sekunde später bewusst zu machen, dass sich so nur dumme Protagonisten in Horrorfilmen verhielten, kurz bevor sie niedergemetzelt wurden.

Sofort schaltete sie die Taschenlampe wieder ein und leuchtete in die Richtung, aus der das Geräusch kam. Sie hörte trippelnde Schritte, die sich von dort wegbewegten. Sie sandte den Lichtstrahl in die Richtung und erspähte eine Silhouette am Ende des Weges vor der nächsten Abbiegung. Sie hätte schwören können, es sei Giampaolo gewesen.

»Unmöglich«, flüsterte sie.

Der Mann, der da gerade vor ihr floh, war flink gewesen und hatte, soweit Emilia das erkennen konnte, auch keinen Stock bei sich gehabt. Mit langsamen Schritten ging Emilia zu der Holzhütte und leuchtete hinein. Darin befanden sich Werkzeug, Steckdosen, ein paar kleine Gartengeräte, Kabel und eine Werkbank.

Emilia ließ sich Zeit und beleuchtete jeden Winkel der Holzhütte genau. Doch ihr fiel nichts auf. Zögernd wandte sie sich um und ging zurück zum Hotel.

Gerade als sie ihre Veranda betrat, setzte endlich Aurelios Gitarrenspiel ein und spülte Emilias Ängste davon.

11. Kapitel

Ein lautes Klopfen riss Emilia aus einem unruhigen Schlaf. Sie schreckte hoch und zuckte zusammen, als das Klopfen lauter und vehementer wurde.

»Ja doch!«, rief sie und stolperte aus dem Bett.

Sie sperrte die Verandatür auf und öffnete sie einen Spalt. Das grelle Licht der Morgensonne blendete sie, und sie hielt sich die Hand vor die Augen.

»*Buon giorno, Signorina.*« Pepe stand vor ihr und machte, wie üblich, einen geschäftigen Eindruck.

»Schlafen Sie eigentlich nie, Pepe?«, fragte Emilia und unterdrückte ein Gähnen.

»Ich stehe mit der Sonne auf und gehe mit ihr wieder schlafen. Wie es sich gehört.«

In den letzten Worten schwang ein unverhohlener Vorwurf mit, den Emilia geflissentlich überhörte. »Was brauchen Sie denn?«

Pepe wandte betreten den Blick ab.

»Was ist?« Emilia blickte an sich herunter.

Sie trug ihr Schlafgewand – einen weißen Babydoll-Schlafanzug, der nicht besonders sexy war. Zudem waren alle delikaten Stellen gut bedeckt. Wäre es nicht der lammfromme Pepe gewesen, der nun vor ihr stand, hätte Emilia die Augen verdreht und sich nichts weiter aus der Situation gemacht. Nun aber ...

»Schon gut, warten Sie kurz«, murmelte sie und ging ins Zimmer, um ihren Morgenmantel überzuziehen. Dann ging sie zurück zu Pepe und öffnete die Verandatür ganz.

»Besser?«, fragte sie und verschränkte die Arme von der Brust.

»Ich bin verheiratet, wissen Sie?«, sagte er, als ob es sich dabei um brisante Neuigkeiten handeln würde.

»Ja, Pepe, ich weiß, dass Sie verheiratet sind. Bitte richten Sie Ihrer Frau liebe Grüße aus, und entschuldigen Sie sich in meinem Namen bei ihr dafür, dass ich Sie in eine kompromittierende Situation gebracht habe. Können wir jetzt weitermachen?«

»*Sì.* Wir wollten mit der Grube beginnen«, sagte Pepe und deutete mit dem Daumen hinter sich.

»Ich weiß.«

»Die Arbeiter sind alle da. Aber die Maschinen gehen nicht.«

»Sie sprechen in Rätseln, Pepe. Ich habe noch keinen Kaffee getrunken. Was *genau* ist denn das Problem?«

»Kein Strom, *Signorina.*«

Emilia zog die Augenbrauen hoch und wandte sich um. Sie betätigte den Lichtschalter an der Wand, und die Lampe an der Decke ging an. Fragend blickte sie Pepe an.

»Das ist der normale Strom. Wir brauchen den Starkstromanschluss draußen. Aber der ist tot.«

»Was soll das heißen?«

»Dass er nicht funktioniert.«

»Ja, das ist mir klar.«

»Wieso fragen Sie dann?«

Emilia seufzte und richtete den Blick nach oben. »Fällt Ihnen auf, dass unsere Gespräche immer recht ähnlich ablaufen? Wir müssen an unserer Kommunikation arbeiten, Pepe.«

»Das sagt meine Frau auch immer.«

»Dann wird es wohl an Ihnen liegen.«

Pepe zuckte mit den Schultern. »*Non c'è niente da fare.* Da kann man nichts machen.«

»Okay. Noch mal: *Wieso* funktioniert der Strom nicht?«, fragte Emilia ungeduldig.

Pepe zuckte erneut mit den Schultern. »Wahrscheinlich ist etwas mit der Leitung. Muss man reparieren. Wird etwas dauern.«

»Können Sie das?«

»Vielleicht. Wahrscheinlich. Mal sehen. Vielleicht brauche ich …«

»Warten Sie!« Emilia riss die Augen auf. Mit eiligen Schritten ging sie ans Ende der Veranda und deutete mit ausgestrecktem Arm Richtung

Holzhütte.»Ist der Starkstromanschluss *dort*, Pepe? In dem Häuschen da?«

Pepe war Emilia hinterhergeeilt und blickte ihr jetzt über die Schulter.

»*Sì*. Warum?«

»Ich fasse es einfach nicht!«, stieß Emilia aus und lief los.

Diesmal folgte Pepe ihr nicht auf dem Fuße, doch sie spürte seinen irritierten Blick förmlich in ihrem Rücken. Doch das kümmerte sie nicht. Wo war sie hier gelandet? In irgendeiner albernen Komödie?! Mit hinter sich her wehendem Morgenrock lief sie den Weg hinunter zu Giampaolos Haus. Diesmal war ihr die unsichtbare Grenzlinie völlig egal. Ebenso egal war ihr, dass der sanfte Wind ihren Morgenmantel nach hinten blies und sie vermutlich aussah wie eine rosarote weibliche Variante von Zorro.

Ohne zu zögern begann sie, wie wild an die Tür des alten Mannes zu klopfen. Es dauerte diesmal mehrere Minuten, bis etwas geschah. Entweder, er hatte ihr Kommen nicht erwartet, oder er ließ sie absichtlich zappeln. Emilia tippte auf Letzteres. Irgendwann hörte sie, wie drinnen der Schlüssel umgedreht wurde, dann wurde die Tür langsam geöffnet.

»*Sì*?«, fragte Giampaolo mit dem durchaus überzeugenden Blick eines Unschuldslamms.

»Sie waren das!«, rief Emilia laut und deutete mit dem Zeigefinger auf ihn.»Sie! Wissen Sie, was mich eine solche Verzögerung kostet? Da stehen Arbeiter bereit, Maschinen, wir haben einen Projektplan, einen Termin! Das ist doch wohl …« Sie unterbrach sich, denn erst jetzt fiel ihr auf, dass sich der Alte leicht vornübergebeugt auf seinen Gehstock stützte.»Ach, kommen Sie! Den brauchen Sie doch überhaupt nicht!«, rief sie wutentbrannt aus.

Giampaolo hob seine buschigen Augenbrauen und folgte ihrem Blick. »Wie meinen?«, fragte er und rang sich ein sanftes Lächeln ab.

»Den Stock! Den holen Sie doch immer nur hervor, wenn es Ihnen passt! Ich habe Sie letzte Nacht gesehen! Hören Sie damit auf!«

»*Mia cara*, ich weiß nicht, wovon Sie sprechen.« Wieder ein sanftes Lächeln.

Das irritierte Emilia mehr als alles andere. »Was auch immer Sie mit Ihrer Show erreichen wollen, bei mir werden Sie auf Granit beißen!«, sagte sie grimmig und ballte die Fäuste.

»*Signorina!*«, hörte sie einen lauten Ruf direkt hinter sich und fuhr herum.

Pepe und drei der Arbeiter standen hinter ihr und starrten sie aus weit aufgerissenen Augen schockiert an. Giampaolo trippelte neben sie – sehr langsam und mit einigen Ächzlauten. »*Ciao, Pepe*«, sagte er und hob den Arm zum Gruß. »Habe ich euch gestört?«

Emilia stierte den Alten von der Seite an. »Soll das ein Scherz sein?«, fauchte sie. »Natürlich haben Sie uns gestört! Sie waren das mit dem Strom!«

»*Signorina!*«, sagte Pepe noch einmal, diesmal mit erkennbar schärferer Tonart. »Sie können den armen Giampaolo doch nicht so behandeln. Was soll denn das?« Pepe schüttelte den Kopf, und die drei Arbeiter taten es ihm gleich.

»Aber er *war* es!«, sagte Emilia in dem hilflosen Versuch, die anderen zu überzeugen. »Ich habe ihn gesehen. Und als ich zu ihm kam, ist er davongelaufen!«

»Tja, ich werde dann mal wieder reingehen«, murmelte Giampaolo. Er drehte sich in Zeitlupentempo um und schlurfte, bei jedem Schritt ächzende Laute von sich gebend, zurück ins Haus.

Emilia zuckte zusammen, als die Tür direkt vor ihr ins Schloss flog, und starrte in Pepes fassungsloses Gesicht. Er streckte den Arm aus und deutete auf die Tür. »Er ist weggelaufen, ja? Wie soll er das denn gemacht haben? Also wirklich, *Signorina* ...«

Pepe und seine drei Begleiter schüttelten in einer nahezu synchronen Bewegung wiederholt den Kopf, dann drehten sie sich um und gingen davon. Emilia blieb mit hängenden Schultern stehen und konnte nicht fassen, was gerade geschehen war.

Ein leises Klopfen riss sie aus ihrer Lethargie, und sie drehte sich um. Giampaolo stand an seinem Fenster, klopfte noch einmal und winkte ihr fröhlich lächelnd zu. Emilias Augen verengten sich zu Schlitzen. »Diese Schlacht haben Sie vielleicht gewonnen, den Krieg aber noch lange nicht«, sagte sie gerade so laut, dass er es durchs Fenster hören konnte.

Dann wandte auch sie sich ab und ging zurück zum Haus. Mit erhobenem Haupt und durchgestrecktem Rücken betrat sie die Veranda und versuchte dabei zu ignorieren, dass alle Anwesenden sie anstarrten. Sie verschwand in ihrem Zimmer und knallte die Tür zu. Dann setzte sie sich aufs Bett und vergrub das Gesicht in den Händen. Das war ein Albtraum. Es war einfach zu viel!

Sie wusste nicht, wie lange sie so dasaß, doch irgendwann hörte sie ein leises Pling, das ihr verriet, dass eine E-Mail eingegangen war. Emilia hatte sich gestern Nacht doch noch durchgerungen, auf die Nachricht des Hotelmanagements zu antworten und ihren Erfolg beim Gemeinderat in Hinblick auf das Anlegen eines Weges hin zur Küste mehr als positiv dargestellt. Sie hatte außerdem den Vermerk hinzugefügt, dass die Wegenutzungsgebühr ihrer Ansicht nach zu hoch sei, und um Stellungnahme gebeten. Giampaolo hatte sie zunächst nicht erwähnen wollen, doch das wäre ein Fehler gewesen. Dem Management waren die Begebenheiten vor Ort wohlbekannt. Also hatte sie den einfachen Satz hinzugefügt:»Mit Herrn Rattibaldi stehe ich in Verhandlungen hinsichtlich einer Ablösezahlung für seinen Grundstücksanteil.« Das war nicht gelogen. Es war aber auch nicht per se richtig. Emilia hatte einfach gehofft, dass diese Information fürs Erste reichen würde. Sie seufzte, ging zu ihrem Laptop und öffnete die E-Mail. Sie las:

Sehr geehrte Frau Beerling,

vielen Dank für Ihre Antwort. Wir sind sowohl mit den Fortschritten als auch mit den Plänen der Architekten zufrieden und erwarten, dass das Projekt sich vielversprechend weiterentwickeln wird. Wir teilen Ihre Ansicht, dass die Höhe der geforderten Wegenutzungsgebühr unangemessen ist, und legen eine Verminderung um dreißig Prozent nahe. Wir begrüßen Ihre Fortschritte mit dem Inhaber des Wohnrechts, Herrn Rattibaldi, und nehmen positiv zur Kenntnis, dass auf seiner Seite endlich eine Gesprächsbereitschaft vorzuliegen scheint. Was die Höhe der Ablösezahlung angeht, können Sie diese dem aktualisierten Budgetplan (siehe Anlage) entnehmen. In Anbetracht des hohen Alters von Herrn Rattibaldi halten wir diesen Maximalbetrag für angemessen.

Freundliche Grüße
Torben Rossen, Intercore Hotelgroup

Emilia las die E-Mail noch einmal. Sie freute sich über die lobenden Worte und versuchte, das nagende Gefühl zu verdrängen, das ihr sagte, dass sie gerade im Begriff war, sich selbst eine Grube zu graben, in die sie demnächst fallen würde.

Ihr Blick fiel auf den letzten Satz der E-Mail, und sie presste die Lippen fest aufeinander, als sie die Andeutung zu Giampaolos hohem Alter las. Sie hatte also recht gehabt. Das Management hatte schlichtweg darauf spekuliert, dass Herr Rattibaldi bald das Zeitliche segnen würde und der Weg ohne viel Anstrengung frei wäre.

»Widerlich«, murmelte sie und schüttelte den Kopf. Nicht, dass Giampaolo ihr besonders angenehm war. Aber *so* mit einem Menschen umzugehen, war einfach nur pietätlos.

Emilia ging ins Bad, duschte und zog sich um. Als sie wieder nach draußen ging, sah sie, dass immer noch nichts passiert war. Der Starkstromanschluss war nach wie vor beschädigt. Da sie Pepe nirgends entdecken konnte, nahm sie an, dass er sich gerade darum kümmerte.

»Ihr braucht mich gerade nicht, oder?«, fragte sie niemand Bestimmten.

Ein paar Arbeiter schüttelten den Kopf, ohne sie anzusehen. Offenbar nahmen sie ihr ihren kleinen Auftritt bei Giampaolo übel. Okay, sie hatten ja nicht unrecht. Emilia hatte sich in der Situation nicht gerade mit Ruhm bekleckert. Aber sie *wusste*, was sie gesehen hatte. Und sie *wusste*, dass Giampaolo ihr mit dieser Aktion den Krieg erklärt hatte. Er hatte es bei ihrer ersten Begegnung angekündigt, und nun setzte er es um. Er kannte das Grundstück tausendmal besser als sie, und wenn er es wirklich darauf anlegte, konnte er ihr das Leben zur Hölle machen. Genau genommen machte er ihr das Leben ohnehin schon zur Hölle, indem er im Wesentlichen das einzige Hindernis für einen Meerzugang darstellte, den sie dem Management so gut verkauft hatte. Aber Emilia war sich dessen bewusst, dass sie sich diese Suppe selbst eingebrockt hatte und sie so bald als möglich wieder auslöffeln musste.

»Ich werde mich bei dem alten Griesgram entschuldigen müssen«, flüsterte sie und richtete den Blick auf sein Haus.

Sie seufzte und ging zu ihrem Auto. Sie brauchte ein paar nette Worte und hatte vor, sich einen Espresso und ein kleines Frühstück bei Letizia zu gönnen. Sie war zu so etwas wie einer Freundin geworden, und was sie jetzt am meisten benötigte, war jemand, der ihr zuhörte. Außerdem brauchte sie jemanden, der ihr sagte, wie man einen Lokalpolitiker dazu brachte, auf einen beträchtlichen Teil seiner ursprünglichen Forderung zu verzichten.

»Das kann ja heiter werden«, murmelte sie und bog um die Ecke zu ihrem kleinen Parkplatz.

»*Ciao*, Emilia«, rief ihr jemand entgegen.

Sie hob den Kopf und sah Aurelio an ihrem Auto lehnen.

»Hi«, entgegnete Emilia knapp.

»Ich würde ja sagen, dass du angespannt wirkst, aber dieses Urteil nimmst du in der Regel nicht sehr gut auf.« Er zog einen Mundwinkel nach oben.

Emilia hob eine Augenbraue. »Sag bloß, du hast noch nicht vom Auftritt der Großstadtziege beim armen, ach so gebrechlichen alten Mann gehört?«

»Noch nicht, aber ich bin auch gerade erst aufgestanden. Hört sich jedenfalls nach einer guten Story an. Lass mich raten: Du übernimmst die Rolle der Großstadtziege?«

Emilia verdrehte die Augen. »Den Titel hast ja du mir verpasst, wenn ich mich nicht irre.«

»Nicht direkt, aber ich fand ihn zu dem Zeitpunkt ganz passend.«

»Jetzt nicht mehr?« Emilia war irritiert, denn sie stellte fest, wie gespannt sie plötzlich auf sein Urteil wartete.

Das war nicht gut. Das war ganz und gar nicht gut.

Aurelio zuckte mit den Schultern. Diese Reaktion war mehr als ernüchternd und holte Emilia prompt auf den Boden der Tatsachen zurück. Wann auch immer sie glaubte, dass Aurelio Interesse an ihr zeigte, sorgten kurz darauf Reaktionen wie diese dafür, dass sie sich wie ein Vollidiot vorkam.

Außerdem war das auch völlig egal – sie wollte doch ohnehin nichts von diesem Mann! *Oder von sonst irgendeinem*, fügte sie gedanklich hinzu.

Sie stapfte zur Fahrertür und versuchte, Aurelios Blick auszuweichen. Der ließ sich von ihrer kühlen Art jedoch ganz und gar nicht verunsichern. »Du fährst nicht zufällig in die Stadt, *cara* Emilia?«

Emilia zuckte nun ihrerseits mit den Schultern. Kommunikation per Körpersprache konnte sie genauso gut. Offenbar sprach Aurelio nur dann, wenn es ihm beliebte, und zog es sonst vor, Emilia und den Rest der Welt über seine Gedanken im Dunkeln tappen zu lassen.

Wenn Aurelio ihre kühle Reaktion richtig deutete, wovon Emilia mit absoluter Sicherheit ausging, ließ er es sich nicht anmerken. »Es ist so, dass mein Fahrrad noch immer in Reparatur ist«, erklärte er.

»Aha.« Emilia hatte nicht vor, Aurelio auch nur irgendwie entgegenzukommen. Was bildete er sich ein? Er hatte sie geküsst! Er hatte sie geküsst und seitdem so getan, als ob nichts passiert wäre! Er behandelte sie mal wie eine Fremde, mal wie eine lose Bekannte, mal wie eine Frau, die er vielleicht oder vielleicht auch nicht begehrenswert fand.

Er ging ein paar Schritte auf Emilia zu und schenkte ihr ein seltenes Lächeln. »Ich brauche ein paar Dinge.«

»Aha.«

»Aus der Stadt. Fährst du irgendwann mal nach Lucca?«

»Irgendwann bestimmt. Eine Frage, *caro* Aurelio«, gab Emilia zurück und blickte ihn auffordernd an.

»*Sì?*«

»Kennst du dich mit Strom aus?«

»Strom?«

»Ja. Strom. Leitungen. Leitungen, die kaputt geschnitten oder kaputt getreten oder in irgendeiner anderen Weise *absichtlich* zerstört wurden. Kennst du dich mit so etwas aus? Pepe könnte Hilfe brauchen.«

Aurelio verschränkte die Arme vor der Brust. Dabei verzog sich sein T-Shirt und entblößte einen kleinen Bereich braun gebrannter Haut oberhalb des Hosenbundes. Emilias Blick wurde wie magisch davon angezogen, und sie spürte, wie ihre Wangen heiß wurden. Schnell wandte sie sich ab und starrte in die Hügellandschaft hinter dem Hotel.

»Und wieso sollte ich das tun?«, fragte Aurelio.

»Nachbarschaftliche Hilfe. Du wohnst gratis in einem der Häuser auf dem Hotelgrundstück und hilfst mir deshalb.«

»Klingt fair. Aber eigentlich habe ich dir bereits geholfen. Zweimal, wenn ich mich nicht irre. Die Wasserhähne? Die Besprechung beim Gemeinderat? Also bin ich dir nichts mehr schuldig. Oder?«

Emilia öffnete den Mund, war aber nicht sicher, was sie darauf entgegnen sollte. Mehr als ein »Wie bitte?« fiel ihr nicht ein. Er hatte die Wasserhähne angesprochen – *direkt* angesprochen und sie mit diesem Blick angesehen, diesem bestimmten Blick, der vielleicht etwas oder vielleicht auch gar nichts aussagen sollte. Frustriert schüttelte Emilia den Kopf, verschränkte die Arme vor der Brust und starrte Aurelio auffordernd an.

»Ist doch gut gelaufen, nicht wahr?«, fragte er.

Emilia blinzelte. Was war gut gelaufen? Der Kuss? Ihre Begegnung?

»Beim Gemeinderat, meine ich«, setzte er nach.

Oh.

»Ja, aber …«, begann Emilia, doch die Worte blieben ihr im Hals stecken, als Aurelio sich streckte und eine größere Fläche seines gut trainierten Unterbauchs freilegte.

Wieder wandte sie eilig den Blick ab.

Das hat er absichtlich gemacht, dachte sie verdrossen. Jetzt war sie froh, dass sie ihrer pseudoromantischen Idee, mit einem Picknickkorb und einer Flasche Wein bei ihm anzutanzen, nicht nachgegeben hatte. *Mistkerl!*

»Fährst du jetzt nach Lucca oder nicht?«, hakte er nach.

»Nein. Aber *falls* du dich dazu herablassen könntest, Pepe zu helfen, damit er schneller fertig wird, fahre ich *vielleicht* mal *irgendwann* nach Lucca und bin *möglicherweise* dazu bereit, dich mitzunehmen. Schönen Tag noch, Aurelio.«

Mit diesen Worten stieg sie ins Auto, knallte die Tür zu und brauste davon.

114

12. Kapitel

»DU arbeitest zu viel und vergisst dabei das Essen, *cara*«, sagte Letizia mit tadelndem Unterton, als Emilia bei ihr ankam.

»Es geht schon.«

»Du musst jeden Tag eine warme Mahlzeit zu dir nehmen, weißt du? Nur so hat man ausreichend Energie. Und du brauchst Energie für so ein großes Projekt. Vor allem, weil du das ganz allein machen musst. Und das als Frau.«

Emilia warf Letizia einen verärgerten Seitenblick zu. Solche Bemerkungen hörte sie von ihr ständig, und Emilia fragte sich, ob es Sinn machte, Letizia darauf hinzuweisen, dass es ja wohl keinen Unterschied machte, ob das Projekt von einem Mann oder einer Frau geleitet wurde.

Vermutlich nicht.

»Ich kann nicht kochen«, sagte Emilia stattdessen.

»Dann lerne es. Es ist gar nicht schwer. Die italienische Küche ist sehr einfach. Man braucht nur richtig gute Zutaten und ein bisschen Liebe und Leidenschaft.«

Wo ich Erstere herbekomme, weiß ich nicht, und auch die anderen beiden Dinge sind mir völlig abhandengekommen, dachte Emilia, sagte aber nichts.

»Was kann ich dir denn Gutes tun, *cara?*«

»Ein Espresso wäre gut.«

»Nichts zu essen?«

Emilia blickte auf die Uhr. Es war noch nicht Mittag, aber auf Frühstück hatte sie auch keine Lust mehr, zumal diese Mahlzeit bei den Italienern ohnehin nur aus einem kleinen *Cornetto* bestand. Letizia folgte ihrem Blick und machte eine wegwerfende Handbewegung.

»Ah, kümmere dich nicht um die Uhrzeit. Wenn meine Freundin Hunger hat, bekommt sie etwas zu essen. Wir haben noch *Ragu di*

Cinghiale von gestern. Wildschweinragout. Das schmeckt heute noch viel besser. Ich werfe dir ein paar *Pappardelle* in den Kochtopf, das geht ruckzuck. Gib mir fünf Minuten.«

»Danke, Letizia. Du bist ein Schatz.«

Tatsächlich kam Letizia fünf Minuten später mit einem dampfenden, gut gefüllten Pastateller zurück und stellte ihn zusammen mit einer Schüssel geriebenem Parmesan auf den Tisch. Dann holte sie ein kleines Weinglas und schenkte Weißwein ein.

Emilia, in deren Mund sich gerade eine Riesenportion Pasta befand, sah erneut zur Uhr und warf Letizia einen fragenden Blick zu.

»Zu einem anständigen Mittagessen gehört *vino, sì*? Und du siehst aus, als hättest du bereits jetzt einen anstrengenden Tag gehabt.«

Emilia schluckte ihre Pasta hinunter und schob sich direkt den nächsten Bissen des würzigen Gerichts in den Mund. Sie kaute und starrte ihren Teller an, während sie Letizias Blick auf sich spürte. Emilia schluckte, dann sah sie auf: »Du hast das von meinem Auftritt gehört, oder?«, fragte sie mit resigniertem Unterton.

Letizia spitzte die Lippen und blickte zur Decke, als müsse sie darüber nachdenken, worum es ging.

»Jetzt sag schon«, drängte Emilia sie.

»Na ja, einer der Arbeiter hat Anna angerufen, um ihr das mit der zeitlichen Verzögerung zu erzählen, und da kam vielleicht etwas zur Sprache ...«

»Und Anna hat direkt dich angerufen, ja? Super.«

»Anna war vorhin auf einen Espresso hier. Da plaudert man so über dies und das.«

»Super«, wiederholte Emilia und widmete sich wieder dem köstlichen Pastagericht. »Das ist wirklich unglaublich gut, Letizia.«

»Danke, *cara*. Ist ganz leicht, es kocht sich fast von selbst. Man braucht nur gutes Fleisch. Das bekommst du von ...«

Emilia hob die Hand, und Letizia schwieg. »Das ist vergeudete Liebesmüh, Letizia. Ich kann nicht kochen. Ich habe noch nie gekocht. Nicht mal Pasta. Wenn ich etwas Anständiges essen möchte, komme ich einfach zu dir. Okay?«

Letizia schenkte ihr ein strahlendes Lächeln.»Okay. Aber wenn du mal heiratest, solltest du schon ein paar Gerichte können.« Emilia legte den Kopf schief und bedachte Letizia mit einem langen Blick.»Dass ich Single bin, macht dich fertig, oder?« Letizia grinste.»Ach nein. Aber du bist so eine hübsche Frau.«

»Das hat mir bisher aber auch nicht den Prinzen vom hohen Ross geholt. Außerdem habe ich keine Zeit für solche Sachen.«

»Solche Sachen? *Cara*! Liebe ist alles im Leben. Mein Leben war erst perfekt, als ich Andrea geheiratet und meine zwei zauberhaften Kinder bekommen habe. Warte nur. Du wirst sehen. Außerdem ...« Letizia unterbrach sich und grinste verschmitzt.

»Ja?«, fragte Emilia und kratzte die letzten Reste ihres Wildschweinragouts vom Teller.

»Vielleicht ist der Prinz noch nicht gekommen, weil du ihn nicht mit deinen Kochkünsten verführen konntest. Weißt du, in Italien haben wir ein Sprichwort. *La strada per il cuore di un uomo passa dal suo stomaco.*«

»Ja, dieses Sprichwort haben wir im Deutschen auch. ›Liebe geht durch den Magen.‹ Aber das sagt man doch nur so ...«

Letizia streckte den Arm aus, legte ihre Hand auf Emilias und lächelte wissend.»*No, no, cara.* Das sagt man nicht einfach nur so. Glaube mir. Wenn du für einen geliebten Menschen etwas zubereitest, erwärmst du damit sein Herz.«

Emilia riss die Augen auf. Letizia sei Dank hatte sie gerade die perfekte Idee, wie sie an Giampaolo rankam.»Letizia, du bist großartig!«

»Was habe ich denn gesagt?«, fragte ihre Freundin überrascht.

»Ach, das erzähle ich dir das nächste Mal. Ich hatte gerade eine Idee. Eine *super* Idee.«

»Siehst du?«, sagte Letizia, grinste breit und begleitete Emilia nach draußen.»Alles nur, weil du etwas Anständiges gegessen hast.«

Emilia umarmte Letizia und sagte:»Weißt du was? Wahrscheinlich hast du recht.« Sie hob den Arm zum Gruß und ging zurück zu ihrem Auto.

Ihre Stimmung hatte sich schlagartig gebessert. Mit einem Mal hatte sie wieder das Gefühl, Oberhand zu gewinnen. Bei all der Arbeit, die sie hatte, all den Dingen, um die sie sich kümmern musste, hatte sie ganz vergessen, sich über ihre Erfolge zu freuen. Und sie *hatte* Erfolge vorzuweisen! Sie hatte dieses Projekt, dieses Steinhaus, in einem desolaten Zustand überreicht bekommen. Sie war überfordert gewesen, oft genug den Tränen nahe, war mehrmals ganz nah dran gewesen aufzugeben. Doch sie hatte weitergemacht. *Sie* hatte tatsächlich weitergemacht. Allein.

Na ja, fast allein, dachte sie und lächelte, weil sie ständig übersah, wie sehr Pepe und Letizia ihr halfen und wie sehr die beiden ihr bereits ans Herz gewachsen waren. Sie waren da. Sie waren in ihrem Leben, und sie unterstützten sie. Letizia auf ihre überschwängliche, herzliche Art, Pepe eher ruppig, aber umso treuherziger.

Während sie der Straße folgte, die ihr mittlerweile so vertraut war, tat ihr Herz einen Sprung. Sie hatte so etwas wie eine Erleuchtung gehabt. *Danke, liebe Letizia*, dachte sie und lächelte.

Sie wurde langsamer, blickte sich um und hielt an. Dann stieg sie aus und lehnte sich an ihren Wagen, der mitten auf der schmalen Straße stand und den Weg für jeden blockieren würde, der vorbeifahren wollte. Doch hier kam sowieso nur selten jemand vorbei. Hier war es ruhig. Hier war es friedlich. Wieso machte sie das nicht öfter? Wieso nahm sie sich nie die Zeit, all das zu genießen, was ihr so unverhofft zugeflogen war? Ständig hatte sie sich nur auf ihre Aufgaben konzentriert, war ausschließlich darauf fokussiert, dieses Projekt zu realisieren und ihr Management mit ihren Leistungen zu beeindrucken. Doch manchmal war es nötig, einfach mal eine Pause zu machen. Sie war schließlich in Italien! Die *Dolce-Vita*-Kultur war es doch, die dieses Land ausmachte. Wie hatte sie das nur übersehen können? Ein leckeres Gericht zu sich zu nehmen, in die hügelige Landschaft zu fahren und eine Pause zu machen. Fünf Minuten, oder zehn.

Hier ist es perfekt, dachte Emilia und ließ ihren Blick langsam über die bezaubernde Landschaft schweifen. Der sanfte Wind strich über ihr Gesicht und blies ihr die mittlerweile vertrauten Düfte in die Nase. Erde. Lavendel. Pinien. Rosmarin. Sie kam sich vor wie ein Sommelier, der seine geschulte Nase in ein Weinglas hielt. Sie konnte jeden einzelnen Duft ausmachen, ihn zuordnen und sich darüber freuen.

Sie würde das schaffen. Auf jeden Fall. Sie würde eine gute Vereinbarung mit dem Gemeinderat treffen und sich dann so lange um Giampaolos Gunst bemühen, bis sie *gemeinsam* eine Lösung gefunden hatten. Denn das war es, was sie übersehen hatte. Was sie *alle* übersehen hatten. Niemand hatte ihn je gefragt, was er über all das dachte. Niemand hatte sich je um seine Bedürfnisse gekümmert. Man hatte ihn als Problem wahrgenommen, das es zu lösen galt. Auch sie, Emilia, hatte das getan.

Das war der völlig falsche Weg, das war ihr nun bewusst. Sie würde sich in aller Form bei ihm entschuldigen. Und dann würde sie ein Gespräch mit ihm führen. Ein *richtiges* Gespräch. Sie würden eine Lösung finden, und sie würde dem Management und Micha die besten Ergebnisse liefern, die sie je von irgendjemandem bekommen hatten.

Emilia nickte, stieg motiviert ins Auto und fuhr zum Hotel.

Dort angekommen, fuhr sie nicht zu ihrem Parkplatz, sondern folgte direkt dem kleinen Weg, der vom Hotel aus zu Giampaolos Haus führte. Dort blieb sie stehen, stieg aus und klopfte an seine Tür. Ihr wurde umgehend geöffnet, und Giampaolo blickte sie misstrauisch an.

»Giampaolo, ich möchte mich in aller Form bei Ihnen entschuldigen.«

»Wofür?«, fragte er und griff nach links, irgendwo hinter seine halb geöffnete Tür.

Er zog seinen Gehstock hervor und lehnte sich demonstrativ darauf. Emilia ignorierte diese Geste. »Ich hätte Sie nie so anschreien dürfen. Das war sehr respektlos. Überhaupt ist alles, was hier passiert, sehr respektlos Ihnen gegenüber.«

Sie machte eine kurze Pause und wartete, wie ihre Worte wirkten. Giampaolo verzog keine Miene.

»Ich habe mir Ihren Garten angesehen«, sprach sie weiter. »Er ist unglaublich schön. Ich bewundere Ihre Arbeit. Haben Sie den allein angelegt?«

Schweigen.

»Okay, Sie sind sauer auf mich. Auf die Hotelkette, für die ich arbeite. Auf die ganze Welt. Das tut mir sehr leid. Aber ich kann nicht ändern, dass meine Hotelkette dieses Grundstück gekauft hat, und ich kann nicht ändern, dass ich hierhergeschickt wurde und Sie jetzt das Gefühl haben, ich will Ihnen das Leben zur Hölle machen. Noch einmal, es tut mir sehr leid, dass ich Sie vorhin so angeschrien habe.«

Giampaolo zuckte mit den Schultern.»Weiberkram.«

»Wie bitte?«

»Das ist nun mal so, wenn man Frauen vorschickt. Die reagieren immer so gefühlsduselig.«

»Das ist ein bisschen sexistisch, meinen Sie nicht?«

»Das ist mir egal. In meiner Generation gab es ganz andere Werte.«

»Aha. Wie auch immer, ich wollte mich entschuldigen.«

»Sonst noch was?«

»Ja. Ich möchte Sie zum Essen einladen. Dinner, um genau zu sein.«

»Dinner?«

»Abendessen.«

»Ich weiß, was ein Dinner ist. Allerdings bezweifle ich, dass *Sie* das bewerkstelligen können.« Jede Silbe seines letzten Satzes klang betont abfällig, begleitet von einem ebensolchen Blick.

Emilia verschränkte die Arme vor der Brust und stierte den Alten an. Das hatte sie *so* auch gar nicht gemeint. Sie hatte eigentlich beabsichtigt, Giampaolo zu Letizia einzuladen. Oder zu sonst jemandem, der kochen konnte. Ihn nett ausführen, ihn gut behandeln. Aber nach diesem provokanten Kommentar ...

»Also, bitte!«, sagte sie und warf die Arme in die Luft.»Sie haben keine Ahnung, wer ich bin, was ich kann, was ich denke, was ich fühle. Sie haben einfach nur Vorurteile!«

»Jeder Mensch hat Vorurteile.«

»Das ist nicht der Punkt! Und Sie sind, verdammt noch mal, bei mir zum Essen eingeladen!«

Emilia machte auf dem Absatz kehrt und stapfte davon, ohne eine Antwort abzuwarten. Dann blieb sie stehen und rief dem Alten über die Schulter zu:»Nein. Zum *Dinner*!«

Sie blieb einige Minuten in ihrem Auto sitzen, bevor sie ausstieg. Jetzt hatte sie bei Giampaolo schon wieder die Nerven verloren. Na ja, fast.

Irgendwie sorgten all die Männer hier dafür, dass sie sich nicht mehr im Griff hatte. Irgendwas hatten diese Italiener an sich, das die schüchterne, zurückhaltende Emilia zurückdrängte und die impulsive, emotionale Frau hervorholte, von der sie bisher noch nicht mal gewusst hatte, dass sie existierte.

Sie seufzte. Was hatte sie sich *da* nun wieder eingebrockt? Aber sei's drum, sie hatte das Gefühl, ein kleines bisschen an Giampaolos harter Schale gekratzt zu haben.

»Das ist kein Sprint, das ist ein Marathon«, flüsterte sie und nickte sich im Rückspiegel zu.

Sie stieg aus und stieß fast mit Aurelio zusammen, der, ohne dass sie es bemerkt hatte, neben ihrem Auto aufgetaucht war.

»Aufpassen, *cara* Emilia. Sonst tust du eines Tages noch jemandem weh.«

»Danke für die Belehrung.«

Emilia hob den Kopf und lauschte. Waren das etwa … *Maschinengeräusche?*

»An deinem Strahlen sehe ich, dass du erfreut über unseren Fortschritt bist«, sagte Aurelio.

Emilia packte ihn am Unterarm und drückte sanft zu. »Ihr habt es also geschafft? Der Strom geht wieder?«

»Ja. Pepe kennt sich mit solchen Dingen aus. Ich auch, im Übrigen.«

»Sie haben mit dem Ausheben der Grube begonnen?«

»Ja. Und sie haben eingewilligt, heute länger zu bleiben. Ich habe sie überzeugen können, was, wie du sicher bemerkt hast, nicht sehr einfach ist. Diese Männer kommen gern pünktlich zum Abendessen nach Hause.«

»Du bist ein Schatz, Aurelio!«

»Manchmal. Wie auch immer – sie erhalten einen Bonus für die heutigen Überstunden.«

»Einen Bonus?« Emilias Blick schnellte zu Aurelio.

Der hob eine Augenbraue und blickte sie an, als sei sie schwer von Begriff. »Irgendwie musste ich sie überzeugen. Und du willst doch deinen Terminplan einhalten, oder?«

»Du kannst doch nicht einfach *mein* Budget verwalten!«

»Habe ich aber. Gern geschehen.« Aurelio tippte sich gegen die Stirn und zog davon.

Emilia starrte ihm nach. Dieser Mann hatte etwas an sich, das sie wahnsinnig machte. »Unfassbar«, murmelte sie und schüttelte den Kopf. Dann traf sie eine Entscheidung.

»Warte!«, rief sie und lief ihm hinterher.

Er drehte sich zu ihr um. Sie standen in der Mitte des Kiesweges, der sein Haus mit dem alten Hotel verband. Sie blickte ihn an, nahm all ihren Mut zusammen, versuchte, ihre neu entdeckte Seite hervorzukramen. Weg mit der schüchternen, zurückhaltenden Emilia, her mit der emotionalen Frau, die ihren Weg kannte, die direkt war und forsch sein konnte, wenn es die Situation verlangte.

So wie jetzt.

»*Sí*?«, fragte Aurelio und blickte sie abwartend an.

»Du hast mich geküsst«, sagte sie schnell und atemlos.

Aurelio hob die Augenbrauen und sagte nichts.

Natürlich nicht.

Emilia spitzte die Lippen und blickte Aurelio aus zusammengekniffenen Augen an. »Du hast mich geküsst und dann so getan, als sei das nie passiert. Ich wollte nur sagen, dass …«

Er trat einen Schritt auf sie zu und stand plötzlich so nah vor ihr, dass sich seine Körperwärme auf sie übertrug. Sofort verschlug es ihr die Sprache, und sie schloss den Mund.

»Ich habe nicht so getan, als sei es nie passiert«, sagte er ruhig.

»Doch, irgendwie schon …«, murmelte sie.

»Und … das stört dich?«

»Irgendwie schon …«, wiederholte sie und trat von einem Fuß auf den anderen.

Was quasselte sie da bloß?

Aurelio beugte sich zu ihr herunter, zwang sie, ihm direkt in die Augen zu sehen. Dann hob er die Hand und strich ihr zärtlich eine Haarsträhne aus dem Gesicht.

»Wie ich schon sagte, Emilia. Du willst nichts von mir. Glaub mir, es ist besser so.«

Dann zwinkerte er ihr zu, schenkte ihr ein flüchtiges Lächeln, drehte sich um und ging davon. Emilia starrte ihm nach.

Doch, dachte sie, *ich befürchte, das will ich.*

Sie seufzte, wandte sich um und ging mit pochendem Herzen zurück zum Hotel und direkt zur großen Wiese, um die Fortschritte zu begutachten. Alle arbeiteten im Akkord, und einige der Männer winkten ihr sogar zur Begrüßung zu.

Schön, dachte Emilia, *offenbar bin ich in ihrer Gunst wieder gestiegen.*

Konnte es denn sein, dass endlich mal etwas wie am Schnürchen lief? Emilia lächelte und ging fröhlich pfeifend zu ihrem Zimmer. Überrascht stellte sie fest, dass ihre Verandatür nur angelehnt war, doch sie war sicher, dass sie sie abgeschlossen hatte. Sie stieß die Tür auf und erstarrte.

»Hallo, Emilia. Bevor du etwas sagst: Ich konnte nicht anders. Ich musste dich einfach sehen.«

Emilia starrte den Mann, der vor ihr stand, entsetzt an.

Björn!

III.

*»La superbia andò a cavallo
e tornò a piedi.«*

(italienisches Sprichwort)

(»Der Hochmut ritt zu Pferde
und kehrte zu Fuß zurück.«)

13. Kapitel

BJÖRN machte einen Schritt auf sie zu und verzog seine Lippen zu einem schüchternen Lächeln, das sofort wieder erstarb, als er Emilias Gesichtsausdruck sah. »Hör zu, ich …«

»Was zur Hölle willst du hier?«, unterbrach sie ihn.

Sie hörte, wie tonlos ihre Stimme klang. Das war auch kein Wunder, angesichts der Tatsache, dass ihr gerade die Luft wegblieb.

Und nicht im guten Sinne!

»Ich musste dich sehen, Emilia«, wiederholte Björn und versuchte sich erneut an einem Lächeln.

Als wäre das eine Antwort auf ihre Frage. Als würde das auch nur in irgendeiner Form seine Anwesenheit erklären. »Was redest du da? Ich will dich nicht hier haben!«, zischte Emilia. Sie hatte sich keinen Zentimeter aus dem Türrahmen bewegt.

»Sag das nicht, bitte!« Er schüttelte traurig den Kopf. »Ich habe gemacht, worum du mich gebeten hast. Ich habe dir Zeit gelassen. Zeit, um dich zu beruhigen. Aber jetzt …«

»Um mich zu *beruhigen*?«, fuhr sie ihn an und trat so energisch auf ihn zu, dass er erschrocken vor ihr zurückwich.

Hatte Björn das gerade *wirklich* gesagt? Hatte er *wirklich* gerade die Worte *ihres Vaters* an sie gerichtet? Sie funkelte ihn wütend an. »Ich habe dich nicht gebeten, mir Zeit zu geben, um mich zu *beruhigen*, ich habe gesagt, dass ich nichts mehr von dir hören will … oder dich *sehen!*«

»Wir müssen über die Sache reden, okay? Du hast mich seit der Beförderung ignoriert und das Land verlassen, du hast mir keine Chance gegeben, um …«

»Björn, geh einfach, okay?«, unterbrach sie ihn. »Ich will dich hier nicht. Ich will über nichts reden. Zwischen uns gibt es nichts mehr zu sagen.«

Er verzog gekränkt das Gesicht.»Du tust so, als hätte ich dich hintergangen.«

»Du *hast* mich hintergangen! Du hast mir nicht mal erzählt, dass du dich um die Beförderung beworben hast!«Emilia begann, wütend hin- und herzulaufen, während sie weiterredete.»Du hast mich komplett auflaufen lassen! Du *wusstest*, dass sie dir den Job geben werden ...«

»Nein, ich habe es nicht ...«

»Lüg mich nicht an!«, fauchte sie.»Ich habe zu dir geschaut, als Micha deinen Namen genannt hat. Du warst kein bisschen überrascht. Wer hat es dir gesagt? Micha? Oder gleich mein Vater persönlich? Er war es doch, bei dem du dich eingeschleimt hast, oder? Er war es, den du überzeugt hast. Wie hast du das gemacht? Heimlich, hinter meinem Rücken? Oder hat das eine Dinner gereicht, zu dem ich dich mitgenommen habe? Gott!« Sie konnte sich kaum noch bremsen. All der Frust der letzten Wochen brach nur so aus ihr heraus.»Ich bin so dämlich! Bist du deshalb mit mir ausgegangen? Wegen meines Vaters?«

Bei dem Gedanken verspürte sie so viel Ekel, dass sie sich abwenden musste, weil sie Björns Anblick kaum ertragen konnte.

»Hör auf«, sagte Björn leise. Er klang verletzt, doch das war Emilia egal. *Er* hatte *sie* verletzt, das hatte ihn ebenso wenig gekümmert.»Hör auf, okay?«, wiederholte er.»Wir sind nicht einfach ausgegangen, wir hatten eine Beziehung.«

Emilia schüttelte den Kopf.»Geh einfach wieder, okay? Zwischen uns ist nichts mehr. Sei du glücklich in Deutschland, und lass mich glücklich in Italien sein. Denn das bin ich.«

Das stimmte, stellte Emilia fest, kaum dass sie die Worte ausgesprochen hatte. Trotz all der Probleme und Herausforderungen, trotz schlafloser Nächte und einigen Heulkrämpfen, trotz dieser beiden Nachbarn, der eine viel zu stur, der andere viel zu irritierend – sie war glücklich hier.

»Ich kann nicht«, sagte Björn leise, ohne sie anzusehen.

»Du kannst *was* nicht?«

»Gehen.«

»Ach, bitte! Jetzt komm hier bloß nicht mit einer hollywoodreifen, supertheatralischen Show, das zieht bei mir nicht. Nicht mehr.«

»Nein, das … das ist es nicht.«

»Aha. Was ist es dann?«

»Sie … sie haben mich … ich meine, ich wurde … hierher … versetzt.«

Emilia blinzelte und versuchte, die Worte, die sie gerade gehört hatte, richtig zu verstehen. Aber sie schaffte es nicht. Was er sagte, ergab keinen Sinn.»Wie bitte?«, fragte sie mit zittriger Stimme.

Björn starrte auf den Boden.»Ich … sie haben … sie haben mich hierher versetzt.«

»Nein.«

»Doch.«

»Du lügst.«

»Nein. Das Projekt hier läuft an. Damit hatte wohl keiner gerech…« Er unterbrach sich, hob den Kopf und blickte Emilia betroffen an. Dann räusperte er sich.»Ich meine, es gab wohl Pläne …«

»Lass gut sein, okay«, unterbrach Emilia ihn und hob abwehrend die Arme.»Und beleidige nicht meine Intelligenz. Ich weiß, warum ich hier bin. Ich weiß, dass mein Vater seine Finger im Spiel hatte und das Ganze hier eine Art Lektion im Scheitern hätte werden sollen. Tja, da habt ihr mich wohl unterschätzt.«

»Nun … wie auch immer, das Projekt läuft richtig an und wird zu groß für eine Person.«

»Wird es nicht. Du wirst hier nicht gebraucht, Björn.«

»Sie hätten so oder so jemanden geschickt. Du kannst das hier nicht allein machen.«

»Natürlich kann ich das. Habe ich bisher auch. Traust du mir das nicht zu? Wie nett von dir. Gott, es heißt immer, viele Frauen suchen sich Männer, die wie ihr Vater sind … Unglaublich, dass ich wohl auch eine von ihnen bin.«

»Ich traue dir alles zu! Ich bin auch nur ein Angestellter, okay? Sie haben mich hierher versetzt. Wir müssen als Team arbeiten, ob es dir gefällt oder nicht. Das hier ist nicht *dein* Hotel!«

Das wusste sie! Dennoch – das alles aus Björns Mund zu hören, versetzte Emilia einen regelrechten Schlag. Natürlich war das hier nicht *ihrs* – aber es fühlte sich für sie nun mal so an. All ihre Arbeit steckte hier drin, ihre Tränen, Millionen Emotionen. Sie konnten doch nicht einfach ...

»Willst du mir jetzt vielleicht auch noch sagen, dass du mit dieser Versetzung so gar nichts zu tun hast?«, fragte Emilia leise. Bittere Galle stieg in ihr hoch. Sie nahm alles um sich herum nur noch dumpf wahr, als befände sich ihr Körper unter Wasser. Sie stand unter Schock. »Willst du mir sagen, es ist Zufall, dass sie ausgerechnet dich ausgewählt haben? Dass sie dir zuerst eine Beförderung – *meine* Beförderung – geben und dann, ein paar Wochen später, gleich noch eine Versetzung hinterherschieben?«

Björn schüttelte den Kopf. »Nein. Ich wollte hierherkommen. Ich habe mich beworben. Ich habe darum gebeten. Hör zu, mir war schon klar, dass du mich nicht mit offenen Armen empfangen wirst, aber ich dachte, vielleicht könnten wir reden. Vielleicht könnten wir uns versöhnen. Vielleicht würdest du dich, tief in deinem Inneren, ein bisschen freuen ...«

»Ach ja? *Das* hast du gedacht, Björn? Dass ich mich freue, dass du mir mein Projekt wegschnappst? *Schon wieder?*«

»Du siehst das falsch! Ich habe nicht vor, dir etwas wegzuschnappen!«

»Ach, bitte!«

Sie stürmte durchs Zimmer, und Björn sprang zur Seite, als hätte er Angst, sie würde ihn einfach umlaufen. Sie öffnete eine Lade und holte ihr Firmenhandy hervor.

»Was machst du?«

»Ich rufe in der Zentrale an«, murmelte Emilia und suchte die Nummer in ihren Kontakten.

»Könntest du dich kurz beruhigen und mir zuhören?«

Emilia fuhr herum und stierte ihn an. »Nein! Ich beruhige mich nicht! Und ich höre dir auch nicht zu!«

»Das ist doch nicht allein meine Entscheidung gewesen, Herrgott noch mal! Weder das hier noch die Beförderung in Deutschland! Und jetzt leg das Handy weg, bevor du etwas Dummes machst.«

Emilia machte einen energischen Schritt auf Björn zu, und er wich abermals zurück. »Etwas Dummes? Bevor ich etwas *Dummes* mache? Gott, du hörst dich an wie mein Vater!«

»Autsch.«

Emilia wandte sich ab, plötzlich angewidert von sich selbst, von dieser Situation und der Tatsache, dass sie sich tatsächlich mal eingebildet hatte, sie und dieser ... dieser ... *karrieregeile Mistkerl* hätten so etwas wie eine Zukunft miteinander.

Sie ließ sich auf ihr Bett fallen und fuhr sich mit den Handflächen übers Gesicht. Sie war plötzlich unendlich müde.

»Darf ich etwas sagen?«, fragte Björn leise. Er machte keine Anstalten, ihr Zimmer zu verlassen.

»Ich wüsste nicht, was es da noch zu sagen gäbe«, flüsterte Emilia. Sie wollte nicht heulen. Nicht vor *ihm*. Doch lange würde sie sich nicht mehr zusammenreißen können.

»Ich möchte dir nichts wegnehmen. Ich wollte dir nie etwas wegnehmen. Das zwischen uns war von Anfang an etwas Echtes. Ich weiß, was du draufhast, Emilia. Ich weiß, wer die *wahre* Emilia ist, wie tough sie ist, wie mutig und schlau, wie liebevoll und fürsorglich. Dass sie nicht einfach nur der Schattensprössling ihres einflussreichen Vaters ist. Ich *weiß* das alles, weil ich sie kennengelernt habe. Und ich mochte sie. Sehr sogar. Unterstell mir nicht, ich hätte dich ausgenutzt. Du weißt, wie wichtig mir mein Beruf ist, meine Karriere, ich will mich genauso beweisen wie du. Vielleicht habe ich mich zu sehr bemüht, Privates und Berufliches voneinander zu trennen, vielleicht war das der falsche Weg, vielleicht hätte ich offener reden sollen, aber ich wollte nicht riskieren, dich zu verlieren. Wenn du mir das ankreiden willst, bitte. Aber glaube mir zumindest, dass ich kein Arschloch bin.«

Emilia schüttelte den Kopf und schwieg. Björn blieb nach wie vor an seinem Platz stehen, rührte sich nicht, sprach aber leise weiter. »Es tut mir leid. Aber sei so ehrlich und steh dazu, dass du dasselbe getan hättest. Wenn sie dir die Beförderung angeboten hätten, obwohl du gewusst hättest, dass auch ich mich darum bemüht habe, du hättest niemals Nein gesagt. Niemals. Oder?«

Emilia zuckte mit den Schultern. Selbst wenn Björn damit recht hatte, war ihr das mittlerweile egal. Ihr gesamtes Herzblut steckte in diesem Projekt. Und jetzt stand er hier und sollte – was?

»Ich bin nicht hier, um dich zu ersetzen«, sprach er weiter, als hätte er ihre Gedanken gelesen. »Das schwöre ich. Es ist unglaublich, was du hier für eine Vorarbeit geleistet hast.«

Emilia fuhr auf. »*Vorarbeit*?«

»Arbeit! Deine ganze Arbeit, meine ich!«, beeilte sich Björn zu sagen. »Niemand hat sich um dieses Grundstück geschert, bis du es mit deinen Ideen zu etwas Verwertbarem gemacht hast.«

»Aha. Und jetzt, wo meine tollen Ideen, meine super *Vorarbeit*, es zu etwas Verwertbaren gemacht haben, schicken sie dich? Ist doch so, oder?«

»Nein!«

Björn kam langsam auf sie zu und setzte sich ebenfalls aufs Bett. Sie rückte von ihm ab.

»Ich glaube das einfach nicht«, sagte sie leise und mehr zu sich selbst als zu ihm.

»Tut mir leid«, sagte Björn aufrichtig. »Ich habe nicht darüber nachgedacht, wie das auf dich wirken muss … Ich wollte einfach nur … zu dir.«

Emilia sprang auf. »Hör auf damit«, sagte sie. »Ich will nichts davon hören. Ich bin nicht mehr dieselbe Emilia wie in Deutschland, ich habe mich weiterentwickelt. Ich bin mit diesem Projekt verheiratet, ich habe keine Zeit und keine Lust und keine Nerven für männliche Egos.«

Björn hob abwehrend die Arme. »Okay. In Ordnung. Ich habe es kapiert.«

»Schön.«

Björn stand auf. »Ich bin trotzdem hier. Wir müssen uns arrangieren.«

Emilia warf ihm einen eisigen Blick zu.

»Bitte, Emilia. Sieh mich nicht als Bedrohung.« Er machte einen zögerlichen Schritt auf sie zu. »Dass ich hier bin, ist keine Kritik an deiner Arbeit, vielmehr eine wohlgemeinte Unterstützung. Sie glauben, dass das hier *wirklich* etwas Großes werden kann. Etwas, das für einen Menschen allein zu viel ist. Das ist alles. Wir haben vorher schon erfolgreich zusammengearbeitet, oder? Wir konnten gut miteinander arbeiten, wir könnten das hier zu etwas ganz Besonderem machen. Okay? Ich werde dir nichts wegnehmen.«

Emilia konnte nicht antworten. Ihr Mund war trocken, und Tränen des Schocks brannten in ihren Augen. Die starke, motivierte Powerfrau, die dieses Projekt hervorgebracht hatte, drohte ihr mit einem Schlag zu entgleiten. Das alles war einfach mehr, als sie ertragen konnte. Vielleicht hatte ihr Vater recht. *Wahrscheinlich* hatte er recht. Sie war für diese harte, kalte Geschäftswelt nicht gemacht, für eine Welt, in der Menschen wie Schachfiguren verschoben wurden und nur derjenige als Sieger hervortrat, der die beste Strategie hatte oder am brutalsten agierte.

Oder beides.

Sie fühlte sich erschöpft. Erschöpft und müde. Was sollte sie jetzt tun? Vielleicht sollte sie Björn einfach das Feld überlassen, wie es vermutlich ohnehin angedacht war, und einfach … Urlaub machen. Kochen lernen. Als Küchenhilfe bei Letizia anfangen und diesen Wahnsinn hinter sich lassen.

Sie schnaubte.

»Könntest du zumindest versuchen, mir irgendwann zu verzeihen?«, fragte Björn leise und kam näher. »Und könntest du versuchen, mir eine Chance zu geben, das hier mit dir hochzuziehen?«

Alles in Emilia schrie laut Nein. Sie konnte und wollte weder das eine noch das andere. Doch sie hatte ein Problem. Björn war hier, und er würde nicht weggehen. Und sie musste kontrollieren, welche Informationen zu ihm durchdrangen. Denn wenn Björn von ihren kleinen Lügen, ihren Beschönigungen erfahren würde … Emilia schluckte. Sie kannte Björn. Seine Karriere ging ihm über alles. Ob er sie gern hatte oder nicht, spielte keine Rolle. Er war vielleicht *auch* wegen ihr hier, aber nicht *nur*. Björn wollte sich genauso in der Hotelwelt beweisen wie sie, das wusste sie, das hatte er ihr mehrfach bestätigt. Wenn er erfuhr, dass Emilia gelogen hatte, würde er sie auffliegen lassen. Hundertprozentig. Björn war sich selbst der Nächste, das wusste sie, das hatte er eindrücklich bewiesen. Und nicht nur das, er stand auch ganz offen dazu, dass er ein Karrieremensch war. Er würde sofort einen Korrekturbericht ans Management schreiben, würde in erster Linie *seinen* Allerwertesten retten und Emilia dabei wie eine heiße Kartoffel fallen lassen. Also musste sie dafür sorgen, dass er beschäftigt war. Mit den richtigen Dingen. Und mit den richtigen Informationen. *Super. Als ob sie nicht auch so schon genug um die Ohren hatte.*

Sie seufzte und blickte ihm streng in die Augen.»Also schön. Gut. Du bist hier, du kannst helfen. Ich werde dir alles zeigen und dir dann deine Aufgaben zuteilen.«

Sie blickte ihn prüfend an, wollte wissen, wie er diese Ansage aufnahm. Zu ihrer Überraschung nickte er erleichtert. Plötzlich machte er einen weiteren Schritt auf sie zu, zog sie mit einer nahezu stürmischen Bewegung an sich und schloss sie in seine Arme. Emilia war so überrumpelt, dass sie kaum reagieren konnte.

Im selben Moment klopfte es, und Aurelio steckte eine Sekunde später den Kopf zur Tür herein. Er hob überrascht die Augenbrauen, als er die beiden in ihrer Umarmung sah. Emilia stieß Björn eilig von sich, als hätte sie sich an seinem Körper verbrannt.

»*Scusate*«, murmelte Aurelio, der den Blick nun zum Boden gerichtet hatte.»Ich wollte nicht stören. Pepe braucht etwas von dir.«

Sofort verschwand er wieder und zog die Tür hinter sich zu.

Emilia schluckte schwer. Hatte Aurelio die Szene eben missverstanden? War er überrascht gewesen? Überrumpelt? Schockiert? Sie schüttelte den Kopf. Im Grunde tat das doch nichts zur Sache. Wieso quälte sie sich ständig mit Fragen über einen Mann, der manchmal irgendwie, dann wieder nicht oder vielleicht doch mit ihr flirtete? Den es vielleicht schon, vielleicht auch gar nicht, aber vielleicht irgendwie doch störte, Emilia in den Armen eines anderen Mannes zu sehen?

Hör auf damit, schalt sie sich. Sie musste Aurelio aus dem Kopf kriegen. Viel wichtiger noch, sie musste Björn in Schach halten.

»Wer war das?«, fragte Björn und war doch tatsächlich so dreist, eifersüchtig zu klingen.

Emilia quittierte die Frage mit einem genervten Blick.»Also schön«, sagte sie.»Komm mit. Ich zeige dir alles.«

14. Kapitel

TAGELANG war Emilia mürrisch, obwohl die Arbeiten gut vorangingen. Auch heute hatte sie kurz nach dem Aufstehen das starke Empfinden, unter einer tiefschwarzen Regenwolke zu stehen, die ganz persönlich ihr galt. Das hatte den ganzen Tag angehalten und sorgte jetzt dafür, dass sie nicht einschlafen konnte, obwohl es schon fast Mitternacht war.

Sie hatte das Gefühl, auf *ihrem* Grundstück bei *ihrem* Projekt wie auf rohen Eiern tappen zu müssen, weil sie nicht wusste, wie sie mit Björn umgehen sollte. Ständig war sie darauf bedacht, dass er nichts erfuhr, worüber er nichts wissen sollte. Die Sache mit dem Meerzugang war noch kein Stück vorangegangen, nur die Hotelzentrale und Björn glaubten, es sei nur noch eine Frage der Zeit. Sie musste das mit Giampaolo regeln, bevor Björn begann, Fragen zu stellen. Und erst dann würde sie wieder ruhig schlafen können.

In Emilias Magen formte sich ein Kloß. Und der würde eine Weile bleiben. Nicht unwesentlich trug auch die Tatsache dazu bei, dass sie Aurelio seit ihrer letzten Begegnung nicht mehr gesehen hatte. Als sie sich den Augenblick in Erinnerung rief, in dem Aurelio den Kopf zur Tür hereingesteckt und sein Blick sich verfinstert hatte, wurden ihre Wangen heiß. Sie bekam seinen Gesichtsausdruck einfach nicht mehr aus dem Kopf, und sie hasste sich selbst dafür.

Keine Männergeschichten mehr! Das hatte sie doch mit sich vereinbart, oder? Und Aurelio war bis dato mehr als vage gewesen, Emilia hatte schlichtweg keine Ahnung, was er von ihr wollte. Sie würde sein Verhalten ihr gegenüber als das abtun, was es wohl auch war: einfach nur italienischer Charme. Vermutlich behandelte Aurelio alle Frauen so. Küsste sie, wenn ihm danach war, war dann mal zurückhaltend, mal charmant, mal abweisend, mal süß … und kümmerte sich nicht die Bohne darum, was er bei den Frauen damit anrichtete.

Nicht, dass er bei ihr irgendetwas anrichten würde, sagte sie sich selbst. Und doch verspürte Emilia den unbändigen Wunsch, ihm zu sagen, ja, ihm zu versichern, dass Björn *nicht* ihr Freund war.

Sie seufzte und schob die Gedanken beiseite. Im Moment musste sie sich um andere Dinge kümmern, und Aurelio hatte sich ohnehin rar gemacht. Heute Nachmittag hatte sie Björn dabei beobachtet, wie er sich mit Pepe unterhalten hatte. Pepe hatte mehrfach freundlich genickt und Björn dabei respektvoll angesehen, davon konnte Emilia nur träumen.

»Miese Machos, alle zusammen«, murmelte sie.

Generell beäugte Emilia jeden einzelnen von Björns Schritten argwöhnisch, seit er hier war, legte jedes seiner Worte auf die Goldwaage. Bisher war er allerdings überaus zurückhaltend gewesen, hatte es ihr überlassen, ihm ein Zimmer zuzuweisen, hatte Fragen zum Projekt gestellt, ohne ungebetene Ratschläge zu erteilen, hatte nur agiert, wenn sie ihn darum gebeten hatte. Ja, er war geradezu *vorbildlich* gewesen.

Ob das wohl so bleiben würde?

Emilia hatte ihm ein Zimmer im ersten Stock am anderen Ende des Hauses gegeben, direkt über der Küche. Björn sollte so weit wie möglich von ihr weg wohnen. Sie hatte keine Lust, ihm ständig im Schlafanzug zu begegnen, ebenso wenig sollte er auch nur ansatzweise auf die Idee kommen, nachts an ihre Tür zu klopfen. Emilia hoffte, dass sie deutlich genug gewesen war, sie hoffte, dass Björn kapiert hatte, dass zwischen ihnen nichts mehr laufen würde.

Und doch, dachte Emilia und zog, während sie in der offenen Verandatür stand, den Morgenmantel enger um sich, war Björn ein Mann. Und Männer waren alle gleich.

Die Nächte wurden langsam kühler, selbst in der Toskana hielt der Herbst irgendwann Einzug. Bald würden die Regenfälle einsetzen, bis dahin mussten sie zumindest mit dem Pool fertig sein.

Emilia hatte die Idee, den Pool zu beheizen und eine aufschiebbare Überdachung zu bauen, dem Management präsentiert. Noch hatte sie keine Genehmigung erhalten, denn beides würde mehr Budget in Anspruch nehmen, als veranschlagt worden war. Ihre Idee war, dass mit einem solchen Angebot auch die Wintersaison genutzt werden konnte –

vielleicht sogar schon die Weihnachtsferien in diesem Jahr. Doch das Management war unsicher, ob sich die Ausgaben rentieren würden. Zumal ein Pool allein noch keine Wintertouristen anlockte. Da wäre wohl ein kleiner Wellnessbereich notwendig, und der stand nicht im ursprünglichen Plan.

Emilia hatte vor, einen Budgetplan aufzustellen, doch für eine solch detaillierte Szenario-Planung fehlte ihr die Erfahrung.

Sollte sie Björn mit einbeziehen?

Sie seufzte und wollte gerade zurück in ihr Zimmer gehen, als sie Schritte vernahm. Der Bewegungsmelder am Ende der langen Veranda sprang an, und sie beobachtete, wie Björn auf sie zukam.

»Kannst du auch nicht schlafen?«, fragte er und klang genervt.

»Ich wollte mich gerade hinlegen. Was ist los?«

»Na, irgendein Vollidiot veranstaltet dieses Konzert. Hörst du das nicht? Mein Fenster geht genau in die Richtung. Ich kann bei dem Krach nicht schlafen!«

»Dann mach das Fenster zu.«

»Ich brauche frische Luft.«

»Dann nimm dir Ohropax!«

Björn schüttelte den Kopf. »Die stören mich beim Schlafen.«

»Tja, das ist dann wohl Pech.«

»Stört dich das nicht? Was ist das überhaupt für ein Geklimper? Ich dachte, hier wohnt niemand.«

»Nein, mich stört dieses *Geklimper* nicht. Und ja, hier wohnen Menschen. Wir sind doch nicht auf dem Mond.«

Björn schüttelte den Kopf und wirkte fast verzweifelt. »Jede Nacht geht das so! Ich werde noch wahnsinnig!«

»Damit wirst du wohl zurechtkommen müssen. Du kannst hier nicht einfach antanzen und den Menschen erklären, was sie tun und lassen dürfen. Glaub mir, damit wirst du nicht durchkommen. Ich weiß, wovon ich rede.«

»Hier gilt doch wohl trotzdem NACHTRUHE!« Björn schrie das letzte Wort in die Nacht und in Richtung Aurelios Haus.

Emilia zuckte zusammen. »Lass das!«, zischte sie ihn an.

»Wieso sollte ich? Wenn ich nicht schlafen kann, muss ich ja wohl kaum auf irgendjemand anderen Rücksicht nehmen.«

»Mir war gar nicht bewusst, dass du so empfindlich bist.« Emilias Lippen verzogen sich zu einem spöttischen Lächeln.

»Ich bin nicht empfindlich. Nur beim Thema Schlaf.«

»Ich wiederhole: Das ist dann wohl Pech.«

»Na ja …«, sagte er, und seine Stimme wurde anzüglich »Ich könnte mich mit einer schönen Ablenkung anfreunden.«

Emilia wich zurück und zeigte Björn einen Vogel. »Nicht mal in deinen Träumen, mein Lieber.«

Björn lächelte unschuldig. »Wer nicht wagt, der nicht gewinnt, nicht wahr? Fürs Protokoll: Ich habe jeden Tag, seit du mich verlassen hast, an dich gedacht.«

»Fürs Protokoll: Das ist mir egal.«

Björn seufzte und sagte: »Das habe ich wohl verdient.«

»Vermutlich. Also schön, ich werde sehen, was ich machen kann.«

Björn verzog die Lippen zu einem hoffnungsvollen Grinsen.

»Das meinte ich nicht. Ich meinte, ich kann dir ein anderes Zimmer besorgen, in dem dich Aurelios Gitarrenspiel nicht stört.«

»Aurelio? So heißt der Kerl?«

Emilia lächelte. »So heißt er.«

»Und was tut er da? Macht er einen auf Straßenmusiker, oder was? Für wen spielt er überhaupt?«

»Für sich«, sagte sie.

Für mich, dachte sie.

Björn verdrehte die Augen. »Das hat mir gerade noch gefehlt. Irgendein verlotterter Typ, der meint, er muss sich in der Pampa selbst verwirklichen.«

»Ja, schon gut, es ist angekommen. Du bekommst morgen ein anderes Zimmer. Okay?«

»Und was ist mit heute? Heute Nacht würde ich auch gern schlafen!«

Emilia seufzte, band sich energisch den Gürtel ihres Morgenmantels fester um die Hüften und stapfte davon.

»Wo gehst du hin?«, rief Björn ihr nach.

»Ich sorge dafür, dass du schlafen kannst«, gab Emilia zurück.

Sie blickte in den Nachthimmel und war froh, dass der Mond hell schien und sie den Weg erkennen konnte, der zu den Häusern westlich des Hotels führte. Ihr Herz klopfte wild, sie sagte sich immer wieder, dass sie ja schließlich einen Vorwand hatte, ihn zu besuchen. Einen *echten* Vorwand, objektiv nachvollziehbar. Sie lief ihm nicht hinterher, und das würde sie auch deutlich kommunizieren. Sie hatte nicht vor, falsche Signale an Mister Italiano zu senden. Einerseits, weil sie nicht wie ein Vollidiot dastehen wollte, andererseits, um sich selbst nicht in Gefahr zu bringen.

Und eins war ihr ziemlich schnell bewusst geworden: Der feurig-charmante Aurelio *bedeutete* Gefahr.

Diese Erkenntnis traf sie jetzt mit voller Wucht, als sie den Gitarrenklängen folgte, den Blick starr auf den vom silbernen Mond erleuchteten Schotterweg gerichtet. Sie hatte keine Wahl, sagte sie sich noch mal. Sie hatte keine Lust auf Björns Gezeter, also *musste* sie zu Aurelio.

Klar, rede dir das nur ein, dachte sie und verdrehte die Augen. Die Wahrheit war, dass sie ihn sehen wollte. Tagelang hatte Aurelio sich nicht blicken lassen, und Emilia wollte wissen, warum. Das würde sie ihn natürlich nicht direkt fragen, auf gar keinen Fall! Aber … sie musste es einfach wissen.

War es wegen Björn? Glaubte er vielleicht wirklich, sie und Björn wären ein Paar? War er deshalb nicht mehr gekommen, hatte er sich deshalb nicht mehr lässig gegen ihr Auto gelehnt oder auf sie gewartet? Und wenn dem so war, was hatte das zu bedeuten? War da vielleicht doch irgendetwas, so etwas wie ein Funke, etwas mehr als italienisch-charmantes Geplänkel?

Emilia presste die Lippen aufeinander und fragte sich zum wiederholten Male, warum sie so unbelehrbar und naiv war. Warum stellte sie sich all diese Fragen?

Sie seufzte und stapfte den dunklen Weg weiter zu den kleinen Hütten. Um sie herum gaben die Zikaden ihr nächtliches Konzert, das sich wie eine perfekt eingespielte Komposition in Aurelios Gitarrenspiel mischte.

»Banause«, murmelte sie, als sie an Björns genervtes Gesicht dachte. Sie musste lachen, denn sie stellte fest, dass Björn sich hier in seinen ersten Tagen ebenso wenig wohlfühlte wie sie damals. Genauso wie sie war Björn ein eingefleischter Stadtmensch, einer, der es gewohnt war, in einer riesigen Hotelsuite zu wohnen, wenn er in eine andere Stadt versetzt wurde. Dieses kleine, verschlafene Steinhäuschen mit den alten, rustikalen Zimmern war ihm zuwider. Sie konnte es an der Art sehen, wie er sich hier bewegte, welche Blicke er in die Gegend warf. Er fühlte sich unbehaglich, und das würde noch eine ganze Weile andauern.

Gut so, dachte sie, *vielleicht verschwindet er dann von selbst wieder.*

Emilia ging entschlossenen Schrittes um die letzte Biegung, dann sah sie ihn und blieb abrupt stehen. Einen Moment lang sog sie diesen Anblick in sich auf. Es wirkte so surreal, weil es viel zu schön war. Aurelio spielte Gitarre und blickte gedankenverloren ins Nichts – zumindest wirkte es so. Neben ihm stand eine blaue Glasflasche, daneben ein Korb mit Brot.

Der Wind verstärkte sich, Emilias Morgenmantel blähte sich auf, und sie zog ihn eilig wieder zu. Aurelio musste die Bewegung aus dem Augenwinkel bemerkt haben und blickte sie an. Seine Finger erstarrten.

»Emilia!«, sagte er überrascht und legte die Gitarre nieder.

Sie ging auf ihn zu. Er stand nicht auf, sondern blickte sie einfach nur irritiert an.

»Hallo, Aurelio. Ich hoffe, ich störe nicht?«

Sein Blick glitt über ihren Körper, und Emilia fühlte sich plötzlich nackt. Ihre Wangen glühten, und sie schlang die Arme um sich.

»Du störst nicht.« Aurelio warf Emilia einen fragenden Blick zu. »Was kann ich für dich tun? Ich kann dir leider nichts anbieten, außer Brot und etwas zu trinken.«

Emilias Blick ging zu der blauen Flasche neben ihm. »Äh, danke, nein. Ich trinke eigentlich keine harten Sachen.«

»Ich auch nicht. Das ist Wasser.«

»Wasser in einer Wodkaflasche?«

»Warum nicht?«

»Auch gut. Hör mal, könntest du nur für heute Nacht dein Gitarrenspiel einstellen? Björn kann nicht schlafen. Morgen siedle ich ihn um, dann ist das kein Problem mehr.«

Aurelio hob die Augenbrauen. Nun erhob er sich doch, nahm die Flasche und trank einen Schluck daraus. Er wischte sich den Mund mit dem Handrücken ab und betrachtete Emilia eingehend. Dann trat er einen Schritt näher und stand so dicht vor ihr, dass sie seinen Duft wahrnehmen konnte. Sie roch etwas Subtiles, vielleicht Seife, vielleicht war es aber auch einfach nur der Geruch von sonnengebräunter Haut vermischt mit den unwiderstehlichen Aromen der Toskana, die Emilia die Sinne zu vernebeln drohten. Sie schluckte, blieb jedoch stehen und versuchte, sich von Aurelios Nähe nicht verunsichern zu lassen.

Er blickte sie eindringlich an, seine Augen funkelten neugierig. Dann zog er einen Mundwinkel nach oben. »Du siedelst deinen Freund um?«, fragte er und klang sowohl interessiert als auch belustigt.

»Björn ist nicht mein Freund!«, beeilte Emilia sich zu sagen.

»Ah.« Aurelio legte den Kopf schief und blickte sie weiter an.

»Er ist ein Kollege«, erklärte sie, ohne gefragt worden zu sein.

»Aha.«

»Wir arbeiten als Team.«

»Als Team?«

»Ja. Weil das Projekt langsam Gestalt annimmt.«

»Dein Projekt«, stellte er fest.

»Nun, ja. Ich meine, es ist ja das Projekt der Hotelkette, und ich bin nur eine Angestellte …« Emilia brach ab und blickte auf den Boden.

»Aber es ist *dein* Projekt.«

»Wie gesagt … ich bin nur eine Angestellte. So läuft es eben.«

Sie sagte das weniger überzeugend, als sie beabsichtigt hatte, und richtete den Blick weiter auf den Boden. Dennoch bemerkte sie, wie Aurelio dicht vor ihr den Arm hob. Sein Zeigefinger legte sich sanft unter ihr Kinn, und er zwang sie, den Kopf zu heben und ihn anzusehen. Dann wiederholte er leise: »Aber es ist *dein* Projekt.«

»Ja, verdammt, es ist *mein* Projekt!«, rief sie, trat einen Schritt zurück und warf verzweifelt die Arme in die Luft. »Was soll ich denn tun? Was kann *ich* denn schon machen?«

Wenn er von ihrer aufbrausenden Art überrascht war, ließ Aurelio es sich nicht anmerken. Zu Emilias Überraschung wirkte er weder genervt noch verunsichert ob dieses kleinen Gefühlsausbruchs, sondern strahlte weiter diese stoische Ruhe aus, während er leise mit ihr sprach.»Du könntest dich behaupten. Du kannst klarstellen, dass sie dich nicht einfach ausbooten können.«

»Sie booten mich nicht aus«, erklärte Emilia, doch selbst ihr fiel auf, wie wenig überzeugend die Worte aus ihrem Mund klangen.»Er ist zu meiner Unterstützung da.«

Aurelio hob die Augenbrauen.»Na, wenn du meinst.«

»Ja, das meine ich! Und selbst, wenn es nicht so wäre, könnte ich nichts, absolut gar nichts dagegen tun. Ich mache weiter meine Arbeit, und ich mache sie gut. Sie werden es schon honorieren.«

»Hm.« Aurelio drehte sich um, ging zum Eingang seiner Hütte und zog die Tür von außen zu.

Emilia stapfte ihm hinterher.»Was soll denn dieses ›Hm‹ nun wieder bedeuten?«

»Nichts.«

»Sprich es ruhig aus, wenn du mir was zu sagen hast.«

»Okay, wenn du unbedingt willst. Du machst schon wieder einen auf Bambi.«

»Bambi?«

»Ja. Ich dachte, das hätten wir hinter uns. Wir sprachen doch darüber, *non è vero?*«

Emilia verdrehte die Augen.»Das ist nicht so einfach, okay? Es gibt da Dinge, die … ich noch klären muss. Und bis dahin muss ich mit Björn zurechtkommen.«

»Dinge?«

»Ja. Dinge.«

»Hast du ein paar Dinge schöner dargestellt, als sie sind, *cara* Emilia?« Obwohl er die Worte als Frage formuliert hatte, klangen sie wie eine Feststellung.

»Nein!«, stieß Emilia eilig aus und fühlte sich – mal wieder – ertappt. War sie tatsächlich so durchschaubar? Oder konnte Aurelio ihre Gedanken lesen?

142

Aurelio betrachtete sie nachdenklich. »Hört sich für mich aber so an.«

»Schön. Dann hört es sich eben so an.« Emilia zog einen Schmollmund und wandte sich ab.

Doch Aurelio machte keine Anstalten, das Thema auf sich beruhen zu lassen. »Hast du die Sache mit Giampaolo geklärt?«

Emilia riss die Augen auf. Sie war dabei gewesen, die Sache zu klären. Sie hatte ihn zum Essen eingeladen. Wann war das gewesen? Björns Ankunft hatte sie so sehr verwirrt, dass sie gar nicht dazu gekommen war, ihrer Einladung Taten folgen zu lassen.

Mist!

»Aaah. Das ist es also, ja?«, sagte Aurelio und war offenbar davon überzeugt, mal wieder ins Schwarze getroffen zu haben.

»Nein«, erklärte Emilia vehement. »Das ist es überhaupt nicht. Ganz und gar nicht.«

Aurelio machte zwei Schritte auf sie zu und stellte sich direkt vor sie. »Du lügst nicht sehr gut.«

Emilia seufzte resigniert. »Nein, tu ich nicht.«

»Dann lass es doch, und lass mich dir helfen. Was gedenkst du jetzt zu tun?«

Emilia hob den Kopf, um Aurelio in die Augen zu sehen. Sie wollte gehen. Sie *sollte* gehen. Das hier wurde doch schon wieder gefährlich, viel zu gefährlich. Und doch …

»Wieso willst du mir helfen?«, fragte sie leise.

»Du hast mich doch gebeten, dir zu helfen, schon vergessen?«

Emilia starrte fasziniert in seine Augen, ohne die Worte, die Aurelio an sie richtete, zu verstehen. Alles, was sie sich fragte, war, ob auch er es wahrnahm.

Es. Dieses Gefühl. Diesen Funken.

»Nun?«, fragte Aurelio.

Emilia machte einen Schritt auf ihn zu. »Wieso willst du mir helfen?«, wiederholte sie. »Wieso bist du immer hier?« Die Fragen kamen ihr mit einem hoffnungsvollen Unterton über die Lippen, den sie nicht unterdrücken konnte.

»Ich weiß auch nicht …«, sagte Aurelio, ohne den Blick von ihr abzuwenden.

»Doch, tust du.«

»Was macht dich da so sicher?«

»Du wirkst wie jemand, der genau weiß, was er tut, was er sagt und was er will.«

»Und du wirkst wie das exakte Gegenteil von alldem. Also, Emilia? Was willst *du*?«

»Ich ... ich weiß es nicht.«

»Denkst du nicht, du solltest es dann mal herausfinden?«

Emilia nickte langsam und machte noch einen Schritt auf Aurelio zu. Sie standen so nah beieinander, dass ihre Oberkörper sich fast berührten. Sie starrte in diese faszinierenden Nugataugen, dann ließ sie ihren Blick wandern und blieb an seinen Lippen hängen. Alles an ihm wirkte weich und einladend und ... perfekt.

Zu perfekt.

»Es muss nichts zu bedeuten haben«, flüsterte Aurelio und beugte sich nah zu ihr, sodass seine Stirn die ihre berührte.

»Was?«, fragte Emilia heiser. Ihr Herz pochte ihr bis zum Hals, und sie war plötzlich unfähig, sich zu bewegen oder einen klaren Gedanken zu fassen.

»Das, was du gerade gedacht hast. Das, was du gerade willst. Manchmal ist das alles, was zählt, verstehst du? Der Augenblick. Es muss nichts zu bedeuten haben.«

»Oh«, war alles, was ihr über die Lippen kam.

Aber was, wenn es doch etwas zu bedeuten hatte? Was, wenn sie sich Hals über Kopf verliebte? Was, wenn ihr wieder das Herz gebrochen wurde? Was ...

Weiter kam sie nicht. Aurelio strich sanft mit seinen weichen Händen über ihre Oberarme, dann zog er sie an sich und näherte sich ihren Lippen. Die letzten Millimeter Abstand zwischen ihnen schmolzen dahin, und als seine Lippen die ihren berührten, hatte Emilia das Gefühl, sie schmecke die Sonne.

Der Kuss war sanft und flüchtig – genauso wie der erste.

Aurelio ließ von ihr ab, legte seine Hand an ihre Wange und strich ihr sanft mit dem Daumen über die Lippen. In Emilias Kopf wirbelten tausend Gedanken durcheinander, in ihrem Körper tobte ein

Gefühlsorkan. Sie wollte Aurelios Hand packen, ihn an sich reißen und ihn nie wieder loslassen.

Nicht in dieser Nacht.

Weil nur der Augenblick zählte.

Ihr Arm zuckte, sie wollte nach ihm greifen, dann blickte sie in seine Augen und wurde so rasant ins Hier und Jetzt befördert, dass ihr fast schwindelig wurde. Da war ein Flackern. Und ein Schatten, der über Aurelios Gesicht huschte. Sie erkannte in seinem Blick die Mauer, die ihr und dem Rest der Welt sagte, dass er für sich sein wollte, dass er niemanden an sich heranlassen wollte.

Wollte oder konnte?, fragte Emilia sich. *Aber warum? Und warum küsste er sie dann?*

Mit einem Mal war die Magie des Augenblicks verschwunden, und all die Fragen standen wie eine meterdicke Mauer zwischen ihnen.

Aurelio schenkte Emilia eines seiner seltenen Lächeln, und sie fing an zu verstehen. Sein Lächeln war weder einladend noch amüsiert oder fröhlich.

Es war … höflich. Distanziert-höflich.

Er räusperte sich. »Also … du wolltest, dass ich aufhöre?«

»Wie bitte?«, fragte Emilia verwirrt.

»Mit der Gitarre?«

»Nur heute! Heute Nacht, meine ich. Nicht … nicht generell.«

Bloß nicht!

»Kein Problem«, antwortete er knapp. »Und was ist mit der anderen Sache?«

»Mit der …«

Mittlerweile war Aurelio einige Schritte Richtung Hütte gegangen. Zwischen ihm und ihr lagen fast schon zwei Meter, doch der Abstand fühlte sich weitaus größer an.

»Die Sache mit Giampaolo«, erklärte er. »Hast du sie geklärt?«

Emilia starrte Aurelio an und war fassungslos. Fassungslos und verwirrt. Nein. Fassungslos, verwirrt und schlagartig genervt!

Was war hier los? Hatte Aurelio einen Schalter im Kopf, den er umlegen konnte, wann immer es ihm passte? Mal superromantisch und bedeutungsvoll, mal lässig und abweisend? Entweder spielte er mit ihr, oder er wusste selbst nicht, was er wollte.

Oder keines von beidem, was die denkbar schlechteste Variante von allen wäre. Denn wenn hinter Aurelios Verhalten mehr als das steckte, würde Emilia nie eine Chance haben, ihn zu durchschauen.

Sie verschränkte die Arme vor der Brust und beschloss, es Aurelio gleichzutun und zum Beginn ihres Gesprächs zurückzukehren, ganz so, als ob nichts geschehen wäre. »Ich habe einen Plan, wenn du es genau wissen willst.«

Aurelio quittierte Emilias Antwort mit einem knappen Nicken. »Emilia hat einen Plan. Da bin ich aber gespannt.«

»Ich habe nicht gesagt, dass ich dich in den Plan einweihen werde«, erklärte Emilia.

»*Dio non voglia!* Das schaue ich mir gern aus erster Reihe an.« Er zwinkerte ihr zu.

Emilia schüttelte den Kopf. Ihr war das alles zu viel, und sie hatte keine Möglichkeit, mit Aurelios rasanten Stimmungswechseln mitzuhalten. Wenn es denn so was war. Vielleicht war es auch Taktik oder einfach seine Art.

»Da gibt es ein Sprichwort«, sagte Aurelio und unterbrach ihre Gedanken. Emilia riss erstaunt die Augen auf, als er plötzlich ins Deutsche wechselte und zitierte: »Mit einem Löffel Honig fängt man mehr Fliegen als mit einem Fass voll Essig.«

Emilia starrte ihn mit offenem Mund an.

»Was ist?«, fragte er, nun wieder auf Italienisch.

»Du sprichst Deutsch?«

»Meine Mutter ist Deutsche. Ich bin in Berlin aufgewachsen.«

»In Berlin?«, wiederholte Emilia erstaunt.

»Ja.«

Emilia wusste nicht, was sie sagen sollte.

»Du blickst drein, also hätte ich dir gerade gesagt, ich sei die Inkarnation von Elvis Presley«, sagte Aurelio und zog eine Augenbraue nach oben.

»Ich bin überrascht, das ist alles.«

»Wieso?«

146

»Ich weiß nicht … Ich dachte, du bist von hier.«

»Das habe ich nie behauptet.«

Emilia atmete tief durch, dann wandte sie sich ab. Diese Achterbahn der Gefühle war mehr als ermüdend. »Also, abgemacht?«, wechselte sie das Thema. »Kein Gitarrenspiel mehr heute Nacht?«

»Aye-Aye, *capitano* Emilia.«

»Danke.«

Sie hob die Hand zum Gruß und ging.

»Vergiss meinen Hinweis nicht«, rief er ihr nach.

Emilia blieb stehen und wandte sich um. »Welchen Hinweis?«

»Mit dem Honig und den Fliegen.« Er zwinkerte, drehte sich um und ging in seine Hütte.

Emilia starrte ihm nach.

War das gerade alles wirklich passiert?

15. Kapitel

»DAS ist wirklich nicht so schwer, Emilia!«, schalt Letizia zum gefühlt zwanzigsten Mal innerhalb der letzten halben Stunde.

Andrea und sie standen hinter Emilias linker und rechter Schulter wie zwei Zinnen und kommentierten jede ihrer Bewegungen. »Wieso hast du nicht einfachere Rezepte ausgesucht?«, jammerte Emilia.

»Das *ist* einfach!«

»Eines hätte gereicht.«

»Du wolltest doch ein Dinner kochen. Zu einer italienischen *cena* gehören nun mal vier Gänge, und das in einer festen Folge: *Antipasti, Primo, Secondo e Dolci.*«

Emilia blickte Letizia über die Schulter hinweg an. »Das schaffe ich aber nicht. Das merke ich mir noch nicht mal!«

»Dann schreib es auf.«

Emilia seufzte. Wie sollte sie das alles bloß hinbekommen? Sie blickte sich in Letizias Küche um, die zwar kleiner, aber im Gegensatz zu ihrer Hotelküche auch wirklich funktionstüchtig war und gerade unter Dutzenden Kilos frischer Lebensmittel im Chaos versank.

»Ich habe den Überblick verloren«, jammerte Emilia.

»Hast du nicht. Da ist der Arbeitsplan. Da steht jeder Schritt drauf«, sagte Letizia und hielt Emilia einen Zettel unter die Nase.

»Und bei welchem Schritt sind wir jetzt?«, sagte diese und griff zu den *Pici,* einer, wie Emilia heute gelernt hatte, typisch toskanischen Pastasorte.

»*No!*«, riefen Andrea und Letizia entsetzt aus.

»Die kommt erst ganz zum Schluss. Du hast doch noch nicht mal die *Pancetta* angebraten.«

»Und wann kommt das Fleisch in die Pfanne?«

»*Al minuto*«, erklärte Andrea.»Wenn du die Pasta abräumst, gibst du die *Bistecca* in die Pfanne. Die wird scharf angebraten. Je nach Dicke zwei bis drei Minuten pro Seite. Du musst Olivenöl mit Butter vermischen.«

»Reichlich Olivenöl«, ergänzte Letizia.

»*Sì*. Heiß werden lassen, aber nicht zu heiß. Olivenöl verträgt keine zu hohen Temperaturen.«

»Wieso nehmen wir dann kein anderes?«, fragte Emilia und fühlte sich erschöpft.

»Weil dann der Geschmack fehlt.«

»Aha.«

»Also. Was machen wir?«, fragte Letizia, streckte ihren Kopf über Emilias Schulter und grinste sie von der Seite an.

»Die *Pancetta* in die Pfanne geben.«

»Genau. Mit ein bisschen Olivenöl.«

»Noch mehr Olivenöl?«, fragte Emilia.»Ist *Pancetta* nicht ein Speck?«

»*Sì*«, erklärte Andrea.»Bauchspeck vom Schwein. Aber er schmeckt besser, wenn man ihn im Olivenöl ausbrät.«

»Aber nur ein bisschen«, ergänzte Letizia.

»Genau. Nur ein bisschen.«

»Eure Angaben sind nicht sehr hilfreich. Könnt ihr mir das nicht in Esslöffeln und konkreten Zeitangaben sagen?«

»*No*«, sagten beide gleichzeitig.

»Das musst du fühlen. Arbeite nach Gespür«, sagte Letizia.

»Ich fühle aber gar nichts. Außer, dass ich Hunger habe.«

»Dann mach weiter, dann können wir gleich essen.«

»Gleich?« Emilia drehte sich um, und Letizia und Andrea stoben auseinander wie aufgescheuchte Bienen.»Die Hälfte der Zutaten ist noch roh!«

Letizia sah sich um.»Na ja, die *Antipasti* sind fertig.«

»Super. Die musste ich ja auch nur aufschneiden.«

»Und schön anrichten«, ergänzte Andrea und nickte aufmunternd.

Emilia seufzte und drehte sich wieder zum Herd um. »Was ist jetzt mit den restlichen Zutaten?«

»*Al minuto!*«, antworteten beide gleichzeitig.

»Natürlich«, murmelte Emilia.

Eine halbe Stunde später saßen alle drei bei Tisch und genossen das von Emilia unter der strengen Regie von Letizia und Andrea zubereitete Essen. Es war nicht schlecht. Es war eigentlich sogar ganz gut, aber auch nur deshalb, weil Letizia Emilia den Kochlöffel dreizehnmal aus der Hand gerissen hatte.

»Das wird besser«, sagte Letizia und tätschelte Emilias Hand.

»*La pratica rende perfetti, vero?*«, ergänzte Andrea. »Übung macht den Meister.«

»Aber ich will Giampaolo nicht so lange warten lassen.«

»Dann musst du mehr üben.«

Emilia schnitt das butterweiche Rindersteak und schob sich einen Bissen in den Mund. Das Menü, das Letizia geplant hatte, war hervorragend. Sie hatten eine kleine *Antipasti*-Platte mit italienischem Aufschnitt, Oliven, kleinen Tomaten und Büffelmozzarella angerichtet. Danach als ersten Gang *Pici* mit Pancetta, Steinpilzen und Parmesan. Als zweiten Gang Rindersteak mit Bratkartoffeln. Zum Dessert hatten sie noch Tiramisu im Kühlschrank, doch Emilia hatte jetzt schon das Gefühl, jeden Moment zu platzen.

»Ich kann nicht mehr«, sagte sie und blickte zum Kühlschrank.

»In Italien isst man immer auf«, erklärte Letizia.

»Bis zum bitteren Ende«, ergänzte ihr Mann.

»Und dann ist allen schlecht?«

»*Sì*«, sagten beide gleichzeitig. »Dann ist allen schlecht.«

»Und dann gibt es Grappa oder einen Amaro und dann einen Espresso«, sagte Andrea. »Das hilft.«

»Wie bleibt ihr bloß alle so schlank?«, murmelte Emilia und schüttelte den Kopf.

»Gute Gene«, sagte Andrea.

»Wir bewegen uns viel an der frischen Luft«, ergänzte Letizia.

Es klopfte an der Tür, und alle drei hoben den Kopf. Die Tür wurde geöffnet, und Björn steckte den Kopf herein.

»Hallo. Störe ich?«

Emilia erhob sich und machte alle bekannt. »Was gibt's?«, fragte sie.

»Ich habe gute Neuigkeiten.«

»Ist der Pool fertig?«, fragte Emilia und blickte ihn gespannt an.

»Noch nicht ganz. Meine Neuigkeiten sind besser. Pass auf. Bereit?«

»Ja.«

»Ich habe einen Investor gefunden.«

Emilia blinzelte ein paarmal und versuchte, das Gehörte einzuordnen.

»Einen Investor wofür?«, fragte sie langsam.

»Für das Hotel.«

»Für welches Hotel?«

Björn starrte sie an, als sei sie schwer von Begriff. »Na, für *unser* Hotel.«

»*Du* hast einen Investor für *mein* Hotelprojekt gefunden, ohne das mit mir zu besprechen?«, zischte Emilia ihn an.

Andrea und Letizia drehten die Köpfe hin und her, als beobachteten sie ein Tennisspiel.

»Das ging alles sehr schnell, ich habe die Gunst der Stunde genutzt«, verteidigte Björn sich.

»Wie bitte? Welche Gunst der Stunde? Mir war noch nicht mal klar, dass wir überhaupt einen Investor suchen.«

Björn verdrehte die Augen und verfiel das erste Mal, seit er hier war, in einen belehrenden Tonfall. »Emilia! Unsere Hotelkette pulvert Millionen in dieses Projekt. *Natürlich* suchen sie Investoren. Oder denkst du, die wollen das ganze Kapital allein aufbringen?«

»Davon hat mir nie jemand etwas gesagt.«

»Weil man davon ausgeht, dass du so etwas weißt. Du kannst mir später danken.«

Björn machte auf dem Absatz kehrt und stürmte nach draußen. Emilia starrte ihm mit offenem Mund hinterher, fing sich aber schnell und eilte ihm nach, ohne auf ihre beiden Freunde zu achten, die die Diskussion gebannt verfolgt hatten.

»Hey! Warte!«, rief sie Björn nach.

Der drehte sich um und funkelte sie an. »Ich habe bisher *nichts* gemacht, das nicht von dir abgesegnet wurde. Als ich von den Interessenten erfahren habe, habe ich nur Kontakt aufgenommen und Grundsätzliches besprochen, und dann bin ich sofort zu dir gekommen. Jetzt, hierher! Und alles, was ich dafür bekomme, ist eine zickige Antwort!«

»Ich bin nicht zickig! Ich war nur überrascht, das ist alles!«

»Schön. Sei überrascht. Bist du damit bis heute Nachmittag fertig? Dann kommen nämlich die Investoren zu einer Begehung.«

»So schnell?«

»Ja, Emilia, so schnell«, erklärte Björn. »In der Geschäftswelt läuft es nun mal so. Erkennt man einen guten Deal, schnappt man ihn sich. Okay?«

»Keine Ahnung. Müssen wir das nicht absegnen lassen?«

»Natürlich. Aber erst, wenn wir ein schriftliches Angebot haben. Wir behelligen das Management nicht, ohne Fakten zu haben.«

Emilia dachte kurz nach. Dann sagte sie: »Okay. Schön. Es ist ja noch nichts unterschrieben oder so ...«

»Nein, ist es nicht. Keine Sorge, ich boote dich schon nicht aus. Du musst echt mal mit dieser Paranoia aufhören. Wir sehen uns oben.«

Mit diesen Worten ging Björn davon und ließ Emilia stehen. Sie hatte ein schlechtes Gewissen. Na ja, genau genommen war es eine Mischung aus schlechtem Gewissen und Unbehagen, weil sie die Situation – mal wieder – nicht durchschaute. Hatte Björn recht? War sie paranoid? Sah sie überall Feinde und Risiken, obwohl ihr alle freundlich gesinnt waren und ihr Möglichkeiten boten?

Unschlüssig stand sie in der Mitte der *Piazza* und wusste nicht, was sie tun sollte. Sie brauchte Rat. Doch der einzige Mensch, der ihr bisher sinnvolle Ratschläge erteilt hatte, war Aurelio. Aber zu ihm konnte sie ja schlecht gehen, oder?

Manchmal ist das alles, was zählt. Der Augenblick ...

Es muss nichts zu bedeuten haben ...

Emilia schloss die Augen und fuhr sich mit den Händen übers Gesicht. Aber es *hatte* etwas zu bedeuten. Jedenfalls für sie! Wie sollte sie

Aurelio jetzt begegnen? Würde er wieder so tun, als ob auch dieser Kuss nie stattgefunden hatte? Erwartete er von ihr, dass sie dasselbe machte? *Ja. Vermutlich.*

»Weil ja nur der verfluchte Augenblick zählt«, murmelte sie.

Sie seufzte, machte auf dem Absatz kehrt und ging zurück ins Restaurant. Sie hatte jetzt doch das Bedürfnis nach einer Portion Tiramisu.

Als sie beim Hotel ankam, stand auf ihrem Parkplatz eine schwarze Limousine. Emilia stellte ihren Wagen dahinter ab und ging zum Haus. Sie sah, dass Björn mit drei in Anzügen gekleideten Männern neben dem halb fertigen Pool stand. Er trug ebenfalls einen Anzug. Als er sie sah, bedeutete er ihr hinter dem Rücken der Männer, sich umzuziehen. Sie nickte und lief in ihr Zimmer. Schnell zog sie ihr dunkles Kostüm an, steckte sich die Haare hoch, zog ihre Pumps an und lief nach draußen. Dreimal blieb sie in der Erde stecken, bis sie die vier Männer erreichte. Sie war es kaum mehr gewohnt, in hochhackigen Schuhen zu laufen, und ihre Zehen taten ihr jetzt schon weh.

»Meine Herren, darf ich vorstellen, die Hotelmanagerin Emilia Beerling. Sie ist die Dirigentin dieses kleinen Unterfangens«, sagte Björn und deutete auf sie.

Nach diesen Worten löste Emilias Anspannung sich umgehend auf. Die ganze Zeit über hatte sie sich den Kopf darüber zerbrochen, wie dieses Gespräch ablaufen würde, wie Björn sich präsentieren, wie er sich in den Vordergrund drängen würde. Doch scheinbar hatte er nichts dergleichen vor.

»Meine Herren«, sagte sie, nickte allen freundlich zu und erinnerte sich dann an Aurelios Worte. Sofort zog sie ihre Stirn in Falten. »Wie weit sind wir?«, fragte sie mit streng.

»Ich wollte nicht ohne dich beginnen, daher habe ich bislang nur den Pool gezeigt. Deine einzelnen Ideen und wie sie umgesetzt werden, solltest du selbst präsentieren.«

Emilia blickte Björn erstaunt an, und er schenkte ihr ein freundliches Lächeln.

Meinte er das ernst? Was wurde das hier? Machte er das aus Reue?

Emilia atmete tief durch und lud die Männer ein, ihr ins Haus zu folgen. Dort beschrieb sie jeden einzelnen Raum und zeigte die Muster des Innenarchitekten. »Wir sind gerade dabei, eine Auswahl zu treffen. Uns haben alle Muster so gut gefallen, und wir hatten mit dem Innenbereich keine Eile, da ja der Außenbereich noch nicht fertiggestellt ist. Doch nun nimmt langsam alles Gestalt an. Wir schwanken zwischen zwei Entwürfen und werden wohl nächste Woche mit der Umsetzung beginnen.«

Die Investoren nickten und ließen sich durch alle Räume führen. »Die Küche ist als Erstes dran. Die wird komplett umgebaut«, erklärte Emilia. »Wir haben vor, hier absolut authentisches, regionales italienisches Essen anzubieten. Frühstück, Mittag, Dinner. Außerdem wird es eine Bar geben, die kommt neben die Lobby. Die Gäste können auf der Veranda oder auf der Panoramaterrasse ihren Aperitif genießen.«

Emilia führte die Investoren die Treppen hinauf und erklärte auch dort ihre Pläne. Als sie drinnen alles gesehen hatten, gingen sie wieder hinunter, und Emilia öffnete die doppelflügelige Tür, die von der großen Eingangshalle nach draußen führte. Doch nicht die duftende, klare Luft der Toskana war es, die sie hier empfing, sondern dicke, schwarze Rauchschwaden. Emilia hatte gerade eingeatmet, als sie die Tür aufmachte, und begann, keuchend zu husten.

»Was ist das denn?«, fragte Björn und eilte nach draußen, den Unterarm auf Mund und Nase gepresst.

»Warten Sie kurz hier, ja?«, sagte Emilia mit einem höflichen Lächeln, schloss die Tür vor den Investoren und eilte Björn nach.

»Was zur Hölle brennt hier?«, fragte er und blickte sich hektisch um.

Emilia blickte auf und stellte schnell fest, dass die Rauchschwaden aus Giampaolos Richtung kamen. »O nein«, flüsterte sie.

»Da drüben!«, rief Björn und lief los.

Emilia eilte ihm hinterher, holte ihn ein, packte ihn am Unterarm und zwang ihn, stehen zu bleiben. »Ich kläre das«, sagte sie keuchend.

»Wie bitte?«

»Bitte!«, sagte sie eindringlich. »Lass mich das klären, okay? Ich weiß, woher der Rauch kommt. Ich kläre das. Allein.«

Sie starrte Björn an und wartete auf eine Reaktion. Verwirrung spiegelte sich in seinen Augen wider. Doch dann nickte er knapp, und sie lief los, blieb erneut in der Erde stecken, zog die Pumps aus, nahm sie in die Hand und lief weiter. Sie folgte dem verrauchten Weg zu Giampaolos Haus und blickte sich, als sie an der Grenzlinie ankam, eilig um.

Das Haus stand nicht in Flammen. Aber was hatte sie auch erwartet? Dass der Alte aus Protest sein Haus anzündete?

Sie ging einmal auf die rechte, dann auf die linke Seite, doch hier war nichts zu entdecken. Der Rauch kam von der hinteren Seite, wo der obere Garten angelegt war. Sie eilte die Steintreppen hoch. Hier gab es kein Gemüse, sondern viele Bäume und hohe Sträucher. In der Mitte war eine Wiese. Dort stand Giampaolo und blickte seelenruhig auf das meterhohe, lodernde Feuer, das er in der Mitte seines Gartens angezündet hatte.

»Was zum Teufel machen Sie da?«, rief Emilia und ging zu ihm.

Der Wind kam von der östlichen Seite des Hotels und blies den Rauch daher in dessen Richtung. Giampaolo stand zwei Meter neben dem Feuer und beobachtete, wie der Rauch von ihm wegzog. Emilia stellte sich neben ihn und wiederholte ihre Frage. »Was machen Sie da?«

Er blickte sie unschuldig an. »Müll verbrennen.«

»Was? Das ist doch bestimmt verboten! Das können Sie doch nicht machen! Der Wind zieht genau zum Hotel, das ganze Grundstück ist schon völlig verräuchert.«

Er zuckte mit den Schultern. Emilia stellte fest, dass er seinen Stock nicht bei sich hatte. Sie wandte sich um und sah diesen an einem Baum lehnen. »Was hat es denn nun eigentlich damit auf sich?«, fragte sie und deutete hinter sich.

Giampaolo blickte über die Schulter. »Womit?«

»Mit dem Stock. Brauchen Sie den nur, wenn Ihnen danach ist, oder wie darf ich das verstehen?«

»Sie sind ganz schön zynisch.«

»Ja, ja, das haben Sie mir schon gesagt. Noch einmal, Sie können hier keinen Müll verbrennen.«

»Natürlich kann ich das. Das ist *mein* Grundstück.«

»Genau genommen ist es das Grundstück *meiner* Hotelkette, auf dem *Sie* wohnen dürfen.«

»Andere Formulierung, gleiches Ergebnis, *Signorina.* Kann ich sonst noch etwas für Sie tun?«

»Sie müssen das Feuer löschen.«

»Muss ich nicht.«

Emilia stemmte die Hände in die Hüften. »Das ist total verboten!«, wiederholte sie.

»Ist es nicht.«

»Natürlich! Was verbrennen Sie da? Plastik?«

Giampaolo zuckte mit den Schultern. »*Questo e quello.*«

Emilia holte tief Luft. »Hören Sie, könnten Sie das bitte lassen? Wir haben Investoren hier und …« Sie unterbrach sich, blickte in Giampaolos faltiges Gesicht und in seine wachsamen Augen, die nun verschmitzt funkelten. »… und das wussten Sie natürlich. Nicht wahr? Sie haben sie gesehen und beschlossen, das verdammte Feuer anzuzünden. Genau jetzt. Und natürlich so, dass der Rauch zu uns ziehen würde.«

»Ich kontrolliere den Wind nicht, *Signorina.* Ich bin zwar alt, aber ich bin nicht Jupiter.«

»Was?«

»Jupiter. Der römische Himmels- und Wettergott. Lesen Sie mal ein Buch, anstatt sich zu Tode zu arbeiten. Würde Ihnen guttun.«

»Könnten Sie auch mal *etwas* freundlicher sein, ist das möglich? Ich bemühe mich wirklich.«

»Davon habe ich noch nicht viel bemerkt.«

»Ich habe mich entschuldigt und Sie zum Essen eingeladen.«

»Aber die Einladung noch nicht umgesetzt.«

»Ich … ich bin dabei, okay? Heute Abend, geht das bei Ihnen? Sie kommen zu mir, ich koche Ihnen ein tolles *Dinner,* und wir reden über alles.«

»Worüber wollen Sie denn reden?«

»Sie wissen genau, worüber ich reden will.«

»Darüber will *ich* aber nicht reden, *Signorina.* Und ich will auch nicht bestochen werden.« Giampaolo trat einen Schritt näher und begann, wild mit der Hand vor Emilias Gesicht zu gestikulieren. »Nicht von Ihnen, nicht von Ihren reichen anzugtragenden Lackaffen, von absolut niemandem. Nicht mit Geld. Nicht mit einem vermaledeiten Dinner. Ich verkaufe nicht. Ich gebe mein Wohnrecht nicht auf. Sie werden niemals, nie und nimmer Zugang zu *meinem* Grundstück bekommen. *Basta!*«

Emilia öffnete den Mund, um etwas zu entgegnen, doch jemand kam ihr zuvor.

»Was hat das zu bedeuten?«

Emilia fuhr herum. Björn stand am Treppenabsatz und starrte sie aus weit aufgerissenen Augen an.

»Und da haben wir auch schon den nächsten Lackaffen …«, murmelte Giampaolo, griff zu seinem Gehstock und stützte sich ächzend darauf.

»Nichts!«, sagte Emilia schnell zu Björn. »Das … das ist ein Missverständnis.«

»Das ist kein Missverständnis, *Signore*«, erklärte Giampaolo würdevoll. »Sie haben schon ganz richtig gehört.«

Björn würdigte den alten Mann keines Blickes. »Du hast gesagt, die Sache ist geklärt. Du hast gesagt, ihr steht in Verhandlungen, und es ginge nur noch um den Preis.«

»Nun … so ist es auch … gewissermaßen«, stotterte Emilia.

»Pah!«, stieß Giampaolo neben ihr aus und lachte laut auf.

Es war das erste Mal, dass sie den alten Mann lachen hörte. Sie warf ihm einen irritierten Seitenblick zu.

»Also war das gelogen?«, fragte Björn und funkelte Emilia an.

»Nein … so … so ist das nicht«, sagte sie.

Björn schüttelte den Kopf. Er warf ihr einen letzten bohrenden Blick zu, dann drehte er sich um und eilte davon.

Giampaolo warf den Gehstock zur Seite, richtete sich auf und blickte Emilia über seine Brillengläser hinweg an. »Sieht ganz schön mistmadig aus für Sie, was?«

Emilia spitzte die Lippen und bedachte Giampaolo mit einem nachdenklichen Blick. Eine Million Gedanken rasten ihr durch den Kopf. Björn war auf und davon, und egal, was sie machte, sie würde ihn nicht davon abhalten können zu tun, was er für richtig hielt. Vielleicht würde er sich beruhigen und mit ihr gemeinsam eine Lösung suchen.

Vielleicht würde er sie aber auch beim Management verpetzen, und in vierundzwanzig Stunden war sie ihren Job los. Es hatte keinen Sinn, ihm nachzueilen. Sie kannte Björn. Er würde nicht mir sprechen, nicht jetzt. Björn hatte einen Schalter im Kopf, den Emilia immer schon an ihm bewundert hatte. Björn konnte von einer Sekunde auf die andere in einen lösungsorientierten Modus wechseln. Er war niemand, der Nerven zeigte oder nervös wurde, er suchte stur nach einer Lösung, kühl und analytisch wie ein Roboter.

Nein, er würde nicht mit ihr reden. Nicht jetzt. Vielleicht überhaupt nicht.

Eine eigenartige Ruhe überkam sie. Die alte Emilia hätte geheult. Die alte Emilia hätte sich in eine Ecke verkrochen und wäre zusammengebrochen. Doch die alte Emilia gab es nicht mehr. Sie verschränkte die Arme vor der Brust, legte den Kopf schief und fragte Giampaolo:»Kommen Sie jetzt zu meinem Dinner, oder was?«

16. Kapitel

EMILIA bildete das Zentrum des von ihr kreierten Chaos. Ihr war schmerzlich bewusst, dass das Durcheinander in ihrer Küche einen geradezu lächerlichen Kontrast zu der idyllischen Ruhe draußen bildete. Eine Ruhe, die Björn zu verantworten hatte. Als Emilia von Giampaolos Haus zurückgekommen war, war nur noch Pepe da gewesen, der sie mit einer Mischung aus Neugierde und Mitleid angestarrt hatte. »Die Arbeiter sind weg«, hatte er verkündet, als ob das nicht offensichtlich gewesen wäre.

Sie hatte nur genickt.

»Ihr blonder Freund hat sie weggeschickt.«

Wieder hatte sie genickt.

»Haben Sie was verbockt, oder ist Ihren Bossen das Geld ausgegangen?«, hatte Pepe weitergebohrt. Empathie und Subtilität standen bei ihm nach wie vor nicht besonders hoch im Kurs.

»Ersteres«, hatte Emilia knapp geantwortet und war ins Hotel geflüchtet.

Auch dort war es extrem ruhig gewesen. Keine Arbeiter, keine Anna, kein Björn. Sie war mehr oder minder auf Zehenspitzen zu seinem Zimmer geschlichen, um nachzusehen, ob er gegangen war, und wenn ja, *wie* er gegangen war. Die Tatsache, dass sie das Zimmer leer vorgefunden hatte, hatte nicht gerade zu ihrer Beruhigung beigetragen. Er hatte gepackt – alles – und war verschwunden. Keine Nachricht, keine Information für sie. Also war er vermutlich zum Flughafen gefahren, um den nächstbesten Flieger Richtung Hotelzentrale zu buchen.

Super. Einfach grandios.

Und da war er gewesen, dieser Moment. Die alte Emilia war mit voller Wucht und ohne Vorankündigung an die Oberfläche gedrungen, obwohl Emilia noch kurz davor überzeugt gewesen war, ihre Emotionen im Griff zu haben. Sie hatte sich gegen die Wand gedrückt und gespürt, wie der erste Schock in kalte Panik überging. Sie hatte ihr Gesicht in den Handflächen vergraben. Wieso? Wieso war das passiert? Ihr waren die Tränen gekommen, und sie hatte absolut nichts dagegen tun können. *Eine Minute*, war es ihr durch den Kopf geschossen. Nur eine Minute Zeit für Selbstmitleid. Eine Minute, in der die Welt aufhörte, sich zu drehen.

Aus der einen Minute waren zehn geworden. Dann hatte sie beschlossen, die alte Emilia wieder zurückzudrängen. *Brust raus, Schultern zurück, Kopf hoch*, hatte sie sich gedanklich wie ein Mantra vorgesagt und war mit energischen Schritten in ihre Küche marschiert. *Noch* war es *ihre* Küche. Da konnte sie sie ebenso gut benutzen, hatte sie beschlossen.

Also stand sie nun inmitten des Chaos und schnitt hoch konzentriert die *Pancetta* in Würfel. Bei der Erinnerung an ihren kleinen Zusammenbruch vor einer Stunde lief ihr eine Träne über die Wange, und sie wischte sie wütend fort. Sie hatte keinen Einfluss mehr auf das, was jetzt geschehen würde. Die Dinge waren ihr entglitten. Björn ging nicht an sein Handy, und Emilia graute es davor, Micha oder gar jemanden aus der Hotelzentrale anzurufen, um nachzufragen, was gerade passierte. Sie musste einfach abwarten. Vielleicht brauchte Björn Zeit, um nachzudenken und eine Lösung zu finden. Eine Lösung, die nicht nur für ihn, sondern vielleicht auch für sie passte.

Also kochte sie und sorgte sich um das Einzige, worüber sie noch halbwegs Kontrolle hatte: das Dinner für ihren alten Nachbarn.

Wobei die Betonung auf *halbwegs* lag, keineswegs auf *Kontrolle.*

Emilia seufzte und versuchte, sich Letizias Ratschläge ins Gedächtnis zu rufen. Sie bemühte sich. Sie bemühte sich *wirklich.* Aber ohne Letizia an ihrer Seite wusste sie nur rudimentär, was zu tun war. Frustriert drehte Emilia sich im Kreis und griff zu ihrem Handy.

»*Ciao, cara*«, sagte Letizia nach nur einem Klingeln.

»Hallo, Letizia.«

»Wie läuft es?«

»Keine Ahnung. Alles ist irgendwie … aus dem Ruder gelaufen.«

»Mit dem Dinner? Ach, keine Panik, man kann alles retten. Alles außer ein versalzenes Essen, hat meine *madre* immer gesagt.«

Emilia nickte und presste den Hörer an ihr Ohr. Sie wusste nicht, was sie sagen sollte.

»*Cara?*«, hörte sie Letizias mitfühlende Stimme, und erneut drängten Tränen an die Oberfläche.

»Ich habe alles vermasselt, Letizia«, sagte Emilia leise und schniefte.

»Aber was denn bloß?«

»Die Sache mit dem Hotel. Ich habe meine Bosse angelogen. Ich habe gesagt, dass ich einen Meerzugang bauen werde. Ich habe ihnen verschwiegen, dass Giampaolo sich dagegen wehrt, und ... jetzt ist die Sache aufgeflogen.«

»*Oh, no, mi dispiace molto, cara.* Kopf hoch, die Dinge werden sich schon richten.«

Emilia schüttelte den Kopf. »Nein. Mein Kollege ist auf und davon und ...«

»Dein Kollege? Dieser Blonde? Giampaolo hat mir von ihm erzählt.«

»Ja. Björn. Ich habe ihn ebenfalls belogen, und jetzt ist er weg.«

»Was glaubst du, was passieren wird?«

»Er wird mich auffliegen lassen.«

»Wieso sollte er das tun, wenn ihr doch Kollegen seid?«, fragte Letizia.

Mit jedem ihrer Worte, die so melodisch in Emilias Ohren klangen, wurde sie wieder ruhiger. Sie war so dankbar, dass sie Letizia kennengelernt hatte, so froh über ihre positive, ungezwungene, herzliche Art.

Emilia atmete tief ein. »Björn geht seine Karriere über alles. Er *wird* eine Lösung finden, aber er wird sich nicht darum scheren, wie ich dabei wegkomme.«

»Denkst du wirklich?«

»Ja. Er meint das nicht böse, er ... er ist eben so.«

»Das ist aber nicht in Ordnung, *cara.* Wenn du seine Partnerin bist, muss er das mit dir besprechen.«

Nicht, wenn ich diejenige war, die uns allen diese miese Suppe eingebrockt hat, dachte Emilia, sprach es aber nicht aus. Stattdessen sagte sie: »Danke, Letizia.«

»Wofür?«

»Für alles. Dafür, dass du da bist.«

»Davon will ich nichts hören. So machen wir das hier, *cara*. Jeder steht für jeden ein, *sì*? Und so, wie ich das sehe, bist du mittlerweile eine von uns.«

Emilia lächelte. »Meinst du?«

»*Certo*. Und deshalb musst du dich jetzt auch um *la cena* kümmern. In *bella Italia* geht nichts ohne Essen. Absolut gar nichts. Das habe ich dir doch beigebracht.«

Emilia nickte, und ihr Lächeln wurde breiter. »Ja. Hast du. Ich … ich versuche mein Bestes.«

»Nicht aufgeben, *cara*. Und nicht vergessen: *È il pensiero che conta*. Der Wille zählt.«

Emilia bedankte sich noch mal und legte auf. Dann wandte sie sich wieder ihrem Chaos zu. »Der Wille zählt«, murmelte sie und warf die *Pancetta* in die Pfanne.

Daneben kochte bereits das Nudelwasser, in das sie großzügig Salz gab, wie Letizia es ihr beigebracht hatte. Auf der Anrichte stand bereits die Platte mit den Antipasti, die sie in einem Laden in Camaiore besorgt hatte. So weit, so gut. Das Rindersteak machte sie nervös, und das Tiramisu war aus Gründen, die sie nicht nachvollziehen konnte, flüssig. »Und die Kartoffeln sind Matsch«, sagte sie laut und schüttelte den Kopf über ihre Unfähigkeit, selbst die einfachsten Gerichte zuzubereiten.

Die *Pancetta* brutzelte lautstark in der Pfanne, und ein paar heiße Ölspritzer, die auf ihrem Unterarm landeten, erinnerten sie daran, dass der nächste Schritt zu tun war. Theoretisch. Praktisch war das ganze Zeitmanagement verkorkst, denn Giampaolo war noch nicht mal da, und Pasta durfte man nur *al minuto* machen, wie Andrea ihr mehrmals und mit strengem Blick eingebläut hatte. Also drehte sie die Kochplatte unter der Pfanne ab und hoffte, dass die zum jetzigen Zeitpunkt knusprig gebratene *Pancetta* es ihr verzeihen würde. Auch das Nudelwasser drehte sie ab. Dann ging sie zum Kühlschrank und schenkte sich großzügig ein Glas Wein ein.

»Prost«, sagte sie in den leeren Raum und trank.

Sie war noch nicht mal sicher, ob Giampaolo tatsächlich kommen würde. Auf ihre Frage hin hatte er nur gegrunzt und war davongegangen

– ohne Stock, ohne Ächzen und mit schwingenden Armen, als sei er gerade mal vierzig und nicht irgendetwas zwischen achtzig und hundert.

»Unfassbar«, murmelte sie, schüttelte den Kopf und trank einen weiteren Schluck.

Die Situation war eigentlich recht komisch, stellte sie fest. Oder vielleicht war es auch der Wein, den sie sich gerade auf nüchternen Magen einverleibte, der es so erscheinen ließ. Emilia kicherte und fragte sich, ob sie vielleicht ein Glas Wasser trinken sollte, um die Wirkung des Alkohols abzumildern. »Ach, wozu?«, fragte sie in den leeren Raum hinein, nahm ihr Glas und trat nach draußen auf die Veranda. Schließlich war sie in Italien. Nicht nur Essen war wichtig in diesem Land, sondern auch der *vino*.

Sie saugte alles in sich auf, die gesamte Atmosphäre. Das Zirpen der Zikaden, das Säuseln des Windes und Aurelios Gitarrenmelodie, die pünktlich eingesetzt hatte und ihr sanft über die Seele strich.

Wie lange würde sie noch hier sein? Wie lange würde sie diese traumhafte Atmosphäre noch genießen können?

Sie schluckte schwer und lehnte sich gegen die Steinwand, die von der Sonne noch leicht warm war. Als sie Schritte hörte, stieß sie sich von der Wand ab und blickte nach links. Giampaolo betrat die Veranda auf der anderen Seite des Hotels, dort, wo ihr Zimmer lag. Sie hob die Hand zum Gruß. Er nickte und kam langsam auf sie zu.

»Da bin ich«, sagte er anstelle einer Begrüßung.

»Wie schön. Herzlich willkommen.« Sie führte ihn zu dem gedeckten Tisch in einem Raum neben der Küche. »Hier war das Kaminzimmer geplant«, erklärte sie.

Giampaolo sah sich um. »War?«

»Ja.«

»Was soll jetzt daraus werden?«

»Das ist wohl nicht mehr meine Entscheidung.«

Sie deutete auf einen der vier Holzstühle, die um einen runden Tisch standen. Von Pepes Frau Sara hatte sie sich Spitzendeckchen ausgeborgt, die sie auf den Tisch gelegt hatte, außerdem zwei rot-weiß-karierte Stoffservietten von Letizia.

»Haben Sie schön gemacht. Hätte ich Ihnen nicht zugetraut.« Der Alte nickte anerkennend und setzte sich.

Emilia blieb stehen und bedachte ihn mit einem interessierten Blick.

»Wie alt sind Sie eigentlich?«

Er hob den Kopf und sah sie an. »So etwas fragt man nicht.« »So etwas fragt man eine *Frau* nicht. Sie darf ich so etwas sehr wohl fragen.«

»*Bene.* Ich wurde 1942 geboren. Mitten im Weltkrieg.«

»Das ist wohl Pech.«

»Ha!«, brach es aus dem Alten hervor, und er lachte laut auf. »Sie sind ja richtig komisch.«

»Ich habe so meine Momente.« Emilia schluckte schwer, als ihr einfiel, dass Aurelio das immer mal sagte. Sofort sehnte sie sich nach ihm, nach tröstenden Worten oder vielleicht einem guten Ratschlag. Auch sein ernstes Lächeln würde sie nehmen.

Vielleicht sollte sie …

Nein.

Sie wollte nicht auf ihn zugehen. Jedenfalls fürs Erste nicht. Und sie wollte auch nicht an ihn denken. Dieser Abend gehörte dem alten Giampaolo, und Emilia hatte sich vorgenommen, ihm ihre volle Aufmerksamkeit zu schenken.

»Wollen Sie einen Wein?«, fragte sie.

»Was? Kein Aperitif? Das fängt ja gut an.« Er schüttelte missbilligend den Kopf.

»Sie könnten mir ruhig mal eine Pause gönnen.«

»Eine Pause wovon?« Er legte den Kopf schief.

»Von Ihrer Kritik. Also: Wein?«

»Welchen?«

»Der, den Letizia als *vino della casa* anbietet. Ich habe roten und weißen.«

»Kein Rosé?«

Emilia verdrehte die Augen. Der Alte hob abwehrend die Hände und gab ein krächzendes Lachen von sich. »War ein Scherz.«

»Ich wusste gar nicht, dass Sie so was können.«

»Manchmal. Wenn es angebracht ist. Also gut, ich nehme *un bicchiere die vino bianco, per favore.*«

»Kommt sofort.«

Emilia holte die Flasche Weißwein aus dem Kühlschrank und nahm das Tablett mit den *Antipasti* und dem Weißbrot mit. Sie schenkte Giampaolo ein und stellte das Tablett in die Mitte.

»Bitte sehr. Erster Gang«, sagte sie.

»Falsch. Der erste Gang ist eine Pasta. Das hier ist die Vorspeise. *Antipasti. Sì?*«

»Meinte ich ja.«

»Sieht gut aus.«

»Danke.«

»Haben Sie das Brot selbst gebacken?« Er nickte in Richtung Brotkorb.

Emilia trank einen Schluck Wein und stierte den Alten übers Glas hinweg an. »Sehe ich aus, als würde ich so etwas zusammenbringen?«

»*Mica tanto.* Nicht wirklich.«

Emilia zuckte mit den Schultern und spießte mit der Gabel einige Scheiben *Prosciutto* auf.

»Meine Frau hat das Brot immer selbst gebacken«, erklärte Giampaolo und nahm sich ebenfalls etwas von der Platte.

»Sie waren verheiratet?«, fragte Emilia. Die Frage klang weitaus verblüffter, als sie gemeint war.

»Natürlich war ich verheiratet«, antwortete Giampaolo nahezu barsch. »Jeder sollte einen Partner haben. Besser früher als später.« Diese Worte wurden von einem eindringlichen Blick begleitet.

Emilia hielt diesem stand. »Ich habe keine Zeit für so etwas«, erklärte sie.

»Ha. Wie alt sind Sie?«

»Wir hatten uns doch darauf verständigt, dass man eine Frau so etwas nicht fragt, oder?«

Giampaolo bedachte sie mit einem abschätzigen Blick und ignorierte ihre Anmerkung. »Dreißig?«

»Ich bin achtundzwanzig!«, rief Emilia empört aus.

»Ah. In dem Alter war ich schon zweifacher Vater.«

165

»Kinder haben Sie auch?« Sie klang schon wieder viel zu überrascht. »Sorry«, setzte sie entschuldigend hinzu.

»Natürlich. Und auch das sollte jeder.«

Wieder dieser eindringliche Blick. Diesmal sah Emilia weg. Sie merkte, wie ihre Wangen glühten.

»Was? Gibt es keine Kandidaten? Was ist mit dem blonden Lackaffen?«

Emilia winkte ab. »Ach, bitte.«

»Sie müssen sich mal ranhalten«, erklärte Giampaolo und schaufelte sich eine große Portion gebratene Auberginen auf den Teller. »Die warten nicht auf Sie, wissen Sie?«

»Sehr charmant«, entgegnete Emilia mit einem bitteren Lächeln.

»War ja nur ein gut gemeinter Hinweis.«

Emilia wollte Giampaolo nach seiner Familie fragen, hatte aber Angst, in ein Fettnäpfchen zu treten. Immerhin lebte er offenbar allein. Da war weit und breit keine Frau in Sicht, und seine beiden Kinder hatte sie auch noch nie gesehen. Vielleicht hatte sie ihre Besuche aber auch einfach nur nicht mitbekommen.

Letizias Worte kamen ihr in den Sinn. Giampaolo habe viel erlebt, hatte sie angedeutet. Emilia betrachtete den alten Mann eingehend, während er sich genüsslich ein Stück Parmesan in den Mund schob und danach seine Finger ableckte. Sein Gesicht war von Falten überzogen und wirkte nicht nur verhärmt, sondern auch vergrämt. Als hätte er viel Leid ertragen müssen. Emilia war neugierig, traute sich aber nicht, ihn zu fragen. Eine Stille trat ein, während beide sich über die Leckereien hermachten. Allerdings war es zu Emilias Überraschung keine unangenehme Stille.

»Fertig«, sagte der Alte nach einiger Zeit und deutete demonstrativ auf die leere Platte zwischen ihnen.

»Hat es Ihnen geschmeckt?«

»Ja.«

»Freut mich.«

»Na ja, bisher haben Sie nur Brot aufgeschnitten und Antipasti auf eine Platte gelegt.«

Emilia verdrehte die Augen und räumte ab.

In der Küche stellte sie fest, dass das Nudelwasser erkaltet und der Speck steinhart geworden war.

»Super«, murmelte sie.

Außerdem hatte sie die Steinpilze in der Waschschüssel vergessen, und irgendwie sahen die nun nicht mehr so frisch und knackig aus wie zuvor. Sie seufzte, schüttelte den Kopf und stellte den Herd an. Sie schüttete die Hälfte des Nudelwassers weg, damit das Wasser schneller zu kochen begann. Dann erhitzte sie die Pfanne und wartete, bis es darin zu brutzeln begann. Sie goss etwas Olivenöl nach und warf die Steinpilze zum Speck. Als sie sah, dass das Nudelwasser dampfte, gab sie Salz und schließlich die traditionellen *Pici* hinein. Sie hatte extra frische Pasta gekauft, keine getrocknete, die hier anscheinend als Sakrileg betrachtet wurde. »Wer etwas auf sich hält, macht die Pasta selbst«, hatte Letizia ihr mit eindringlichem Blick gesagt. »Ist gar nicht schwer.« Auf dieses Experiment hatte Emilia sich aber lieber nicht einlassen wollen.

Nach zwei Minuten gab sie die Pasta mit etwas Nudelwasser in die Pfanne und schwenkte alles durch. Dann rieb sie eine großzügige Portion Parmesan darüber und verteilte die Pasta auf zwei Teller.

»Mist«, murmelte sie, als sie den Rand der Teller angriff. Sie hatte vergessen, die Teller vorzuwärmen. »Sakrileg Nummer zwei«, sagte sie. Aber das konnte sie nun nicht mehr ändern.

Sie brachte die Teller in den Nebenraum und stellte sie auf den Tisch.

»Sieht nett aus«, sagte Giampaolo, obwohl seine Miene etwas anderes aussagte.

»Danke.«

Sie beobachtete, wie Giampaolo in dem Gericht herumstocherte, dann eine große Portion Pasta auf seine Gabel drehte und das Werk kritisch beäugte. Dann roch er daran.

»Wir sind hier nicht beim Wettbewerb der Restaurantkritiker«, sagte Emilia und steckte sich selbst eine große Portion Pasta in den Mund.

Es schmeckte widerlich.

Sie ließ sich nichts anmerken und kaute tapfer weiter. Giampaolo schob sich die Gabel in den Mund, kaute kurz und schluckte dann alles herunter. Dann bedachte er sie mit einem langen Blick.

»Ich habe mich bemüht«, sagte sie resigniert und ließ den Kopf hängen.

»Das ist total versalzen. Und die Pasta ist nicht durch.« Emilia griff nach ihrem Weinglas und trank.

»Sie können nicht kochen, oder?«

»Nein. Kann ich nicht«, gab Emilia schulterzuckend zurück.

»Gar nicht? Irgendwas müssen Sie doch kochen können?«

»Nein. Ich habe heute zum ersten Mal gekocht«, gab Emilia zu. »Na ja, zum zweiten Mal. Das erste Mal mit Letizia zusammen. Sie hat mir das hier beigebracht. Oder ... das, was es hätte werden sollen.«

»Sie haben Kochunterricht genommen?«

»So würde ich das nicht bezeichnen ...«

»Wegen mir?« Der Alte blickte sie unter hochgezogenen Augenbrauen erstaunt an.

»Ja.«

»Wieso?«

»Ich wollte mich vor Ihnen nicht blamieren.«

»Hm.« Giampaolo lehnte sich zurück und verschränkte die Arme vor der Brust.

»Ja, schon gut«, sagte Emilia und machte eine auffordernde Geste. »Sagen Sie schon etwas Gemeines.«

»*No*«, sagte Giampaolo und schüttelte vehement den Kopf. »Das ist sehr nett von Ihnen. Aber das mit dem Kochen müssen wir noch üben. Was wäre denn als nächster Gang geplant?«

»*Bistecca*«, gab Emilia mit hoffnungslosem Unterton zurück.

»Da wollen Sie sich rantrauen?«

»Eigentlich nicht.«

»Dann lassen Sie es.«

»Aber ich habe das Fleisch doch schon gekauft. Was soll ich denn damit machen?«

»Mir geben.«

»Und was machen Sie dann damit?«

»Na, es zubereiten!«, gab Giampaolo barsch zurück.

»Sie können kochen?«, fragte sie erstaunt.

»Ja«, gab er knapp zurück, schob seinen Sessel zurück und stand auf. Ohne sie zu fragen, ging er in die Küche und kam wenige Minuten später mit dem noch verpackten Rindersteak zurück. »Das nehme ich mit. Die Kartoffeln können Sie wegschmeißen.«

»Gehen Sie schon?«

»Ja. Es ist spät.«

»Ich habe noch Dessert gemacht.«

Giampaolo warf ihr einen langen Blick zu und schwieg.

»Ja, schon gut, das setze ich Ihnen lieber nicht vor. Ich begleite Sie hinaus.«

Emilia stand auf und folgte Giampaolo. Auf der Veranda drehte er sich zu ihr um. »Ich möchte mich bei Ihnen bedanken. Das war sehr nett von Ihnen«, sagte er, und das erste Mal, seit sie ihn kannte, hörte sie etwas Sanftes in seiner Stimme.

»Gern geschehen.«

»Danke auch, dass Sie nicht über mein Grundstück sprechen wollten.«

»Kein Problem.«

Giampaolo sah sich um. »Was wird jetzt mit dem Ganzen hier? Wo sind alle hin?«

Emilia zuckte mit den Schultern. »Keine Ahnung.«

»Habe ich Ihnen Ihr kleines Projekt versaut?«

Emilia schenkte ihrem alten Nachbarn ein trauriges Lächeln. »Nein. Ich denke, das habe ich mir alles selbst zuzuschreiben.«

»Tja. Da haben Sie wohl recht. Tut mir dennoch leid für Sie. Sie sind ganz nett.«

»Danke, Giampaolo. Sie auch.«

»Wie lang sind Sie noch hier?«

»Ich weiß es nicht«, sagte Emilia.

Diese Worte auszusprechen, kostete sie alle Kraft. Mit einem Mal wollte sie sich nur noch in ihrem Bett verkriechen.

Giampaolo nickte zum Abschied, drehte sich um und sagte dann: »Kommen Sie morgen zum Essen?«

Emilia hob erstaunt die Augenbrauen. »Äh … ja. Gern. Danke.«

»Keine Ursache. Um sieben. Seien Sie pünktlich. Pasta duldet keine Verspätungen. *Buona serata,* Emilia.«

»*Buona serata,* Giampaolo.«

17. Kapitel

EMILIA saß auf der Panoramaterrasse. Dieser Hügel war von Anfang an ihr Lieblingsplatz gewesen, und jetzt, da sich darauf eine Plattform aus Terrakotta-Fliesen befand, liebte sie den Platz noch mehr. Sie hatte eine Picknickdecke heraufgebracht, ein Glas und eine Flasche Wein.

Wie spät es war, wusste sie nicht. Sie hatte nach dem Dinner mit Giampaolo versucht, sich schlafen zu legen, hatte jedoch keine Ruhe gefunden. Sie war zu aufgewühlt. Zu traurig. Sie blickte vor sich in das dunkle Nichts. Irgendwo da unten war die Küste. Wenn der Wind von dort her wehte, konnte man sogar die Brandung bis hier rauf hören. Doch heute Nacht war es windstill. Sie blickte nach rechts, wo die erste Balustrade für die Terrasse gebaut worden war. Sie hatte mit Lichterketten experimentiert. Aurelios kleines Häuschen hatte sie dazu inspiriert. Sie hatte es sich so schön ausgemalt: eine Balustrade aus Holz, über die ein weißes Stoffdach gespannt war und an deren Balken sich Rosen rankten. Dazu ein paar bunte Lichterketten. Es wäre perfekt geworden.

Sie seufzte und griff neben sich. Die Lichterkette war noch an den Strom angeschlossen, und sie betätigte den Schalter. Die kleinen Lämpchen leuchteten weiß, grün und rot. Eine funkelnde Hommage an dieses schöne Land.

Sie sinnierte darüber, was hätte sein können, und wischte die eine oder andere Träne weg. Plötzlich hörte sie Schritte hinter sich und fuhr herum. Jemand kam die Steintreppe herauf. Sie starrte in die Dunkelheit, und ihr Herz tat einen Sprung, als sie ein weißes T-Shirt ausmachte.

»Aurelio!«, stieß sie aus.

»Ich wollte dich nicht erschrecken. Aber ich habe das Licht gesehen. Ich wollte nur schauen, ob alles in Ordnung ist.«

»Es ist alles okay.«

Er kam auf sie zu und blieb knapp vor ihr stehen. »Deine Augen sind gerötet, als hättest du geweint.«

Emilia wandte peinlich berührt den Blick ab.

»Was ist denn los?«, fragte Aurelio weiter.

»Ach. Du weißt schon. *Queso e quello*. Dies und das.«

Sie hörte, wie Aurelio auf sie zukam. Dann setzte er sich neben sie. Sie drehte ihren Oberkörper von ihm weg, sodass er ihr Gesicht nicht sehen konnte.

»Die Terrasse ist sehr schön geworden«, sagte er mit ruhiger Stimme. »Eine sehr gute Idee.«

»Ja. Danke.«

»Verrätst du mir, warum du weinst?«

»Ich weine nicht«, antwortete Emilia und bemühte sich, ihn nicht anzusehen.

»Du bist immer noch keine besonders gute Lügnerin.«

Sie zuckte mit den Schultern und setzte sich aufrecht. Sie spürte, wie Aurelio sie von der Seite betrachtete.

»Du willst nicht drüber sprechen?«, fragte er leise.

Emilia schüttelte energisch den Kopf. Nein, sie wollte nicht darüber sprechen. Mit niemandem. Keine Worte der Welt hätten sie in diesem Augenblick trösten können, nicht mal Worte aus Aurelios Mund.

Sie hielt ihm die Weinflasche vors Gesicht. »Möchtest du? Ich habe aber nur ein Glas.«

»Nein, danke«, sagte er und schob die Falsche sanft von sich. Als seine Finger die ihren berührten, begann ihre Haut zu kribbeln. Sie ignorierte das Gefühl. »Wirklich nicht?«, fragte sie schnell und blickte dann starr in die Nacht. »Schade. Allein zu trinken, hat irgendwie etwas Deprimierendes.«

Er nickte und sagte leise, ohne sie dabei anzusehen: »Ich weiß. Daher trinke ich nicht.«

»Gar nicht?«

»Nicht mehr.«

Nun wandte Emilia sich ihm doch zu und betrachtete ihn ihrerseits von der Seite. »Du wirkst wie jemand, der sehr viel mehr denkt, als er ausspricht«, sagte sie.

»Das ist wohl richtig.«

»Warum ist das so? Willst du geheimnisvoll wirken?«

»Eigentlich nicht.«

»Dann erzähl mir etwas über dich.«

Aurelio blickte sie an. Er lächelte sanft. »Was willst du denn wissen?«

»Alles.«

»Wieso?«

»Ich weiß es nicht.«

Sie wusste es tatsächlich nicht. Ihr Verstand war ausgeschaltet, ihr logisches Denkvermögen hatte sich verabschiedet, und alles in allem hatte sie das Gefühl, nicht mehr zu wissen, wer sie war, was sie tat und warum das alles passierte.

Er blickte ihr tief in die Augen und wirkte, als würde er tatsächlich über ihre Worte nachdenken, so belanglos sie auch gewesen waren. Dann wandte er sich abrupt ab. »Wenn du etwas wissen möchtest, musst du mir schon eine konkrete Frage stellen.«

»Warum trinkst du nicht mehr? Woher kommst du? Wo hast du vorher gelebt? Was hast du gearbeitet? Wieso bist du hier? Womit verdienst du dein Geld?« Die Fragen sprudelten nur so aus ihr heraus, und es war ihr völlig egal, dass sie fast wie ein Groupie klang, der fünf Frageminuten mit seinem Lieblingsstar gewonnen hatte.

Aber was machte es schon? Sie wäre ohnehin bald nicht mehr hier.

»Puh, das waren aber viele Fragen. Mal sehen … Ich trinke nicht mehr, weil es mir nicht guttut, weil ich früher zu viel getrunken habe und das irgendwann nicht mehr wollte. Ich komme aus Berlin, bin dort aufgewachsen, habe in Frankfurt studiert, war dann in London, New York, Hongkong, Singapur und wieder in London. Ich war als Finanzinvestor tätig und hatte eine eigene Firma, was im Wesentlichen zur Antwort deiner nächsten Frage führt. Ich hatte keine Lust mehr auf dieses Leben und bin deshalb hier.«

Emilia staunte. Sie wusste nicht, was sie auf all diese überraschenden Informationen sagen sollte. Finanzinvestor? Der ernste Aurelio, dessen Haare immer aussahen, als sei er gerade aus dem Bett gekrochen? Der nur T-Shirts und ausgebeulte Jeans trug?

»Du siehst nicht aus wie ein Finanzinvestor«, war alles, was sie sagen konnte.

Aurelio lachte laut auf. »Nein. Nicht mehr. Gott sei Dank.«

»Und jetzt bist du hier«, stellte sie fest.

»Jetzt bin ich hier«, bestätigte er.

Er blickte nachdenklich in die dunkle Nacht, während sie ihn weiter fasziniert von der Seite anstarrte. Sie konnte den Blick einfach nicht von diesen makellosen Gesichtszügen, den hohen Wangenknochen, den langen Wimpern abwenden.

»Keine weiteren Fragen?«, sagte er leise, ohne sie anzusehen.

»Tausende.«

»Puh. Ganz schön erschöpfend, *cara* Emilia.«

»Gleiches Recht für alle«, gab sie zurück.

Sein Kopf schnellte zu ihr. »Ich weiß nicht, was du meinst.«

»Gespräche mit dir sind für mich auch ganz schön erschöpfend. Gespräche und ... Szenen.«

»Szenen? Wie in einem Film?«

»Keine Ahnung, Aurelio. War es ein Film?«

Er hob die Augenbrauen. An seinem Blick erkannte sie, dass er genau wusste, dass sie auf seine flüchtigen Küsse anspielte. Er schüttelte langsam den Kopf, dann wandte er den Blick wieder ab.

»Ich denke, jetzt bin ich an der Reihe«, sagte er und ließ Emilia verwirrt wie immer auf ihrer Frage sitzen.

»Mein Leben ist nicht halb so interessant wie deines, befürchte ich«, sagte Emilia. »Außerdem war meine Fragerunde noch nicht beendet.«

»Mein Leben wurde erst interessant, als ich aufhörte, Finanzboss zu spielen. Alles davor war langweilig.«

»London, New York, Hongkong ... Nichts davon hört sich für mich langweilig an«, sinnierte Emilia und wandte sich nun ihrerseits ab. Sie streckte den Rücken durch und nahm einen Schluck Wein direkt aus der Flasche. »Genau genommen wollte ich immer nur das.«

»Was?«, fragte Aurelio.

»Im Ausland arbeiten. Große, funkelnde, interessante Städte sehen, an Orten wohnen, von denen andere träumen, Karriere machen.«

»Und dann?«

»Dann ... ich weiß nicht. Dann hätte ich meine Ziele verwirklicht.«

»Und doch bist du hier gelandet.«

»Das war nicht meine Entscheidung.«

Emilia schüttelte den Kopf, als mit einem Schlag die Erlebnisse der letzten Wochen hochkamen. Sie nahm einen weiteren Schluck aus der Flasche.

Aurelio sah sie wieder von der Seite an. Sie spürte seinen stechenden Blick auf sich, oder, stellte sie bei einem Seitenblick fest, eher auf der Weinflasche. Sie ignorierte es.

»Wessen Entscheidung war es dann?«, fragte Aurelio.

»Die meines Vaters.«

Aurelio legte den Kopf schief. »Das musst du mir erklären.«

Emilia zuckte mit den Schultern. »Da gibt es nichts zu erklären. Mein Vater ist ein einflussreicher Investor in der Hotelbranche. Er hat Macht und Geld, und er kontrolliert gern. Alles und jeden.«

»Ein Investor also? So wie ich.«

Emilia schüttelte den Kopf und sah Aurelio zärtlich an. »Nein. Ganz sicher nicht wie du.«

»Du kennst mich nicht.«

»Das ist mir egal.«

Aurelio zog einen Mundwinkel nach oben. »Du berufst dich also auf deine Menschenkenntnis?«

»Keine Ahnung. Vielleicht. Obwohl die mich bisher auch nicht sehr weit gebracht hat.«

»Ah.« Aurelio nickte, als hätte er das ohnehin schon längst geahnt.

Emilia blickte ihn wieder an. »Du hast also viel Ahnung von diesen Dingen, nicht wahr? Geschäftswelt, Ellbogentaktik, strategische Planung. Der ganze Wahnsinn.«

Aurelio nickte. »Aber du nicht.«

Emilia seufzte. »Nein.«

»Sei froh. Ist eine beschissene Welt. Eine Welt, die einen kaputtmacht.«

»Du wirkst ganz und gar nicht kaputt.«

Kaum hatte sie die Worte ausgesprochen, merkte sie, wie ernst sie sie meinte. Er wirkte vielschichtig, charmant, intelligent und, zu Emilias großem Bedauern, überaus verwirrend auf sie. Aber kaputt? Nein.

»Glaub mir, ich war es.«

Emilia atmete tief ein, blickte auf ihre fast leere Weinflasche und stellte sie ab. Auch Aurelios Blick hing daran, und dieses Mal konnte sie es nicht ignorieren. »Verrätst du mir, was es mit dem Alkohol auf sich hat?«

Ein Lächeln umspielte Aurelios Lippen, eines von der Sorte, das nicht seine Augen erreichte. »Verrätst du mir, wieso du eine ganze Flasche Wein allein trinkst?«

»Wer sagt dir, dass ich das getan habe? Vielleicht hatte ich Besuch, bevor du hier aufgetaucht bist …«

Aurelio beugte sich zu ihr. »Willst du andeuten, du hattest Herrenbesuch, und hoffst, dass ich ein bisschen eifersüchtig werde?«

Aurelio so nah vor sich zu haben, seine Lippen so nah an ihren, sein Duft nach Seife und Sonne und die Art, wie er sie mit diesen Worten zu necken suchte, lösten ein erneutes Gefühlschaos in ihr aus.

Das ist der Wein, versuchte sie, sich zu beruhigen.

Sie schluckte und wollte etwas Schlagfertiges entgegnen, doch ihr fiel nichts ein.

»Keine Antwort ist auch eine«, sagte Aurelio und lächelte.

Emilia rückte etwas von ihm ab, eine Reaktion, die Aurelio nicht im Mindesten zu verunsichern schien.

»Mache ich dich nervös?«

»Ja!«, stieß Emilia aus.

»Hm.«

Emilia verdrehte die Augen. Ihr war schlecht, aber nicht vom Wein, sondern von diesem verfluchten Gefühlsorkan, den Aurelio in ihr auslöste. Wie alt war sie? Vierzehn? Sie schüttelte den Kopf.

»Führst du in Gedanken Selbstgespräche?«, fragte Aurelio.

»Ja«, gab Emilia knapp zurück.

»Komme ich gut dabei weg?«

»Mal so, mal so.«

Aurelio atmete tief ein, lehnte sich nach hinten, stützte sich auf seinen Armen ab und blickte in den Himmel. »Okay. Zurück zu Gesprächen, die außerhalb deines Kopfes stattfinden. Du fragst mich etwas, ich frage dich etwas. Los.«

»Und was?« Emilia blinzelte verwirrt.

»Frag mich einfach, was dich so brennend interessiert.«

»Die Sache mit dem Alkohol? Na ja, wenn du nicht drüber sprechen möchtest ...«

»Nein, möchte ich nicht. Generell nicht. Aber ... mit dir ...« Er ließ den Satz unbeendet und starrte weiter in den Himmel.

»Oh.« Emilias Wangen glühten. Ihre Hand ging wie automatisch zur Weinflasche, doch die war, wie sie enttäuscht feststellte, leer.

Alkohol war keine Lösung, natürlich nicht. Aber sie hatte das Gefühl, er würde zu verhindern helfen, dass Worte wie die, die Aurelio gerade an sie gerichtet hatte, zu viel Chaos in ihr anrichteten.

»Es ist keine besonders spannende Geschichte«, sagte er, und sie fokussierte sich wieder auf ihn. »Wo viel Geld und Macht sind, da ist in der Regel auch viel Alkohol. Und Drogen.«

Emilia riss die Augenbrauen in die Höhe und lauschte gebannt.

»Es war eine coole Zeit. Na ja, ich war jung, und ich hatte Geld. Ich komme aus relativ einfachen Verhältnissen und ... ich habe es übertrieben. Ich wurde von diesem Leben völlig vereinnahmt. Ich habe wenig geschlafen, habe mich aufgeputscht, um Leistung zu bringen, war feiern, dann wieder arbeiten, dann wieder feiern. Wahrscheinlich hätte ich noch lange so weitergemacht, wenn nicht ...«

Er brach abrupt ab, und Emilia zuckte bei der plötzlichen und erdrückenden Stille unwillkürlich zusammen.

»Wenn nicht ...?«, fragte sie im Flüsterton.

»Mein Vater wurde krank. Er hat ... er hat auch ganz gern getrunken. Er ist nicht besonders alt geworden. Ich konnte weder mit seiner Krankheit umgehen noch mit seinem Tod. Ich konnte meine Mutter nicht unterstützen. Ich war nicht für sie da. Überhaupt nicht. Ich habe noch mehr gearbeitet und noch mehr getrunken, und beim Begräbnis ...« Wieder stockte er. Emilia wollte ihren Arm um ihn legen, ließ es aber sein, als sie Aurelios angespanntes Gesicht sah. Er schluckte, dann sprach er weiter: »Ich war sturzbetrunken beim Begräbnis. Ich kann mich an nichts erinnern. Als ich irgendwann aus meinem Delirium aufgewacht bin, hatte ich eine Nachricht von meiner Mutter auf dem Handy. Dass sie sich für mich schäme, hat sie geschrieben. Dass sie nie gedacht hätte, dass ich mal so enden würde wie mein Vater. Aber dass

177

ich auf dem besten Weg wäre, und sie … sie wolle mich nicht mehr sehen, bevor etwas Besseres aus mir geworden ist.«

Aurelio schwieg. Er wirkte plötzlich so verletzlich, dass Emilia nicht mehr anders konnte, als ganz nah an ihn heranzurücken und ihren Arm nun doch zögerlich um ihn zu legen. Gedankenverloren strich Aurelio über ihre Haut.

»Ich habe die Geschichte noch nie jemandem erzählt«, sagte er leise.

»Oh … Danke.«

»Danke?«

»Dass du sie mir anvertraust.«

Warum?, wollte sie rufen. *Warum ich? Warum jetzt?*

Doch sie schwieg. Stattdessen fuhr sie zärtlich durch sein volles Haar, fühlte die weichen Strähnen, genoss seine Nähe.

»Ich hätte nie gedacht, dass ihre Worte mich so treffen könnten«, sprach Aurelio nach einiger Zeit weiter. »Ich hatte etwas aus mir gemacht, sagte ich mir. Ich hatte sehr jung eine erfolgreiche Firma gegründet, ich war ein Finanzinvestor, ein wichtiger, ein reicher Mann. Doch das schien meine Mutter nicht zu beeindrucken. Und ich verstand nicht, warum das so sehr an mir nagte. Ich bin schließlich erwachsen, ich konnte mein Leben führen, wie ich wollte.«

»Ich bin eine erwachsene Frau, die sich von ihrem Vater kontrollieren lässt. Ich weiß, was du meinst.«

Aurelio nickte langsam. »Ich wollte mit ihr sprechen, doch sie ist hart geblieben. Sie hat mir nicht mal die Tür aufgemacht. Also habe ich getrunken. Es war das Einzige, das ich kannte, um mit meinen Emotionen klarzukommen. Eines Nachts bin ich betrunken zu ihr gegangen, habe geschrien und sie beschimpft.«

»O Gott …«, flüsterte Emilia.

»Sie hat mich verhaften lassen.«

»Was?«

Aurelio lächelte. Er lächelte tatsächlich! »Es war das Beste, das sie hatte tun können. Ich bin ihr dankbar, auch wenn ich ihr das bis heute noch nicht sagen konnte. Aber als sie mich vor einem Jahr hat verhaften lassen und ich wie der letzte Penner in dieser widerlichen Ausnüchterungszelle aufgewacht bin, da war mir plötzlich alles klar.«

»Alles?«

Er nickte.»Ich habe meine Firma verkauft. Ich habe noch nicht mal groß darüber nachgedacht. Ich wollte einfach nur raus. Ich habe alle Zelte abgebrochen und bin durch Europa gereist, habe mir selbst das Gitarrespielen beigebracht und … na ja, dann hat es mich hierhergezogen. Und hier bin ich jetzt. Irgendwo mittendrin. Und es fühlt sich gut an. Es fühlt sich frei an.«

»Und wie soll es nun für dich weitergehen? Wirst du dieses Leben weiterführen?«

»Ich habe keine Ahnung.« Er drehte sich zu ihr und blickte ihr in die Augen. Ihre Hand lag sanft auf seiner Schulter.

»Keine Träume?«, hakte sie nach.»Keine Ziele? Keine Pläne?«

»Nein. Nichts davon, und vor allem keine verdammten Verpflichtungen. Ich bleibe, solange ich will, und wenn ich nicht mehr will, ziehe ich weiter.«

»Das ist alles?«

Er schenkte ihr ein Lächeln.»*Sì, cara* Emilia. Das ist alles.«

Sie nickte, obwohl sie seine Worte nicht wirklich verstand. Was sie nun allerdings verstand, war Aurelios Bedürfnis, im Augenblick zu leben. Sie verstand, dass seine Küsse keineswegs belanglos für ihn waren, dass er jedoch zu mehr nicht bereit sein würde.

Keine verdammten Verpflichtungen.

»Und du?«, fragte er und unterbrach ihre Gedanken.»Was hast du vor?« Sein Unterton verriet ihr, dass er die ganze Problematik ihrer misslichen Lage schon längst begriffen hatte, auch ohne die Details zu kennen.

»Ich habe es vermasselt«, sagte sie leise, nahm die Hand von seiner Schulter und blickte wieder geradeaus.

»Was?«

»Das Projekt hier. Ich habe mich so reingehängt. Ich wollte mich beweisen. Das hätte mein Sprungbrett sein können. Wenn ich das hier gut gemacht hätte …« Sie brach ab und schüttelte den Kopf.

»Du wolltest es *dir* beweisen? Oder deinem Vater?«

Emilia seufzte.»Ich könnte jetzt echt noch einen Wein vertragen.«

»Das bringt nichts, glaub mir. Das löst gar nichts. Sieh mich an.«

Emilia tat es und starrte wie hypnotisiert in Aurelios dunkle Augen.

»Erzähl es mir«, sagte Aurelio sanft, aber bestimmt.

»Ich kann nicht«

»Ich habe dir meine Geschichte erzählt.«

»Das ist es nicht.«

»Was dann?«

»Ich kann nicht denken, wenn du mich ansiehst. Oder ... wenn ich dich ansehe ... oder ... oder beides.«

Was redete sie da bloß? Das konnte sie ihm doch nicht einfach so sagen!

Aurelio blickte sie nachdenklich an. Dann lächelte er. »Du musst auch nicht denken. Nur fühlen. Erzähl es mir.«

Emilia schluckte. Dann wandte sie sich ab, legte den Kopf in den Nacken und betrachtete die Sterne. »Es gibt nicht viel zu erzählen. Mein Vater ist ein Kontrollfreak. Meine Mutter wollte sich scheiden lassen. Ich war elf, als der Rosenkrieg stattfand. Meine Mutter hat sich auszahlen lassen. Sie hat das Sorgerecht für ihre einzige Tochter verkauft. Also war ich bei meinem Vater, während sie die Welt bereist hat. Als ich alt genug war, um selbst zu entscheiden, bei wem ich wohnen will, hatte mein Vater schon seine Klauen in mich geschlagen, und meine Mutter war längst neu verheiratet. Da gab es keinen Platz, also blieb ich bei ihm. Na ja ... ich blieb in den Internaten, in die er mich steckte. Er hat mir alles finanziert, das war nie ein Problem. Doch da war ... keine Zärtlichkeit. Keine Umarmungen. Keine liebevollen Worte. Es gab Lob, das schon, immer dann, wenn ich mich so verhielt, wie er es erwartete. Also ...« Sie brach ab und wischte sich eine verirrte Träne von der Wange.

»Also hast du immer nur das getan, was er für richtig hielt?«, vollendete Aurelio ihren Satz.

Sie nickte. »Sieht so aus. Er sorgte dafür, dass ich einen Job bekam. Er hatte dafür nur mit den Fingern zu schnipsen brauchen. Ich habe es zugelassen. Ich ging den Weg, den er mir bereitete, immer unter seinen wachsamen Augen. Es war bequem. Einfach. Und es war die einzige Chance, seine Zuneigung zu erhalten.«

»Du musst so nicht leben, das weißt du, oder? Du bist eine erwachsene Frau.«

Emilia zuckte mit den Schultern. »Ich bin eine erwachsene Frau, die keine Ahnung hat, wer sie ist oder was sie will. Vor nicht allzu langer Zeit habe ich mit Entsetzen festgestellt, dass ich mir sogar Männer danach ausgesucht habe, was mein Vater von ihnen halten würde. Das hat mich mehr oder weniger direkt hierhergeführt. Und hier bin ich nun. Irgendwo mittendrin.«

Aurelio lächelte, als sie seine Worte wiederholte. »Und? Fühlt sich nicht gut an?«, fragte er.

Sie schüttelte den Kopf. »Nein. Es fühlt sich furchtbar an.«

»Dann bist du also tatsächlich das exakte Gegenteil von mir.«

»Bin ich wohl«, stellte Emilia traurig fest. Er hatte recht gehabt mit seiner Einschätzung. Sie passten nicht zueinander.

»Du solltest das hier als Chance wahrnehmen, Emilia. Und du solltest sie am Schopf packen, egal, warum du sie erhalten hast.«

»Eine Chance? Das hier?« Emilia schüttelte den Kopf. Gut, das hatte sie zuerst auch so gesehen. Bevor alles den Bach runtergegangen war. Aber nun …

»Du hast es doch gut gemacht.«

»Nein. Ich habe Dinge versprochen, die ich nicht halten konnte. Schlimmer noch, ich habe gelogen. Und Björn ist dahintergekommen. Wahrscheinlich steht er morgen beim Management und erklärt ihnen, was wirklich Sache ist.«

»Björn? Der blonde Anzugträger?«

»Ja.«

»Aber *noch* ist nichts passiert, oder?«

»Nein.«

»Also hast du noch Zeit.«

»Zeit wofür?« Sie blickte ihn verdutzt an.

»Um eine Lösung zu finden.«

»Es gibt keine Lösung. Ich habe von Anfang an mit dem Meerzugang argumentiert. Das Management hat seine gesamte Kalkulation danach ausgerichtet.«

»Dann finde eine Lösung für diesen Meerzugang.«

»Giampaolo will davon nichts wissen.«

»Hast du ihn gefragt?«

»Natürlich habe ich ihn gefragt«, blaffte sie. »Entschuldigung«, setzte sie schnell nach.

»Nein. Ich meine, hast du ihn mal gefragt, was er will?«

»Er will kein Geld.«

»Noch einmal: Hast du ihn mal gefragt, *was* er will?«

Emilia schüttelte langsam den Kopf. »Nein«, sagte sie leise, »habe ich nicht.«

»Dann frag ihn.«

»Das bringt doch nichts.«

»Das weißt du nicht, solange du es nicht versuchst.«

Emilia lächelte und blickte Aurelio wieder an. »War dein Nebenjob zufällig Motivationstrainer?«

Aurelio schüttelte den Kopf. »Nein. Diese Weisheiten kommen von selbst, wenn man mal verstanden hat, worum es geht.«

»Und worum geht es?«

Aurelio spitzte die Lippen, als müsste er seine Worte vorsichtig abwägen. Emilia starrte ihn gebannt an. Dann beugte er sich näher zu ihr, blickte sie eindringlich an und sagte: »Na darum, glücklich zu sein.«

18. Kapitel

EMILIA war nervös. Sie hatte sich ein besonders schönes Kleid angezogen, das bis über die Knie reichte und von einem bunten Blumenmuster überzogen war. Außerdem hatte sie ihr Haar in Wellen gelegt, was ziemlich aufwendig gewesen war. »Das ist doch kein Date«, sagte sie sich und schüttelte den Kopf. Dann atmete sie tief durch und ging den Weg hinab zu Giampaolos Haus.

Sie hatte immer noch nichts gehört. Nicht von Björn, nicht vom Management. Sie hatte keinesfalls vor, den ersten Schritt zu tun. Wenn sie sie schon hinrichten wollten, sollten sie sich auch die Mühe machen, ihr die frohe Botschaft von sich aus zu übermitteln. Solange sie nichts hörte, würde sie hierbleiben.

Als sie bei seinem Haus ankam, stand die Tür offen. Zögerlich trat sie ein. Es war das erste Mal, dass sie es von innen sah, und sie stellte erstaunt fest, dass alles perfekt in Schuss war.

»Hallo?«, sagte sie und klopfte an die offene Tür.

»Bin in der Küche. Folgen Sie einfach dem Duft«, rief Giampaolo aus einem Raum irgendwo am anderen Ende des Hauses.

Groß war es nicht, aber überaus gemütlich. Die Möbel waren alt und rustikal, doch sie waren hochwertig. Emilia konnte nirgends auch nur ein einziges Staubkörnchen entdecken, und sie fragte sich, ob er ihretwegen geputzt hatte oder ob es hier immer so aussah.

Sie ging durch das Wohnzimmer, das in einen kleinen, dunklen Flur mündete, von dem aus mehrere Türen abgingen. Die hinterste an der rechten Seite stand offen. Sowohl Geräuschkulisse als auch der herrliche Duft verrieten ihr, dass sich darin die Küche befand.

Sie stellte sich zur Tür und riss erstaunt die Augen auf. Wenn sie etwas wie eine verschrobene Hexenküche aus längst vergangenen Zeiten erwartet hatte, hatte sie sich aber gehörig getäuscht. Die Küche, die sie vor sich sah, war geräumig – geräumiger fast als das Wohnzimmer. Sie entdeckte hochmoderne Edelstahlflächen, einen großen Gasherd, eine fast deckenhohe Kühl- und Gefrierkombination und eine kleine Kücheninsel in der Mitte des Raums, auf der sich tonnenweise frische Lebensmittel stapelten.

»Wow.«

»Ich habe gerade alle Hände voll zu tun, Emilia, aber wenn Sie einen Aperitif haben wollen, gehen Sie doch zum Kühlschrank und schenken uns beiden einen *Tenuta* ein. Eis ist im Gefrierfach, *sì*?«

Emilia riss den Blick von der mit Leckereien überhäuften Kücheninsel los und blickte das erste Mal Giampaolo direkt an. Seine dicke Brille hatte er nach oben geschoben, und um seinen Körper hing eine blütenweiße Schürze. Er stand vornübergebeugt an der Küchentheke und schnitt Knoblauchzehen mit einer Präzision und Hingabe, über die Emilia nur staunen konnte. »Einen was?«, fragte sie irritiert.

Giampaolo richtete sich auf, schob sich mit dem Zeigefinger die Brille auf die Nase und streckte den Rücken durch, der bedrohlich knackte. »Autsch«, murmelte er und rieb sich mit den Fingerknöcheln den unteren Rücken. »Den *Tenuto*«, wiederholte er. »Das ist ein roter Wermut aus den Weinbergen der *Tenuta Lenzini* hier in der Provinz Lucca. Wenn Sie in dieser Gegend ein Hotel mit Gastronomie führen wollen, müssen Sie so etwas wissen.«

Emilia verkniff es sich, Giampaolo darauf hinzuweisen, dass dieser Plan wohl nicht mehr existierte und er das auch *ganz genau* wusste, und ging zum Kühlschrank. Sie öffnete ihn und staunte darüber, dass er, wenn das denn überhaupt möglich war, mit noch mehr Lebensmitteln gefüllt war, als auf der Kücheninsel lagen.

»Für wie viele Personen haben Sie vor zu kochen, Giampaolo?«, fragte sie erstaunt und suchte nach etwas, das wie roter Alkohol aussah. »Ein Kühlschrank sollte immer gut gefüllt sein. Man weiß nie, was kommt. Die Flasche ist unten links.«

Sie zog eine edel aussehende Flasche aus dem unteren Fach und drehte sich zu ihrem alten Nachbarn um. Der deutete, ohne sich ihr zuzuwenden, auf eine Stelle links neben sich. Emilia sah, dass dort schon zwei Kristallgläser bereitstanden.

184

Er beugte sich wieder über die Knoblauchzehen, während Emilia ein Säckchen mit Eiswürfeln aus dem Tiefkühler nahm, zur Theke ging und ein paar davon in die beiden Gläser gab.

»Wie viel gehört da rein?«, fragte sie.

»So viel Sie wollen. Meins können Sie vollmachen.«

»Aha«, sagte sie und schielte zu Giampaolo, während sie die Gläser füllte.

Seine Handgriffe waren präzise und flink und passten so gar nicht zu dem Achtzigjährigen, der sie ausführte.

»Wo haben Sie das gelernt?«, fragte Emilia und beobachtete jede seiner Bewegungen.

»Das ist eine lange Geschichte, *cara*. Geben Sie mir das Glas.«

Sie reichte es ihm und sah zu, wie er genüsslich einen großen Schluck nahm und die Augen vor Verzückung schloss, als er die rote Flüssigkeit langsam schluckte.

»Ah!«, sagte er und stellte das Glas neben sich. »So. Folgen Sie mir, und nehmen Sie das da mit.«

Er deutete auf einen roten Porzellanteller, der über und über mit belegten Brötchen gefüllt war.

»Sie haben *Bruschetta* gemacht?«, fragte sie überflüssigerweise.

»*No*. Das sind *Crostini*. Das Brot habe ich übrigens selbst gebacken. Wie es sich gehört.«

Emilia verdrehte die Augen, konnte aber nicht umhin, das Werk zu bewundern. Während sie Giampaolo durch den dunklen Gang folgte, starrte sie auf die Platte voller köstlicher Brötchen. Sie zählte fünf unterschiedliche Sorten.

Giampaolo öffnete eine schwere Holztür und führte sie in ein kleines, heimeliges Esszimmer, das von einem massiven Holztisch dominiert wurde.

»Stellen Sie es da hin, und setzen Sie sich. Ich hole den Wein.«

Er verschwand und kam wenige Augenblicke später mit einer Flasche Weißwein zurück. Er hielt ihr das Etikett unter die Nase, zog die Flasche aber so schnell wieder weg, dass sie es nicht lesen konnte. »Das ist ein *Vernaccia* aus den Hügeln bei San Gimignano. Passt sehr gut zu den

Crostini.« Er öffnete die Flasche mit gekonnten Handbewegungen und schenkte ihnen ein.

»Womit sind die belegt?«, fragte Emilia und deutete auf die Brötchen.

»*Pomodorini, Crema di Porcini, Prosciutto,* Olivenpaste und Leber-Paté. Typische toskanische *Crostini* werden immer mit Leber-Paté serviert. *Crostini al fegato, sì?* Sehr lecker. Nehmen Sie.«

Der Teller war so schön angerichtet, dass Emilia sich kaum traute, ein Brötchen anzugreifen. Doch Giampaolo machte eine eilige Handbewegung in ihre Richtung und verzog seine buschigen Augenbrauen, sodass sie schnell zulangte.

»Das haben Sie … alles selbst gemacht? Alles?«

»*Certo.*«

»Aber … da müssen Sie doch den ganzen Tag in der Küche gestanden haben.«

»*Certo.*«

Giampaolo griff nach einem Brötchen mit Leber-Paté und hielt es sich unter die Nase. Er schnupperte daran und biss dann herzhaft zu. »Mhm, ein Genuss«, sagte er mit vollem Mund. »Probieren Sie.«

Emilia biss ab – es war die reinste Geschmacksexplosion. Was sie schmeckte, war würzig, saftig, salzig, rustikal – rundum perfekt. Sie wollte etwas sagen, gleichzeitig aber auch mehr von dieser Köstlichkeit. Also biss sie noch einmal ab und noch einmal und griff sofort zum nächsten Brötchen. Beide aßen in trauter Stille und gaben nur ein gelegentliches »Mhm« von sich.

Nachdem Emilia fünf Brötchen gegessen hatte, war sie pappsatt. Sie schüttelte den Kopf. »Das ist unglaublich, Giampaolo. Das … das haben Sie alles für *mich* gemacht?«

»Ich will Ihnen ja nicht Ihre Illusion zerstören, *Signorina,* aber ich esse jeden Tag anständig.«

Emilia blinzelte und strich sich über ihren vollen Magen. »Sie kochen so etwas *jeden Tag?*«

»Mal mehr, mal weniger. Aber ich esse jeden Tag anständig. Was glauben Sie, wie ich so alt geworden bin?«

»Gute Gene?«

»Auch. Aber vor allem ist es das gute Essen und die frische Luft. Ich arbeite jeden Tag im Garten. Und wenn es dort nichts zu tun gibt, gehe ich spazieren. Frische Luft ist mein Lebenselixier. Ist es für jeden. Na ja, die toskanische Luft zumindest. Das stinkende Zeug in der Großstadt, aus der Sie vermutlich kommen, ist es wohl eher nicht.«

Emilia lachte, und Giampaolo blickte sie verdutzt an. »Wieso lachen Sie?«

»Ach, ich weiß auch nicht«, sagte Emilia. »Manchmal finde ich Sie witzig.«

»Ah.«

»Darf ich Sie jetzt noch einmal fragen?«

»Sie können es versuchen.«

»Wo haben Sie das gelernt?«

Giampaolo bedachte sie mit einem langen Blick. Dann nahm er seine Brille von der Nase und begann, sie mit seiner Stoffserviette zu putzen.

»Ich wollte mal Koch werden.«

»Sie wollten mal? Aber Sie wurden es nicht?«

»*No.*«

Emilia beugte sich energisch vor. »Aber wieso nicht? Sie sind … Sie sind so unglaublich *gut*!«

Giampaolo schwieg und putzte weiter seine Brille.

»Was ist denn dazwischengekommen?«, fragte Emilia leise.

Der Alte setzte sich die Brille wieder auf und blickte sie aufmerksam an. »Das Leben, *cara.*«

Emilia nickte verständnisvoll. Sie war neugierig. Sie wollte so viel mehr wissen. Über ihn, über seine Geschichte, über alles, was er über das Dorf und die Gegend wusste. Aber sie wollte auch nicht aufdringlich sein. Dennoch brannte ihr eine bestimmte Frage allzu sehr auf der Zunge. »Darf ich Sie noch etwas fragen?«

»Sie können es versuchen«, wiederholte er und blickte sie neugierig an.

»Wo ist Ihre Familie? Wo sind Ihre Kinder?«

Giampaolo sah sie lange und nachdenklich an. Der Moment schien eine Ewigkeit zu dauern, sodass Emilia sich fragte, ob sie zu persönlich geworden war. Sie wollte schon zurückrudern, da stand Giampaolo auf und sagte:»Folgen Sie mir. Ich zeige Ihnen etwas.«

Emilia erhob sich zögerlich.»Aber ... was ist mit dem nächsten Gang? Brennt da nichts an?« Sie warf einen Blick über die Schulter Richtung Küche.

»No. Als nächsten Gang gibt es *Tortelli Maremmani*. Teigtaschen mit Spinat, Ricotta und Kräutern aus dem Garten. Oder, zusammengefasst für Sie: Pasta. Und Pasta macht man immer *al minuto*.«

Emilia verdrehte die Augen.»Natürlich«, murmelte sie und folgte ihm.

Giampaolo ging so behände die Treppen seines Gartens hinunter, dass Emilia mit ihren hochhackigen Sandalen Mühe hatte, ihm zu folgen. Sie staunte erneut über diesen wunderschön angelegten Garten. Die Gemüsebeete waren fein säuberlich in Reih und Glied angeordnet, jede Reihe mit einer anderen Sorte. Am Rand des Gartens wuchsen hohe Rosenstöcke, dazwischen entdeckte sie die strahlend violetten Blüten kniehoher Lavendelbüsche, die ihren betörenden Duft in die Welt hinausschickten.

Auf der untersten Stufe blieb Giampaolo stehen, als zögerte er, den letzten Schritt zu machen. Emilia blickte über seine Schulter und sah vor sich einen hohen Maschendrahtzaun, der das Ende seines Grundstücks markierte. Dahinter begann das Gemeindeland, jenes Land, für das sie vorgehabt hatte, eine bessere Wegenutzungsgebühr auszuhandeln.

Tja, auch daraus wurde wohl nichts.

Als er nach wie vor nicht weiterging, stellte Emilia sich neben ihn und folgte seinem Blick. Erst da erkannte sie, wohin er sah. Am linken Ende seines Grundstücks, direkt beim Zaun, waren drei Grabsteine.

»O Gott«, stieß sie aus und legte sich die Hand auf den Mund.»Es ... es tut mir so leid«, flüsterte sie.

»Muss es nicht. Kommen Sie.«

Nun bewegte er sich endlich und ging an der untersten Trasse, die nur mit Gras und Steinplatten belegt war, zu den Gräbern. Er stellte sich davor, bekreuzigte sich und verschränkte die Finger ineinander. Emilia blieb mit etwas Abstand stehen. Tränen traten ihr in die Augen. Sie hatte so etwas geahnt. Aber es so direkt vor sich zu sehen, brach ihr das Herz.

Giampaolo stand fünf Minuten starr vor den Gräbern, ganz in Gedanken oder Gebete versunken. Dann hob er den Kopf, bekreuzigte sich noch einmal und winkte Emilia zu sich. Sie trat neben ihn und betrachtete die Grabsteine. ›Camilla‹, stand auf dem ersten Grabstein, 1942–2004. Auf dem zweiten daneben stand ›Mariella‹, 1968–2003. Auf dem dritten, direkt vor Emilia, war nur ein einzelnes Wort eingraviert: ›Gianni‹.

»Camilla war meine Frau. Sie war wunderbar, wir haben uns sehr geliebt. Mariella war unsere Tochter. Sie ist schon krank zur Welt gekommen. Ich stand gerade am Anfang meiner Karriere zu einem renommierten Koch, aber die hätte mich in die weite Welt geführt. Das war mit Mariella nicht möglich. Camilla musste sich vierundzwanzig Stunden am Tag um sie kümmern. Ich konnte sie nicht allein lassen. Also blieb ich hier. Bei ihnen. Bei meiner Familie. Mariella ist jung gestorben, aber sie hatte ohnehin keine hohe Lebenserwartung. Sie war gerade einmal fünfunddreißig. Camilla hat das nicht verkraftet. Sie ist kurz danach ebenfalls gestorben.«

Obwohl Giampaolo mit ruhiger Stimme sprach und sehr gefasst klang, liefen Emilia Tränen über die Wangen. Verstohlen wischte sie sich über die Augen und griff dann nach Giampaolos Hand.

»Es tut mir so leid«, sagte sie noch einmal und drückte seine Finger sanft.

»Muss es nicht«, wiederholte er.

»Und Gianni? War das Ihr zweites Kind?«

Giampaolo schüttelte energisch den Kopf und lachte laut auf. Das Geräusch kam Emilia so unpassend in dieser Situation vor, dass sie erschrocken zusammenzuckte.

»Habe ich etwas Komisches gesagt?«, fragte sie erstaunt.

»Ein bisschen. Nein, das ist nicht mein zweites Kind. Mein Sohn ist … er wohnt weit weg. *No, no*, der ist für mich.«

Emilia riss die Augenbrauen hoch. »Entschuldigung?«, fragte sie verdutzt.

Giampaolo hob den Kopf und bedachte sie mit einem abschätzenden Blick, als sei sie schwer von Begriff.

»Der ist für mich«, sagte er und deutete auf den Grabstein. »Das war billiger, *capisci*?«

»Nein, um ehrlich zu sein, verstehe ich überhaupt nichts.«

»Es war billiger, gleich zwei zu kaufen, als meine Frau starb.«

»Ja, und? Ich meine, ist das nicht ... ist das nicht ... pietätlos?«

Giampaolo zog die Augenbrauen zusammen und wirkte nun seinerseits so, als verstünde er überhaupt nichts. »Wieso? Der ist für mich. Ich habe ihn für mich gekauft. Ich lebe noch. Ich kann nicht pietätlos gegenüber mir selbst sein, *non è vero*?«

Emilia klappte der Mund auf. Die Logik war bestechend, das musste man ihm lassen. Dennoch ... »Aber glauben Sie nicht an ... keine Ahnung, Karma oder so etwas?«

»*No*. So – jetzt kennen Sie die Geschichte. Gehen wir essen?«

»Gleich. Das ist Ihr Kosename? Gianni?«

»*Sì*. Meine Frau hat mich so genannt.«

»Passt gar nicht zu Ihnen.«

»Hat meine Frau auch gesagt.«

Emilia grinste.

»Ich mochte den Namen nie. *Comunque ... che ci vuoi fare*? Was will man machen?«

Giampaolo schenkte ihr ein hilfloses Lächeln, eines, das ihr sagte, dass er vielleicht den Kosenamen gehasst, aber die Tatsache, dass seine Frau ihn benutzte, geliebt hatte.

Emilia nickte. »Ich kenne das. Meine Mutter nennt mich bis heute ›Emmi‹. Konnte ich auch nie leiden. Irgendwie. Aber ja ... *che ci vuoi fare?*« Sie grinste.

»Ich finde, Sie sehen aus wie eine Emmi«, sagte er und nickte bestätigend.

»Na, vielen Dank auch. Also sehe ich aus wie ein kleines Mädchen, das noch mit Puppen spielt? Denn das verbinde ich mit dem Namen.«

»*Sì*«, sagte Giampaolo und nickte noch energischer als zuvor.

»Aha. Danke.«

»Das ist doch ein Kompliment.«

»Ist es nicht.«

»*Ammettiamolo*, ist es nicht. Aber es stimmt trotzdem.«

Emilia seufzte. »Wissen Sie was? Sie dürfen mich gern Emmi nennen.«

Giampaolo grinste. »*Bene*. Aber nur, wenn Sie mich Gianni nennen.«

»Mit Vergnügen.«

Sie standen noch eine Weile im Garten und betrachteten die Gräber. Dann wandte Giampaolo sich ab und wiederholte: »Gehen wir essen?« Emilia atmete tief durch. Sie spürte, dass der Moment gekommen war. Also konnte sie es ebenso gut hinter sich bringen. Sie stellte sich vor Giampaolo, legte ihm die Hand auf die Schulter und blickte ihn konzentriert an.

»Gianni, ich will Sie etwas fragen.«

»Dann fragen Sie.«

Sein Blick verriet ihr, dass er wusste, worum es ging, und dass er ahnte, was jetzt kam.

Emilia machte eine ausladende Geste, die alles um sie herum mit einschloss. »Dieses Grundstück, dieses Haus, dieses … Hotelprojekt. Ich weiß nicht, was damit passieren wird, ehrlich gesagt weiß ich gar nichts. Aber irgendetwas *wird* passieren, weil die Hotelkette schon verdammt viel Geld hineingesteckt hat. Ich weiß nicht, ob ich noch hier sein werde. Ich weiß nicht, ob ich überhaupt ein Mitspracherecht habe. Aber … eines will ich unbedingt wissen.«

»*Che c'è?*«

»Gianni, wenn es in meiner Macht stünde, es Ihnen zu erfüllen … was würden Sie sich wünschen?«

Er sah sie lange an. Und dann verriet er es ihr.

.

IV.

»Pensa, parla e agisci
come se tu dovessi uscire dalla vita
da un momento all'altro.«

(Marco Aurelio, 121–180,
römischer Kaiser, Philosoph)

(»Denke, rede und handle,
als ob du von einem Moment auf den anderen
aus dem Leben scheiden müsstest.«)

19. Kapitel

»BJÖRN, du musst mich zurückrufen, hörst du mich? Du *musst* mich zurückrufen. Ich habe dir auch schon eine E-Mail geschickt«, sprach Emilia auf Björns Mobilbox. Er ging einfach nicht ran. Immer noch nicht. Das war mehr als frustrierend. »Hör zu, ich habe eine Lösung gefunden, okay? Ich habe mit Giampaolo gesprochen und ich ... ich meine ... wir ... wir haben eine Lösung! Also tu nichts Überstürztes, und *ruf mich an!*«

Sie legte auf und warf das Handy aufs Bett.

Seit ihrem Gespräch mit Giampaolo waren mehrere Tage vergangen, in denen sie an dem perfekten Plan getüftelt hatte. Sie hatte sogar schon einen Bericht verfasst, an dem sie stunden-, ja, tagelang gefeilt hatte, um die richtigen Worte zu finden. Aber sie musste das alles mit Björn besprechen, bevor sie den Bericht abschickte. Sie musste wissen, was Björn dem Management erzählt hatte. *Falls* er etwas erzählt hatte.

Sie verstand ja, dass er sauer war, weil sie ihm bestimmte Details verheimlicht hatte. Aber irgendwann musste er doch auch mal wieder aufhören, ihr die kalte Schulter zu zeigen.

Emilia seufzte genervt und tigerte im Hotel hin und her. Sie hatte Anna und den Landschaftsarchitekten angerufen, doch beide hatten nur erklärt, die Sache wäre ihnen zu heiß, solange sie nicht fest davon ausgehen konnten, dass sie auch wirklich weiter bezahlt wurden. Björn hatte also dafür gesorgt, dass Emilia bis auf Weiteres die Hände gebunden waren.

»Mistkerl!«, murmelte sie und verschränkte die Arme vor der Brust.

Was sollte sie nun tun? Ohne ihn aktiv werden? Dem Management reinen Wein einschenken, unabhängig davon, ob Björn das bereits getan hatte oder nicht? Ehrlichkeit währt am längsten, sagte man, und sie hatte ja jetzt eine Lösung parat.

Nein, sie würde noch warten. Einen Tag, vielleicht zwei. Bis sie sich bereit fühlte. Bis sie ganz sicher war, dass sie die richtige Strategie hatte.

Sie ging in die Küche und machte sich einen Espresso. Mit der Tasse ging sie nach draußen, stieg die Steintreppe zur Panoramaterrasse nach oben und setzte sich dort auf den Steinboden, der von der Herbstsonne angenehm erwärmt war. In den letzten Tagen hatte sie die meiste Zeit damit verbracht, durch die Landschaft zu wandern und sich jeden Baum, jeden Strauch und alle Gerüche einzuprägen. Zwischendurch hatte sie versucht, Björn anzurufen, abends war sie zu Giampaolo zum Essen gegangen.

Obwohl ihre Lage mehr als prekär war, war auch ständig Aurelio in ihren Gedanken aufgetaucht. Mal war er da, dann wieder verschwunden, mal ihr Retter in der Not, dann wieder der charmante Geheimniskrämer. Sie bekam ihn nicht zu fassen, verstand ihn nicht, konnte ihn nicht wirklich einschätzen.

Das Gespräch mit ihm auf der Terrasse hatte für Emilia ein kleines Loch in die dicke Mauer gerissen, die Aurelio um sich errichtet hatte. Dahinter verbarg sich etwas, das Emilia aber immer nur stückchenweise zu sehen bekam und das für sie kaum greifbar war.

Vielleicht war das auch besser so.

Keine Verpflichtungen, hatte er gesagt. Diese Worte schwirrten ihr ständig durch den Kopf. Er hatte sie mit einer für ihn untypischen Vehemenz ausgestoßen, die Emilia samt ihrer romantischen Fantasien schnell zurück in die Realität bugsiert hatte.

Es würde keine Zukunft mit Aurelio geben. Selbst wenn sie das Projekt doch noch retten und hierbleiben konnte, würde es sie nicht geben, jedenfalls nicht in der Form, die sich Emilia vorstellte. Das hatte Aurelio ihr deutlich zu verstehen gegeben. Weitaus deutlicher jedenfalls als andere Dinge. Aurelio hatte ihr gesagt, wer er war: ein Mann, der sich verloren hatte und jetzt auf der Suche nach sich selbst war. Sie war das exakte Gegenteil von ihm, hatte er betont. Mehrfach. Doch das stimmte eigentlich gar nicht, hatte sie in den Nächten, in denen sie wach lag und über ihn nachdachte, beschlossen. Auch sie war jemand, der auf der Suche war. Nach sich selbst und nach ihrem Weg. Nur war Aurelio einfach schon weiter als sie. Das machte sie nicht zu seinem Gegenteil. Das machte sie nur zu jemandem, der ihn verstehen konnte.

Sie wusste, dass er das auch so sah. Er hatte ihr seine Geschichte erzählt, weil er gespürt hatte, dass sie sie verstehen würde. Instinktiv oder ... oder aus anderen Gründen. Aus Gründen, die nur Aurelio verstand und die er nicht preisgeben wollte.

Noch nicht? Oder niemals?

Emilia hatte sich sofort zu diesem Mann hingezogen gefühlt. Mit jeder Faser ihres Körpers hatte Aurelio sie magisch angezogen, und das erste Mal in ihrem Leben hatte ihr Verstand dabei kein Mitspracherecht gehabt. Früher war das anders gewesen. Früher hatte sie eine Art Checkliste gehabt, die aber vielmehr an die Erwartungen ihres Vaters als an ihre eigenen geknüpft war.

Wie hatte sie das nur zulassen können?

Die Frage hatte sie sich in den letzten Tagen mehr als einmal gestellt. Hier, weitab von der Heimat, weit weg von ihrem Vater und ohne Millionen von To-dos, die es zu erledigen gab, hatte sie das erste Mal in ihrem Leben wirklich Zeit gehabt, sich über diese Frage Gedanken zu machen. Dass sie das Bedürfnis hatte, ja, vielmehr noch die Fähigkeit hatte, sich dieser Frage zu stellen, hatte sie Aurelio zu verdanken. Seiner Geschichte. Seinen Worten.

Und worum geht es?

Na darum, glücklich zu sein.

Sie seufzte und spürte, wie sich ein Kloß in ihrem Hals bildete. Hatte sie sich zu all dem anderen Wahnsinn, der um sie herum passierte, jetzt auch noch in einen Mann verliebt, der unerreichbar für sie war?

Ein paar Tage nach ihrem Gespräch auf der Terrasse war sie zu Aurelios Hütte gegangen. Sie hatte ihn einfach sehen wollen, hatte nicht groß darüber nachgedacht, hatte aufgehört, ihren eigenen Bedürfnissen im Wege zu stehen. Sie hatte sich nach einer Berührung gesehnt, nach einem Lächeln, vielleicht einem Kuss ... Aber die Hütte war verschlossen gewesen. Das war vermutlich auch besser so, dachte sie jetzt. Was hatte sie erwartet? Leidenschaftliche Küsse? Eine stürmische Liebesnacht? Vielleicht.

Und was dann?

Nichts. So einfach war das. Das hatte er doch mehr als deutlich gemacht. Er hatte sie gern, das spürte sie. Er interessierte sich für sie.

Und vielleicht, ja, vielleicht spürte er dasselbe wie sie. Dass da etwas war. Dass da etwas sein konnte.

Etwas, das aber nie ausgelebt werden würde. Weil er nicht bereit dafür war. Jetzt nicht.

Vielleicht nie.

Sie schob die Gedanken beiseite, nahm einen Schluck von ihrem Espresso und schloss genussvoll die Augen. Sofort dachte sie an Giampaolo, den Inbegriff eines Genussmenschen. Es war geradezu berauschend, ihm dabei zuzusehen, wie hingebungsvoll er Lebensmittel betrachtete, verarbeitete, zubereitete und genoss. Giampaolo zelebrierte das Essen, wie sie es noch nie zuvor bei irgendjemandem erlebt hatte.

Als sie den Motor eines Autos hörte, stand sie auf und drehte sich um. Sie blickte gebannt zur Auffahrt, die zu ihrem Parkplatz führte. Hier kamen nie Autos vorbei, schon gar nicht zufällig, also war nun wohl der Zeitpunkt der Wahrheit gekommen. Emilia trank den letzten Schluck Kaffee und ging die Treppen hinunter.

Als sie bei ihrem Parkplatz ankam, sah sie dem Auto entgegen, das auf sie zurollte. Es hielt neben ihrem Wagen, und Björn stieg aus. Emilia hatte fast erwartet, dass er in Begleitung sein würde, doch er war allein.

»Björn«, sagte sie aufgeregt. »Ich habe versucht, dich zu erreichen.«

»Ja. Ich weiß. Tut mir leid. Ich brauchte etwas Zeit«, sagte er.

»Das verstehe ich ja. Und es tut mir leid. Die ganze Lage, in die ich mich und nun auch dich gebracht habe. Hast du … ich meine, wo warst du? Warst du in der Zentrale?«

Er schüttelte den Kopf. »Ich musste in aller Ruhe nachdenken, das ist alles. Im Gegensatz zu dir neige ich nicht zu überstürzten Handlungen.«

»Heißt das, du hast mich nicht verpetzt?«, fragte Emilia und hasste es, wie hoffnungsvoll sie klang.

»Natürlich nicht. Wie kommst du darauf?« Björn blickte sie erstaunt an.

»Du warst so sauer, als du gegangen bist, und hast mich seitdem ignoriert.«

»Wie gesagt – ich musste nachdenken und nach einer Lösung suchen.«

Gutes Stichwort, dachte Emilia, die in Gedanken sofort wieder bei ihrem aufschlussreichen Gespräch mit Giampaolo war. Emilia atmete tief ein und sagte:»Da du das gerade erwähnst, Björn: Ich habe eine Lösung gefunden.«

Björn öffnete den Kofferraum und zog sein Gepäck hervor. Er schien sie überhaupt nicht gehört zu haben.

»Hast du mich verstanden?«, fragte sie und ging auf ihn zu.»Ich habe …«

»Jetzt lass mich doch erst mal ankommen«, sagte er und machte den Kofferraum wieder zu.»Erklär mir lieber mal, wieso du angenommen hast, dass ich dich verpetzen würde. Wie alt sind wir? Zwölf?«

»Nein … ich dachte nur …«

»Was? Dass ich dich vor den herannahenden Zug werfe und mich gleich mit dazu?«

»Wieso *dich*?«, fragte Emilia erstaunt.»Du hattest mit der Sache doch gar nichts zu tun.«

»Aber ich war hier schon zugeteilt, und man hätte mich gefragt, warum ich das nicht alles sofort und viel schneller gewusst habe. Das wirft kein gutes Bild auf mich. Aber ich war *so sehr* damit beschäftigt, dir nicht auf den Schlips zu treten, dass ich übersehen habe, dass etwas nicht stimmt. Ich bin selber schuld. Ich habe dir und deinen Worten vertraut, und das war ein Fehler.«

Autsch, dachte Emilia und hatte sofort ein schlechtes Gewissen.»Es tut mir leid«, sagte sie noch einmal.

»Vergiss es«, antwortete Björn und lächelte sie an. Dann hob er seine Hand und strich ihr über die Wange. Es war eine derart zärtliche Geste, dass Emilia in eine Art Schockstarre geriet.

»Belassen wir es dabei, okay?«, sagte Björn liebevoll und nahm seine Hand wieder weg.»Ich verstehe, warum du das alles gemacht hast. Du musstest ein mieses Projekt gut verkaufen, um deine Leistung in ein gutes Licht zu rücken. Ich hätte es nicht anders gemacht.«

»Echt?«

»Ja, echt. Ich meine … Ich hätte es besser vorbereitet und mir ein paar mehr Fakten geangelt, bevor ich Berichte an wer weiß wen versende. Aber grundsätzlich … In jedem Fall war das eine ganz schöne

Kamikaze-Aktion.« Er zwinkerte ihr zu und wandte sich Richtung Hotel.

Emilia ging neben ihm her. »Und das ist … gut?«

»Sehr gut. Sehr tough. Ich bin beeindruckt, um ehrlich zu sein.«

Emilias Wangen glühten. Nicht, dass sie von Björns Meinung abhängig wäre, es war nur so, dass er einfach Ahnung von der Materie hatte. Viel Ahnung. Also bedeutete seine Meinung etwas.

»Tja, dann … danke«, sagte sie und lächelte.

»Gern. Und was das Problem mit unserem Nachbarn angeht …«

»Ja, das wollte ich dir gerade erzählen …«, sagte Emilia eifrig, wurde aber sofort wieder von Björn unterbrochen.

»… ich habe eine Lösung gefunden. Ich habe sie nicht nur gefunden, ich habe die Dinge auch schon ins Rollen gebracht.«

Björn betrat die Eingangshalle des Hotels, stellte seinen Koffer ab, drehte sich zu ihr um und lächelte.

»Ins Rollen?«, fragte Emilia verdutzt.

»Ja. Ich hatte eine super Idee. Die Hotelzentrale wird begeistert sein. Pass auf …«

20. Kapitel

»AUF gar keinen Fall!«, rief Emilia wutentbrannt aus und stürmte davon, wobei sie keine bestimmte Richtung ansteuerte.

Björn lief ihr hinterher. »Was ist dein Problem? Der Plan ist perfekt! Er löst all unsere Probleme.«

Emilia wandte sich abrupt um, und Björn wich schnell zurück, um nicht mit ihr zusammenzustoßen. »Nur über meine Leiche!«, zischte sie.

»Auf die Gefahr hin, mich zu wiederholen: Was ist dein verdammtes Problem?«, fragte Björn erneut.

»Was mein Problem ist? Das fragst du noch? Du willst Gianni für irre erklären lassen.«

»Wen?«

»Gianni ... Giampaolo. Unseren Nachbarn! Ein menschliches Wesen, falls dir das entgangen sein sollte. Und nebenbei bemerkt ist er keineswegs irre!«

Björn verschränkte die Arme vor der Brust und funkelte Emilia wütend an. »Dieser Typ hat ein Feuer gemacht und fast unser Grundstück abgefackelt! *Das* nennst du *nicht irre*?«

»Er hat *nur* seinen Müll im Garten verbrannt. Das ist hier völlig normal.«

»Blödsinn. Das ist hier genauso verboten wie bei uns. Das war gemeingefährlich.«

»Du übertreibst! Was du da vorhast, das ist ein fieser, gemeiner und ganz und gar unrealistischer Plan. Niemand würde je denken, dass Gianni unzurechnungsfähig ist.«

Björn schüttelte den Kopf. »Emilia, vertrau mir, ich weiß, was ich tu, okay? Ich handle nicht überstürzt und kopflos, sondern geplant und mit Bedacht. Wenn ich Dinge ins Rollen bringe, lege ich mir vorher alle Karten zurecht.«

»Aha. Und wie genau darf ich mir das vorstellen?«

»Weißt du, von *wem* unsere Hotelkette dieses Grundstück hier zum Spottpreis erworben hat?«

»Ja, von irgendeinem Rattibaldi. Einem von Giannis Verwandten, nehme ich an.«

»Nicht *irgendein* Rattibaldi. Sein Sohn. Francesco Rattibaldi. Ich bin mit ihm in Kontakt getreten, um über alles zu sprechen. Das hätten wir schon längst tun sollen, Emilia. Sein Name stand doch auf dem Grundbuchauszug. Es war naheliegend, mit demjenigen in Kontakt zu treten, der das Grundstück damals verkauft hat. Ich wollte wissen, was überhaupt passiert ist. Warum all das so ein großes Problem ist. Also habe ich mit Francesco gesprochen.«

»Gianni ist nicht krank«, wiederholte Emilia bestimmt. Sie wusste nicht, was Björn in Erfahrung gebracht hatte, doch in diesem Moment fiel ihr Giannis kurz angebundene Reaktion ein, als sie ihn nach seinem Sohn gefragt hatte. Irgendetwas war da im Busch. »Gianni ist kerngesund«, bekräftigte sie.

»Da ist Francesco anderer Meinung. Die beiden haben kein sehr gutes Verhältnis. Nein, um es deutlicher auszudrücken: Sie haben ein ganz und gar mieses Verhältnis. Francesco hat dieses Grundstück von seinem eigenen Geld gekauft, um hier mit der ganzen Familie zusammenzuleben. Doch das Familienglück hat nicht lange gehalten. Seine Mutter und seine Schwester sind bald darauf und kurz nacheinander gestorben, und seine Ehefrau hat ihn dann auch noch samt den Kindern verlassen, um mit ihrem Neuen ans andere Ende Italiens zu ziehen. Francesco hatte also kein Bedürfnis mehr, dieses – wie er es ausdrückte: verfluchte – Grundstück zu behalten. Leider war sein Vater ziemlich stur. Die ganze Aktion ist in einen riesigen Krach gemündet, der vor Gericht ausgetragen wurde. Dem Vater wurde das Wohnrecht zugesprochen, und Francesco hat aus Trotz dennoch verkauft. Ich muss nicht erwähnen, dass er nicht sehr gut auf seinen Vater zu sprechen ist, der dafür gesorgt hat, dass das Grundstück einen guten Teil seines Werts eingebüßt hat …«

Emilia war fassungslos. Sie wusste nicht, was sie zu all dem sagen sollte.

»Sein Sohn würde doch nicht …«, sagte sie, doch Björn unterbrach sie. »Doch, Emilia. Ich habe Francesco geschildert, was hier passiert ist, und auch er findet, dass sein Vater hier nicht mehr allein leben kann.«

»Hör auf!«, rief Emilia.

Björn blickte sie überrascht an. »Was ist denn dein Problem? Das ist eine gute Lösung, Emilia! Der Alte hat doch bisher nichts als Probleme gemacht, und er sollte irgendwo leben, wo ihn jemand im Auge hat. Das ist doch gut, oder nicht?«

Emilia schüttelte den Kopf. »Niemals. Dem wird Gianni niemals zustimmen. Und sein Sohn kann ihn nicht zwingen. Hör zu, ich habe …«

»Ich frage dich jetzt noch einmal, weil ich es einfach nicht kapiere, Emilia!«, unterbrach Björn sie und wirkte langsam ungehalten. »Was ist dein Problem?«

»Wir können ihn nicht so behandeln. Wir können hier nicht einfach antanzen und sein Leben zerstören, Björn. Das musst du doch verstehen! Das ist … unmenschlich.«

Björn zog die Augenbrauen zusammen und blickte Emilia nachdenklich an. »Was hat es mit all dem auf sich, Emilia? Ist es wegen deines Vaters?«

»Was redest du da?«

»Keine Ahnung! Aber du reagierst übertrieben emotional, und ich kapiere nicht, warum. Was interessiert es dich, was mit irgendeinem alten Mann passiert, den du noch nicht mal kennst? Ich dachte, du willst dieses Hotelprojekt. Ich dachte, du willst dich beweisen. Ich habe dir dabei geholfen, verstehst du das nicht? Und jetzt stierst du mich an, als hätte ich dir eben gebeichtet, ich hätte dein Haustier überfahren!«

Emilia wandte sich ab und verschränkte die Arme vor der Brust.

»Okay, vergiss es. Dann reden wir eben nicht darüber. Es tut ohnehin nichts zur Sache«, sagte Björn. »Wie ich schon sagte: Ich habe die Dinge ins Rollen gebracht.«

Emilia fuhr zu ihm um. »Ach ja? Wie schön für dich. Lass mich raten: Da wird dann wohl ein fetter Bonus auf dich warten, wenn du dem Management berichtest, dass du den Alten losgeworden bist.«

Björn sah sie einen Augenblick lang wütend an, dann wirkte er plötzlich verletzt. »Wir sind ein Team, Emilia, okay? Ein gutes! Was auch immer du mir unterstellst, du liegst falsch. Ich bin kein Unmensch, aber ich tu, was getan werden muss. Das ist mein Job.«

Emilia verengte die Augen zu Schlitzen. Sie schritt langsam auf Björn zu, bis sie dicht vor ihm stand. »Wir zwei«, presste sie hervor, »sind *kein* Team. Und ich unterstütze diesen Plan unter gar keinen Umständen.«

Björn schüttelte den Kopf und machte eine resignierende Geste. »Ich verstehe dich einfach nicht, Emilia. Aber schön. Dann bleib eben stur. Aber es wäre gut, wenn du dich demnächst *beruhigen* könntest, denn Francesco Rattibaldi ist bereits auf dem Weg und wird gegen seinen Vater aussagen. Da gibt es nicht viel, was du dagegen tun kannst.«

»Das werden wir noch sehen«, zischte Emilia und stürmte los.

Dann blieb sie kurz stehen, drehte sich um und rief Björn zu: »Und fürs Protokoll: Ich habe dir und deinem Plan soeben den Krieg erklärt!«

21. Kapitel

EMILIA lief so schnell über den Schotterweg, dass sie zweimal stolperte und fast hinfiel. Sie bog um die Ecke, steuerte auf Giampaolos Haus zu, hob den Arm und klopfte stürmisch gegen die Haustür. Nichts passierte. Kein Laut, keine Schritte und auch sonst nichts, das Giampaolos Anwesenheit verriet. Sie lief zu der Steintreppe, die hinunter in den Garten führte, und rief seinen Namen.

Nichts.

Dann lief sie die andere Treppe hinauf, die um das Haus in den hinteren Garten führte. Wieder rief sie ihn, wieder kam keine Antwort.

»Wo bist du, verdammt?«, sagte sie und drehte sich um.

Giampaolo war immer hier. *Immer.* Er war nur dann nicht im oder beim Haus, wenn er gerade einkaufen war, und Emilia wusste mit Bestimmtheit, dass er um diese Tageszeit nie einkaufen ging.

Sie ging zurück zur Haustür und klopfte erneut. »Gianni!«

Nichts.

Sie griff zur Klinke und merkte überrascht, dass die Tür nicht abgeschlossen war. Langsam drückte sie die Tür auf und sog überrascht Luft ein, als sie Gianni direkt vor sich in seinem Lieblingslesestuhl sitzen sah.

»Gianni! Ich habe mehrmals nach Ihnen gerufen.«

»*Sì*, ich habe Sie gehört.«

»Dann antworten Sie, verdammt! Ich hab mir Sorgen gemacht.«

Emilia schloss aufgebracht die Tür und ging zu ihm. Sie setzte sich ihm gegenüber auf den Couchtisch aus Holz und fragte: »Ist alles in Ordnung? Sind Sie krank?«

»Nein. Nur müde.«

»Aha. Hören Sie, ich muss mit Ihnen sprechen. Es ist dringend.«

»Ich habe jetzt keine Zeit«, sagte er und vermied es, ihr in die Augen zu sehen.

Das tat er bereits, seit sie das Wohnzimmer betreten hatte, stellte sie fest. Sie betrachtete ihn eingehend und sah, dass er einen Brief in den Händen hielt. »Was ist das?«, fragte sie tonlos und hatte plötzlich eine böse Vorahnung.

»Nichts.«

»Geben Sie das her!«, sagte sie barsch und riss ihm den Brief aus der Hand.

Es war eine schriftliche Nachricht der zuständigen Gesundheitsbehörde, die Giampaolo über einen Termin zur Überprüfung seines geistigen Gesundheitszustandes informierte – angestoßen von seinem Sohn, der als Zeuge neben dem Sachverständigen, der als Gutachter kommen würde, aufgeführt wurde.

»Mist, verfluchter«, murmelte Emilia und zerknitterte vor Wut den Brief.

»Hey, was tun Sie da?«, fragte Giampaolo aufgebracht.

»Ich werfe dieses Ding weg. Das ist doch Blödsinn! Totaler Blödsinn! Das hat nichts mit Ihnen zu tun, Gianni, hören Sie? Das hat Björn angezettelt.«

»Wer?«

»Mein Kollege.«

»Der blonde Lackaffe?«

Emilia lächelte. »Ja genau. Der blonde Lackaffe.«

Giampaolo nickte und wandte den Blick wieder ab.

»Wir werden das ignorieren, hören Sie? Sie sind völlig gesund. Niemand wird Ihnen Ihre Zurechnungsfähigkeit absprechen! Niemand wird sie für unmündig erklären. Auf gar keinen Fall.«

Emilia war so aufgebracht, dass sie die letzten Worte nahezu schrie.

»Sie sind ganz schön naiv, Emmi«, gab Giampaolo leise zurück.

»Ja, das höre ich oft. Es stimmt aber nicht.«

»Wissen Sie, wer da als Zeuge aufgeführt ist?«

»Ja. Francesco. Ihr Sohn.«

»Eben.«

»Das ist doch gut! Der würde doch niemals …«

Giampaolo lachte so bitter auf, dass Emilia die Worte im Hals stecken blieben.

»Das würde er nicht tun«, setzte sie flüsternd nach.

»Natürlich würde er das. Er hasst mich. Und nicht nur das: Er hat es vermutlich schon getan. Er hat mehr als genug Geld. Er ist sehr schlau. Er hat studiert. Er hat sich in Rekordzeit hochgearbeitet. Er hat so viel verdient, dass er uns dieses Grundstück hier kaufen konnte.«

»Er hasst Sie bestimmt nicht!«

Giampaolo blickte sie aus traurigen, blutunterlaufenen Augen an. Die Augen, die sonst immer so wachsam durch die Gegend blickten, waren auf einmal trüb.

»Doch, *cara*, das tut er. Und er tut es zurecht. Ich war kein sehr guter Vater. Ich habe immer gearbeitet.«

»Sie mussten arbeiten, um Ihre Familie zu unterstützen. Das ist doch normal.«

Giampaolo schüttelte den Kopf und schwieg wieder.

»Es wird alles gut werden, okay? Ich verspreche es. Wir werden mit Ihrem Sohn sprechen.«

»Das hat keinen Sinn, glauben Sie mir.«

»Man kann es doch zumindest versuchen, oder?«

»Nein.«

Emilia seufzte schwer und dachte nach. »Gut, selbst wenn Sie recht haben: Da ist immer noch der Gutachter. Und der wird sofort sehen, dass Sie völlig gesund sind.«

»Emmi, *cara*, entweder sind Sie noch naiver, als ich dachte, oder Sie blicken bei der italienischen Behördenlandschaft noch immer nicht durch. Oder beides.«

»Was soll das jetzt wieder heißen?«

»Das soll heißen, dass der Gutachter mit ziemlicher Sicherheit einen schönen Haufen Geld auf seinem Schreibtisch vorgefunden hat. Entweder von Ihrem Björn oder von Ihrer Hotelkette oder von Francesco. So oder so – ich habe nicht die finanziellen Mittel, mir diesen Gutachter vom Hals zu schaffen.«

»Also bitte! Wir sind doch hier nicht in einem schlechten Mafiafilm!«

»Ah, also doch schrecklich naiv, *eh*?«

Emilia stand auf und begann, in Giampaolos Wohnzimmer auf und ab zu gehen. Sie brauchte eine Lösung. Sofort. Und sie musste Giampaolo aus seiner Lethargie reißen. Er musste kämpfen *wollen*! Sie ging auf ihn zu, kniete sich vor ihn und sagte:»Sie können nicht einfach nichts tun, Gianni, okay? Sie müssen sich dagegen wehren.«

»*No.*«

»Aber *warum* denn nicht?«

Er zuckte mit den Schultern.»Ich bin alt. Ich bin müde. Ich habe es satt, gegen meinen eigenen Sohn zu kämpfen, mein eigenes Fleisch und Blut. Diese Zeiten sind vorbei. Ich will nicht mehr.«

Emilia starrte den alten Mann vor sich an. Seit sie ihn das letzte Mal gesehen hatte, schien er um Jahre gealtert zu sein. Er, der kochte wie ein Virtuose, der sein Haus und seinen Garten voller Elan pflegte, wirkte mit einem Mal gebrochen.

Emilia stand auf. Sie hatte einen Entschluss gefasst.

»Schön. Dann kämpfe ich eben für Sie.«

Mit diesen Worten verließ sie sein Haus und lief zu dem einzigen Menschen, der noch auf ihrer Seite stand.

Sie hoffte, dass er daheim war, als sie laut an Aurelios verschlossene Tür klopfte. Sie atmete erleichtert auf, als diese einen Spalt geöffnet wurde und Aurelios schwarzer Lockenkopf zum Vorschein kam.

»Was ist?«, fragte er und klang überraschend gereizt, als hätte sie ihn gestört.

»Aurelio, ich brauche deine Hilfe.«

Er zog die Augenbrauen nach oben und schlüpfte durch den Türspalt, bevor er die Haustür schnell wieder hinter sich zuzog, ganz so, als wolle er nicht, dass Emilia einen Blick in seine heiligen Hallen werfen konnte.

»Was ist passiert?«, fragte er.

Emilia atmete tief ein.»Aurelio – wie gut warst du in deinem Job?«

Er sah sie lange an.»Wieso fragst du mich das?«

»Es tut mir leid, Aurelio. Ich habe dich gehört. Ich habe alle gehört, deine Geschichte, das, was du gesagt hast und auch das, was nur zwischen den Zeilen herauszuhören war. Ich verstehe, dass du dein altes Leben hinter dir lassen möchtest und dass du nicht mehr der sein willst, der du warst. Ich respektiere das.«

»Aber …?«

»Aber ich brauche ein paar kreative Ideen. Und ich brauche sie schnell.«

22. Kapitel

»Du hast die Liste?«, fragte sie Aurelio zum hundertsten Mal.

»Ja, ich habe die Liste.«

»Und alle Adressen?«

»Ja, auch alle Adressen.« Er lächelte. »Mir war gar nicht klar, dass du so ein Kontrollfreak bist. Das ist ja richtig …«

»Überraschend?«, fragte Emilia und lächelte.

»Nervig, wollte ich sagen.«

Emilia verzog die Lippen zu einem Schmollmund.

»Ich habe alles im Griff, keine Sorge«, sagte er und tätschelte ihren Oberarm.

Emilia blickte auf den prall gefüllten Rucksack, der auf dem Beifahrersitz ihres Wagens stand. »Die Einladungen dürfen nur an die richtigen Personen gehen.«

»Nein, wirklich?«, fragte Aurelio und riss entsetzt die Augen auf.

»Gut, dass du das sagst, ich hätte sie nämlich einfach an der nächstbesten *Piazza* jedem in die Hand …«

»Ja, ja, schon gut«, entgegnete Emilia und drückte ihm ihre Autoschlüssel in die Hand. »Du kannst doch fahren, oder?«

»Klar.«

Die Antwort kam etwas zu schnell. Emilia zog eine Augenbraue nach oben. »Ich frage noch einmal, weil der Wagen nämlich von meiner Hotelkette bezahlt wurde und dementsprechend ein Firmenwagen ist und ich es ganz und gar nicht gebrauchen kann, dass du ihn zu Schrott fährst.«

»Ich kann fahren! Ist nur schon eine Weile her, das ist alles.«

Mit den Worten nahm er ihr den Schlüssel aus der Hand und stieg ein. Er zog energisch die Tür hinter sich zu, nur um sie eine Sekunde später noch einmal einen Spalt zu öffnen.

Er hielt Emilia den Schlüssel unter die Nase und sagte:»Wo gehört das Ding noch einmal rein?«

»Aurelio!«, rief sie.

Er begann zu lachen und zog die Tür wieder zu. Kurz darauf startete der Motor. Er ließ das Fenster herunter und rief ihr zu, während er langsam losfuhr:»Ist eine Weile her, seit mich das letzte Mal jemand zum Lachen gebracht hat. Aber du bist echt unterhaltsam, wenn du sauer wirst. Hat dir das schon mal jemand gesagt?«

»Und du bist *nicht witzig!*«, rief sie ihm hinterher.»Hat *dir* das schon mal jemand gesagt?«

Das Auto bog um die Kurve und verschwand aus ihrem Blickfeld.

Emilia seufzte. Giampaolos Begutachtungstermin war für die nächste Woche angesetzt, und bis dahin musste alles organisiert sein. Das war nicht viel Zeit, insbesondere, weil Emilia darauf achten musste, dass insbesondere Björn und Giampaolo nichts von ihren wahren Plänen mitbekamen. Zu ihrem Leidwesen hatte Björn sich wieder in sein altes Zimmer einquartiert und beobachtete jede ihrer Bewegung mit Argusaugen. Zumindest hatte sie das Gefühl, dass er das tat. Und immer, wenn sie sich begegneten, hing er an seinem Handy und telefonierte mit Gott weiß wem. Giampaolos Sohn war hier noch nicht aufgetaucht, doch Emilia hatte von Letizia gehört, dass er in Camaiore ein Zimmer in einem kleinen Bed and Breakfast bezogen hatte. Und wenn Emilia das gehört hatte, hatte Giampaolo es auch gehört. Sie konnte sich kaum vorstellen, wie mies es dem alten Mann gehen musste, und er tat ihr leid.

»Ich schaffe das schon«, flüsterte sie mit Blick zu seinem Garten.»Ich lasse dich nicht im Stich.«

Sie konnte nur hoffen, dass die Einladungen alle rechtzeitig ankamen und dass alle Personen an dem fraglichen Termin Zeit hatten. Bei den lokalen Einladungen war das kein Problem, denn die warf Aurelio gerade in die entsprechenden Briefkästen. Doch eine Einladung musste eine Flugstunde entfernt an den Adressaten verschickt werden, und die italienische Post war nicht immer verlässlich.

Doch diese Dinge lagen nicht mehr in ihrer Kontrolle. Also blendete sie sie aus und fokussierte sich auf die Aufgaben, die nun vor ihr lagen.

Sie griff zu ihrem Handy, wählte eine Nummer und wartete, bis abgehoben wurde.

»Letizia? Wir können starten.«

Ein paar Tage später versank Emilia im Chaos – mal wieder. Doch dieses Mal übermannte sie kein Gefühl der Überforderung. Sie war die Ruhe selbst, überblickte jede Bewegung und dirigierte die Helfer. Letizia hatte ihren ganzen Familien- und Bekanntenkreis zusammengetrommelt, und der bestand im Wesentlichen aus der halben Dorfgemeinschaft. Sie brachten Tische, Bänke, Tischtücher, Geschirr, Blumengirlanden, Lichterketten – schlichtweg alles, was für ein großes Fest notwendig war. Emilia hatte ihre Ersparnisse zusammengekratzt, um alles aus eigener Tasche zu bezahlen. Dieses Fest musste groß werden, pompös. Es musste authentisch und zugleich beeindruckend sein, es musste den richtigen Personen zeigen, wie vielversprechend das Hotelprojekt sein konnte.

Doch das war nur der offizielle Grund, warum Emilia dieses Fest geplant hatte. Über die wahren Hintergründe wussten nur sie selbst, Aurelio und Letizia Bescheid.

Emilia sah zu, wie ihre Helfer die Tische auf der großen Rasenfläche vor dem Hotel aufstellten. Ursprünglich hatte sie an die Panoramaterrasse gedacht, doch die war zu klein für die fünfzig Personen, die Emilia eingeladen hatte. Die Gästeschar bestand aus einer perfekten Mischung aus lokalen Bewohnern und umfasste neben den wichtigsten Politikern der Region – allen voran dem Gemeinderat – natürlich auch den für Giampaolo zuständigen Gutachter. Und Emilia hatte noch jemanden eingeladen, einen Mann, den sie unbedingt dabeihaben wollte und für dessen Einladung sie Björns Unterschrift gefühlte tausend Mal geübt hatte: Torben Rossen von der Hotelzentrale. Sie brauchte ihn hier, oder zumindest jemanden aus der Zentrale, mit dem sie sprechen konnte. Sie musste alles erklären, sie musste *überzeugen*. Also hatte sie Torben Rossen in ihrem und Björns Namen eingeladen. Doch Björn würde nicht hier sein. Emilia hatte vor einigen Tagen heimlich in seinem Kalender nachgesehen, wann er welche Termine hatte. Das Fest hatte sie dann auf einen Tag gelegt, an dem er sicher nicht hier sein würde.

»Bitte, lieber Gott, lass das gut gehen«, murmelte sie und schluckte schwer.

Plötzlich klopfte es laut an ihrer Tür, und sie zuckte zusammen. Bevor sie noch ganz aufgestanden war, wurde die Tür aufgerissen, und Björn stand in ihrem Zimmer.

»Herein«, flötete Emilia und lächelte ihn an.

»Was ist da draußen los, Emilia?«

»Ich weiß nicht, was du meinst«, gab sie sich unschuldig. »Es ist sieben Uhr früh!«

Emilia zuckte mit den Schultern. »Die Menschen hier stehen eben gern früh auf. Mit der Sonne, weißt du. Weil ...«

»Emilia!«, unterbrach er sie, und sie musste grinsen. Björn war nun mal einfach kein Frühaufsteher. »Könntest du bitte meine Frage beantworten?«

»Welche Frage?«

Er schnaubte und rieb sich verschlafen die Augen. »Was *tun* die vielen Leute da draußen? Und warum tun sie es so *laut*?«

»Sie richten alles für eine Party her.«

»Eine Party?«

»Ja.«

»Soll das ein Scherz sein?«

»Eigentlich nicht, nein.«

Björn zog die Augenbrauen zusammen. »Könntest du mir *bitte* sagen, was du vorhast?«

Emilia verschränkte die Arme vor der Brust und setzte eine bockige Miene auf. »Hab ich doch gesagt. Das wird ein Fest.«

»Ein Fest«, wiederholte Björn, als würde Emilia in einer Sprache mit ihm sprechen, die er nicht verstand.

»Ja. Ein Abschiedsfest, um genau zu sein.«

»Für ...?«

»Giampaolo! Was denkst du denn? Das ist doch alles deine Schuld! Dieser kleine Stunt, den du mit seinem Sohn planst, hat ihn gebrochen, Björn! Er will freiwillig das Handtuch werfen. Du hast gewonnen.«

Björns Stimmung hellte sich augenblicklich auf. »Tatsächlich?«

»Ja, tatsächlich. Ich habe ihm gesagt, er soll sich gegen diese Schweinerei wehren, doch er will nichts davon wissen. Er wird freiwillig gehen.«

»Tja, das sind … überraschend gute Neuigkeiten. Und ich habe keinen *Stunt* geplant, Emilia, ich habe getan, was notwendig war. Hör auf, mich als Unmenschen darzustellen.«

»Du zerstörst ein Menschenleben, Björn«

Björn verdrehte die Augen und schüttelte den Kopf. »Du stellst mich da, als wäre ich Satan in Person. Hier geht es ums Business. Das ist alles.«

»Ach, na wenn das so ist, ist ja alles okay, nicht wahr?«

Björn machte eine wegwerfende Geste und wandte sich frustriert ab.

»Wann geht er?«, fragte Björn leise.

»Bald.«

»Okay … Es ist aber zu spät, die Dinge abzuwenden, wenn du verstehst, was ich meine. Der Termin steht.«

Das Bestechungsgeld ist bereits geflossen, wolltest du sagen, setzte Emilia gedanklich hinzu. »Ja, schon gut«, murmelte sie stattdessen und setzte eine hoffnungslose Miene auf. »Giampaolo wird sich sicher gut schlagen.«

»Natürlich wird er das. Du schmeißt also eine Abschiedsparty für den Alten, ja?« Björn drehte sich zum Fenster und blickte nach draußen.

»Ja. Und ich habe das alles von meinem eigenen Geld bezahlt, falls dir das Sorgen bereitet.«

»Dennoch … Sie findet auf dem Hotelgrundstück statt. Ich denke nicht, dass das erlaubt ist.«

»Und *ich* denke nicht, dass dich das etwas angeht. Wenn ich Probleme bekomme, ist das ja wohl meine Sache.«

Björn dachte kurz nach, dann zuckte er mit den Schultern. »Okay, von mir aus. Wann findet das Ganze statt?«

»Morgen. Du bist im Übrigen nicht eingeladen.«

Björn drehte sich zu ihr um. »Schön. Sei sauer auf mich. Ich werde dir nicht in die Quere kommen.«

»Gut. Danke.«

»Ich treffe mich morgen Abend sowieso mit dem jungen Rattibaldi zum Dinner. Letzte Besprechungen vor dem großen Termin.«

Das weiß ich bereits, dachte Emilia, ließ sich aber nichts anmerken.

»Schön. Könntest du jetzt gehen? Ich habe zu tun.«

Als der Abend hereingebrochen war und alle Helfer gegangen waren, hatte das Chaos sich gelichtet. Alles war genauso aufgebaut worden, wie Emilia es sich gewünscht hatte. In ihrer Küche waren mehr Lebensmittel gelagert, als je ein Normalsterblicher verarbeiten konnte, die Dekorationen waren angebracht, die Lichterketten angeschlossen. Die Tischtücher lagen noch in der Eingangshalle, die würden erst morgen kurz vor Beginn des Festes verteilt werden. Emilia ging durch die vielen Tischreihen, rückte da eine Bank und dort eine Lichterkette zurecht und prüfte, ob alle Anschlüsse funktionierten.

Alles passte. Alles passte perfekt.

Sie ging über die Veranda und folgte dem Weg zu Giampaolos Haus. An der letzten Biegung blieb sie stehen. Das Haus ihres alten Nachbarn war dunkel, doch auf der Veranda sah sie ein kleines Licht flackern. Dort saß er wohl gerade, mit einer kleinen Kerze auf dem schön geschnitzten Holztisch, und blickte in die Dunkelheit. Emilia wollte so gern zu ihm, etwas mit ihm plaudern, doch entschied sich dagegen. Sie hatte Angst, sich zu verplappern. Sie musste sich an ihren Plan halten. An ihren und Aurelios Plan.

Sie lächelte, drehte sich um und ging den Weg wieder zurück. Beim Hotel blieb sie nicht stehen, sondern ging weiter, folgte dem nächsten Weg und ging zu der kleinen Anhäufung von Holzhütten, die westlich des Hotels lagen. Nirgends brannte Licht, und als sie auf Aurelios Hütte zusteuerte, sah sie, dass die Lichterkette vor seinem Haus nicht brannte. Sie griff zu ihrem Handy und schaltete die Taschenlampe ein. Bei seinem Haus angekommen, klopfte sie und wartete. Nichts im Haus rührte sich, niemand öffnete die Tür. Sie klopfte noch einmal, wartete kurz, legte dann die Hand auf die Klinke und drückte sie herunter.

Sie war wenig überrascht, dass die Tür nicht abgeschlossen war. Kurz zögerte sie. Sie hatte Aurelios Hütte noch nie betreten, und irgendwie hatte sie bis dato auch das Gefühl gehabt, dass er nicht wollte, dass sie sah, was sich hinter der Tür verbarg. Wahrscheinlich sollte sie das respektieren, doch ihre Neugierde war zu groß.

Und meine Sehnsucht, dachte sie und öffnete die Tür einen Spalt weiter. »Aurelio?«, fragte sie in die Dunkelheit hinein.

Nichts.

Sie leuchtete mit der Taschenlampe die Wand neben der Tür ab und fand einen Lichtschalter. Eine nackte Glühbirne, die in der Mitte des Raums angebracht war, leuchtete auf.

»Emilia!«

Sie fuhr erschrocken herum und sah sich Aurelio gegenüber, der sie überrascht anblickte. Oder ... verärgert? Eilig trat sie wieder vor das Haus.

»Was tust du hier?«, fragte er.

»Ich ... ich wollte mich bedanken.«

»Bedanken?«

»Für deine Hilfe. Ich glaube, ich habe mich noch nicht bedankt.«

»Nein, hast du nicht.«

Er lächelte, stellte sie erleichtert fest. Dann erklärte sie mit einem Blick zur Haustür: »Sie war offen.«

»Du meinst, sie war nicht abgeschlossen«, gab Aurelio zurück.

»Genau.«

»Das bedeutet aber nicht, dass du einfach hineinspazieren kannst.«

»Nun, das wollte ich auch nicht, ich dachte ...«

Aurelio hörte gar nicht hin, ging an ihr vorbei und wollte gerade die Tür zuziehen, doch er war zu spät. Sie hatte es bereits gesehen. Eilig streckte sie die Hand aus und hielt Aurelios Arm fest.

»Du malst«, stellte sie fasziniert fest.

Sanft drückte sie die Tür wieder auf, und Aurelio ließ es zu.

»Sieht wohl so aus«, sagte er leise.

Er stand immer noch vor ihr, mitten in der Türschwelle und verdeckte einen Großteil der vielen Gemälde, die sich an den Wänden der Hütte stapelten. Manche lagen auf dem Boden, manche lehnten an den

Wänden, andere waren aufgehängt. Gegenüber dem Eingang war ein deckenhohes Holzregal, das über und über mit Gemälden und Malutensilien gefüllt war.

»Wow«, sagte sie und stellte sich auf die Zehenspitzen, um über seine Schulter hinweg einen besseren Blick auf die Kunstwerke zu erhaschen.

»Nun, es ist mehr ... ein Hobby.«

»Sie sind großartig.«

Aurelio schwieg und bewegte sich nicht von der Stelle. Emilia riss sich von dem Anblick hinter Aurelios Schultern los, hob den Kopf und blickte ihm direkt in die Augen. »Darf ich sie mir ansehen?«

»Tja, eigentlich ...«, murmelte er, doch sie wartete gar nicht.

Sie hatte es vorhin schon kurz erspäht, und sie musste es noch einmal sehen. Sanft legte sie ihm die Hand auf die Hüfte und stellte fest, wie viel Wärme seine sonnengebräunte Haut durch das leichte T-Shirt abstrahlte. Sie schob ihn mit einer vorsichtigen Bewegung zur Seite, und er wehrte sich nicht dagegen.

Sie betrat seine Hütte und ging zielstrebig zur rechten hinteren Ecke. Dort stand ein Porträt, gut einen Meter hoch. Der Hintergrund war schwarz, und die Skizze, die darauf gemalt war, zeigte ein Frauengesicht in leuchtenden Farben.

Ein Frauengesicht mit blonden Haaren.

Ihr Gesicht.

»Das bin ich«, flüsterte sie und streckte den Arm aus.

Bevor sie das Gemälde berühren konnte, hielt sie in der Bewegung inne und ließ den Arm wieder sinken. Aurelio stellte sich neben sie und räusperte sich.

»Nun ...«, sagte er, die Hände tief in seinen Hosentaschen vergraben, »... das könnte jede blonde Frau sein.«

Emilia drehte sich zu ihm. »Aber ... das bin *ich*.«

Aurelio wandte schüchtern den Blick ab.

Emilias Herz tat einen Sprung. »Es ist wunderschön.«

»Nein, so gut ist es nicht ...«, murmelte Aurelio.

»Doch, ist es.« Emilia drehte sich im Kreis. »Mein Gott, wie viele Gemälde sind das?«

»Ein paar.«

»Warum hast du das nie erzählt?«

»Es ist doch nur ein Hobby. Ich habe damit begonnen, als …« Er unterbrach sich, sein Blick flog unstet durch den Raum.

»Als?«, fragte Emilia und trat näher zu ihm.

»… als ich aus meinem alten Leben ausgebrochen war und feststellte, dass ich Schwierigkeiten hatte, den Tag ohne ein paar Gläser Wodka zu überstehen.«

Emilia nickte verständnisvoll.

Aurelio zuckte mit den Schultern und schwieg.

»Ich habe es viel zu spät gesehen …«, sagte Emilia und trat noch einen Schritt näher an ihn heran, um ihm in dem schummrigen Licht besser anblicken zu können.

»Was?«

»Die Traurigkeit in deinen Augen« Emilia schluckte. »Tut mir leid.«

Aurelio hob überrascht die Augenbrauen. »Was tut dir leid?«

»Was du erlebt hast. Mit deinem Vater. Das muss … schrecklich gewesen sein.«

Aurelio zuckte erneut mit den Schultern, die Hände nach wie vor tief in den Hosentaschen vergraben. »Das war mein altes Leben. Ich habe es hinter mir gelassen.«

Emilia biss sich auf die Unterlippe und senkte den Blick. »Du sagst das, als ob es so leicht wäre.«

»Ist es, *cara*. Wenn man sich erst mal dafür entscheidet.«

Emilia nickte. Eine Zeit lang standen sie schweigend da, Emilia den Blick auf den Boden gerichtet, Aurelio die Hände in den Hosentaschen, in völliger Stille, beobachtet nur von den leuchtend blauen Augen der anderen Emilia auf dem Gemälde.

Sie standen so nah beieinander, dass Emilia die Wärme spüren konnte, die Aurelios Körper ausstrahlte. Sie hob den Kopf und blickte ihm in die Augen. »Willst du die Hände nicht endlich aus den Taschen nehmen?«, fragte sie leise.

»Wozu?«

Er klang verunsichert. Emilia erkannte, dass hinter seiner Stirn tausend Gedanken wild hin- und herschossen, und fragte sich, wie viele davon sich um sie drehten. Keiner? Alle?

»Ich will wissen, was du denkst«, sagte sie.

»Das ist schwer zu beschreiben …«

Emilia streckte beide Arme aus, umfasste sanft Aurelios Unterarme und zog daran. Als sie endlich die Hände aus den Tiefen seiner Hosentasche befreit hatte, verschränkte sie seine Finger mit den ihren.

»Aurelio …«, begann sie, doch er unterbrach sie.

»Hör zu, Emilia. Das ist keine gute Idee.«

Sie hob die Augenbrauen. »Was ist keine gute Idee?«

»Das. Du. Ich. Wir.«

»Du, ich, wir?«, wiederholte Emilia, ohne seine Hände loszulassen. Aurelio blickte nach unten, ließ ihre Hände aber nicht los und strich sanft mit dem Daumen über ihre Haut. »Ich habe mich gerade erst in diesem Leben hier eingerichtet, weißt du?«, sagte er und klang traurig, unsicher und beklommen.

Sie wusste nicht viel über ihn, doch das, was er ihr von sich erzählt hatte, schnürte ihr das Herz zu. Sie wollte ihn an sich ziehen, ihn trösten, ihm sagen, dass er keine Angst haben musste, dass sie ihm nichts wegnehmen wollte. Sie wollte sich nicht in sein Leben drängen, sie wusste ja noch nicht mal, wie ihr eigenes weitergehen würde. Sie hatte keinen Plan. Überhaupt keinen.

»Ich weiß, was du meinst«, sagte sie nach einem Moment der Stille. »Bei mir ist es genau andersrum.« Aurelio schwieg, hörte zu, und sie sprach weiter. »Ich habe mich überhaupt noch nicht gefunden, wie es scheint. Mein Leben ist eine Aneinanderreihung chaotischer Situationen, durch die ich mich hindurchmanövriere, in der Hoffnung, dass ich dort ankomme, wo ich immer ankommen wollte. Nur, dass das irgendwie nicht zu klappen scheint. Also dachte ich …«

»Ja?«, fragte Aurelio leise.

»Ich dachte, ich sollte einfach mal keinen Plan haben. Und … im Augenblick leben.«

»Die Worte kenne ich doch von irgendwoher.«

Emilia hob den Kopf und sah, dass Aurelio sie anlächelte. »Ja. Die habe ich von einem unglaublich charmanten Mann. Einem Mann, den ich irgendwie nicht durchschaue. Und dennoch sorgt er dafür, dass meine Knie weich werden.«

Aurelios Augenbrauen schossen in die Höhe. »Tu ich das?«

Emilia zuckte mit den Schultern. »Der Punkt ist: Ich habe keinen Plan. Ich wollte einfach nur hier sein. Bei dir. Für ein paar Minuten. Vielleicht auch für ein paar Stunden. Das ist alles.«

»Das ist alles?«

Emilia nickte.

»Keine Hintergedanken?«

Sie schüttelte den Kopf.

Aurelio löste seine Hände aus den ihren, legte sie auf ihre Taille und zog sie noch näher zu sich. Emilia schluckte, in ihrem Bauch schien sich ein Schwarm von tausend Schmetterlingen zu tummeln. Bei der alten Emilia wäre dies der Zeitpunkt gewesen, an dem erneut die bohrenden Fragen losgegangen wären. *Ist das ein Fehler? Kann ich so weit gehen? Werde ich das alles verkraften?*

Doch die Fragen kamen nicht. Die Zukunft existierte nicht. Nicht in diesem Augenblick.

Emilia hob die Arme und legte sie Aurelio sanft auf die Wangen. Er beugte sich zu ihr, berührte mit seiner Stirn die ihre, blickte sie zärtlich an.

»Bist du sicher?«, flüsterte er.

Sie legte den Kopf weiter in den Nacken, kam ihm so weit entgegen, dass ihre Lippen sich sanft berührten.

»Aurelio?«, flüsterte sie und schloss die Augen.

»*Sì?*«

»Gibt es in deiner kleinen Hütte ein Bett?«

»*Sì, cara* Emilia. Das gibt es.«

23. Kapitel

»EIN neuer Morgen, ein neues Chaos«, sagte Emilia und blickte sich um. Nur, dass es dieses Mal ein ganz und gar *geplantes* Chaos war. Sie biss sich auf die Unterlippe, ging noch einmal alles gedanklich durch und griff dann nach einer Artischocke. Entschlossen drehte sie sich um und lief nach draußen.

Bei Giampaolo angekommen, klopfte sie laut an die Tür. Er öffnete energisch. »Was ist das für ein Krach?«, blaffte er sie an.

»Nun ... ich«, sagte Emilia und lächelte.

»Das meine ich nicht. Was ist da drüben auf Ihrem Grundstück los?«

»Wir geben eine Party.«

»Eine Party?«

»Ja.«

»Wofür?«

»Na ja, um das Hotelprojekt wichtigen Leute vorzustellen«, erklärte Emilia.

»Aha. Geht das vielleicht auch leiser? Ich versuche zu lesen.«

»Sorry, wir bereiten gerade alles für den letzten Schliff vor. Heute Abend geht es los. So gegen fünf. Sie können kommen, wenn Sie wollen.«

»Nein.«

»Auch gut. Hören Sie, ich will Sie auch gar nicht weiter stören ...«

»... dann lassen Sie es«, unterbrach er sie.

Emilia stellte fest, dass Giampaolo wieder in seine alte mürrische Rolle verfallen war. Der nette Mann, mit dem sie ein paar köstliche Abendessen genossen hatte, war fort. Begraben unter einer riesigen Schicht an Enttäuschungen, die er in seinem Leben hatte hinnehmen müssen und die nun zu einem traurigen Höhepunkt gekommen waren – Björn sei Dank.

Bevor Giampaolo ihr die Tür vor der Nase zuknallen konnte, hielt sie ihm die Artischocke unter die Nase. »Es geht darum«, sagte sie und hielt die Frucht hoch.

»Was soll das sein?«

»Eine Artischocke.«

»Ja, das sehe ich«, blaffte er. »Die ist ganz braun. Wie sieht das denn aus? Sehen Sie sich doch mal Ihre Finger an!«

Emilia schaute auf ihre Hand. »Ja, ich hatte schon das Gefühl, das ich etwas vergessen habe.«

»Was wollen Sie damit?«, sagte Giampaolo und nickte zur Artischocke.

»Na, sie zubereiten. Ich will klassisch gekochte Artischocken servieren. Mit einem Dip. So wie man es hier isst.« Emilia nickte, um ihre Worte zu bekräftigen.

»Sie?«, fragte Giampaolo und seine buschigen weißen Augenbrauen verschwanden nahezu in seinem Haaransatz. »*Sie* kochen?«

»Ja. Gewissermaßen.«

»Sie belieben zu scherzen …« Er schüttelte missbilligend den Kopf.

»Nein. Leider nicht. Nun, Letizia sollte das machen, aber sie hat alle Hände voll zu tun. Und sie hat mir ja auch ihre Rezepte gegeben. Das geht schon. Ein paar Stunden habe ich ja noch.«

Giampaolo rückte sich seine Brille zurecht und starrte angewidert auf die braune Artischocke in ihrer Hand.

»Also, um zu meiner Frage zurückzukommen«, sagte Emilia und hielt ihm das Gemüse noch näher vors Gesicht. »Wie lange muss ich die nun gleich kochen? Zwanzig Minuten? Und … in Salzwasser, oder?«

Giampaolo schüttelte energisch den Kopf, hob die Hand und klatschte sich die Handfläche gegen die Stirn. »*No, no, no!* Das da brauchen Sie gar nicht mehr zu kochen. Das ist ja ganz braun. Sie können doch so nicht mit Lebensmitteln umgehen!«

»Die ist von selbst so geworden«, gab Emilia entrüstet zurück.

»Natürlich ist sie das«, blaffte er sie an. »Die müssen Sie ja auch mit Zitrone einreiben. Und Ihre Hände auch. Sehen Sie sich doch mal an!« Er geiferte weiter, während er die Tür hinter sich zuzog und den Weg Richtung Hotel einschlug.

Emilia folgte ihm breit grinsend.

»Ich dachte, ich hätte Ihnen etwas über Lebensmittel beigebracht«, schalt er sie weiter, ohne auch nur Luft zu holen. »Artischocken kocht man mit etwas Zucker und Zitronensaft, und außerdem gibt man noch eine Zitronenhälfte dazu. Und Sie haben sie noch nicht mal richtig geputzt.«

So ging es weiter, bis sie beim Hotel angekommen waren. Giampaolo betrat die Küche, als wäre er hier zu Hause, und blieb dann abrupt stehen. Er betrachtete das Katastrophenszenario, das Emilia hinterlassen hatte. Dann schüttelte er den Kopf und drehte sich zu ihr um. »Welcher *idiota* hat Sie denn zum Kochen eingeteilt?«

»Na ja, das war mehr … Not am Mann. Letizia kocht ja auch. Aber es kommen fünfzig Personen, und da müssen alle helfen. Sie hat mir extra die leichten Aufgaben gegeben. Sehen Sie …« Emilia durchquerte die Küche, nahm eine Gabel und schickte sich an, in eines der rohen Rindersteaks zu stechen.

»Halt!«, schrie Giampaolo, streckte beide Arme aus, eilte auf sie zu und schlug ihr auf die Hand. »Geben Sie das her!«, rief er und riss ihr die Gabel aus der Hand. »Sie können doch nicht in rohes Fleisch stechen!«

»Ich wollte Ihnen nur die schönen Steaks zeigen.«

Giampaolo schüttelte abermals den Kopf und beugte sich über die Platte mit dem Fleisch, als wolle er überprüfen, ob Emilia ihm auch ja kein Leid angetan hatte.

»Wenn Sie da reinstechen, geht der ganze Saft raus.«

»Oh. Das habe ich nicht gewusst«, murmelte Emilia.

Sie blickte sich um und fragte sich, welchen Schock sie ihrem alten Nachbarn noch versetzen konnte. Er sah geradezu mitgenommen aus angesichts der Art und Weise, wie Emilia ihre Küche zu führen schien. Oder … gerade *nicht* zu führen schien.

»Sie können das nicht«, sagte er und blickte sich verzweifelt um. »Sehen Sie sich das doch an! Die armen Lebensmittel. Sie müssen eine *mise en place* bilden!«

»Wen?«, fragte Emilia unschuldig.

Giampaolo schnaubte, baute sich vor ihr auf und reckte den Kopf nach oben. »Eine *mise en place*. Sie müssen Ihren Arbeitsplatz vorbereiten, bevor Sie beginnen. Sie müssen …« Er brach ab, drehte sich im Kreis und schüttelte erneut den Kopf. In seinem Gesicht stand die pure Fassungslosigkeit geschrieben.

»Tja, von so etwas verstehe ich nichts. Und es ist ja auch nicht so, als stünden hier scharenweise Spitzenköche als Helfer zur Verfügung …«

Giampaolos Kopf schnellte zu ihr. Er hob den Arm und fuchtelte mit dem Zeigefinger vor ihrer Nase herum. »Ich weiß genau, was Sie da versuchen.«

Emilia grinste. »Und? Klappt es?«

Giampaolo grunzte. »Ich kann Sie nicht leiden.«

»Natürlich können Sie das. Sie lieben mich. Und jetzt helfen Sie mir.«

24. Kapitel

GIAMPAOLO hatte Emilia nach zwanzig Minuten aus der Küche geworfen und ihr nachgerufen, sie solle ihm eine brauchbare Hilfe besorgen oder ihn in Ruhe arbeiten lassen. Emilia hatte den Raum pfeifend verlassen, war zu Giampaolos Haus gelaufen und hatte ihm seine Schürze besorgt. Die hatte er zustimmend grunzend entgegengenommen und begonnen, Ordnung in das von ihr verursachte Chaos zu bringen.

Emilia war zufrieden. Dieser Teil des Planes war schon mal aufgegangen. Letizia würde mit ihrem auch bald fertig sein und mitsamt der leckeren Köstlichkeiten, die sie zubereitet hatte, zum Hotel kommen und Giampaolo etwas zur Hand gehen.

Emilia betrachtete den großen Büfett-Tisch, der direkt vor der Veranda, im Schatten der hohen Pinien, aufgebaut worden war. Hier würde das Vorspeisenbüfett hinkommen. Emilia lief das Wasser im Mund zusammen, wenn sie daran dachte, welche Speisen bald auf dem Tisch stehen würden. Es gab all die toskanischen Leckerbissen, in die Emilia sich bereits verliebt hatte: *Crostini* mit verschiedenen Belägen, darunter natürlich Giampaolos hervorragende Hühnerleberpastete, *Panzanella*, einen würzigen Brotsalat, eine große Auswahl an Aufschnittvariationen, außerdem Letizias Kichererbsenkuchen, einen Salat aus Tomaten und Mozzarella und frische Artischocken mit Knoblauchdip. Auf dem Büfett stand auch ein großer silberner Bottich, in den der *Cacciucco* geleert werden würde, sobald Giampaolo damit fertig war. Die traditionelle Suppe aus verschiedenen Fischarten war Pflicht bei jeder toskanischen Festivität, hatte Letizia ihr gesagt und mehrfach angeboten, sie zuzubereiten. Doch Emilia hatte das abgelehnt. Es war wichtig, dass Giampaolo als Meister hinter den zauberhaften Köstlichkeiten stand.

Nach den Vorspeisen war geplant, zuerst den Pastagang – *Pappardelle* mit einer Soße aus Prosciutto und Pilzen – und dann die

Bistecca, die Rindersteaks mit Rosmarinkartoffeln, *al minuto* zu servieren. Die Desserts würden dann wieder auf dem Büfett serviert. Letizia hatte ihre berühmten *Cantucci* gebacken, außerdem gab es Obstplatten, *Pannacotta* und natürlich *Tiramisu*.

Emilia stand in der Mitte der Grünfläche vor dem Hotel und blickte sich um. Alles sah gut aus. Genauso, wie sie es geplant hatte. Sie blickte auf die Uhr. Sie hatte noch etwas Zeit, bevor die ersten Gäste eintrudeln würden. Sie ging zur Küche, steckte den Kopf hinein und stellte amüsiert fest, dass Giampaolo gerade Aurelio anschnauzte, der sich als Abwäscher angeboten hatte. Als Aurelios und ihr Blick sich trafen, begann ihr ganzer Körper zu kribbeln. Sie nahm sich ein paar Sekunden Zeit, Bilder der letzten Nacht Revue passieren zu lassen, und saugte Aurelios charmantes Lächeln auf, der eine Minute innehielt und ihr zuzwinkerte. Als der alte Mann Emilia sah, scheuchte er sie mit einer eiligen Handbewegung davon.

Emilia warf Aurelio eine Kusshand zu und ging. Vielleicht konnte sie sich einen kleinen Espresso gönnen, bevor der Wahnsinn losbrach. Da Giampaolo die Küche in Beschlag genommen hatte, kam sie nicht an die Espressomaschine, aber er würde sicher nichts dagegen haben, wenn sie sich einen aus seiner Küche holte. Emilia wollte gerade zu seinem Haus gehen, als sie ein Auto hörte und gleich darauf erkannte, dass es Letizias Wagen war. Sie lief auf sie zu und winkte, als sie und Andrea aus dem Auto stiegen. Auf der Rückbank saßen ihre beiden Kinder, zwei Jungen im Alter von zehn und zwölf, die kompromisslos zu Hilfsdiensten eingeteilt worden waren. Emilia bot ihre Hilfe an, die ganzen Köstlichkeiten, die Letizia in den Anhänger des Autos geladen hatte, ins Haus zu tragen, doch diese winkte ab und scheuchte sie ebenfalls davon.

»Auch gut«, sagte Emilia und lächelte selig.

Sie wandte sich erneut Giampaolos Haus zu, als sie wieder die Reifen eines Wagens hörte. Sie blickte irritiert auf die Uhr und fragte sich, wer das sein konnte. Björn war nicht hier, und sie hoffte, dass er tatsächlich fortbleiben würde, wie er es versprochen hatte.

Sie blieb auf dem Parkplatz stehen und blickte den Schotterweg hinunter. Als der Wagen näherkam und um die Ecke gebogen war, hob sie überrascht die Augenbrauen. Es handelte sich um einen Mietwagen, ein schwarzes Monstrum, das so wenig in die toskanischen Hügel passte wie ein Wolkenkratzer. Sie verschränkte die Arme vor der Brust und beobachtete, wie der Wagen neben Letizias Anhänger parkte.

Ein Mann mittleren Alters in dunklem Anzug stieg aus, verengte die Augen zu Schlitzen und schob sich die Sonnenbrille auf die Nase.

»Hallo. Kann ich Ihnen helfen?«, fragte Emilia und ging lächelnd und mit ausgestreckter Hand auf ihn zu.

Der Mann ergriff ihre Hand, erwiderte aber ihr Lächeln nicht. »Rossen. Torben Rossen. Intercore Hotelgroup. Björn Henckel, der Hotelmanager, hat mir eine Einladung geschickt, um den Status quo unseres Projekts zu begutachten.«

Emilia überhörte Björns beiläufige Ernennung zum Hotelmanager geflissentlich, zumal die Einladung ausdrücklich im Namen von ihm *und* ihr erstellt wurde – allerdings ohne Björns Wissen.

»Ja, richtig.«

»Sie sind dann wohl Frau Beerling, die hier die Vorarbeit geleistet hat?«

Auch *das* schluckte Emilia kommentarlos hinunter. »Richtig.«

»Ihre Ideen waren sehr gut. Wir waren, gelinde gesagt, erstaunt, dass Sie so viel vorangebracht haben. Meines Wissens wurde das Grundstück nur gekauft, weil es damals so günstig war. Das war natürlich vor meiner Zeit.«

»Ah ja«, sagte Emilia und deutete dem Manager, ihr zu folgen.

»Wir hatten gar nicht vor, es zu bebauen, solange dieses Wohnrecht besteht. Mein Kollege in der Zentrale, Paul Burntal, hat mehrere Kostenrechnungen angestellt, aber es hat sich einfach nicht ausreichend rentiert.«

»Ja, das habe ich gehört.« Das stimmte nicht, aber wen kümmerte das jetzt noch?

»Meines Wissens war der letzte Plan, das ganze Ding hier niederzureißen, das Grundstück zu planieren und von vorn zu beginnen. Aber da hätten wir wieder mit den italienischen Behörden zu kämpfen gehabt.«

Der Manager blieb stehen, nahm die Sonnenbrille ab und blickte sich um. Er nickte anerkennend. »Aber ich muss sagen, Ihre Ideen samt

Umsetzung haben uns überzeugt. Und Sie haben nicht zu viel versprochen. Das dort ist die Panoramaterrasse?«

»Ja, richtig.«

»Hm. Gute Idee. Gut umgesetzt.«

Er drehte sich zu ihr um und setzte die Sonnenbrille wieder auf. »Der Meerzugang hat uns natürlich am meisten überzeugt. Uns war nicht klar, dass das möglich ist, bevor Sie uns die Pläne vorgelegt haben.«

»Nun, eine Freundin hat mich auf die Idee gebracht. Ihr Mann ist begeisterter Mountainbiker und kennt die Hügel hier wie seine Westentasche. Da hatte ich die Idee mit dem Weg und den E-Bikes. Mit dem Fahrrad sind es nur gut zehn Minuten – wenn man den Weg gut anlegt.«

»Richtig, richtig, das haben Sie in Ihrem Bericht geschrieben.« Der Manager nickte. »Wir haben noch keine Informationen, wie Sie das mit dem Wohnrecht geregelt haben. Wie Sie wissen, sind wir nicht bereit, hohe Summen als Ablöse …«

Emilia hob die Hand, und der Manager unterbrach sich. »Eine Ablöse wird nicht notwendig sein. Ich habe eine ganz und gar unkomplizierte Regelung mit Herrn Rattibaldi gefunden, die Björn und ich nachher gern mit Ihnen besprechen.«

»Wo ist Herr Henckel?«

Emilia blickte sich erstaunt um. »Tja. Keine Ahnung. Ich sehe ihn nicht oft.«

»Nicht?«, fragte der Manager und blickte sie fragend an.

»Nein. Ich weiß ehrlich gesagt nicht, was er den ganzen Tag macht. Wohl bei Behörden vorsprechen, oder so was.«

»Ah.«

Der Manager nahm diese Information mit wenig Begeisterung auf, und Emilia spürte den Anflug eines schlechten Gewissens. Es ging ihr nicht darum, Björn schlecht dastehen zu lassen, so ein Verhalten lag ihr nicht. Doch sie musste eine deutliche Grenze zwischen ihrer und seiner Arbeit ziehen – insbesondere nach außen hin. Nachdem ohnehin jeder Björn als Hotelmanager wahrnahm und Emilia bloß als die Frau mit der *tollen Vorarbeit,* schien ihr eine solche Trennung nur sinnvoll. Außerdem wollte sie nicht, dass auch nur ansatzweise der Verdacht aufkam, dass sie die Finger bei Björns Anti-Gianni-Strategie mit im Spiel hatte. Allein der Gedanke verursachte ihr Übelkeit.

Torben Rossen ging an Emilia vorbei und schien erst jetzt die vielen Tische und Bänke zu sehen.»Was ist das denn alles?«

»Oh, wir haben für heute ein Fest geplant. Und ich freue mich sehr, dass Sie es einrichten konnten, hier zu sein. Dann können Sie sich gleich in die hinreißend leckere toskanische Küche verlieben, die wir hier anzubieten gedenken.« Emilia schenkte dem Manager ein breites Lächeln.

»Ein Fest?«

»Ja. Na ja, Sie wissen ja, wie das mit kleinen, eingefleischten Dorfgemeinschaften hier auf dem Land ist.« *Oder vielleicht weiß er es auch nicht*, fügte Emilia in Gedanken hinzu und lächelte.»Die erwarten, dass man sich hier und da bedankt und gesellig zeigt. Wir haben ein paar wichtige Lokalpolitiker eingeladen. Sie hatten ja angemerkt, dass ich die Wegenutzungsgebühr herunterhandeln soll. Da hilft so ein kleines Fest ungemein, wissen Sie?«

»Gute Idee. Sehr gute Idee.«

»Danke. Das geht natürlich alles nicht aufs Projektbudget, keine Sorge.«

»Umso besser.«

»Darf ich Ihnen vielleicht einen Espresso auf unserer Panoramaterrasse anbieten? Giampaolo macht den besten Espresso, den Sie sich nur vorstellen können.«

»Giampaolo? Wer ist das?«

»Unser Koch für das heutige Fest.«

»Aha. Ja, sehr gern. Danke.«

»Kommt sofort.«

Emilia lief zur Küche und versuchte, sich einen Weg zur Espressomaschine zu bahnen, ohne von Messern, Ellbogen, Lebensmitteln oder sonstigen Dingen getroffen zu werden, die in Giampaolos virtuoser Kochshow als Akteure dienten.

»Ich muss da durch«, sagte Emilia und eilte an Giampaolo vorbei.

»Was wollen Sie denn schon wieder hier?«, brummte er, ohne von dem Kochtopf aufzuschauen, der fast größer war als er selbst.

»Espresso machen.«

»Schön, dass du Zeit für Espresso hast«, murrte Aurelio, dessen T-Shirt mit Wasser durchtränkt war. »Übrigens: Ihr braucht eine neue Spüle. Diese hier ist störrischer als du und vermutlich so alt wie unser Methusalem da drüben am Herd.«

»Das habe ich gehört, Jungchen«, rief Giampaolo über seine Schulter.

»Ich hatte keine Skrupel, deinen Großvater im Kindergarten zu verprügeln, und ich habe auch keine, das bei dir zu wiederholen.«

Aurelio verdrehte die Augen und lächelte. Emilia ließ zwei Tassen Espresso ein, drehte sich um, verschränkte die Arme vor der Brust und blickte Aurelio prüfend an.

»Du bist also *doch* von hier?«

Er schüttelte den Kopf. »Nein. Mein Großvater ist von hier. Mein Vater ist nach Deutschland gegangen, um Arbeit zu finden, und hat dort meine Mutter kennengelernt.«

»Du bist voller Geheimnisse«, staunte Emilia.

»Nicht wirklich. Man muss nur die richtigen Fragen stellen.«

Emilia grinste, nahm die Tassen und bahnte sich einen Weg zurück zur Tür. Sie drehte sich noch einmal um und nahm sich ein paar Sekunden, um Aurelios Oberkörper zu betrachten, der sich gut durch das nasse T-Shirt abzeichnete. Bei dem Anblick wurde ihr ganz heiß.

»Worauf wartest du?«, fragte Letizia, die sich vor ihr aufgebaut hatte. Sie folgte Emilias Blick. »Ah!« Sie schnalzte mit der Zunge und zwickte Emilia sanft in den Oberarm. »Ich hab's doch von Anfang an gewusst.«

Emilia lief knallrot an, drehte sich um und beeilte sich, die Küche zu verlassen und den Kaffee zu servieren.

Die Herbstsonne war nicht ganz so erbarmungslos wie jene im Hochsommer, dennoch war es nach wie vor ziemlich warm. Der Manager hatte sich einen Stuhl mit nach oben auf die Panoramaterrasse genommen, sein Sakko ausgezogen und es sich bequem gemacht.

Emilia stieg die Stufen hinauf und reichte ihm den Espresso.

»Danke. Von hier aus kann man das Meer sehen«, staunte er.

»Ja. Das war ursprünglich nicht so. Wir mussten die ganzen Sträucher da unten zurechtstutzen. Alles war ziemlich verwildert, als ich hier ankam.«

Torben Rossen nickte, nahm einen Schluck vom Espresso und lächelte anerkennend. »Tja, ich muss sagen, wir waren erstaunt, als Micha, Ihr Chef, uns berichtete, Sie hätten den Wunsch, dieses Projekt zu übernehmen. Wir dachten, Sie wären, nun ja ... etwas übermütig oder handeln vielleicht auf Drängen Ihres Vaters.« Rossen hob den Kopf und blickte sie streng über die Brillengläser hinweg an. »Verstehen Sie mich nicht falsch. Mir ist schon bewusst, dass eine junge Frau wie Sie sich beweisen möchte. Gerade in Ihrer Situation mit dieser Familienkonstellation.«

Emilia rang sich ein Lächeln ab und schwieg.

»Da Sie die Gene Ihres Vaters in sich tragen, haben wir der Sache zugestimmt. Wir fanden, man konnte das Risiko eingehen. Und wie ich sehe, war das die richtige Entscheidung. Sie haben gute Vorarbeit geleistet.«

Vorarbeit. Da war es wieder, dieses Wort. Es versetzte ihr regelrecht einen Stich. Sie wollte den Manager anbrüllen, dass sie keineswegs bloß *Vorarbeit* geleistet hatte, sondern dass das hier *ihr* Projekt war, dass sie die gesamte, verdammte Drecksarbeit gemacht hatte und dass sie es so dermaßen satthatte, dass man ihr nicht zutraute, das Projekt allein zu stemmen.

Doch sie schwieg. Heute hatte sie eine andere Mission. Danach hätte sie noch ausreichend Zeit, diesem *Lackaffen* von Manager die Meinung zu geigen.

»Wäre es in Ordnung, wenn ich mich nun entschuldige?«, fragte sie höflich lächelnd. »Ich muss den anderen bei den Vorbereitungen helfen, und die Gäste kommen bald. Sie können sich später gern unten an einen der Tische setzen. Die Pinien spenden einen wundervollen Schatten.«

»Natürlich. Ich warte dann, bis Björn kommt, um alles Weitere mit ihm zu besprechen.«

»Natürlich«, stieß Emilia zwischen zusammengepressten Zähnen hervor, drehte sich um und ging.

Schlag achtzehn Uhr trudelten die Gäste ein. Emilia hatte siebzehn Uhr auf die Einladung geschrieben, doch wie sie mittlerweile wusste, nahm man es hier mit den Uhrzeiten nicht so genau. Außerdem hatte sie eingeplant, dass hier um achtzehn Uhr *Aperitivo*-Zeit war, und so hatte sie Gläser mit Eis bereitgestellt, dazu literweise Sekt und ein paar der Aperitif-Liköre, die die Italiener so gern tranken. Sie schüttelte Hände, begrüßte alle, prüfte regelmäßig das Büfett, wies Plätze zu und teilte ihre Helfer ein. Sie sorgte dafür, dass die Gästeschar gut durchmischt war und dass Lokalpolitiker zusammen mit Winzern und Bauern an einem Tisch saßen.

Den Gemeinderat begrüßte sie überschwänglich und steckte ihm eine Flasche Rotwein zu. Ebenso den Herrn von der Baubehörde – man konnte nie wissen, wozu man sie später noch so brauchen würde. Dann erspähte sie den Sachverständigen vom Gesundheitsamt, der das Gutachten zu Giampaolos Gesundheitszustand erstellen sollte. Der Hausbesuch war für übermorgen angesetzt. Er blickte sich nach bekannten Gesichtern um und winkte ein paar anderen Kollegen aus den diversen Behörden der Gemeinde zu. Emilia ging zu ihm und schüttelte auch ihm die Hand.

»Sie sind *Signor* Ricci, nicht wahr? Alfonso Ricci?«

Der Mann blickte sie verdutzt an. »Kennen wir uns?«

Nein, dachte Emilia, *aber ich kenne dich.* Sie hatte den Namen gegoogelt und sich das Gesicht eingeprägt. Außerdem hatte sie Letizia und ihren Mann darauf angesetzt, alles über Ricci in Erfahrung zu bringen, was sie herausfinden konnten. Leider gab es da nicht viel, Ricci war ein ranghoher Beamter und gut in der Gemeinde verankert. Er hatte eine Ehefrau und drei erwachsene Kinder, und wenn er sich öfter bestechen ließ, wusste man zumindest offiziell nichts davon.

Auch gut, dachte Emilia und führte den Sachverständigen zu seinem Platz, gleich neben dem Büfett und in der Nähe des Eingangs zum Hotel. »Darf ich Ihnen einen *Aperitivo* anbieten? Einen Sekt vielleicht? Oder einen Wermut?«, fragte sie, nachdem er sich gesetzt hatte.

»Haben Sie *Tenuto*, *Signorina*?«, erwiderte Ricci und blickte sie geradezu hoffnungsvoll an. Als sie nicht sofort reagierte, setzte er nach: »Das ist ein roter …«

Sie hob die Hand. »Ich weiß, was das ist, *Signore*. Ein roter Wermut aus den Weinbergen der *Tenuta Lenzini*. Und selbstverständlich bieten wir den an. Auf Eis, ja?«

Riccis Gesicht erhellte sich augenblicklich. »*Mah, sì! Grazie!* Sie sind ein Engel.«

»Kommt sofort.«

Emilia eilte zur provisorisch eingerichteten Bar, schenkte Wermut in ein Glas, fügte ein paar Eiswürfel hinzu und servierte das Getränk. Sie betrieb etwas Small Talk, blickte dann auf die Uhr, überprüfte, ob alle da waren, und stieg auf die Veranda.

»Darf ich Sie alle um Ihre Aufmerksamkeit bitten?«, rief sie so laut sie konnte.

Die Gespräche wurden eingestellt, und alle blickten sie an.

»Ich darf Sie zu unserem kleinen Fest begrüßen. Wie Sie alle wissen, liegt mir dieses Hotelprojekt sehr am Herzen, und ich wollte Ihnen, der Dorfgemeinschaft, die Möglichkeit geben, sich anzusehen, was ich, Sie, wir alle gemeinsam vollbracht haben. Aus einem alten, heruntergekommenen, über die Jahre vergessenen Winzerhof haben wir versucht, ein ländliches Idyll zu zaubern. Wir wären ohne Ihre Unterstützung nicht so weit gekommen, und dafür wollen wir uns mit diesem kleinen Fest bedanken. Danke, dass Sie uns aufgenommen haben, danke, dass Sie uns unterstützt haben, und danke im Voraus, dass Sie uns hoffentlich ein paar zahlende Gäste aus Ihren in ganz Italien verstreut lebenden Familien schicken werden.«

Die Gäste lachten, und Emilia nickte bescheiden.

»Und jetzt kommen die Worte, auf die Sie alle gewartet haben: Das Büfett ist eröffnet. Und falls Sie, wovon ich ausgehe, gleich in Verzückung angesichts all der Köstlichkeiten geraten werden, sage ich gleich vorweg: Danken Sie nicht mir – danken Sie unserem Koch Giampaolo. Vielen Dank und viel Spaß.«

Die Leute klatschten, prosteten Emilia zu, tranken und stürzten dann neugierig zum Büfett. Emilia verschwand ins Hotel und lehnte sich kurz an eine der kühlen Steinwände. Sie atmete ein paarmal tief durch und schickte ein Stoßgebet zum Himmel, dass sie mit all dem Aufwand irgendetwas bewirken konnte.

Dann stieß sie sich von der Wand ab und ging in die Küche.

»Habe ich da meinen Namen gehört?«, fragte Giampaolo und baute sich vor ihr auf.

»Haben Sie nicht«, gab sie zurück.

»Habe ich doch.«

»Sie sind alt. Sie können überhaupt nicht so gut hören.«

»Quasseln Sie nicht über mich, wenn ich nicht da bin, das kann ich nicht leiden«, gab er schnippisch zurück.

»Ja, schon gut. Wie sieht es hier drin aus? Ich gebe den Gästen etwa eine halbe Stunde, dann können wir, glaube ich, mit dem Pastagang weitermachen.«

Letizia und Giampaolo schüttelten bestürzt den Kopf.

»*No!*«, riefen sie gleichzeitig aus.

»Was ist das hier? Eine Fast-Food-Rallye?«, sagte Letizia und verzog missbilligend den Mund.

Emilia blickte hilfesuchend zu Aurelio, der breit grinsend in der hinteren Ecke stand und so tat, als ginge ihn das alles nichts an.

»Also, wie lange dann?«, fragte Emilia.

»Wenn alle mit den *Antipasti* fertig sind«, erklärte Giampaolo ihr. »Habe ich Ihnen denn gar nichts beigebracht?«

Emilia verdrehte die Augen. »Schön. Gut. Sagen Sie Bescheid, wie es läuft.«

»Gut. Es läuft alles nach Plan. So funktioniert das, wenn Leute wissen, was Sie tun.« Giampaolo stierte sie über seine Brillengläser hinweg an.

»Ich weiß genau, was ich tu, Sie Griesgram. Und jetzt sagen Sie mir nicht, dass Ihnen das hier keinen Spaß gemacht hat!«

»Ich habe Ihnen bloß aus der Patsche geholfen, das ist alles«, gab Giampaolo schmollend zurück.

Emilia grinste. »Ja, klar. Reden Sie sich das nur ein. Sie sind der sturste Bock, der mir je untergekommen ist, Gianni.«

»Und Sie sind …«

»Ruhe!«, rief Letizia und stellte sich zwischen die beiden. »Du, Emilia, gehst da raus und hilfst Andrea beim Abräumen. Du, Giampaolo, gehst zu deinen Steaks und beginnst mit der Marinade. Das ist ja wie im Kindergarten hier!«

»Sie hat angefangen«, murmelte Giampaolo, drehte sich um und ging zurück zum Herd.

Letizia grinste. »Wie läuft es?«, flüsterte sie Emilia zu.

»Gut. Ich gehe nachher durch und frage, wie es den Leuten geschmeckt hat. Das mache ich nach jedem Gang, und ich lasse jeden wissen, wer unser Koch heute Abend war. Insbesondere Herrn Ricci.«

»Gut. Sehr gut. Dann los.«

Emilia ging zurück nach draußen und half Andrea. Sie blieb regelmäßig bei ausgewählten Gästen stehen, gab sich charmant, unterhielt sich.

Sie wartete, bis niemand mehr zum Büfett ging, dann gab sie in der Küche Bescheid. Giampaolo und Letizia arbeiteten wie ein Uhrwerk und schafften es, fünfzig Portionen Pasta in Rekordzeit nach draußen zu schicken – auf angewärmten Tellern. Dasselbe klappte mit den Steaks, und zeitweise war nichts zu hören als das Geräusch zufrieden kauender Gäste, nur unterbrochen von einem gelegentlichen »Mhmmm«.

Während die Gäste ihre Steaks verputzten, wies Emilia ein paar Helfer an, das Vorspeisenbüfett abzuräumen und danach die Desserts zu bringen.

Dann blickte sie zu Torben Rossen und stellte erleichtert fest, dass er sich ausgezeichnet mit einem der lokalen Winzer zu unterhalten schien. Als dieser irgendwann aufstand, um sich zu einem Bekannten zu setzen, nahm Emilia seinen Platz ein.

»Wie geht es Ihnen, Herr Rossen?«, fragte sie.

»Ausgezeichnet. Das Essen war vorzüglich. Bitte richten Sie das Ihrem Koch aus.«

»Giampaolo. Giampaolo Rattibaldi hat das Essen gekocht.«

Rossen hob eine Augenbraue.»Rattibaldi?«

»Sie wissen schon. Der Herr mit dem Wohnrecht.«

»Ach. Ich dachte, der ist steinalt?«

»Alt. Nicht steinalt. Und er ist fit wie ein Turnschuh.«

»Aha. Und der hat Ihnen geholfen, ja? Ich dachte, er ist nicht gut auf unsere Hotelkette zu sprechen.«

»War er auch nicht. Aber es stellte sich heraus, dass man ihn einfach falsch behandelt hat, wissen Sie?«

»Ach ja?«

»Er will eigentlich nicht viel.«

»Oder er tut nur so, als ob er nicht viel will, wickelt Sie um den kleinen Finger und versucht, ein Vermögen aus uns herauszupressen. Auf so eine Strategie springen wir nicht an, Frau Beerling.«

»Er will kein Geld«, beharrte Emilia.

»Jeder will Geld.«

»Er nicht.«

»Sie sind naiv.«

Emilia presste die Lippen aufeinander und schluckte eine spitze Bemerkung hinunter. »Ich habe eine Vereinbarung mit Herrn Rattibaldi getroffen.«

»Ja, das sagten Sie bereits. Mehrmals. Und doch wurde mir nie eine Vereinbarung geschickt.«

Emilia griff in ihre Hosentasche und zog ein zusammengefaltetes Blatt Papier hervor, das sie über den Tisch schob.

»Was ist das?«, fragte der Manager und nahm das Papier mit spitzen Fingern an sich.

»Die *schriftliche* Vereinbarung.«

Rossen faltete das Papier auseinander und las es. Mit jedem Satz, den er las, hoben sich seine Augenbrauen weiter. Dann ließ er das Papier sinken und blickte Emilia streng an. »Soll das ein Scherz sein?«

»Nein.«

»Das ist ein Arbeitsvertrag.«

»Ja.«

»Er will für uns arbeiten?«

»Er will kochen.«

Rossen lachte bitter. »Sie scherzen.«

»Nein, *Torben*, ich scherze nicht. Aber ich präsentiere Ihnen gern die knallharten Fakten. Dieses Grundstück wäre ohne mein Zutun noch jahrelang im Besitz der Hotelkette gewesen, ohne auch nur einen Cent abzuwerfen. Ich habe Ihnen einen Plan erstellt, der – wie Sie selber sagten – profitabel ist. Sie haben viel Geld in dieses Projekt gesteckt, und das alles basierend darauf, dass wir den künftigen Gästen neben einem Panoramapool und einer Panoramaterrasse auch einen Meerzugang bieten können. Das alles habe ich realisiert. Das hier«, sie tippte auf das Blatt Papier, »kostet Sie quasi gar nichts. Eine Ablöse, ein jahrelanger Rechtsstreit oder das *unfassbar pietätlose Zuwarten* darauf, dass Giampaolo stirbt, würde Sie dagegen ein Vermögen kosten.« Emilia stand auf. »Das sind die Fakten«, setzte sie nach. »Machen Sie damit, was Sie wollen.«

Sie stürmte davon, ging zum Dessertbüfett, packte eine Riesenportion *Tiramisu* auf einen Teller und ging schnurstracks auf den Sachverständigen Alfonso Ricci zu, der gerade im Begriff war, sein Weinglas zu leeren. Sie knallte ihm den Teller auf den Tisch, und Ricci zuckte so stark zusammen, dass die Hälfte des Rotweins auf seinem Schoß landete.

»Ich habe Ihnen einen Dessertteller zusammengestellt. Mit lieben Grüßen von unserem Küchenchef, Giampaolo Rattibaldi.« Sie stützte die Handflächen auf den Tisch und beugte sich zu Ricci, der erschrocken zurückwich. »Giampaolo ist für das gesamte Essen hier verantwortlich. Er hat die Küche gemanagt, die Zutaten verarbeitet und ein grandioses Vier-Gänge-Menü gezaubert. Ich hoffe, es hat Ihnen gemundet.«

Ricci riss erstaunt die Augen auf. »Ja … ja, hat es, *Signorina*«, stammelte er.

»Schön. Dann teilen Sie das auch Ihrem Gewissen mit. Schönen Abend noch.«

Sie richtete sich wieder auf und wollte gerade gehen, da hörte sie hinter sich ein: »Emmi!« Sie wirbelte herum und blickte in die wütend funkelnden Augen von Giampaolo.

»Ja, schon gut, ich soll nicht über Sie reden, wenn Sie nicht dabei sind«, murmelte sie und hob abwehrend die Hände.

»Richtig. Und jetzt lassen Sie mich hier Platz nehmen.«

Giampaolo schob Emilia beiseite und setzte sich Alfonso Ricci direkt gegenüber. »*Buona sera,* Alfonso«, sagte er, faltete die Hände vor sich und blickte Ricci streng an.

»*Buona sera, Signor* Rattibaldi.«

Emilia konnte förmlich sehen, wie sich Schweißperlen auf Riccis Stirn bildeten.

»Hat Ihnen mein Essen geschmeckt?«, fragte Giampaolo.

»Sehr gut, *Signore*.«

»Freut mich. Und? Wie geht es sonst so? Ihrer Frau? Sie erinnern sich, sie hat meine Tochter Mariella oft besucht, bevor sie gestorben ist. Hat meiner Frau Camilla manchmal im Haushalt geholfen, bevor *die* gestorben ist.«

»Ich … ich erinnere mich. Ihr geht es gut. Meiner Frau, meine ich.«

»Und den Kindern? Auch gut? Mein Sohn Francesco hat ihrem kleinen Jungen früher in Mathe geholfen, *sì*? Ist es besser geworden mit den Zahlen, oder tut er sich immer noch schwer mit Multiplikationen?«

Ricci blinzelte ein paarmal. »Äh, alles gut. Danke. Er ist … Er wurde Steuerberater.«

»Ah. Ein Beruf mit Zahlen. Wie schön. Ich werde es Francesco ausrichten. Falls Sie das nicht schon selbst getan haben.«

Emilia hob erstaunt die Augenbrauen und blickte sich um, um sicherzugehen, dass niemand zuhörte. Ricci räusperte sich und griff zu seiner Stoffserviette, um sich ohne erkennbaren Grund den Mund abzutupfen.

»Die guten alten Zeiten, nicht wahr?«, sinnierte Giampaolo fröhlich, als würde er über das Wetter sprechen. »Wissen Sie, Alfonso, damals, als Ihr Vater in Not …«

»Ja, ich weiß!«, rief Ricci und sprang auf. »Ich weiß, dass Sie meinem Vater Geld geborgt haben. Ich weiß das alles!«

Nun drehten sich doch ein paar Gäste nach ihnen um. Ricci blickte betreten um sich und räusperte sich erneut. Giampaolo erhob sich, streckte würdevoll den Rücken durch und sagte: »Schön. Ich wollte nur dafür sorgen, dass Sie das alles nicht vergessen haben. Und jetzt lassen Sie sich mein *Tiramisu* schmecken. Schöne Grüße an Ihre Familie.«

Mit diesen Worten ging er davon. Emilia und mehrere Gäste blickten ihm mit offenem Mund nach. Dann fing Emilia sich und lief ihm hinterher. »Gianni!«, rief sie und zog ihn mit sich in die Eingangshalle. »Was ist denn in Sie gefahren?«, fragte sie und grinste.

»Nichts«, sagte er unschuldig.

Sie verschränkte die Arme vor der Brust. »Ich dachte, Sie wollten nicht kämpfen.«

Giampaolo zuckte mit den Schultern. »Das war kein Kampf. Aber wenn ich schon verliere, dann erhobenen Hauptes. Habe ich mich schon bei Ihnen bedankt, *cara*?«

»Ja.«

»Habe ich nicht.«

»Doch. Mit Ihrem wunderbaren Essen. Und jetzt setzen Sie sich da hin und gönnen sich erst mal einen *Tenuto*. Geht aufs Haus.« Sie zwinkerte und eilte zur Bar.

Als sie nach draußen trat, stieß sie fast mit Torben Rossen zusammen.

»Oh, Entschuldigung«, murmelte sie.

Rossen bedachte sie mit einem langen Blick. »Ich habe das *Tiramisu* gegessen. Es ist vorzüglich.«

»Ich richte es aus«, sagte sie und versuchte, den würdevollen Ton nachzuahmen, den Giampaolo gern anschlug.

»Also schön«, sagte Rossen und hielt ihr das zusammengefaltete Papier unter die Nase.

»Also schön?«, fragte sie und riss die Augen auf.

»Wenn das Ihre Lösung ist und der Alte nichts will, außer den Kochlöffel zu schwingen, bis er umkippt, soll mir das recht sein. Aber …«

Emilia nickte eifrig und biss sich gespannt auf die Unterlippe.

Rossen schnaubte. »Sie stellen gefälligst einen *richtigen* Küchenchef ein, kapiert?«

»Ja. Selbstverständlich.«

»Schön. Vielen Dank für das Essen. Und wo auch immer Ihr Kollege Björn hin verschwunden ist, richten Sie ihm aus, ich war enttäuscht, dass er nicht hier war, um mir das alles persönlich zu berichten.«

Emilia grinste breit, als Rossen sich abwandte und ging.

»Aye-Aye, *capitano*«, murmelte sie und salutierte in die Nacht hinaus.

25. Kapitel

EMILIA war schlecht vor Aufregung. Sie hatte das Okay vom Management, Giampaolo seinen Traum zu erfüllen, in einem renommierten Hotel kochen zu können. Sie hatte einen neuen Termin beim Gemeinderat, um über die Höhe der Wegenutzungsgebühr zu verhandeln. Und sie hatte einen neuen Plan vom Landschaftsarchitekten, wie der Weg zum Meer angelegt werden konnte, ohne Giampaolos kompletten Garten roden zu müssen, und allen voran, ohne die Gräber zu verlegen. Der neue Plan war umständlicher und würde weitaus mehr Geld verschlingen als veranschlagt, doch er war machbar, wenn Giampaolo auf einen vier Meter breiten Streifen seines Gartens verzichtete und am Beginn des Meerzugangs ein paar Treppen verlegt wurden. Giampaolo hatte natürlich darauf bestanden, dass an beiden Seiten, an denen der Weg an seinem Garten vorbeiführen würde – rechts und unten entlang – eine hohe Steinmauer gebaut wurde. Ebenfalls auf Kosten der Hotelkette. Emilia hatte ohne zu zögern zugestimmt.

Doch all diese Abmachungen waren sinnlos, wenn Giampaolos Sohn Francesco seinen perfiden Plan realisieren konnte.

So weit, so schlecht.

Denn den Termin mit dem Sachverständigen hatte Emilia nicht abwenden können. War das Verfahren erst mal in Gang gebracht, konnte es nicht mehr gestoppt werden. Das zuständige Amtsgericht hatte die Überprüfung genehmigt, und so würde der Termin stattfinden. Emilia hatte das Gefühl, weitaus nervöser zu sein als Giampaolo selbst. Sie saß in seinem Wohnzimmer neben ihm und drückte seine Hand.

»Denken Sie, Ihre Unterredung mit Ricci hat etwas gebracht?«, fragte sie leise, den Blick gebannt zur Tür gerichtet.

»*No.* Er hat Geld kassiert und wird seine Leistung erbringen. *Eccoci qui.* So läuft es eben.«

Emilia seufzte. Und was dann?»Sie könnten vor Gericht ziehen«, sagte sie, obwohl sie wusste, dass er das nicht tun würde. Energisch schüttelte Giampaolo den Kopf.»Ich habe schon einmal mit meinem Sohn vor Gericht gestanden. Ich muss das nicht noch einmal erleben. Hören Sie ...« Er wandte sich ihr zu und drückte ihre Hand.»*È tutto a posto*, Emmi. Es ist in Ordnung, also lassen Sie es gut sein. Ich bin sehr alt. Ich hatte ein hartes, aber schönes Leben. Sehen Sie sich doch um! Ich durfte hier leben, in diesem Paradies! Wir hatten früher nur ein kleines Haus im Ort ... Es war auch schön, sehr schön sogar. Aber das hier, dieser Ausblick, diese Umgebung, meine Gärten ... Das hat Francesco erst ermöglicht. Ich hätte mir das niemals leisten können.«

»Und *er* hätte ohne Ihre Unterstützung niemals studieren und gutes Geld verdienen können!«

Giampaolo entzog ihr seine Hand und winkte ab.»Das ist nicht der Rede wert. Das ist die Aufgabe eines Vaters, *non è vero?*«

Die Worte versetzten Emilia einen Stich, den sie versuchte zu ignorieren. Im Grunde hatte sie keine Ahnung, was die Aufgabe eines *richtigen* Vaters war. Ihr Vater hatte sie kontrolliert, das war alles. Er hatte sie in ein Muster gepresst, das in sein Weltbild passte, und nie auch nur den Hauch von Interesse daran gezeigt, was Emilia eigentlich wollte. Und sie hatte das zugelassen. Diese bittere Erkenntnis brannte in ihr, seit ihr all das klar geworden war. *Sie* hatte das zugelassen. Vielleicht hatte sie als junges Mädchen keine andere Wahl, doch irgendwann war sie erwachsen gewesen. Und ab da hätte es in ihrer Verantwortung gelegen, ihren Lebensweg selbst zu bestimmen.

Erst hier, an diesem zauberhaften Ort fernab der Heimat, hatte sie das erste Mal verstanden, was es hieß, frei zu sein. Eigenverantwortlich. Niemanden zu haben, der ihr die nächsten Schritte vorschrieb. Und es war egal, ob es mal wieder ihr Vater gewesen war, der ihr den Weg hierher bereitet hatte. Seine Intentionen waren andere gewesen, und Emilia hatte sich dagegen aufgebäumt – auf ihre Art. Sie hatte das erste Mal im Leben ihren eigenen Weg beschritten.

Sie blickte Giampaolo an und lächelte. Nun verstand sie, was er meinte. Sein Sohn tat ihm unrecht, aber er war es auch, der ihm das

Leben hier erst ermöglicht hatte. War es nicht genauso bei Emilia und ihrem Vater?

»Danke, Gianni«, sagte sie leise.

»Wofür?«

»Dass Sie sind, wie Sie sind. Sie haben mir Dinge beigebracht, ohne es zu wissen, ohne es überhaupt beabsichtigt zu haben. Sie sind ein toller Mensch. Und ich bin sicher, dass Sie ein toller Vater sind, selbst wenn Sie nicht oft zu Hause waren. Francesco weiß das – irgendwo tief in ihm drin. Und irgendwann wird er in der Lage sein, Ihnen das auch zu sagen.«

Giampaolo nickte knapp und presste die Lippen aufeinander.

Einen Augenblick später hörte Emilia, wie ein Auto vorfuhr, und sprang auf. Giampaolo wirkte weiterhin wie die Ruhe selbst, doch sie hatte gesehen, wie er beim Geräusch des Motors kurz zusammengezuckt war. Er tat ihr leid, doch sie wusste, dass er kein Mitleid wollte, also wandte sie sich um und ging zur Tür, um zu gehen.

Ein Mann trat ihr entgegen, der klein und drahtig war und einen Anzug trug, der dem Rest der Welt vermitteln sollte, wie wohlhabend er war. Er hatte schwarzes kurz geschnittenes Haar und ebenso buschige Augenbrauen wie Giampaolo. Er nickte Emilia zu und wandte sich dann an ihren Freund: »Vater.«

Giampaolo betrachtete ihn eingehend, dann nickte auch er. »Sohn.«

»Wer ist sie? Deine Betreuerin?« Francesco deutete auf Emilia.

»Ich bin die Hotelmanagerin«, erklärte sie.

»Aha. Und was haben Sie hier zu suchen?«

»Ich unterstütze Ihren Vater. Das sollte wenigstens einer tun, meinen Sie nicht?«

Francesco bedachte sie mit einem langen Blick. Emilia konnte keinen Deut Mitleid, keinen Funken Verständnis darin lesen.

»Wie können Sie nur so kalt sein?«, fragte sie bitter.

»Emmi!«, stieß Giampaolo entrüstet aus.

»Das geht Sie ja wohl kaum etwas an«, gab Francesco zurück.

»Ihr Vater ist völlig gesund!«

»Da hat mir Björn Henckel, der *tatsächliche* Hotelmanager, etwas anderes erzählt.«

241

»Dann hat er gelogen.«

Francescos Blick ging zu seinem Vater. »Du hast die Starkstromleitung gekappt und Feuer im Garten gelegt, wurde mir gesagt.«

»Das kann ich erklären«, sagte Emilia schnell.

Francesco hob die Hand. »Nicht notwendig. Menschen tun eigenartige Dinge, wenn sie alt werden, das muss man einfach akzeptieren. Und dann muss man sie vor sich selbst schützen.« Emilia schnaubte.

»Das ist alles, worum es hier geht«, setzte Francesco nach und stierte Emilia an.

»Ja, natürlich. Das, und die Tatsache, dass Sie in ein vielversprechendes Hotelprojekt investieren können und damit einen Haufen Geld verdienen, nicht wahr? *Darum* geht es doch wohl auch.«

Francesco winkte ab und blickte sich unbeeindruckt um. »Ich habe genug Geld.«

Emilia machte einen Schritt auf ihn zu. »Dann kaufen Sie sich eine Seele«, zischte sie.

Francesco wollte etwas entgegnen, doch dann tauchte hinter ihm ein weiterer Mann auf. Emilia blickte über Francescos Schulter und erstarrte.

»Bin ich hier richtig?«, fragte der Mann und blickte auf einen Notizblock. »Giampaolo Rattibaldi?«

»Ja«, sagten Francesco, Giampaolo und Emilia gleichzeitig.

»Ich bin *Signor* Brambilla vom Gesundheitsamt. Ich führe die heutige Überprüfung durch.«

Francesco fuhr herum und starrte den Mann mit unverhohlenem Hass an. »Wo ist *Signor* Ricci?«, fragte er eisig.

Brambilla blickte ihn ruhig an, schob seine große Brille zurecht und sagte: »Der hat sich krankgemeldet.« Dann ging sein Blick zu Emilia. »Gehören Sie zur Familie?«

»Nein«, sagte Francesco laut und bestimmt.

»Mehr als du«, murmelte Giampaolo leise.

Brambilla blickte sich irritiert um. »Hier steht, dass ein gewisser Francesco Rattibaldi als Zeuge auftritt. Von ihm wurde der Antrag beim Amtsgericht gestellt. Und wer sind Sie, *Signorina?*«

Emilia wusste nicht, was sie sagen sollte, und schwieg.

»Wenn Sie kein Familienmitglied sind, muss ich Sie bitten zu gehen.« Emilias Blick flog zu Giampaolo, der ihr ermutigend zunickte. Sie beuge sich zu ihm, küsste ihn auf die Wange und flüsterte: »Viel Glück.«

Als sie an Francesco vorbeiging, schenkte sie ihm ein triumphierendes Lächeln. Er wirkte, als würde ihm gleich der Kopf platzen.

Sie ging nach draußen, folgte dem Weg zurück zum Hotel und setzte sich auf einen Stuhl, der auf der Veranda neben ihrer Zimmertür stand. Sie blickte Richtung Horizont und sah, dass dort hinten dicke Regenwolken aufzogen. Selbst in der Toskana begann irgendwann der wahre Herbst, der Kälte und Regen brachte.

»Wie passend«, flüsterte sie und lehnte ihren Kopf gegen die Wand.

Sie hörte, wie die Eingangstür geöffnet wurde, und drehte den Kopf. Björn kam auf sie zu und setzte sich neben sie. »Wie war dein Fest?«

»Gut«, sagte sie. »Wie war dein Termin mit Francesco?«

»Auch gut. Er wird in das Hotelprojekt investieren. Er ist ziemlich wohlhabend.«

Emilia schüttelte den Kopf und verschränkte die Arme vor der Brust. »Was du da gemacht hast, war falsch, Björn.«

Björn sah sie von der Seite an. »Ich weiß nicht, warum du immer den Drang hast, mich in deiner Geschichte zum Bösen zu machen. *Ich* habe gar nichts getan, außer einen Termin mit Francesco zu vereinbaren. Ich habe ihm die Sachlage geschildert, das ist alles. Ich wollte Informationen, ich wollte eine Lösung. Er war derjenige, der die Idee hatte.«

»Und dir ist nicht in den Sinn gekommen zu hinterfragen, warum er das alles tun will?«, fragte Emilia aufgebracht. »Dir ist nicht in den Sinn gekommen zu hinterfragen, welche eigentlichen Motive Francesco haben könnte? Dass er seinen Vater hasst? Dass er eine Möglichkeit sieht, Geld zu verdienen? Dass es ihm egal ist, wenn sein Vater dabei der Leidtragende ist?«

»Das ist nicht meine Aufgabe, Emilia«, antwortete Björn ruhig. »Ich versuche, mich nicht emotional zu verstricken, wenn es ums Business geht. Du machst das schon. Das ist dein Fehler. Deshalb wirst du nie …« Er brach ab und sah sie betroffen an.

»Was werde ich nie?«, hakte sie nach. Ihre Augen verengten sich zu Schlitzen. »Was, Björn? So sein wie mein Vater? So sein wie du? Wenn das deine Definition von beruflichem Erfolg ist, so weit nach oben zu kommen wie möglich, ohne Rücksicht auf Verluste, dann kann ich dir versichern: Ich bin *froh*, anders zu sein.«

Björn schüttelte den Kopf und schwieg. Emilia konnte ihm ansehen, dass er ihre Worte nicht verstand. Oder sie nicht verstehen *wollte*. Ja, sie konnte ihm geradezu ansehen, dass er sich in diesem Augenblick fragte, was er je in ihr gesehen hatte.

Gut so, dachte Emilia, *denn genau das frage ich mich umgekehrt auch.* »Ricci hat sich übrigens krankgemeldet.«

Björn zog eine Augenbraue nach oben.

Emilia erklärte weiter: »Falls Francesco keine *Unterredung* mit dem gesamten örtlichen Gesundheitsamt hatte, wird der Schuss für ihn wohl nach hinten losgehen.«

Björn schnaubte und starrte sie entgeistert an. »Was ist bloß los mit dir, Emilia? Das wäre unsere Lösung gewesen. Ich dachte, dir liegt so viel an diesem Projekt!« Mit jedem Wort wurde Björn aufgebrachter. Schließlich sprang er auf. »Du hast das alles hier aufgebaut und diese verflucht gute Vorarbeit geleistet, und jetzt riskierst du das alles, nur weil du irgendwelche irrationalen Gefühle für einen alten Mann hast, den du noch nicht mal kennst?«

Emilia sprang ebenfalls auf, streckte den Arm aus und deutete wütend mit dem Zeigefinger auf Björn. »Das war *deine* Lösung, nicht unsere. Genau genommen war das überhaupt keine Lösung, sondern ein mieser, niederträchtiger Plan. Und wie ich bereits *mehrmals* versucht habe, dir mitzuteilen, habe ich mit Giampaolo eine Vereinbarung getroffen. *Ich habe eine Lösung gefunden, eine Lösung, die für alle einen Gewinn darstellt. Ich* war das. Nicht *trotz* meiner emotionalen Verstrickung, sondern gerade *deshalb*. Und ich habe diese Lösung auch schon Torben Rossen präsentiert. Er war auch auf dem Fest. Und er hat eingewilligt.«

Björn starrte sie fassungslos an. Emilia konnte förmlich sehen, wie sich die Rädchen hinter seiner Stirn zu drehen begannen. »Er hat *worin* eingewilligt?«

»Das kannst du dann in meinem Bericht nachlesen. Ich setze dich in Kopie.«

Emilia blickte Björn eisig an. Sie hatte nicht vor, ihn in alle Details einzuweihen. Nicht, nachdem er Francescos Vorhaben unterstützt hatte. Björn hatte sich disqualifiziert. Er war niemand, mit dem sie je wieder ein *Team* bilden wollte. Nun wartete sie auf eine Reaktion, allerdings war Björn niemand, der sich schnell provozieren ließ. Seine Augen verengten sich zu Schlitzen, doch das war auch schon die einzige Reaktion, die er Emilia gönnte. Er wandte sich abrupt ab und ging. Über die Schulter hinweg sagte er noch: »Das werden wir ja sehen.«

Emilia saß auf ihrem Stuhl, den Blick auf Giampaolos Haus gewandt. Um sie herum hatte ein leichter Regen eingesetzt. Sie musste Pepe holen, um den halb fertigen Pool abzudecken, dachte sie. Und die Geräte wegräumen. Die Außenarbeiten waren noch nicht ganz abgeschlossen, aber sie hatten einen Status quo erreicht, der für den Herbst und Winter ausreichen würde. Nun würden sie im Innenbereich weitermachen. Sie musste …

Emilia schüttelte den Kopf und verdränge die Gedanken an all die Aufgaben. Sie musste erst mal gar nichts außer darauf warten, wie Giampaolos Termin ausging.

Alles wird gut, sagte sie sich. Es *musste* einfach. Ricci war nicht gekommen, das war ein gutes Zeichen, und Giampaolo war nun mal alles andere als verrückt, sie konnten ihn nicht einfach dazu machen. Ein bisschen exzentrisch war er vielleicht schon. Emilia lächelte. Björn hatte recht. Sie war *tatsächlich* emotional verstrickt. Nein, sie war mehr als das. Sie hatte seit ihrer Ankunft in der Toskana mehr über sich gelernt, mehr aus sich herausgeholt als je zuvor. Und einen Großteil ihrer Weiterentwicklung hatte sie Giampaolo zu verdanken. Nicht nur durch die Herausforderungen, die sie dank ihm hatte meistern müssen, sondern insbesondere durch das Leben, das er lebte. Wie er es lebte. Wie er alles annahm, was kam, und weiter wie ein stoischer Fels in der Brandung jede noch so hohe Welle ertrug. Wie er sich selbst nie verriet, wie er tat, was ihn glücklich machte. Wie er seiner Leidenschaft nachging, nur für sich, für niemanden sonst. Wie sein Leben sich ums Kochen drehte, obwohl er sich seinen beruflichen Traum nie hatte erfüllen können. Wie er weitermachte, für sich lebte, weil es nur darauf ankam, was man selbst von sich hielt.

Emilia schluckte schwer und wischte sich eine Träne aus dem Augenwinkel. Gianni hatte ihr durch seine Art in kürzester Zeit mehr beigebracht, als sonst irgendwer in ihrem Leben. Also *musste* dieser Termin gut ausgehen. Sie würde nicht zulassen, dass irgendjemand Giampaolo dieses Leben wegnahm.

Ihr Blick war lange starr auf den Weg gerichtet, bis sie irgendwann einen knallorangen, überdimensional großen Regenschirm auf sich zukommen sah. Irgendwo darunter war Giampaolo begraben. Sie sprang auf und lief ihm entgegen. Dass der Regen ihr T-Shirt durchnässte, war ihr egal. Sie blieb am Schotterweg stehen und hob den Regenschirm etwas an, um Giampaolos Gesicht darunter zum Vorschein zu bringen.

»Und?«, fragte sie gebannt.

Er zuckte mit den Schultern. »Sieht so aus, als ob ich nicht verrückt bin, *cara.*«

Emilia fiel ein Stein vom Herzen. Sie lächelte Giampaolo glücklich an, legte ihre Hand auf seinen Oberarm und drückte ihn sanft. »Das habe ich gewusst«, sagte sie. »Sie sind vielleicht viel, aber verrückt ganz sicher nicht.«

Giampaolo zuckte mit den Schultern und gab ein zustimmendes Brummen von sich. Doch an seinem Blick erkannte sie, wie erleichtert er war. »Wo ist Ihr Sohn?«, fragte sie.

»Weg«, sagte Giampaolo knapp.

»Sie sollten mit ihm reden.«

»Hat keinen Sinn.«

»Dann schreiben Sie ihm. Okay? Schreiben Sie ihm, Gianni. Sagen Sie ihm alles, was in den letzten Jahrzehnten unausgesprochen zwischen Ihnen lag. Versuchen Sie es. Glauben Sie mir, das wird es wert sein.«

Giampaolo bedachte sie mit einem langen Blick. »Sie sind tatsächlich naiv, Emmi.«

Sie hakte sich bei ihm unter. »Bin ich nicht. Nur optimistisch. Sollten Sie auch mal wieder versuchen.«

Sie gingen langsam den Weg entlang hinauf zum alten Hotel. »Wieder?«, fragte Giampaolo.

»Ach, kommen Sie, machen Sie mir nichts vor. Ich sehe es Ihnen an. Sie waren früher mal Optimist, bevor all diese schlimmen Dinge in Ihrem Leben passiert sind. Und jetzt ist es an der Zeit, die Staubschicht wegzukehren und Ihr altes Ich wieder hervorzukramen.«

»Emmi, Emmi, Emmi. Ich bin sehr alt, das wissen Sie, oder?«

»Na und?«

»Alte Menschen ändern sich nicht.«

»Blödsinn. Außerdem will ich nicht mit einem störrischen Griesgram zusammenarbeiten müssen. So eine harte Schale habe ich nicht, dass ich mir jeden einzelnen Tag Ihr Geschnauze anhöre.«

»Was quasseln Sie da?«

Emilia blieb stehen und blickte Giampaolo glücklich an. »Tja, jetzt, wo sie nicht verrückt sind, müssen wir doch dafür sorgen, dass Sie endlich bekommen, was Ihnen zusteht.«

»Und was soll das sein?«

Emilia hakte sich wieder bei ihm unter und ging die letzten Schritte Richtung Veranda.

»Die Möglichkeit, als der geniale Koch zu arbeiten, der Sie immer schon waren. Was sonst?«

26. Kapitel

EMILIA lächelte selig, als sie die kleine Gruppe an Freunden betrachtete, die um ihren Tisch herum Platz genommen hatte. Sie hatte Letizia und Andrea, Pepe und seine Frau Sara sowie Aurelio und Giampaolo zu einem Dinner eingeladen. Giampaolo hatte darauf bestanden, selbst zu kochen, doch Emilia hatte das nicht zugelassen, ihm großzügig einen *Tenuto* eingeschenkt, ihm das Glas in die Hand gedrückt und gesagt: »Sie haben noch genügend Gelegenheit zu kochen. Und jetzt setzen Sie sich da hin.«

Er hatte gebrummt und gesagt: »Schön. Aber vergiften Sie uns bloß nicht.«

Und sie aßen tapfer, ihre Gäste. Emilia hatte sich die Rezepte selbst rausgesucht und sich für Gerichte entschieden, die *tatsächlich* einfach waren. Zur Vorspeise gab es *Burrata*, Büffelmozzarella, mit frischen Tomaten und Basilikum. Als Pastagang hatte sie sich für eine einfache *Bolognese* entschieden, bei deren Rezept im Internet der Hinweis »Kocht sich fast von selbst« gestanden hatte. Nun, ganz hatte das zwar nicht gestimmt, aber Emilia war mit dem Ergebnis zufrieden. Als Hauptgang gab es Truthahnbraten, den sie fertig beim Feinkostladen in Camaiore gekauft hatte und den sie sie einfach nur in den Ofen hatte schieben müssen. Dazu servierte sie einen gemischten Salat.

Sie blickte in zufriedene Gesichter. Letizia klopfte ihr auf die Schulter. »Das war gut, *cara*. Kein typisch toskanisches Dinner, aber sehr, sehr gut.«

»Das freut mich«, sagte Emilia. Sie hob ihr Weinglas und prostete ihren Gästen zu. »Auf Giampaolo«, sagte sie.

Ihre Gäste taten es ihr gleich. »Auf Giampaolo.«

Emilia servierte ab und ging in die Küche. Sie stellte die Teller ins Spülbecken und seufzte glücklich.

Hinter ihr klopfte jemand an die Tür, sie drehte sich um, und das Lächeln auf ihren Lippen erstarb.

»Björn«, sagte sie.

»Tja, sorry, wenn ich störe. Ich sehe, du richtest dich immer häuslicher ein. Aber ich darf dich daran erinnern, dass das Hotel der Intercore Hotelgroup gehört.«

»Danke, Björn. Ich habe bereits einen Bericht an das Management geschickt, und ich erwarte, dass der abgesegnet wird. Torben Rossen hat …«

Björn hob die Hand, und Emilia hielt inne. »Ich habe mit Rossen telefoniert. Er hat deinen Bericht gelesen, und die Zentrale fand das alles auch ganz gut, aber …«

»Aber?«, fragte Emilia zögerlich.

Björn wandte den Blick ab. »Ich mag dich, Emilia, wirklich. Das mit uns hätte etwas werden können.«

»Hätte es nicht. Wir sind viel zu verschieden. Was ist mit Rossen? Was hat die Zentrale gesagt?«

»Ich konnte die Investoren wieder zurück ins Boot holen. Die, die dein kleiner alter Freund mit seiner Feuershow vertrieben hatte.«

Emilia zuckte mit den Schultern. »Na und?«

Björn blickte sie mitleidig an. »Ich weiß, dass du an diesem Hotel hängst und … das tut mir leid. Weil ich weiß, dass es ein Fehler ist, so zu denken wie du. Und irgendwann wirst du das auch verstehen. Aber, Emilia, du hast nie das große Ganze im Blick.«

»Was redest du da bloß? Und was soll das ominöse große Ganze sein?«

»Die Investoren wollen viel Geld in das Projekt stecken, Emilia. Ich habe sie mit Francesco bekannt gemacht und … na ja, da wird viel Geld fließen.«

»Das ist doch … schön, oder? Für die Hotelkette, meine ich.«

Björn schüttelte den Kopf und machte eine hilflose Geste. »Du hast den Instinkt einfach nicht, Emilia. Wie kannst du das alles nicht verstehen? Italienische Investoren stecken viel Geld in dieses Projekt, Emilia, so viel Geld, dass sie das Projekt praktisch kaufen. Sie werden das Management bestimmen, sie werden alles bestimmen. Sie wollen nicht, dass eine ausländische Hotelkette ein Mitbestimmungsrecht hat.«

Unsere Hotelzentrale hat zugestimmt und wird stiller Eigentümer. Mit der Betonung auf *still*.«

»Das ist doch total unsinnig!«

Sie stieß sich von der Theke ab und begann, in der Küche auf und ab zu gehen.

»Aus betriebswirtschaftlicher Sicht eigentlich nicht. Wenn du das Angebot kennen würdest, verstündest du es. Du musst die Vorteile sehen, Emilia. Unsere Hotelkette verdient einen Haufen Kohle, ohne Arbeit oder finanzielle Risiken zu haben.«

Emilia blieb stehen und stierte Björn an. »Schwachsinn! Wenn sie das gewollt hätten, hätten sie das doch von Anfang an so machen können!«

»Wie denn? Noch vor wenigen Wochen war das alles hier weitaus weniger wert.«

Emilia schüttelte eilig den Kopf. »Ich glaube dir nicht.«

Björn seufzte. »Du bist selbst schuld. Diese Emotionalität, die du an den Tag legst, ist extrem unprofessionell.«

»Sag *du* mir nicht, was unprofessionell ist!«

»Ich mache meinen Job! Ich mache *immer* meinen Job. Und ich habe dem Management eine bessere Lösung präsentiert. Sie erhalten ihr gesamtes investiertes Kapital zurück plus eine jährliche Erfolgsbeteiligung und müssen sich nicht mehr mit dem wahnsinnigen Alten und der ganzen irren Dorfgemeinschaft hier rumschlagen!«

Emilia schüttelte weiter ungläubig den Kopf.

»Emilia, hör mir zu«, sagte Björn ruhig. »Du bist jetzt aufgewühlt, das verstehe ich. Du denkst, du wurdest hintergangen. Das denkst du immer. Aber was du dabei übersiehst, ist, dass du genau das bekommen hast, was du wolltest. Du hast dich bewiesen. Du hast ein brachliegendes Grundstück in ein vielversprechendes Projekt verwandelt. Ich bin sicher, das wird entsprechend honoriert. Du kannst dir dein nächstes Projekt aussuchen. London, Paris, New York ... Die Welt steht dir offen.«

»Verschwinde«, presste Emilia hervor und wies mit einer Handbewegung zur offenen Küchentür.

Björn taumelte, als hätte sie ihm einen Schlag verpasst. »Du musst das irgendwann lernen, Emilia. Wenn du erfolgreich sein willst, dann ...«

»Verschwinde!«, rief sie noch einmal, diesmal lauter.

Als Björn durch die Tür gehen wollte, stieß er fast mit Aurelio zusammen. »Was ist hier los?«, fragte er und blickte unsicher zwischen Björn und Emilia hin und her. »Ich habe laute Stimmen gehört.«

»Das geht dich ja wohl nichts an«, gab Björn zurück.

»Björn!«, rief Emilia aus und bedeutete ihm zu verschwinden. Doch Björn beachtete sie gar nicht, sondern funkelte Aurelio an.

Der war die Ruhe selbst. »Das geht mich sogar ziemlich viel an«, antwortete dieser nüchtern.

»Ach, ist das so, ja? Und wieso, wenn ich fragen darf?«

Aurelio verschränkte die Arme vor der Brust, sein Gesicht zeigte keine Regung. »Jedes Mal, wenn du deine Hände im Spiel hast, ist Emilia kurz darauf aufgelöst. Was soll das? Ist das irgendein Anzugaffen-Macho-Ding, das ich nicht kapiere?«

»Noch einmal: Das geht dich ja wohl kaum etwas an«, entgegnete Björn, dessen Stimme plötzlich eisig klang.

»Emilia geht mich mehr an als dich.«

Björn klappte der Mund auf. Plötzlich machte er einen bedrohlichen Schritt auf Aurelio zu, doch der blieb stehen. Emilia wollte sich zwischen die beiden drängen, doch als Aurelio ihre Bewegung wahrnahm, hob er die Hand und bedeutete ihr, stehen zu bleiben.

»Noch so eine Meldung, und ich vergesse meine guten Manieren«, zischte Björn.

»Und was willst du dann tun, Anzugträger? Dich mit mir vor dem Haus prügeln? Dann denk aber dran: Wir sind auf dem Land. Dein Armani-Sakko könnte Flecken bekommen.«

Björns Kopf war knallrot. Er wich zurück, aber nur für eine Sekunde. Dann hob er den Arm und holte zum Schlag aus. Aurelio hatte das vorhergeahnt, packte Björn an der Hand, zog ihn zu sich, verdrehte ihm den Arm und presste ihn mit einem unsanften Stoß mit dem Bauch voran gegen den Türrahmen. Björn keuchte, als Aurelio seinen Arm hinter dessen Rücken weiter nach oben bog und den Druck verstärkte.

»Wenn du noch einmal hier antanzt und Emilia wieder so fertig ist deinetwegen, vergesse ich mich. Und jetzt zieh ab.« Er drückte noch einmal zu, sodass Björn einen spitzen Schrei ausstieß. Dann ließ er ihn los, versetzte ihm einen Stoß, und Björn stolperte aus der Küche. Aurelio schloss die Tür hinter ihm und sperrte ab. »Den sind wir wohl los«, murmelte er und klopfte sich demonstrativ sein T-Shirt ab.

Emilia hatte immer noch die Hände auf den Mund gepresst und starrte Aurelio nun aus weit aufgerissenen Augen an.

»Was ist?«, fragte er.

Sie ließ die Arme sinken und atmete einmal tief durch. »Du bist also Musiker, Maler, Ex-Finanzgenie und dann auch noch Bodyguard?«

Aurelio kam auf sie zu, legte die Arme um sie und zog sie zu sich. »Nur, wenn die Situation es erfordert. Alles okay?«

Emilia legte ihren Kopf an Aurelios starke Schulter und ließ sich von ihm in den Arm nehmen. *Nein*, dachte sie. *Nichts ist okay.* Sie spürte Aurelios warme Haut, seine Hand, die über ihr Haar strich, und fühlte sich geborgen. Sie wollte all ihren Frust hinausschreien, ihm sagen, dass ihr alles zu entgleiten drohte – mal wieder. Dass sie keine Ahnung hatte, was sie jetzt tun sollte – mal wieder. Und dass sie, verdammt noch mal, nirgendwo anders sein wollte. Sie wollte nicht nach London, Paris oder New York. Sie wollte nur *hier* sein. Hier bei ihm und bei Giampaolo, zwischen Pinien, Zypressen und Lavendelsträuchern. Sie wollte Wein zu Mittag trinken, mit der Sonne aufstehen und mit ihr wieder schlafen gehen. Sie wollte all das in die Welt hinausschreien, doch sie konnte nicht. Denn wenn ihr auch jetzt, in diesem Augenblick, endlich ein für alle Mal klar war, was sie *wirklich* wollte, so gab es doch Dinge, die sich nicht ändern ließen.

Weder das Hotel noch Aurelio gehörten wirklich *ihr*.

Sie könnte glücklich sein. Hier, mit ihm, in diesem Hotel. Sie wusste es in diesem Augenblick, als sie in seinen Armen lag, seinen Atem hörte, seine Wärme spürte. Sie könnte. Aber sie würde nicht.

Weil nichts von all dem ihr gehörte.

27. Kapitel

DAS erste Mal seit langer Zeit hatte Emilia das Bedürfnis, sich in eine Ecke zu verkriechen und loszuheulen. Sie hatte ihre Gäste verabschiedet, ohne sich etwas anmerken zu lassen, hatte Aurelio weggeschickt, obwohl er angeboten hatte, bei ihr zu bleiben. Doch sie konnte ihn nicht hier haben. Sie konnte sich nicht an ihn klammern und davon träumen, wie es sein würde, jede Nacht neben ihm zu liegen. Sie musste sich um sich selbst kümmern. Also hatte sie sich allein in ihr Bett verzogen und war unter ihrer Decke verschwunden.

Doch das hatte nichts geholfen. Bald war sie wieder aufgestanden, und unruhig war sie in ihrem Zimmer auf und ab getigert, hatte mehrmals nach dem Handy gegriffen, nur, um es dann wieder wegzulegen, hatte den Laptop auf- und wieder zugeklappt.

Ihr war nichts eingefallen, was sie hätte tun können. Nichts.

Es geht ums Geld. Es geht immer ums Geld.

Nur, dass sie keines besaß. Ihr Bankkonto war leer gefegt, und selbst, wenn da ein paar Ersparnisse drauf gewesen wären, würden an die sechs bis sieben Nullen fehlen, um auch nur daran zu *denken*, ein Gegenangebot zu unterbreiten.

Was sollte sie tun? An die emotionale Ebene des Managements appellieren?

Lächerlich.

Sie blickte auf die Uhr. Es war fast Mitternacht. Sie sollte sich hinlegen. Doch an Schlaf war nicht zu denken. Sie griff in ihren Schrank und holte ihren rosafarbenen Morgenmantel hervor, zog ihn an, band den Gürtel fest um ihre Taille und trat nach draußen. Der Regen hatte aufgehört, würde aber bald wieder einsetzen.

Sie starrte in die Dunkelheit und hörte dem allabendlichen Konzert der toskanischen Natur zu. Nur ein ihr so sehr ans Herz gewachsenes Geräusch fehlte. Sie wandte sich nach rechts und ging los, ohne auf die innere Stimme zu hören, die sie warnte, sich von einem Mann trösten zu lassen, der nicht der ihre war. Ja, sie sollte sich um sich selbst kümmern.

Sie *wollte* es auch.

Aber nicht jetzt. Nicht heute Nacht. Nicht in diesem Augenblick.

Sie fand Aurelios Hütte leer vor. Die Lichterkette war nicht an, was bedeutete, dass er nicht zu Hause war.

Wo war er bloß um diese Zeit?

Sie klopfte an die Tür, wartete kurz und betrat dann die Hütte, schaltete die einzelne Glühbirne ein und blickte sich um. Sie stand inmitten dieser kleinen Holzhütte mit all den farbenfrohen, kraftvollen Gemälden. Viel mehr gab es hier nicht. Ein kleines Bett, ein deckenhohes Regal, Malutensilien, eine Staffelei, eine Kochstelle und eine Tür, die zu einem kleinen Badezimmer führte, das, wie sie mittlerweile wusste, Aurelio selbst installiert hatte.

So einfach, so banal. Und doch hatte er hier alles, was er brauchte, und war zufrieden.

Wann war sie, Emilia, das letzte Mal *einfach zufrieden* gewesen?

Sie ließ sich in der Mitte des Raums nieder, setzte sich auf den Holzboden und starrte auf sich selbst, auf dieses Gemälde und in diese strahlend blauen Augen.

»Was soll ich bloß tun?«, fragte sie flüsternd.

»Aufhören, in fremde Häuser einzubrechen«, kam prompt die Antwort.

Emilia lächelte und blickte über ihre Schulter. Aurelio war lautlos eingetreten und blickte sie nun fragend an.

»Tut mir leid«, sagte sie. »Ich wollte … wohl doch nicht allein sein.«

»Okay.«

Er setzte sich ihr gegenüber auf den Holzboden und versperrte ihr den Blick auf ihr Ebenbild.

»Deine Augen sind traurig«, stellte Aurelio fest.

»Ja.«

»Warum?«

Sie schüttelte den Kopf. Sie wusste noch nicht mal, wo sie beginnen sollte. Aurelio streckte den Arm aus und nahm ihre Hand in die seine. Seine Haut war warm und weich, wie immer.

»Was hat dieser Björn denn gesagt, das dich so aufgewühlt hat?«, hakte Aurelio nach.

Vorhin, als er sie in der Küche in seinen Armen gehalten hatte, war ihr nicht danach gewesen, mit ihm zu sprechen. Doch jetzt konnte sie all das Geschehene nicht mehr mit sich herumtragen. »Die Intercore Hotelgroup will verkaufen«, sagte sie leise. Diese Worte auszusprechen, kostete sie alle Kraft der Welt. »Na ja … quasi. Sie bleiben stille Teilhaber.«

»Oh …« Aurelio machte ein besorgtes Gesicht.

»Offenbar habe ich ein brachliegendes Grundstück in ein vielversprechendes Projekt verwandelt. Ist das nicht super?« Die letzten Worte kamen mit einem bitteren Unterton über ihre Lippen.

»Kommt drauf an.«

»Worauf?«

»Was du willst.«

»Ich weiß nicht, was ich will.«

»Immer noch nicht? Das ist schlecht.«

Emilia nickte und brachte ein Lächeln zustande. Sie blickte in Aurelios verträumte Augen und spürte, wie eine angenehme Wärme sie durchflutete.

»Was soll ich tun?«, fragte sie ihn.

»Was willst du tun?«

»Ich weiß es nicht.«

Aurelio legte den Kopf schief und blickte sie nachdenklich an. »Du wolltest erfolgreich sein, oder? Dich beweisen? Deine Träume verwirklichen, deine Karriere verfolgen?«

Sie nickte langsam.

»Sieht für mich so aus, als hättest du das geschafft. Ich bin sicher, du kannst dir ein neues Projekt aussuchen. Deine Hotelkette hat vermutlich Hunderte solcher Möglichkeiten für dich.«

»Vermutlich«, bestätigte Emilia.

»Na ja, das ist doch gut, oder?«

Emilia schüttelte den Kopf und betrachtete Aurelio. Von den Tausenden von Fragen, die durch ihren Kopf rasten, konnte sie kaum eine greifen. Sie war überfordert, übermüdet und erschöpft. Aurelios

Worte ergaben Sinn. Sie hatte doch bekommen, was sie von Anfang an gewollt hatte, oder?

Nach wie vor hielt Aurelio ihre Hände umfasst und streichelte sie zärtlich. Sie wollte, dass er die eine Frage, die wirklich zählte, zwischen den Tausenden, die in ihr tobten, herauspickte und sie beantwortete. Sie wollte, dass er wieder ihre Gedanken las. Nur noch ein einziges Mal. Dass er die Frage, die sie nicht laut aussprechen durfte, erriet und ihr sagte, dass alles gut werden würde.

Aber was wird mit uns?

Emilia unterbrach den Blickkontakt mit Aurelio und starrte auf den Boden. Sie kannte die Antwort. Sie musste die Frage gar nicht erst stellen.

»Was ist es, was dich stört?«, fragte Aurelio in die Stille.

Abgesehen von der Tatsache, dass ich von hier weggehen und dich nie wiedersehen würde? Die Bemerkung lag ihr brennend auf der Zunge, doch sie schluckte sie hinunter und schob alle Gedanken, die Aurelio betrafen, beiseite. Wenn sie nur sich selbst betrachtete, dann war das, was sie störte, etwas gänzlich anderes.

»Sie haben gewonnen«, erklärte sie unumwunden. »Schon wieder.«

»Wer?«

»Björn. Mein Vater. Das Geld. Er hatte recht, weißt du? Björn. Ich bin emotional verstrickt. Viel zu sehr. Ich passe nicht in diese Welt. Gott, selbst wenn … selbst wenn ich Millionen von Euro auf meinem Konto hätte und dieses Hotel kaufen könnte – was dann? Dann wäre ich immer noch ich. Die naive, gutgläubige, *emotional verstrickte* Emilia, die keine harten Geschäftsentscheidungen treffen kann. Die nie akzeptieren wird, dass es das Geld ist, das zählt, nicht Emotionen oder Bedürfnisse.«

Aurelio schnaubte. »Was soll das denn für eine Erkenntnis sein?«

Emilia zuckte mit den Schultern und schwieg.

»Die falsche, Emilia«, beantwortete Aurelio seine Frage selbst.

Emilia wand sich aus Aurelios Handgriff und machte eine ausladende Geste. »Und dann denke ich wieder … Ich habe so viel hier reingesteckt. Ich kann doch nicht einfach …« Sie brach ab und starrte Aurelio betroffen an.

Wieder wollte sie ihm die Frage stellen, ihm sagen, dass sie doch nicht einfach gehen konnte, nicht ohne ihn ... Doch Aurelio und sie hatten eine Vereinbarung getroffen. Subtil und in stiller Übereinkunft, aber es gab sie. Aurelio hatte ihr zu verstehen gegeben, wer er war und was er wollte. Er war gerade erst in seinem neuen Leben angekommen. In *seinem* Leben. Da war kein Platz für sie. Und in ihrem Leben war kein Platz für ihn. Sie wusste das. Sie verstand das. Also schwieg sie.

»Was wolltest du sagen?«, fragte Aurelio.

»Ich kann hier nicht einfach weg«, murmelte Emilia und wandte den Blick ab.

»Natürlich kannst du das.«

Emilias Blick schnellte zu Aurelio. Sie wusste, dass er die Worte gut und tröstend meinte. Doch sie fühlten sich an wie ein Schlag ins Gesicht. Alles, was sie hörte, war: Du kannst hier weg. Es kümmert mich nicht. *Wir* existieren nicht.

»... das gehört dazu«, sprach Aurelio weiter, als hätte er ihren Blick gar nicht bemerkt. Als wüsste er nicht, was sie dachte, obwohl sie ahnte, dass er die Situation sehr wohl richtig erfasste. »In der Welt, in der du dich so gern beweisen möchtest, diese Welt, die dir so wichtig zu sein scheint ... Da gehört das dazu. Man übernimmt ein Projekt, man sorgt dafür, dass es erfolgreich wird, und dann geht man zum nächsten«, erklärte er. »So funktioniert das.«

»Keine emotionale Bindung?«, fragte Emilia leise und schluckte schwer.

Aurelio schüttelte bedächtig den Kopf. »Nein, nicht in dieser Welt. Keine emotionale Bindung.«

»Keine Verpflichtungen?«, fragte sie.

»Keine Verpflichtungen«, bestätigte er.

Bittere Galle stieg in Emilia hoch. Sie seufzte und stand auf. Sie hatte gewusst, worauf sie sich eingelassen hatte, hatte immer gewusst, woran sie bei ihm war. Sie musste endlich erwachsen werden und aufhören, so verdammt naiv und schwach zu sein.

Sie wollte nicht mehr wie *Bambi* wirken.

Ihr Blick fiel auf das kleine Bett. Ein Einzelbett. Aurelios Bett. Auch hier war kein Platz für sie. Sie hätte alles für eine weitere leidenschaftliche Nacht gegeben, hätte sich am liebsten in seine Arme geworfen und ihn angefleht, sie zu halten.

Nein. Das war die alte Emilia. Die Emilia, die nicht allein zurechtkam. Diese Zeiten waren vorbei. Sie *mussten* vorbei sein.

Emilia wandte sich zur Tür. Aurelio stand auf und trat neben sie. Eine Zeit lang blickten sie sich an. Zwischen ihnen lag nur ein halber Meter, und doch hatte sie das Gefühl, dass da eine Mauer war, die sie beide nicht überschreiten konnten.

Keine emotionale Bindung.

Keine Verpflichtungen.

Er war mehr als deutlich gewesen, und sie, Emilia, war endlich stark genug, eine solche Entscheidung zu akzeptieren.

»Okay ... Dann gehe ich mal«, sagte sie und wandte sich ab.

»Emilia«, sagte Aurelio leise.

Er umfasste von hinten ihr Handgelenk, zog sie sanft zu sich, legte die andere Hand auf ihre Wange. Sie presste die Lippen aufeinander und schluckte die Tränen hinunter, die nach oben drängten. Er legte den Finger unter ihr Kinn und zwang sie, ihn anzusehen. Dann beugte er sich zu ihr und küsste sie sanft.

Seine Lippen lösten sich von den ihren, doch er hielt sie fest bei sich, seine Stirn an die ihre gelehnt.

»Überleg dir, was du willst«, flüsterte er ihr zu.

Sie nickte und löste sich aus seiner Umarmung. »Ich weiß schon längst, was ich will, Aurelio. Doch das, was ich will, kann ich nicht haben. Gute Nacht.«

28. Kapitel

ZUM ersten Mal, seit sie hier war, beobachtete sie die Morgendämmerung. Die Sonne ging irgendwo hinter den grünen Hügeln auf und färbte den Horizont, auf den sie von der Panoramaterrasse aus blickte, rosarot. Nachdem Emilia von Aurelio heimgekommen war, hatte sie nicht schlafen können. Sie war viel zu aufgewühlt, viel zu nervös und unruhig. Und traurig.

Doch ihre Probleme hatten sich gelöst, nicht wahr? Sie sollte doch froh sein. Sie wusste, dass Aurelio mit seinen Worten recht gehabt hatte. Sie hatte alles erreicht, was sie vorgehabt hatte.

Und warum war sie dann nicht glücklich? Warum war sie nicht zufrieden und erfüllt und stolz?

Sie fühlte sich ausgelaugt, müde und unruhig. Die Dinge waren ihr entglitten, und obwohl sie einen Teil zum Erfolg dieses Hotelprojekts beigetragen hatte, hatte sie nicht das Gefühl, Stolz empfinden zu können.

Sie fragte sich, was ihr Vater zu dem ganzen Spektakel zu sagen hätte. Zu ihrem chaotischen Vorgehen, ihren Lügen und ihren allzu emotionalen Lösungsansätzen.

Er würde sie auslachen. Er würde ihr sagen, dass sie nichts dazugelernt hatte. Dass sie nichts taugte, sondern lieber einen *Frauenberuf* wählen sollte.

Tränen traten ihr in die Augen. Selbst dieser Erfolg – und das Projekt *war* ein Erfolg, der ganz und gar auf ihre Anstrengungen zurückzuführen war – würde nichts an seiner Meinung über sie ändern.

War es das? War es das, was sie endlich verstehen musste?

Sie zuckte mit den Schultern und strich sich eine Haarsträhne aus dem Gesicht. Die Wahrheit war, dass sie das bereits verstanden hatte. Zum ersten Mal in ihrem Leben hatte sie das Gefühl, dass die Meinung ihres Vaters für ihr Lebensglück belanglos war. Das hier war wichtig. Dieser Ort, dieses Hotel, diese Menschen.

Giampaolo war in der kurzen Zeit, die sie ihn kannte, mehr zu einer Vaterfigur geworden, als ihr eigener Vater es jemals sein würde. Egal, was sie tat. Egal, was sie vollbrachte. Also konnte sie die Angelegenheit ebenso gut abhaken. Ja, sie hatte Giampaolo nahegelegt, einen Schritt auf seinen Sohn zuzugehen. Es war das Richtige. Und sie? Sie würde dasselbe tun – irgendwann. Würde vor ihren Vater treten und ihm erklären, dass er die Kontrolle über sie verloren hatte. Dass er den falschen Weg eingeschlagen hatte, dass er kein besonders guter, aber auch kein sehr schlechter Vater gewesen war. Dass sie wusste, was er für sie getan hatte, und dass er es so getan hatte, wie er es für richtig gehalten hatte.

All das würde sie ihm sagen. Und er? Er würde es verstehen oder auch nicht. Er würde sie dafür respektieren oder auch nicht.

Es lag außerhalb ihrer Kontrolle, wie ihr Vater reagieren würde. Das Einzige, was in ihrem Kontrollbereich lag, war ihr eigenes Schicksal.

Was also wollte sie wirklich? Waren das wirklich *ihre* Ziele, die sie immer verfolgt hatte? Sie hatte nie darüber nachgedacht. Bis sie hierhergekommen war.

Wenn sie alles Unwesentliche außer Acht ließ, die Meinung anderer, den falschen Stolz, das irrationale Streben danach, sich beweisen zu müssen, die Männer in ihrem Leben … wenn sie all das außer Acht ließ, was blieb dann noch?

Was wollte sie wirklich?

Emilia fuhr mit den Händen über die kühlen Steinplatten der Terrasse. Zärtlich strich sie über das raue Material, das sie eigenhändig und sorgfältig ausgesucht hatte. Sie wusste, dass sie nicht *ihr* gehörten, dass das nicht *ihr* Kapital war, das in all den vielen Details steckte. Doch es waren ihre Ideen. Es war ihre Kreativität, ihr Herzblut, ihre Leidenschaft. Es war *ihr* Projekt.

Sie schluckte schwer, und als einige Tränen über ihre Wangen flossen, wischte sie sie nicht fort.

Was wollte sie?

Sie legte den Kopf in den Nacken und blickte in den Himmel, der sich langsam von Rosarot in Blassblau verfärbte. Das nächtliche Zirpen der Grillen war vom fröhlichen Zwitschern der Vögel abgelöst worden. Der

Wind war kühler als noch vor wenigen Wochen und strich ihr sanft durchs Haar. Die Gerüche hatten sich verändert. Nun roch es nach feuchter Erde, nach Regen und nach Laub. Emilia lächelte.

Manchmal war die Antwort auf eine Frage gar nicht so schwer zu finden.

29. Kapitel

EINEN Tag später stand Emilia mit ihrem Koffer in der Hand auf dem kleinen Parkplatz neben ihrem Wagen. Pepe hatte ihr angeboten, sie zu fahren, doch sie hatte abgelehnt. Sie wollte das allein machen. Sie blickte über die weiten Hügel, die nun ein anderes Farbenspiel zeigten als an dem Tag, an dem sie angekommen war. Der Himmel war nicht mehr strahlendblau, sondern wurde von immer mehr Wolken durchzogen, die lange Schatten auf die grüne Landschaft warfen. Und es war überraschend geschäftig. Die Weinlese fand im September und Oktober statt, und die Winzer samt Helfer umschwirrten ihre fruchtigen Schätze wie fleißige Bienen.

Emilia seufzte. Sie wollte nicht abreisen. Doch sie musste, denn endlich wusste sie, was sie zu tun hatte. Sie wandte sich ab, öffnete ihren Wagen, verstaute den Koffer darin und ging zur Fahrertür.

»Emilia!«, hörte sie ihren Namen und wandte sich um.

Aurelio kam den Weg hinauf und hob die Hand zum Gruß. Gestern Abend hatte sie sich von Giampaolo und Letizia verabschiedet, doch als sie zu Aurelios Hütte gegangen war, hatte sie sie leer vorgefunden. Er trug ein rotes T-Shirt und eine locker sitzende Jeans. Seine schwarzen Locken wurden vom sanften Wind zerzaust, und seine tiefbraunen Augen verursachten bei Emilia wie immer ein flaues Gefühl im Magen. Sie wandte den Blick ab.

»Du reist ab?«

Sie nickte.

»Ohne dich zu verabschieden?«

»Ich war gestern bei dir, aber du warst nicht da.«

»Ah.«

Sie hob den Kopf und betrachtete den charmanten Italiener eingehend. Die Frage, was hätte sein können, drängte sich ihr erneut auf, doch sie kannte die Antwort und schob die Gedanken beiseite.

»Eines wollte ich dich immer schon fragen«, sagte sie.

»Was denn?«

»Was machst du, wenn du nachts nicht in deiner Hütte bist?« Sie machte eine ausladende Geste. »Ich meine … Hier steppt nicht gerade der Bär. Um neun Uhr werden hier die Bürgersteige hochgeklappt.«

»Ja. Gott sei Dank. Ich liebe diese Ruhe.«

»Das beantwortet meine Frage nicht.«

Er lächelte. »Also schön. Ich gehe spazieren.«

»Spazieren? In der Nacht?«

»Ja.«

Emilia hob die Augenbrauen. Darauf hatte sie nicht viel zu entgegnen. Aurelio schob die Hände in seine Hosentaschen und zuckte mit den Schultern. »Manchmal muss ich den Kopf freikriegen. Muss raus, mich bewegen, nachdenken.«

»Ja. Das kann ich gut verstehen.«

Mit einem Nicken deutete er auf die hohen Hügel hinter dem Hotel. »Da oben gibt es einen schönen Platz, eine Art Felsvorsprung. Da sitze ich gern. Wenn die Nacht klar ist, was hier ziemlich oft der Fall ist, sieht man Millionen Sterne glitzern. Da wird einem so einiges klar.«

Emilia nickte. »Und da warst du gestern?«

»Ja. Da war ich gestern.«

»Um dir über einiges klar zu werden?«

»Richtig.«

Emilia lächelte und wandte sich ab.

»Du reist also ab?«, fragte Aurelio erneut, ohne sich von der Stelle zu rühren.

»Ja.« Emilia machte eine Pause. »Aber ich komme wieder.«

Aurelios Augenbrauen schossen nach oben. »Wirklich?« Er klang so hoffnungsvoll, dass Emilias Herz einen Sprung machte und sie lachen musste. Daraufhin wandte Aurelio schüchtern den Blick ab.

Emilia legte den Kopf schief und betrachtete ihn eingehend. Nach einigen Sekunden sagte sie: »Weißt du, die Sache ist die, Aurelio. Manche Dinge sind es wert, sich emotional an sie zu binden. Manche Dinge sind es wert, Verpflichtungen einzugehen.« Er sah sie wieder an. Als er nicht weiter reagierte, seufzte sie und fügte hinzu: »Schon klar,

263

du siehst das anders. Ich aber nicht. Ich habe mich entschieden. Ich weiß jetzt, was ich will. Also fliege ich nach Hamburg.«

»Um was zu tun?«

»Mein Vater lebt dort. Ich habe über einen möglichen Ausweg nachgedacht, eine Lösung. Und da dachte ich … Na ja, er ist ein Hotelmagnat. Er weiß, wie der Hase läuft. Er war es, der mich in diese Branche geschubst hat, nicht, um mir eine blühende Karriere zu ermöglichen, sondern um mich unter seinen Fittichen zu haben. Und ich dachte, diese Tatsache könnte ich ausnahmsweise mal nutzen.«

»Und wie?«, fragte Aurelio interessiert.

Emilia zuckte mit den Schultern. »Ich werde ihn bitten, das Hotel zu kaufen. Er wird Ja sagen. Er wird eine Million Verpflichtungen an seine Zusage knüpfen, er wird weiter die Kontrolle haben, aber … das ist es mir wert. Ich werde damit umgehen können. Das war vorher nicht so. Vorher habe ich alles getan, um ihn stolz zu machen.«

»Und jetzt?«

»Jetzt will ich alles tun, um *mich* stolz zu machen. Und ich bin bereit, jeden Preis dafür zu zahlen.« Sie griff zur Autotür und öffnete sie. »Wie gesagt«, setzte sie nach, »manche Dinge sind es wert, sich an sie zu binden.«

Nun rührte Aurelio sich doch. Er ging mit langen Schritten auf sie zu, stellte sich neben sie, löste ihre Finger vom Türgriff und nahm ihre Hand in die seine.

»Die Sache ist die …«, begann er und blickte auf ihre Handfläche, in die er mit dem Zeigefinger Zeichen malte, die nur er kannte.

»Ja?«, fragte Emilia.

»Als ich gestern da oben saß, habe ich über diese Dinge nachgedacht. Verpflichtungen. Bindungen. Ich denke … vielleicht hast du recht.«

Emilia wurde ganz schwindelig, als sie diese Worte hörte. Langsam nickte sie. »Das denke ich auch.«

Er ließ ihre Hand los und die Stelle, an der er ihre Haut berührt hatte, kribbelte und verursachte eine Gänsehaut.

»Du solltest nicht in der Schuld deines Vaters stehen.«

»Nein. Aber es gibt keine andere Lösung«

Aurelio blickte sie lange an. Er hielt weiter ihre Hand, und sie spürte, dass er nicht wollte, dass sie ging.

Sag es, dachte sie. *Spricht es aus. Sag mir ins Gesicht, was du fühlst.* Doch er schwieg.

Sie riss ihre Hand los, hob den Arm und strich ihm über die Wange.

»Es ist okay«, sagte sie leise.

»Was?«

»Unterschiedlich zu sein. Ich finde es toll, was du machst. Wirklich. Dass du dich selber finden willst. Dass du den Fokus auf dich richtest. Das ist gut. Ich habe dadurch viel gelernt. Und … ich habe verstanden, was du mir gesagt hast, und gebe dir recht.«

»Womit?«

»Es muss nichts zu bedeuten haben.«

Aurelio hob die Augenbrauen und blickte sie schweigend an.

»Das, was zwischen uns war«, fügte sie hinzu. »Es muss nichts zu bedeuten haben. Richtig?«

Aurelio nickte langsam. Dann wandte er sich um und ging davon.

Emilia blickte ihm nach. Ihr Herz blutete. Nicht nur, weil Aurelio ihr nicht geben konnte, was sie wollte, sondern auch, weil sie ahnte, dass er nicht mehr hier sein würde, wenn sie zurückkam. Er würde gehen. Das hier war zu kompliziert geworden, zu … *emotional verstrickt.*

In Gedanken verabschiedete sie sich von ihm. Für immer.

Dann stieg sie in ihr Auto und fuhr davon.

Vier Tage später stand sie mit pochendem Herzen und einer Aktentasche in der Hand vor dem großen Glasbunker im Herzen Hamburgs, in dem ihr Vater sein Büro hatte. Sie hatte einen offiziellen Termin vereinbart – mit seiner Sekretärin, nicht mit ihm. Sie war bei ihrer Anfrage nicht ins Detail gegangen, war vage geblieben. Doch ihr Vater war kein Dummkopf. Er wusste, was in der Toskana passiert war. Nicht von ihr persönlich, aber von Micha oder Björn oder irgendjemandem aus der Hotelzentrale. Vielleicht konnte er sich zusammenreimen, was sie gleich mit ihm besprechen wollte.

Emilia atmete tief ein, strich ihren dunklen Blazer glatt und ging mit langen Schritten durch den Haupteingang. Sie bestieg den Fahrstuhl, fuhr nach oben und ließ sich von einer Sekretärin zu einer Sitzecke bringen. Den angebotenen Kaffee lehnte sie dankend ab. Ihr Magen war kurz davor zu rebellieren, und sie war viel zu nervös, um irgendetwas zu sich zu nehmen.

Sie hatte alles vorbereitet. Alle Unterlagen, das offizielle Angebot von Björns Investoren, das Micha ihr hatte besorgen können, ihre Rede, ihre Argumente. Sie hatte sogar eine Liste verschiedener Bedingungen angefertigt, mit denen ihr Vater zweifelsohne auf sie zukommen würde. Sie wollte proaktiv wirken, wie jemand, der wusste, was er tat.

Er würde sie fragen, warum. Warum er genau in *dieses* Hotel investieren sollte. Das fragte er immer als Erstes. Und die Antwort, die er darauf bekommen würde, war alles, was zählte. Die Zahlen, die Verträge, die Budgetplanung, die Meilensteine – all das war wichtig, keine Frage. Aber das war es nicht, was den Ausschlag für seine Entscheidung gab. Das war einzig und allein der Pitch.

Und den hatte Emilia in ihrem Hotelzimmer bis zum Erbrechen geübt.

Sie würde von Leidenschaft reden, von Emotionen, von Authentizität. Sie würde von der toskanischen Landschaft sprechen, von den liebevollen Menschen, dem Essen, den Düften, von allem, was diese Region ausmachte. Sie würde alles ansprechen, was niemand sonst ansprach, weil es allen immer nur ums Geld ging. Alle argumentierten mit Fakten, mit Gewinnprognosen, mit vielversprechenden Renditechancen.

Das war nicht sie. Das würde sie niemals sein. Und ihr Vater würde sie innerhalb weniger Sekunden durchschauen.

Also würde sie die Wahrheit sagen. Und hoffen, dass es einmal in ihrem Leben reichte, die zu sein, die sie tatsächlich war.

Die Tür zum Büro ihres Vaters ging auf. Sie erhob sich und blickte mit pochendem Herzen auf, als ihr Vater, groß und übermächtig, mit Ringen an den Fingern und einem Anzug, der mehr kostete, als andere in einem halben Jahr verdienten, auf sie zuschritt. Sie streckte ihre Schultern durch, hob den Kopf und blickte ihm in die Augen.

»Hallo, Emilia.«

»Hallo, Vater.«

»Können wir?«

Sie nickte. »Wir können.«
Und dann folgte sie ihm.

30. Kapitel

SIE wusste nicht, was sie erwartet hatte, als sie das Büro betrat. Aber in dem Moment, als sie in all die Gesichter blickte, wusste sie mit Bestimmtheit, was sie *nicht* erwartet hatte. Sie hatte *nicht* erwartet, ihren leidenschaftlichen Pitch vor sechs Personen halten zu müssen. Sie hatte mit ihrem Vater gerechnet, mit einem Vier-Augen-Gespräch.

Das war ja wohl illusorisch gewesen ...

Ihr Vater deutete auf einen freien Stuhl an dem großen runden Besprechungstisch, der an der linken Wand seines Büros stand. Er selbst setzte sich ihr gegenüber und stellte die vielen Personen vor, die Emilia interessiert beäugten. »Emilia, das sind die Herren Pechler, Martins und Teich vom Controlling, das hier ist Frau Meinach vom Asset Management, und neben dir sitzen Herr Pauli und Herr Braunbichler von der Abteilung Investor Relations.« Alle nickten ihr höflich zu, und Emilia krallte ihre Finger in ihre Aktentasche, um nicht nervös auf die Tischplatte zu trommeln. »Meine Assistentin teilte mir mit, dass es sich um einen Projektpitch handelt, in den meine Firma investieren soll?«

Emilia nickte knapp.

»In Ordnung. Das hier sind die Herrschaften, die du überzeugen musst. Und mich natürlich.«

Kein Lächeln, keine ermutigenden Worte. Nur ein knallharter Geschäftsmann, der absolut nicht vorhatte, diese Situation für seine einzige Tochter angenehm zu gestalten.

Natürlich nicht.

Aber damit hatte Emilia tatsächlich gerechnet. Sie räusperte sich, öffnete die Aktentasche und zog die wesentlichen Unterlagen hervor. Dann erinnerte sie sich an Aurelios Ratschlag und zog die Stirn in Falten. »Nun«, begann sie, »ich möchte Ihnen allen ein vielversprechendes Hotelprojekt vorstellen. Ein Projekt, für das ich selber von null auf zuständig war. Ein brachliegendes Grundstück. Ein verfallenes Haupthaus. Ein Projekt, das zum Scheitern verurteilt war.«

Bei diesen Worten blickte sie ihrem Vater fest in die Augen. »Ich habe es in etwas verwandelt, das vielversprechend ist. Etwas, das wundervoll werden wird. Nicht kann – wird. So wundervoll, dass die Hotelkette, die das Projekt im Moment besitzt, die Kontrolle abgeben will. Eine italienische Investorengruppe ist bereit, viel Kapital aufzubringen, um das Projekt zu übernehmen. Das will ich verhindern.«

»Warum?«, fragte ihr Vater.

Emilia blickte ihm fest in die Augen. »Weil ich die Kontrolle nicht abgeben möchte.«

Die Augenbrauen ihres Vaters schossen in die Höhe. Hatte sie da so etwas wie einen Funken Anerkennung in seinem Blick entdecken können?

Sie wandte den Blick ab. Darauf konnte sie sich jetzt nicht konzentrieren. Sie musste überzeugen, sie musste mit all der Leidenschaft, die sie besaß, um dieses Hotel, *ihr* Hotel, kämpfen. Sie räusperte sich und setzte erneut an, da hob ihr Vater die Hand und unterbrach sie. »Ich habe mir bereits die Freiheit genommen, mir die Unterlagen zuschicken zu lassen.«

Emilia starrte ihren Vater entgeistert an.

»Was, Emilia? Hast du gedacht, ich weiß nicht, worum es geht? Ich bin einer der Hauptaktionäre deines Arbeitgebers und damit über alles im Bilde. Also kommen wir gleich zum Punkt. Das Angebot der italienischen Investorengruppe ist gut. Sehr gut. Ich wüsste nicht, was es da zu verbessern gäbe. Deine Hotelkette – und damit auch ich selbst – wird damit gutes Geld verdienen, ohne viel Arbeit oder Ressourcen aufwenden zu müssen. Das ist ein perfekter Deal.«

»Nicht für mich«, gab Emilia zurück.

»Warum?«, fragte ihr Vater erneut.

Emilia schluckte. Das hatte sie ihm bereits gesagt. Was wollte er? Wollte er, dass sie sich entblößte? Wollte er so lange weiterbohren, bis sie vor ihm in Tränen ausbrach? Wollte er ihr ein für alle Mal beweisen, dass sie nicht stark genug für die Branche war?

Diesen Beweis würde sie ihm nicht liefern. Niemals. Nie wieder.

»Ich habe das Projekt aufgezogen«, erklärte Emilia mit ruhiger, fester Stimme. »Ich habe die Ideen entwickelt, ich kenne die Leute vor Ort, ich bin es, der sie vertrauen. Ich bin es, die ihr Herzblut hineingesteckt hat, und sie alle haben das gesehen und miterlebt. Sie alle stehen hinter mir. Kein Hotelmanagement der Welt kann dort vollbringen, was ich vollbracht habe und noch erreichen werde. Weil ich mir ihr Vertrauen erarbeitet habe. Weil sie gesehen haben, wie ich gekämpft und gelitten und gestritten habe. Niemand anderer wird dieses Hotel so erfolgreich und so leidenschaftlich führen wie ich. Niemand. Also wird niemand dir mehr Rendite bringen können als ich. Ich gebe die Kontrolle nicht ab.«

Ihr Vater blickte sie lange an. Dann nickte er knapp.»In Ordnung. Du bist ehrlich, dann werde ich das ebenfalls sein. Der einzige Grund, warum ich diesem Treffen zugestimmt habe, ist, weil es einen weiteren Investor gibt, der sich für das Projekt interessiert. Er hat vielversprechende Kontakte, sodass wir gebündelt in der Lage sind, das andere Investorenangebot zu überbieten, vorausgesetzt, wir alle werden uns über die vertraglichen Bedingungen einig. Er …«, begann ihr Vater, doch wurde von einem Klopfen unterbrochen. Emilia zuckte zusammen. Ihr Vater erhob sich und wandte sich zur Tür.»Er wird mit uns alle vertraglichen Punkte durchgehen«, beendete ihr Vater seinen Satz, öffnete und ließ den Investor eintreten.

Emilia drehte sich um und erstarrte.

»Aurelio!«, rief sie aus und sprang auf.

»Ihr kennt euch?«, fragte ihr Vater.

»Ja!«, stieß Emilia aus und starrte Aurelio an, den sie in dem teuren Anzug und den nach oben gebundenen Haaren kaum wiedererkannt hatte.

Aurelio nickte Emilia ernst zu, dann schüttelte er die Hände aller Anwesenden und blieb an einem freien Stuhl stehen.»Ich komme gleich zur Sache«, begann er, den Blick starr auf Emilias Vater gerichtet.

Emilia starrte ihn an, als sei er ein Geist, unfähig, sich zu bewegen, unfähig, auch nur ein Wort hervorzubringen.

»Wie Frau Beerling Ihnen allen zweifelsohne gleich erklären wird, handelt es sich um ein vielversprechendes Hotelprojekt, das nur noch in die richtigen Hände fallen muss, um aufzublühen. Ich habe Frau Beerlings Arbeit vor Ort gesehen und weiß daher, dass das Hotel bei ihr perfekt aufgehoben ist«, erklärte Aurelio und klang ganz anders – geschäftig, wichtig, mächtig.

»Ja, so weit waren wir bereits«, erklärte ihr Vater. »Wir haben kein Problem, wenn Frau Beerling die Geschäftsführung übernimmt, der Arbeitsvertrag wurde bereits im Entwurf aufgesetzt.«

»Ein Arbeitsvertrag, der zweifelsohne sehr detailliert ist?«, fragte Aurelio und blickte Emilias Vater fragend an.

»Natürlich. Die Entscheidungen obliegen den Investoren. Das ist bei solchen Projekten üblich.«

»Üblich, aber nicht notwendig.«

Ihr Vater blickte Aurelio irritiert an. »Gibt es irgendetwas, das Sie mir mitteilen wollen? Denn so, wie ich unsere Vorbesprechung verstanden hatte, waren wir uns in allen Punkten einig.«

»Vorbesprechung?«, fragte Emilia und starrte Aurelio an.

Der hob die Hand und zwinkerte ihr zu. Dann wandte er sich wieder an ihren Vater. »Richtig, wir *waren* uns einig. Mit der Betonung auf *waren.* Ich war so frei und habe einige andere Investoren mit ins Boot geholt. Alte Bekannte, persönliche Kontakte von früher. Und es sieht so aus, sehr geehrter Herr Beerling, dass wir Ihren Anteil samt Ihrer Knebelverträge nicht benötigen werden. Emilia, wir gehen.«

Aurelio ging um den Tisch herum und streckte Emilia die Hand hin. Mit offenem Mund starrte sie ihren Vater, dann Aurelio an. Schließlich erhob sie sich mit zitternden Knien.

»Aurelio, was tust du da?«, flüsterte sie.

»Emilia!«, rief ihr Vater aufgebracht.

Sie schüttelte den Kopf, wollte etwas sagen, blickte Aurelio fragend an.

»Du hast hier niemandem etwas zu beweisen, Emilia«, sagte er leise. »Nur dir selbst.«

Emilia nickte. Sie drehte sich zu ihrem Vater um, blickte ihm fest in die Augen und sagte: »Bis dann, Vater.«

Dann folgte sie Aurelio nach draußen auf die Straße. Mitten auf dem Bordstein blieben sie stehen und blickten sich an.

»Was war das, Aurelio?«, fragte Emilia, unsicher, ob sie schreien, heulen oder lachen sollte.

»Das war mein altes Ich, *cara*.«

»Aurelio, was tust du hier?« Emilia schüttelte den Kopf und starrte ihn fassungslos an. Sie konnte einfach nicht glauben, dass er hier war, hier stand. Hier vor ihr.

»Das ist eine gute Frage, Emilia. Ich habe auch eine gute Antwort darauf.«

»Die da wäre?«

»Ich habe evaluiert, ob das, was ich dachte, das ich will, tatsächlich ist, was ich will.«

»Ich habe keine Ahnung, wovon du sprichst, Aurelio. Mein Vater ...« Emilia legte den Kopf in den Nacken und blickte das Hochhaus hinauf. Sie hätte nicht einfach gehen dürfen. Er hätte ihren Plänen zugestimmt. Sie war gut. Ihre Rede war gut! »Aurelio, das war ...«

Sie unterbrach sich, als er sich vor sie stellte und ihr sanft die Hand auf die Wange legte. »Du kannst nicht in der Schuld deines Vaters stehen. Das lasse ich nicht zu. Ich will, dass du weitermachen kannst, was du bisher gemacht hast. Ich will, dass du Emilia sein kannst. Ohne Knebelverträge.«

Emilias Augenbrauen schossen in die Höhe. Sie war so baff, dass sie nichts sagen konnte. Aurelio blickte sie erwartungsvoll an. Sie löste sich aus ihrer Schockstarre und sagte: »Du kannst mir kein Hotel kaufen, Aurelio!«

Er lachte auf. »Nein. Das kann ich tatsächlich nicht. Ich habe Geld auf der Seite, aber *so* viel Geld ist es nun auch wieder nicht. Nein, ich dachte, ich tu, was ich früher so gut konnte. Ich angle mir ein Projekt. Also habe ich meine Kontakte von früher angesprochen und ...«

Emilia schüttelte energisch den Kopf. »Nein. Du hast gesagt, du hast diese Welt hinter dir gelassen.«

»Und jetzt habe ich sie noch einmal besucht. Kurz. Für dich. Manche Dinge sind es wert, hast du gesagt.«

Emilia biss sich auf die Unterlippe. »Nein«, sagte sie dann entschlossen. »Das ... das geht nicht.«

Aurelio legte seine Hand an ihr Kinn und zwang sie, ihn anzusehen. »Es geht. Das Hotel ist *dein* Projekt. Und das soll es auch bleiben.«

»Das wäre zu viel, Aurelio ...«

»Wäre es nicht. Und jetzt … lass mich dich küssen …«

Sie saß im Bett ihres Hotelzimmers und starrte Aurelio an. Sie hatte mit ihm diskutiert. Hatte auf ihn eingeredet. Hatte Fragen gestellt. Hunderte. Tausende. Aurelio hatte auf alle eine Antwort gehabt. Er hatte ihre Zweifel weggewischt, wie nur er es konnte, hatte ihr ein Gefühl der Sicherheit und Zuversicht vermittelt, wie sie es kaum je zuvor erlebt hatte. Sie hatte nicht vorgehabt, ihn die Sache durchziehen zu lassen. Doch er blieb beharrlich.

»Ich weiß auch, was ich will, Emilia.«

»Wenn es um uns geht …«

»Es geht nicht um uns.«

»Noch vor Kurzem hast du mir erklärt, dass du keine Verpflichtungen willst, und jetzt willst du dich sesshaft machen? In der Toskana? Mit … *mir?* Das ist zu viel, Aurelio. Das geht nicht. Das ist … überstürzt.«

»Überstürzt?« Er schnaubte. Dann kniete er sich vor sie und legte seine Hände um ihre Hüften. »Was willst du von mir hören, Emilia? Dass du mir etwas bedeutest? Denn wie es aussieht, tust du das.«

Es waren nicht die Worte selbst, die sie mit einem Schlag aus der Fassung brachten, sondern die Art, wie er es sagte. Für Emilia war es die schönste Liebeserklärung, die sie je bekommen hatte.

»Tu ich das?«, fragte sie verdutzt.

Er lächelte zärtlich. »Glaub mir, ich habe versucht, es zu ignorieren.«

»Oh.«

»Und dann dachte ich … Aurelio! Du verrätst gerade alles, was du in den letzten Monaten gelernt hast.«

»Was denn?«, fragte Emilia gebannt.

»Dass es nur darum geht, glücklich zu sein. Und irgendwie, *cara* Emilia, machst du mich glücklich.«

Sie starrte ihn an, konnte nicht glauben, dass er das gesagt hatte, konnte noch immer nicht verstehen, dass er hier war. Dass er ihr nachgereist war! Sie fuhr sich mit den Händen übers Gesicht, versteckte sich vor ihm, wollte nicht, dass er sah, wie glücklich sie war. Wie erleichtert. Doch er griff nach ihren Händen, zog sie an sich und küsste sie.

»Ich glaube das alles einfach nicht«, sagte Emilia, rutschte nach vorn und warf sich in seine Arme. Sie presste ihre Lippen auf die seinen, küsste ihn leidenschaftlich, strich durch seine Haare und blieb mit den Fingern an seinem Haarband hängen.

Sie ließ von ihm ab und lachte.

»Was?«, fragte er, als er ihren Blick sah. Er fuhr sich über sein Haar und strich dann sein Hemd glatt. »Ich sehe super aus!«

Emilia schüttelte den Kopf. »Du siehst absolut umwerfend aus. Viel zu sexy für die Welt. Aber ... ich *hasse* diesen Aufzug an dir.«

»Ja. Ich auch. Aber so muss man nun mal aussehen, wenn man sich mit einer Investorengruppe trifft.«

Emilia löste sein Haarband und sah zu, wie seine lockigen Haare um sein Gesicht fielen. »Ich kann mir einfach nicht vorstellen, dass du früher mal täglich in diesem Aufzug herumgelaufen bist.«

»Ich verrate dir etwas: ich auch nicht.«

Sie schüttelte den Kopf. »Wie hast du das bloß gemacht?«, fragte sie. »Wie hast du in dieser rasanten Geschwindigkeit Co-Investoren aufgetrieben?«

»Ich habe ausreichend Kontakte aus meinem früheren Leben. Sie vertrauen auf mein Wort. Na ja, ich habe ihnen ja auch genügend Geld gebracht.«

Emilia nickte und schluckte. Sie war aufgeregt, und in ihrem Magen bildete sich ein Knoten.

Aurelio stand auf, ging zu dem Sessel, auf dem seine Aktentasche stand, und zog ein paar Blätter Papier hervor, die in einer Klarsichtfolie steckten. Damit kam er auf sie zu und legte es neben sie aufs Bett.

»Sieh dir das an«, sagte er und deutete auf eine Stelle auf der ersten Seite.

»Du brauchst mir den Vertrag nicht zu zeigen, ich kenne mich mit so was ohnehin nicht aus.«

Er boxte sie sanft. »Du sollst das lesen!«

Emilia beugte sich herunter. »Eigentümer«, las sie laut vor.

»Und daneben?«

»Emilia Beerling«, sagte sie.

»Lies weiter.«

»Projektmanagement – Emilia Beerling. Hotelmanagement – Emilia Beerling.« Sie schluckte, und ihr Blick ging noch einmal zur ersten Zeile.

Eigentümer – Emilia Beerling.

Sie hob den Kopf und blickte Aurelio aus großen Augen an.

»Ich wollte nur, dass du weißt, dass es deins ist. Ich bin nur der Investor. Alles klar?«

Emilia riss die Arme nach oben und schlang sie um Aurelios Hals.

»Alles klar«, flüsterte sie und drückte ihn an sich.

»Weißt du, was wir jetzt noch brauchen?«, fragte Aurelio.

Sie löste sich von ihm und schüttelte den Kopf. Er nickte zum Vertragsentwurf, blätterte um und deutete auf eine leer stehende Zeile.

»Einen Namen«, sagte er.

»Einen Namen?«, fragte Emilia und starrte auf den Vertrag.

»Natürlich. Du kannst ja schlecht immer nur *das Hotel* sagen. Wir brauchen einen Namen. Also?«

»Ich … ich habe nie darüber nachgedacht. Ich dachte nicht … Ich dachte, das entscheidet jemand anderer.« Sie presste die Lippen aufeinander und starrte auf die die leere Zeile.

»Nein, Emilia. Das entscheidest du.«

Sie lächelte, fuhr mit dem Finger über die leere Zeile und griff dann nach Aurelios Hand. Sie blickte in seine dunklen Augen und erkannte darin all das, was sie zu lieben gelernt hatte. Pinien, Zypressen und Lavendelduft, Wein, Pasta und Espresso. Sonne und der Duft der Natur. Dann dachte sie an Gianni, der das alles mehr verkörperte als jeder andere Mensch, den sie kannte. Sie dachte an den Kampf, der hinter ihr lag, und all die Herausforderungen, die sie gemeistert hatte.

»Ich schätze, wenn ich schon so um den Meerzugang gekämpft habe, sollte der auch im Namen vorkommen«, überlegte sie.

»Auf jeden Fall«, gab Aurelio zurück.

»Toscana Mare«, schlug Emilia vor und blickte ihn fragend an.

»Es ist deine Entscheidung.« Er beugte sich zu ihr und küsste sie sanft. »Aber wenn du meine Meinung hören willst: Ich finde es gut.«

Emilia nickte und dachte noch einmal nach.

»Mariella«, sagte sie dann leise.

»Mariella?« Aurelio blickte sie fragend an.

Emilia nickte und fuhr lächelnd mit dem Finger über die leere Zeile. Dann nahm sie den Stift, der neben ihr auf dem Nachtkästchen lag und blickte Aurelio an. »Giannis Tochter hieß Mariella. Sie war krank.« Aurelio nickte. »Ich weiß.«

»Er ... er hat alles für seine Familie getan. Für sie. Er hat all seine Träume aufgegeben, weil er für sie da sein wollte. Ich denke ... ich denke, das würde ihm gefallen.«

Aurelio nickte erneut und legte seine Hand auf ihre Schulter. »Ja. Das denke ich auch.«

Emilia dachte noch einen Augenblick nach, dann setzte sie den Stift auf den Vertrag und füllte die leere Zeile.

Mariellas Hotel Toscana Mare.

A nuovi orizzonti …

SIE saßen auf ihrer Terrasse, Aurelio und Emilia, in trauter Zweisamkeit. Eine Panoramaterrasse mit einer Balustrade aus Holz, über die ein weißes Stoffdach gespannt war. An den Balken rankten sich die Äste der Rosen, die im nächsten Sommer wieder blühen würden. Dazu ein paar bunte Lichterketten. Es war perfekt.

Emilia kuschelte sich an Aurelio. Es war kalt, doch sie hatten es vor Wintereinbruch geschafft, die Terrasse fertig zu machen. Noch war Residenza Mariella leer, aber für nächste Woche war der erste Testlauf geplant. Sie hatten alle aus dem Dorf eingeladen.

Giampaolo hatte es immer noch nicht geschafft, sich für einen Küchenchef zu entscheiden. Keiner war ihm gut genug, und die, die gut genug waren, konnten sich dem störrischen alten Mann nicht unterordnen. Doch das war okay. Die Entscheidung lag bei ihm, und er sollte sich aussuchen, mit wem er sich wohlfühlte.

Emilia blickte zur Seite und betrachtete Aurelios Profil. Sie konnte immer noch nicht glauben, dass er hier war. Hier bei ihr. Sie zog die große Kuscheldecke enger um sich und legte ihren Kopf auf seine Schulter. Er hob den Arm, legte ihn um sie und drückte sie an sich.

»Bist du glücklich, cara Emilia?«, fragte er.

»Ja. Sehr glücklich. Und du?«

»Ja. Sehr.«

»Denkst du, es wird klappen?«, fragte sie.

Die Gedanken an die finanziellen Bürden, die auf ihren gemeinsamen Schultern lasteten, drohten ab und zu sie zu übermannen. Doch dann war Aurelio an ihrer Seite, mit seiner Ausstrahlung, die jedem in seinem Umkreis versicherte, dass alles gut werden würde.

»Willst du, dass es klappt?«, fragte er zurück.

»Natürlich.«

»Dann, cara Emilia, wird es das auch.«

Dann lehnte er sich zu ihr und küsste sie. Seine Lippen schmeckten nach Sonne.

– Ende –

Original italienische Rezepte zum Nachkochen

Damit der Genuss nicht rein theoretischer Natur bleibt, stelle ich nachfolgend die in diesem Buch erwähnten italienischen Rezepte vor, die ich auf meinen Reisen und nach der Lektüre einiger italienischer Kochbuch-Klassiker zusammengestellt habe.

Pappa al Pomodoro (Toskanische Tomaten-Brot-Suppe)
... als Pepes Ehefrau Sara Mittagessen vorbereitet (3. Kapitel).

Die *Pappa al Pomodoro* ist eines der traditionellen Gerichte der ländlichen Küche in der Toskana. Das ehemalige Armengericht diente einst der Resteverwertung und eignet sich sowohl als Vorspeise als auch als Hauptgang.

<u>Zutaten für 4 Personen</u>
600 g Tomatenpolpa
1 kleine Zwiebel
1 Knoblauchzehe
750 ml Rinderbrühe
250 g altes Weizenbrot
8 EL Olivenöl
Salz, Pfeffer, frisches Basilikum

<u>Zubereitung</u>
Zwiebel und Knoblauch schälen und fein hacken. 2 EL Olivenöl in einem Schmortopf erhitzen und Zwiebel und Knoblauch darin glasig anschwitzen. Basilikum mit Stängel waschen und klein schneiden. Zusammen mit den Tomaten in den Schmortopf geben und mit Salz würzen. Alles ca. 15 Minuten offen auf kleiner Flamme köcheln lassen.

Währenddessen das Brot in dünne Scheiben schneiden. Zusammen mit der Rinderbrühe nach und nach unter die Tomatensuppe mischen, dabei ständig rühren. Je älter (und härter) das Brot ist, desto mehr Brühe wird benötigt und desto länger ist die Kochzeit, mindestens jedoch weitere 15 Minuten. Im Ergebnis soll die Suppe eine breiartige Konsistenz haben.

Am Ende der Kochzeit den Schmortopf von der Kochstelle nehmen, die Suppe noch einmal abschmecken, mit Salz und Pfeffer würzen und etwa eine halbe Stunde durchziehen lassen.

Die Suppe wird im Sommer gern lauwarm oder auch kalt gegessen. Vor dem Servieren noch einmal mit einem guten Schuss Olivenöl beträufeln.

Pollo alla Cacciatora (Hähnchen nach Jägerart)

... als Emilia zum ersten Mal Letizia in der Osteria la Pieve besucht (5. Kapitel).

Dieses typisch toskanische Gericht wird mit Hähnchen oder Kaninchen zubereitet, das Fleisch wird lange in einer Gemüse-Tomaten-Soße gegart und wird dadurch sehr zart. Das Gemüse variiert je nach Jahreszeit, gleich bleibt jedoch immer die Notwendigkeit, einen guten, geschmackvollen Wein für die Zubereitung zu verwenden.

Zutaten für 4 Personen
1 Brathähnchen (küchenfertig zerlegt)
2 EL Butter
3 EL Olivenöl
1 Zwiebel
je 1 Karotte und 1 Stange Sellerie
1 Handvoll frische Pilze
600 g Tomatenpolpa
500 ml guter Rotwein
Salz, Pfeffer, 1 Lorbeerblatt, 1 Zweig Thymian, frische Petersilie

Zubereitung
Damit das Gericht besonders geschmackvoll wird, kann das Hähnchen am Vortag mariniert werden. Dafür das Fleisch waschen, trocken tupfen und in eine Schüssel legen. Karotte, Sellerie und Zwiebel schälen und

grob hacken. Zusammen mit Salz, Pfeffer, Lorbeer und Thymian in der Schüssel vermischen, Rotwein angießen und zugedeckt im Kühlschrank marinieren lassen. Das Fleisch immer wieder wenden und mit Rotwein begießen.

Am Tag der Zubereitung das Fleisch aus der Marinade nehmen und trocken tupfen. Mit Butter und Öl in einen ofenfesten Bräter geben und bei mittlerer Hitze unter häufigem Rühren 15 Minuten lang anbräunen. Tomaten, Gemüse aus der Marinade und 150 ml des Rotweins aus der Marinade angießen. Den Deckel auflegen und 45 Minuten bei mittlerer Hitze köcheln lassen. 10 Minuten vor Ende der Garzeit die Pilze waschen, putzen, in Scheiben schneiden und hinzufügen.

Alles abschmecken, mit frisch gehackter Petersilie bestreuen und servieren. Dazu passt frisches Ciabatta.

Panzanella (Toskanischer Brotsalat)

... als Letizia für Emilia einen Picknickkorb zusammenstellt, um ihn auf der Panoramaterrasse zu genießen (8. Kapitel).

Dieses typisch toskanische Bauerngericht besteht aus altem, eingeweichtem Brot und frischen, fruchtigen Tomaten. Je nach Jahreszeit werden weitere Gemüsesorten hinzugefügt, nach Belieben auch Knoblauch. Das Gericht kann gut vorbereitet werden und schmeckt am besten, wenn es einige Stunden durchziehen konnte. Es wird als Vorspeise (Antipasti), in der heißen Jahreszeit auch als kalter Hauptgang gegessen.

Zutaten für 4 Personen
8 Scheiben rustikales Weißbrot ohne Rinde
4 reife, fruchtige Tomaten
2 Handvoll frische Basilikumblätter
Natives Olivenöl guter Qualität
Salz, frisch gemahlener Pfeffer

Zubereitung

Das Brot in mundgerechte Stücke schneiden und etwa 5 Minuten in eine Schüssel mit kaltem Wasser legen. Danach gut ausdrücken und in eine Salatschüssel geben. Mit Salz und Pfeffer würzen. Basilikum waschen, trocken schütteln, grob hacken und hinzufügen. Großzügig Olivenöl darüberträufeln. Alles mit einer Gabel mischen, sodass das Brot in kleinere Stücke zerfällt. Am Schluss die Tomaten überbrühen, häuten, würfeln und unterheben.

Ragu di Cinghiale (Wildschweinragout)

... als Emilia zu Letizia Mittag essen kommt (12. Kapitel).

Wildschwein wird in vielen Regionen Italiens gern gegessen und wird aufgrund des intensiv-würzigen Fleischaromas gern als Eintopf zubereitet. Als Hauptgericht wird es mit Ciabatta oder in Spalten geschnittenen Äpfeln serviert, das Ragout kann aber auch als Soße für ein würziges Pastagericht verwendet werden.

Zutaten für 4 Personen

1.000 g mageres Wildschweinfleisch, würfelig geschnitten
3 EL Butter
je 1 Zwiebel, 1 Karotte, 1 Knoblauchzehe
1 EL Mehl
400 ml guter Rotwein
6 EL Weinbrand
Salz, Pfeffer, 1 Lorbeerblatt

Zubereitung

Den Backofen auf 200 °C Ober-/Unterhitze vorheizen.
Die Butter in einem Bräter zerlassen. Das Fleisch hinzufügen und unter ständigem Rühren kräftig von allen Seiten anbraten. Zwiebel und Karotte schälen und fein hacken, hinzufügen. Das Mehl darüberstäuben und alles ca. 3 Minuten weiterbraten, dabei ständig umrühren. Den Wein langsam zugießen und den Bratensatz lösen.

Alles einmal aufkochen lassen, dann den geschälten und grob gehackten Knoblauch und das Lorbeerblatt hinzufügen. Mit Salz und Pfeffer würzen, einen Deckel auflegen und den Bräter in den vorgeheizten Ofen schieben. Alles 1 Stunde schmoren lassen. Am Ende der Garzeit den Weinbrand unterrühren, alles abschmecken und servieren.

Pici mit Pancetta, Porcini und Pecorino (Pasta mit Speck, Steinpilzen und Hartkäse)

... als Emilia bei Letizia kochen lernt, um Giampaolo mit einem italienischen Dinner zu verwöhnen (15. Kapitel).

Pasta ist *das* italienische Nationalgericht und wird auch in der Toskana gerne gegessen. Jede Region (und wohl jede italienische Hausfrau) hat typische Pastasorten und Zubereitungsarten, die sich stets an den saisonal und regional zur Verfügung stehenden Produkten orientieren. Typische Pastasorten der Toskana sind Pappardelle (breite, lange Nudeln), Pici (unregelmäßig geformte, dicke Spaghetti) oder Bringoli (dicke, lange Spaghetti). Im Herbst dürfen frische Steinpilze auf keiner Speisekarte fehlen.

<u>Zutaten für 4 Personen</u>
400 g frische Pasta (Sorte nach Belieben)
1 kleine Zwiebel
1 Knoblauchzehe
400 g frische Steinpilze
3 EL Olivenöl
400 ml Gemüsebrühe
4 Scheiben Pancetta
Salz, Pfeffer, frisch geriebener Parmesan, frische Petersilie

<u>Zubereitung</u>
Pilze putzen und in mundgerechte Stücke schneiden. Zwiebel und Knoblauch schälen und fein hacken. In einer weiten Pfanne 2 EL Olivenöl erhitzen. Pilze portionsweise anbraten, danach Zwiebel und

Knoblauch hinzufügen. Alles gut verrühren, dann mit Brühe ablöschen. Wenn die Pilze gar sind, mit einem Schaumlöffel aus der Soße nehmen, auf einen Teller geben und warm halten.

Die verbliebene Flüssigkeit mit ausreichend Wasser auffüllen, um darin die Pasta kochen zu können. Salz hinzufügen, aufkochen lassen und die Pasta dazugeben. Diese in einigen Minuten al dente kochen. Pancetta in Würfel schneiden und im restlichen Olivenöl knusprig anbraten. Die fertig gekochte Pasta durch ein Sieb gießen, dabei etwas von der Flüssigkeit auffangen. Pasta, Flüssigkeit und Steinpilze in die Pfanne mit der Pancetta geben, einmal durchrühren und abschmecken. Auf vorgewärmte Teller geben und mit frischem Parmesan und frisch gehackter Petersilie bestreuen.

Tiramisu

... als Emilia bei Letizia kochen lernt, um Giampaolo mit einem italienischen Dinner zu verwöhnen (15. Kapitel).

Tiramisu ist das wohl bekannteste italienische Dessert. Das einfach zuzubereitende, cremige Gericht hat die halbe Welt erobert und kann in zahlreichen Varianten nachgekocht werden. Das italienische Original kommt ohne viel Schnickschnack aus und setzt auf wenige, qualitativ hochwertige Produkte.

<u>Zutaten für 4 Personen</u>
2 Eiweiß
4 Eigelb
150 g Puderzucker
400 g Mascarpone
18 Löffelbiskuits
200 ml starker Kaffee, abgekühlt
200 g geraspelte Zartbitterschokolade
Kakaopulver zum Bestreuen

Eiweiß in einer Schüssel steif schlagen. Eigelb in einer zweiten Schüssel mit dem Zucker schaumig rühren. Den Mascarpone nach und nach langsam unter das Eigelb rühren. Danach das Eiweiß ebenso langsam unterheben.

Den Boden einer Servierschüssel mit den Löffelbiskuits auslegen und mit etwas Kaffee beträufeln. Mit einem Viertel der Creme bestreichen. Weitere drei Schichten legen, mit einer Cremeschicht enden. Am Schluss geraspelte Schokolade und Kakao darüberstreuen und mindestens 3 Stunden kalt stellen.

Crostini al fegato
... als Giampaolo für Emilia kocht (18. Kapitel).

Crostini sind eine beliebte Vorspeise in der Toskana. Die knusprigen Brötchen werden traditionell mit einer Creme aus Hühnerleber serviert und dürfen auf keiner Speisekarte fehlen.

Zutaten für 4 Personen
250 g Hühnerleber
1 kleine Zwiebel
2 EL Kapern
2 EL Anchovis
100 ml Weißwein
100 ml Rinderbrühe
2 EL Olivenöl
3 EL Butter
8 Scheiben Weizenbrot
Salz, Pfeffer, frische Petersilie

Zubereitung
Hühnerleber waschen, trocken tupfen, putzen und klein schneiden. Zwiebel schälen und fein hacken. Öl in einem Topf erhitzen und Zwiebel darin glasig andünsten. Leber zufügen und einige Minuten

braten. Mit Weißwein und Brühe ablöschen. Petersilie waschen, trocknen, fein hacken und hinzufügen. Alles für 15 Minuten bei niedriger Hitze köcheln lassen. Wenn die Masse während der Garzeit zu dick wird, etwas Brühe nachgießen. Nicht zu viel hinzufügen, denn die Masse soll nicht flüssig werden. Am Ende der Garzeit die Butter einrühren. Kapern und Anchovis hinzufügen, alles verrühren, abschmecken und mit einem Pürierstab pürieren. Brot im Ofen oder in der Pfanne rösten, mit der Creme bestreichen und warm servieren.

Cacciucco (Toskanischer Fischeintopf)

... als Giampaolo für alle kocht (24. Kapitel).

Der berühmte Cacciucco stammt ursprünglich aus der Hafenstadt Livorno und gilt als das berühmteste Gericht der Stadt. Es handelt sich um ein traditionelles Armengericht, das aus Fischresten zubereitet wurde. Die Fischsorten können beliebig gewählt werden, denn auch in der Toskana wird immer zu jenen Fischen gegriffen, die gerade am Markt verfügbar sind. Zu beachten ist, dass festeres Fischfleisch länger kochen muss, hier ist etwas Fingerspitzengefühl gefragt.

Zutaten für 4 Personen
150 ml Olivenöl
1 kleine Zwiebel
1 Knoblauchzehe
1 rote Chilischote
250 ml Weißwein
2 Tomaten
ca. 1.250 g gemischter Fisch
250 g Miesmuscheln
Salz, Pfeffer, frische Petersilie

Zubereitung

Das Öl in einem ofenfesten Bräter erhitzen. Zwiebel und Knoblauch schälen und fein hacken. Petersilie waschen, trocknen und ebenfalls hacken. Chilischote entkernen und klein schneiden. Alles mit Salz und Pfeffer in das heiße Öl geben und unter häufigem Rühren bei geringer Hitze ca. 10 Minuten dünsten.

Den Wein angießen und 10 Minuten köcheln lassen. Währenddessen die Tomaten überbrühen, häuten, entkernen und hacken. Nach 10 Minuten hinzufügen und weitere 10 Minuten köcheln.

Fische putzen und in mundgerechte Stücke schneiden. Den festeren Fisch hinzugeben, etwas Wasser angießen und die Hitze hochdrehen. Den Eintopf weitere 10 Minuten bei starker Hitze kochen. Dann nach Belieben weitere Fische mit zarterem Fleisch hinzufügen, am Ende küchenfertige Miesmuscheln hinzufügen. Insgesamt beträgt die Kochzeit für Fisch und Meeresfrüchte maximal 30 Minuten.

Den Eintopf abschmecken und anrichten. Dazu passt geröstetes Weißbrot.

Eine kleine Bitte zum Schluss ...

Wir hoffen, Ihnen hat dieses Buch gefallen ...

Der schnellste Weg, andere Leser da draußen an Ihren Erfahrungen mit diesem Buch teilhaben zu lassen, ist eine Rezension im Online-Buch-Shop. Ihr Feedback hilft nicht nur anderen Lesern, Neues zu entdecken, sondern auch dem Autor, zu verstehen, was aus Lesersicht in diesem Buch gut und weniger gut ist. So kann sich der Autor weiterentwickeln und Ihnen sowie anderen Lesern in Zukunft noch schönere Geschichten präsentieren. Außerdem sind Ihre Erfahrungen, Erkenntnisse und Eindrücke als ehrliches Leser-Feedback eine enorme Wertschätzung vieler liebevoller Arbeitsstunden, die in dieses Buch geflossen sind.

Danke also schon im Voraus, wenn Sie sich zwei bis drei Minuten Zeit nehmen und eine kleine Bewertung zum Buch z.b. auf Amazon veröffentlichen.

Mehr zur Autorin finden Sie auf

www.hannaholmgren.de,
www.instagram.com/hannaholmgren.autorin,
www.facebook.com/hannaholmgren.autorin und
www.feuerwerkeverlag.de/holmgren

Abonnieren Sie auch unseren Verlags- und Autoren-Newsletter und erfahren Sie so als Erster von unseren **Neuerscheinungen, Autorennews** und exklusiven **Buch-Gewinnspielen:**
www.feuerwerkeverlag.de/newsletter

Gratis Kurzroman sichern

Ein romantisches Hotel am Meer, die unendliche Weite der Ostsee und eine unerwartete Liebe...
Als Lisa ihrem besten Freund Lennart eine vergessene Weinlieferung in sein traumhaftes Strandhotel an der Ostsee bringt, ahnt sie nicht, welches Abenteuer sie dort erwartet. Denn gleich am ersten Nachmittag lernt sie am Strand Johannes kennen, der ihr auf Anhieb sympathisch ist. Wie es der Zufall will, trifft sie ihn ein zweites und auch noch ein drittes Mal, allerdings auf gänzlich andere Weise als erwartet. Die beiden kommen sich näher, und sie verbringen einen wunderschönen Abend miteinander, einen Abend, der sich nach mehr anfühlt: Das Rauschen der See, der helle Mond und Johannes' blaue Augen lassen Lisas Herz schneller schlagen. Doch als die gemeinsame Zeit auf Rügen sich dem Ende zuneigt, macht Johannes ihr ein Geständnis, und Lisa muss sich entscheiden, ob sie ihn wiedersehen will oder ihn lieber ganz schnell wieder vergessen sollte ...

Den 50-seitigen Kurzroman hier komplett kostenlos herunterladen:
www.hannaholmgren.de/#kurzroman

Weitere Bücher des Verlages

Sehnsucht nach Rose Cottage
Hanna Holmgren

Die Erinnerungen an ihre Kindheit sind das einzige, das Ellie von ihrer Heimat Schottland noch geblieben sind. Doch als das urige "Rose Cottage" ihrer Tante vor dem Ruin steht, reist sie Hals über Kopf zurück nach Fallbury – in das Fischerdorf direkt neben den Klippen. Fest entschlossen, das Bed & Breakfast zu retten, stürzt Ellie sich in die Arbeit und wird dabei von zahlreichen Erinnerungen eingeholt. Eine von ihnen trägt den Namen Graham Flynt und hat Ellies Herz schon einmal im Sturm erobert …

Immer der Liebe entgegen
Hanna Holmgren

Frisch getrennt von ihrem Freund verlegt Maja ihren Arbeitsplatz kurzerhand für vier Wochen auf die Sonneninsel Rügen. Als sie an ihrer Unterkunft ankommt, wird sie völlig ungläubig von Bent, dem gutaussehenden Besitzer des Hofes, in Empfang genommen - denn die Wohnungen werden eigentlich nicht mehr vermietet. Schnell wird klar, dass Bents Tante Fine ihre Finger im Spiel hat. Charmant überredet diese Maja, zu bleiben und gemeinsam mit ihr die verstaubten Wohnungen heimlich aus ihrem Dornröschenschlaf zu erwecken. Als Bent davon Wind bekommt, ist er gar nicht begeistert. Maja will schon aufgeben und sich eine andere Unterkunft suchen, doch dann passiert etwas, das sie zum Bleiben bewegt.

Vier ereignisreiche, emotionale und sonnige Wochen auf Rügen beginnen, die am Ende nach einem ganzen Leben schmecken - wäre da nicht Bents komplizierte Vergangenheit…

Das Geheimnis hinter den Dünen

Brigitte Ploenes

Als die Zwillingsschwestern Ruby und Elisa nach vielen Jahren zum Geburtstag ihrer Großmutter Gesa an die Nordsee zurückkehren, fühlen sie sich am Meer gleich wieder zu Hause. Die Dünen, die Seeluft und der scheinbar unendliche Himmel - es ist traumhaft!

Allerdings gibt ihnen Oma Gesas seltsames Verhalten Rätsel auf, denn warum befinden sich in ihrem Haus plötzlich verschlossene Zimmer? Und was hat es mit dem charmanten Conor auf sich, der ebenfalls auf der Gästeliste steht?

Solange gehört das Leben noch uns

Josefine Weiss

Ina und Richard lernen sich im Teresien-Hospiz kennen, wo Inas Großvater seine letzte Lebenszeit verbringt. Als Ina begreift, dass Richard kein Besucher, sondern schwer krank ist und nicht mehr lange zu leben hat, bricht für sie eine Welt zusammen. Denn längst haben sich die beiden ineinander verliebt.

Nach anfänglichem Zögern lässt Ina sich auf diese ungewöhnliche Liebe ein. Dabei lernt sie, über ihren Schatten zu springen und über Dinge zu sprechen, die sie aus gutem Grund bisher niemandem anvertraut hat.

Als Ina von Richards großem Lebenstraum erfährt, beschließt sie, alles zu seiner Erfüllung beizutragen. Ein Wettlauf mit der Zeit beginnt, denn Richards Kräfte schwinden von Tag zu Tag...